生命的家园（上）

费必胜 著

ZHEJIANG UNIVERSITY PRESS
浙江大学出版社
·杭州·

图书在版编目(CIP)数据

生命的家园 / 费必胜著. —杭州：浙江大学出版
社，2023.4
ISBN 978-7-308-23618-8

Ⅰ. ①生… Ⅱ. ①费… Ⅲ. ①中国文学－当代文学－
作品综合集 Ⅳ. ①I217.2

中国国家版本馆 CIP 数据核字(2023)第 068928 号

生命的家园

费必胜 著

责任编辑	周烨楠
责任校对	韦丽娟
责任印制	范洪法
封面设计	周　灵
封面题字	雷鸣东
出版发行	浙江大学出版社
	（杭州市天目山路 148 号　邮政编码 310007）
	（网址：http://www.zjupress.com）
排　　版	杭州朝曦图文设计有限公司
印　　刷	杭州高腾印务有限公司
开　　本	880mm×1230mm　1/32
印　　张	19.25
字　　数	506 千
版 印 次	2023 年 4 月第 1 版　2023 年 4 月第 1 次印刷
书　　号	ISBN 978-7-308-23618-8
定　　价	98.00 元

2019 年 3 月 30 日《生命的姿态》稿酬捐赠仪式

2019 年 9 月 6 日《生命的力量》稿酬捐赠仪式

此书稿酬仍将用于资助西藏儿童

自　序

　　军旅和援藏生活已经成为往事,但记忆犹存,内心的灯盏一如既往地携带着生命的激情与能量,在长长久久的岁月里温暖着自己,支撑着生命的家园。

　　本书的文章大多是援藏期间写的,也收录了一部分军旅和从事科技工作期间所写的文章。我用了许多个夜晚整理书稿,安静的时光里,面对一篇篇来自内心的文字,我仿佛又回到了过而不返的军旅和援藏岁月,重逢往日的自己,以及雪域高原独有的物候、风土和光阴。将过往的经历和感受成书,不仅仅是表达生命的体验,更是与自我的赤心相对,是呈现人生情怀,是内心的安宁与力量在这个世界的存续与召唤。

　　日子本身平常,人类本身平凡,因为平凡的人在庸常的日子里做一些不平凡的事情,日子才有了价值和意义。"穷则独善其身,达则兼济天下"是我人生的座右铭。援藏结束回到杭州工作后,我将这句话刻到常用的水杯盖和办公笔筒上,借以时时提醒自己,要尽己所能地为单位、为社会、为更多的人尽责任,以实现自己的理想抱负和人生价值。我很感激浙江省科技厅党组在我不能实现做一名"县官"的从政理想的情况下,给了我展示才华的舞台,让我可以将现有单位当作一个县域来治理和服务,让我工作之余可以有一些安静的时光思考自己的行为和方向。

　　融入人生感怀和生命思考的文字,于我而言圣洁而宁静,它们承载着我的初心，凝聚着我的智慧，寄托着我的情感，阐述着我的思想，表达着我的悲喜，抒发着我的感怀，同时也滋养着我的精神，已然与我的心灵、与这个世界建立了一种本源上的联系，这也是我将本书命名为《生命的家园》的缘故。

人的生命是有限的，这是一件无可奈何的事情，所以人类才不甘心，才会生生不息地奋斗，才会拼尽所能地以各种行为定义生命的精彩，体现人生的价值。对人类这个有着敏锐感受力的物种来说，对生命的理解和生命本身一样重要。在有限的时空里，我们本应让心灵成为独有的天地，并以文字在不同的疆域触摸、体味和嗅探生命的本质，感受生命的脉动和意义。就像风周而复始地穿梭于历史的长河，就像太阳日复一日地温暖着我们的身骨。

一个作家，应该让文章散发应有的光芒，以明媚的文字和不息的能量展示人生的美好、人性的高尚和精神的内核，让它们成为一种精神结构，成为更多人的精神谱系。

每一个人都应该有自己精神的家园，有现实的记忆与想象的空间，有生命的热血与魂魄，有内心的纯粹与温柔。诗歌，是生活进入生命的深度体验，是真切感应外物之后的情感呈现。在本书中，以诗歌的方式呈现心路历程、生活感吁和人生思考，是希望通过作品诗意地抒发悲与喜、爱与痛、深思与追问，在人世间留下现实的记忆和情感的痕迹，让文字的星辰之光闪烁于茫茫的历史长河。否则，何以证明这片天地我来过，我战斗过，我深爱过？我悉心珍藏碎片化的过去，犹如珍藏自己的生命。

无论是散文、诗歌，还是小说，都构建了一种精神的景况和图腾，特别是小说，它可以超越事物的表象和内里，通过合理的嫁接和想象，完成散文和诗歌在现实际遇里无法完成的虚构和书写，让事物更具说服力、感染力和影响力。比如《大海之子》，虽然不是属于我的生活内容，但却是身边真实的军旅故事，借助更为亲切的文字形式，诠释军人的忠诚、使命、担当，以及无私无畏的奉献精神。

比如《爱的信仰》，那段爱而不得的感情，来源于我的梦境，这样一种关联，是外界赋予的机缘和托付，如果放任这样一种感人至深的场景随同记忆慢慢消逝，无疑是对梦境、对人世的辜负。一个人活着，不能任由自己的生命来去无痕，如果不能为人类、为所处的时代带来什么，至少可以通过文字书写生活，书写见闻，书写爱憎，书写灵魂，书写不断消失的人生故事和记忆，让我们的经历和情感在人世间留下无法磨灭的痕迹。

我的睡眠不好，文字基本都是在深夜无人相扰的时候留下的，整理本书亦然。这样既不影响日常工作，同时也是对自己的成长负责。保持这样一种学习和生活方式，已经成为我与家人、与内心、与日夜不息的时间的一种默契。在无比安宁的时刻，可以把灵魂安顿下来，还原内心和这个世界的真实；可以把心智召唤出来，铺陈人生的一切追忆和想象；可以通过玄妙而深远的思考，让自己的心弦、心事和心念成为岁月的剪影。这既是在构建自己的精神家园，更是珍爱生命的方式。

本书延续《生命的姿态》《生命的力量》的做法，所有稿酬收益用于资助我曾经的对口支援地——西藏自治区那曲市的贫困学生。爱是生命的火焰，是人类互通共达的伟大精神。我至今记得《生命的姿态》《生命的力量》出版后，我的亲友、战友、援友，以及其他许许多多相识和不相识的人竞相购书的情景。大量的团购订单，汇聚的是一颗颗充满善念的心，是世间绵延不绝的力量，是渗透纸背的天地精神。我希望这样一种人性的良善与仁爱能成为更多人内心的灯盏，能照亮更多人的人生去路，能成为更多人精神的归属和生命的家园。

是为序。

目录

第二辑 **诗歌** 抒发人生情怀

第一辑　散文

讲述人生故事

荒岛

荒岛，因荒凉而得名。荒岛的风疯狂得不近人情，年深月久，荒岛一直是满目苍凉。

进荒岛那年，我 18 岁。登陆艇把我们十来个新兵扔到荒岛，便掉头跑了。连长带着几个黑黑壮壮的老兵在码头迎接我们。往后的日子，我们新兵就在他们的带领下练军姿、走队列、瞄靶子……潮起潮落，寂寞如蛇，纠缠着我、吞噬着我。面对这刻板单调的军营生活，我失望到了极点。

老乡小林带来两瓶茅台，是准备到部队"活动"的，但没想到在雁不落地、鸟不搭巢的地方发挥不了作用。于是我们几个在军旅人生途中受到"挫折"的老乡便偷偷地聚到一起，就着刷牙缸喝了起来。

"老乡见老乡，两眼泪汪汪。"喝着，我们便想起了温暖如春的故乡。最后，我们都喝醉了。

连长听说我们老乡聚会喝酒的事儿，很恼火。那夜，我们搞了一次好久都没有搞的紧急集合。连长气呼呼地在队伍面前一站，厉声吼道："喝了酒的，给我站出来！"

"我知道这地方苦得鸟不拉屎，但在和平年代，这就是一种奉献啊！我不给你们唱高调子，咱连的老连长，在岛上一干就是 12 年。妻子患了重度精神分裂症，他没出岛；小孩因为没人照顾淹死在河里，他还是没出岛。"连长凝视着他面前的十几号兵，声音哽咽了，"他自己一直患有严重的胃溃疡和风湿性关节炎。首长下硬命令叫他出岛那天，他哭着说：'我唯一的遗憾就是没能摘掉这顶荒帽子。'"

我不禁潸然泪下。就在这个时候，我深刻地理解了什么是风景、什么是艰辛，懂得了什么是战友、什么是奉献。我觉得满目的荒石蓦地复活开来。

新老兵混编时，我便加入战斗班，同老兵一道整日经受风吹、雨淋、日晒，一道垒阻风墙。此前，岛上还不能自产蔬菜，台风一起，搭起的大棚都要被掀去，种植的菜也被连根拔起。几经失败后，连长便决定在菜地周围垒上厚厚实实的阻风墙。

垒墙时，见老兵满身疙瘩肌肉，我很是羡慕，便问怎么来的。

"在荒岛当兵，三年后，保证你是条硬汉子。艰苦的环境就是最好的健身器！"阻风墙垒成时候，老兵刚好退伍。那群平时流血流汗不流泪的汉子，此时风度全无，虽没有号啕大哭，却也个个泪眼婆娑。

"别婆婆妈妈给咱丢脸，咱部队是铁打的营盘流水的兵。记住你们是海岛汉子，回去给我干出个样子来。"连长眼圈红红的，等登陆艇在眼帘只剩下一个黑点时，泪刷地就掉了下来。

这是我第一次见他流泪。

接着老兵的任务，我们只在荒岛上栽防护林。这活简单，只一天我们就完成了任务，看着眼前一排排和我们一样生机勃勃的树苗，大伙心情都十分舒畅。然而，等我们第二天起床的时候，那些可爱的树苗早已被风刮走了。

"荒岛，只配我们生活。"连长望着一片茫茫大海怅惘地说。那天，我们是含着泪整理菜地的。

菜地的土，有一部分是战友探家时带来的乡土。对菜地，全连都像忠心耿耿的仆人，忠诚地给它浇水、施肥、松土。在我们精心地照料下，终于，地里长出了第一茬绿油油的青菜。

眼看着它们一天天地长大,在半欣喜半晕眩之中,我们高兴得像孩子。

连长忙打电话请首长进岛尝鲜。首长在电话里说:"到时,我把你家属也带上。你给我好好打扮一下。"

我们开始屈指计算首长和嫂子进岛的日子。然而,等嫂子到了团部时,台风期却来临了。

"这风总有停的时候。"大家都这么在自己心里注释希望。

一天、两天……在我们的苦苦等待中,青菜由绿变黄,日益憔悴。到首长和嫂子上岛那天,菜已经不能再吃了。那天,嫂子抱着那堆枯菜,泪水直流。首长也悄悄地掏出手帕,默默转过身去……

如今,置身于繁华都市的我,想起荒岛就不由得热泪盈眶:繁华的都市和荒凉的孤岛、利欲与奉献、惧怕台风和与台风抗争。荒岛上,我那群年轻的战友坚守的何止是荒岛呢?我耳边又响起荒岛上战友们那句烂熟于心的比喻:荒岛是熔炉,我们在这里百炼成钢!

作于1997年
(曾刊登于《青年博览》《江西青年报》)

副班长的日记本

副班长个头不高，初见他时，他让我叫他"班副"。

"班副班副，生产内务。"副班长的工作是管班里的后勤生产。一有空闲，他便拿着小铁锹、背包绳之类的，在菜地上拉拉瞄瞄、拍拍打打。偌大的一个菜地被他侍弄得有模有样，瓜果飘香。那时，我们班后勤生产常受连队干部表扬。于是，副班长脸上便乐开花似的跟我讲，豆角要深翻埂、浅下种，西红柿要多施肥、勤打杈……而踌躇满志的我对此常常不屑一顾。

副班长爱写日记，每晚都会趴在台灯下写上几行，于是，便常常同爱写作的我争夺灯光。因此，那时我对他没有好感。

副班长的家乡很穷，他是抱定跳出农门的愿望来参军的。入伍后，副班长能吃苦，工作干得很卖劲。按说第三年他可以当个班长，可他却总是光干活不说话，再加上连队超期服役的老兵多，所以他一直是副班长。

我在报纸上发表了第一首诗时，副班长有些吃惊地在我胸脯上擂了一拳，说："好小子，真行！"便主动让出了那盏台灯。以后，他去菜地的次数更勤，但仍不忘向我传授他的种菜经验："'一生之计在于勤。'要想种好菜，首先也要解决一个'勤'字，人勤菜才会旺啊！其实，同写文章是一个道理。"而我，总是在付之一笑后，便把他的话抛到九霄云外去了。

然而有一件事，却让我终生负疚。

那是一个秋色灰蒙的日子,营里举行手榴弹实弹投掷训练。班长探家了,副班长代理班长。轮到我上场,我很紧张。当小拇指套上手榴弹拉环时,心开始剧烈跳动起来。一慌,手榴弹就掉在了脚下,望着滋滋冒着白烟的手榴弹,我大脑一片空白。茫然间,有人冲上来将我扑倒在地,紧接着一声巨响,我便晕了过去。等我被战友们弄醒时,我看见满身见血的副班长被抬上了救护车。我哭喊着去追副班长,但被战友们拉住了。

直到星期天,我才有机会去医院看望副班长。他脸上缠着纱布,臂上、腿上都打着绷带,正艰难地用受伤的右手整理着他那本日记本。

“我没事,只是以后你再投弹可不要紧张了⋯⋯”副班长说。我的泪奔涌而出。

副班长出院时,已是临近退伍。这时,他黝黑的脸上多了一块疤痕。当我的目光撞上那块疤痕时,我的心一阵颤抖。我不敢去想象他当兵3年没有实现自己的愿望,临近退伍却带走一块“光荣疤”时的心情,更不敢想象这块疤痕将来会给孑然一身的他带来怎样的麻烦。

“胜子,到时写首诗给我留个纪念,我就满足了。”副班长揩去我脸上的泪水,用力地在我肩上拍了两下。

是夜,我在那盏台灯下,饱蘸一年来的友情写成了一首《满江红》送给他。他看到最后两句“挥银锄铁臂撼山河,修地球”时不太满意。他说他退伍后很想在城里找个工作,这也是他父母辛苦一生的愿望。

说这话时,他一脸茫然。那夜,我们谈了很久很久,最后没话讲了,就静静地一直坐到天明。

第二大,副班长走时,我和战友们都去车站送他。他穿着那身已卸下领花肩章的军装,显得更小、更黑、更瘦了。在微微的寒风中,我俩紧紧相抱。

"我走了，也没什么礼物送给你，把我3年写的日记留给你，或许以后对你有用。"他眼圈一红，眼泪夺眶而出。

翻开副班长留下的日记本，没想到里面记满了种菜的经验方法，从修埂到点种，内容很详细。从第一页到最后一页都有笔改过的痕迹，页码上还印染着斑斑点点的血渍。军旅未赋予他惊天动地的壮举，但他却以另一种方式钟爱军旅，锻造自己的人生。副班长，谢谢你。

第二年开春，我也当上了副班长，副班长的日记本便派上了用场。那时，我们班的后勤生产也常受到连队干部表扬。

第三年秋天，我因工作突出，被保送到了军校学习。离开连队那天，我将副班长那本日记留给了新兵……

作于 1997 年

（曾刊于《辽宁青年》）

守候生命中爱的承诺

许多时候,我都想登则寻人启事,告诉她我现在的部队地址。因为我要寻觅在我生命中燃起初恋炉火,而后又悄然离去的女兵慧萍。

我是揣着文学梦入伍的。新兵训练结束后,我分到了团总机班,当过一阵子话务员。

在团总机上值班久了,知道师总机有个代号37的女兵是我们江苏老乡。

"三八"妇女节前夕,有报社约我写篇反映部队女兵生活的稿子,我忽然想到那个37号的女兵老乡。

那天,她也是值大夜班,让话务员接师总机电话时,我手竟莫名地颤抖起来。

"你好,请问要接哪里?"电话那端,声音清脆流利。

"妇女节快到了,我想写篇反映你们女兵生活的稿子,能占用你点时间吗?"

"……写哪方面的呢?"她犹豫了一下,但听口气是同意了。

于是我便按照列好的提纲进行了采访。那天,我知道了她叫慧萍,也是一个爱好文学的女孩。

放下电话,我激动不已。下了班以后,我便将题为《走近女兵》的通讯写了出来。

"三八"妇女节这天,多家新闻单位刊用了我的这篇通讯。也是这一天,我刚走上机台,师总机的灯便急急地闪亮了起来。接通后,是慧萍的声音。

"喂,出了名就不认识人了?"她咯咯地笑起来。

那天,我们谈得很投机,好似早已熟识的朋友。其实,两个有共同爱好的人在一起聊天本身就有一种默契。

以后的日子,我们总是隔三岔五地在电话里聊上一阵子。谈论的话题缤纷万千——谈人生未来满是憧憬,谈文学艺术虔诚谨慎,谈社会历史沧桑沉重……

后来,我们便触及了爱情的区域。人生或许就是如此,有时看似平淡安静,但却暗藏有许多缘分和契机;有时候,仅需伸伸手,爱情便能触手可及。但部队铁一般的纪律,不允许我们相约,也不允许我们相见。

我们电话热恋一年的时候,慧萍到文训队参加军校招生。为补习文化,她要参加一个月的学习。她在学习期间,多次给我来信,我怕影响她的考试,一直未回信。她一考完试,便心急火燎地打来电话。

我刚拿起电话,慧萍在电话那头却泣泣声声,她说她很想我,问我为什么不回信,说万一考上了军校,我们今后怎么办。

听着她语无伦次的诉说,我一脸的泪。

等通知书的日子,时间特别难挨。从电话里,我能感觉到慧萍的慌乱与忧郁,但我无能为力。我只有沉默,这或许是对她最大的安慰。

接到入校通知书的那天,她依旧忧郁。

"我考上了,"电话里传来她幽幽的声音,"是福州医高专八队。"

我记下她的地址,说:"我去送你吧,相识以来,我们都未曾见过面呢!"

"不用了。这一年中,你抓紧时间复习功课,考上军校时再给我写信,你毕业那天便是我的嫁期。"

一年的时间,我们果真没有通过一次信。但有了慧萍的爱情许诺，一本本晦涩难懂的课本竟变得简单起来。第二年，我竟以某师总分第一名的成绩，如愿接到了军校录取通知书。

捧着象征着我们爱情的通知书，我欣喜若狂，迫不及待地给慧萍发了封电报。

没几天，电报竟退了回来，多了一行字：查无此人。

那一刻，我僵住，只有血液在躯体内澎湃着。

我疯了似的向开往师通信营的车站跑去……问起她，女兵们个个神情黯然。

这时我才知道，慧萍接到录取通知书的那天，在去给排里女兵买喜糖的公交车上，遇到歹徒持刀抢劫，她毫不犹豫地冲上去阻止，气急败坏的歹徒在她美丽的脸上连划几刀……

慧萍去军校报道那天，缠满绷带的脸上满是泪水，她请求战友不要告诉我真相。

慧萍上学后，被毁了容的脸上再也找不到她昔日的笑容。后来她转到靠近家乡的一所医校，便再也没有了消息。

从通信连出来，天空已飘起小雨。我如同一个无家可归的孩子，在漫无目的的游荡中，感受着秋雨的萧瑟。那一刻，我决心用行动表明对她的爱，用语言来安慰她，却不知一封封长信该寄向何方。

到军校后，为了证明我已考取军校，表明我仍一如既往地爱着她，我不断将执着的情感写成文字寄给军内外各种报刊，但5年过去了，只见文章发表，却不见慧萍有半点音讯。

日子一天天不留痕迹地滑过。在无数个雁过长空、风卷黄叶的日子里，我的心情如同风中的秋叶，无数次地飘起又落下，落下又飘起。慧萍啊！如今，我已毕业，但你在哪里呢？无数次地回想起那年你许下的爱情诺言，守候在寻觅你的路口，我将恒久坚贞！

作于1998年

（曾刊于《现代青年》）

有生，我永远难忘的战友

自小我就不爱哭，总认为哭对于一个男人来说，是件不光彩的事情，是拿自己的脆弱示众，公开证明自己没出息。然而在这个梦里，我却泪流满面，直至哭醒。

梦里的有生，对新闻报道工作还是充满热爱。一见面他就冲着我说："是不是很久没写稿子了？我在这边总是看不到你的作品。"

梦里的有生还对我说了些什么，在我哭醒的那一刻变得模糊。飘摇在记忆里的，只是他埋怨、哀叹、期待的眼神。

有生是无法再读到我的作品和写给他的文字了。他走得太匆忙，连一声"再见"都没有对我说，就永远地走了。那一刻，没有炮火声为他伴奏，没有鲜血焦土为他化妆。作为一名新闻工作者，在离别人世的那一刻，他是握着笔倒在新闻战线上的。据他身边的同事讲，在他患直肠癌晚期住院那段时间里，他还在询问单位里的新闻线索，还在挑灯撰写新闻稿件。从患病到生命之烛燃尽最后一滴蜡油，他还在军内外报刊上发表了 100 余篇新闻稿件。

我和有生相识，是从报纸上的新闻开始的。记得那是 1998 年 2 月，在小平同志逝世一周年之际，我在南昌陆院的小平楼里，拍了一张社会各界前来瞻仰旧居、缅怀伟人的照片，被《江西日报》刊用在头版。刚从学院新闻岗位到基层学员队任职的有生看到这篇稿子后，就到我们学员队找我，说："我们还可以再写一篇特写。"

我说："我刚搞新闻不久，文笔不是很好。"

"你跟着我就行了。"说着,他拍了拍我的肩膀。那个动作让我感受到一种力量与关怀,至今还温暖无比。

那天正好是周日,在小平同志生活了三个多春秋的二层青砖和木结构的旧居里,有生带着我跑上跑下,采访不同层次的社会各界人士。2月的天还很冷,可我们竟出了一身汗。他告诉我:"新闻特写就要抓不同层面的个性的东西。做新闻工作,就要不怕出汗,不怕吃苦。"

采访结束,天已擦黑。在回去的路上,有生让我把白天的所见所闻和采访的内容复述一篇。我复述完后,他说:"就根据你所说的,拿出初稿。写好后无论多晚都要来队里找我,这稿时效性强,明天必须发出去。"

我毕竟手嫩,拿出初稿,交到他手上时已是凌晨一点多。他从床上一骨碌爬起来,用冷水洗了把脸,便让我坐到他边上,边改稿,边传授我写作方法和技巧。稿子改好后,他说:"将来当新闻干事,不光要会写稿,还要注意搞好通联工作。这样,天亮后我到你们队里给你请个假,带你去认认人。"

那时,我们队长怕我影响学业,不赞成我跟他去跑通联。但有生还是跟队长说了好多好话,把我带到省城各大新闻媒体和各相关部门认了门。第二天,我们采写的新闻特写《"小平楼"前的思念》在新华社发了通稿,全国各大媒体都在显著位置刊用了这篇稿件。

此后的日子,尽管有队里的严格管制,但一有新闻线索,有生还是会偷偷带我出去采写。那段时间,我们的新闻作品屡屡见报,有的还上了《中国国防报》《中国教育报》等报纸的头版头条。也正是因为他的无私帮带,我才逐渐摸索到了新闻采写的窍门,逐渐明白了作文与做人的道理。

后来,他调到上海某航务军代处,我被分配到家乡附近的一个部队。临别时,他还像初次见面那样拍拍我的肩膀,说:"你的文笔不错，只要坚持下去，肯定会在新闻上有出息。"

这像是一种精神传递，让我奋进不已。毕业不久，我就调到师里当了新闻干事，后来又到某集团军负责电视新闻工作。我所采写的稿件有的在全军拿了奖，有的在全国拿了奖。因为新闻报道成绩突出，单位还给我记了二等功。在我向有生报喜的时候，我却得到了他因病突然去世的消息。

没能参加有生的葬礼，是我今生最大的憾事。我甚至无法原谅自己毕业后因为忙于新闻报道工作，而忽略了要跟他及时联系。

常言道："滴水之恩当涌泉相报。"然而，有生给予我的帮助，却是我今生都无法偿还的恩情。他走了，在这物欲横流、遇事讲求利益的年代，他对新闻事业执着敬业的精神和助人为乐的高尚情怀，在我心里却像山一样地厚重。

我本来一直想为他焚上一炷清香，但军营的规定让我无法付诸行动。我只能在无数个黑夜中，点燃香烟，仔细咂摸那飘摇在记忆里的音容笑貌。在无法弥合、经久不息的伤痛里，那闪烁的烟头，或许就是我点燃的心香，在祭奠我曾经的战友、曾经的恩师——有生同志。

作于 2004 年

（曾刊于《浙江国防》）

与岛相恋

孩提时，我曾把一望无际的苏北平原想象成浩渺的大海，把自己想象成茫茫大海中的孤岛。十八岁那年，我终于如愿以偿，参军来到位于东海前哨的一个海岛上。

在军车抵达海港的时候，我挥舞着没有军徽的帽子，向着大海高声呼喊着。我仿佛觉得大海就是久未谋面的朋友，我依稀熟悉海的气势与气息。但大海好像并不友好，当登陆艇离岸驶向它的那一刻，浪头把艇抛得很高，一会儿又摔入旋涡里。浪头肆无忌惮，夹带着啸声拍打着艇舷，不少战友的军装和军被都被打湿了。而我，则吐得一塌糊涂。那一刻，我感觉到了海的冷漠。

连队就坐落在海边。一整片的沙滩，是我们的训练场，我们在沙滩上练军姿、练体能。班长搞起训练来，十分严格。冲滩训练，在沙子里跋涉举步维艰；做俯卧撑，我们头朝着海的方向，脚放在被海水冲出陡坡的沙滩上，做起来特累。我们大汗淋漓地训练着，有时甚至能隐约听见汗水与沙粒的撞击声。海浪是天才的伴奏家，以特有的节奏为我们加油。抬头是天，低头是海，我对大海有些茫然。

后来，我们训练的课题涉及武装泅渡。先是徒手在岸上训练蛙泳动作。从小在内地河流里游惯了的我，自以为谙熟水性，对班长传授的动作要领不屑一顾。划臂、蹬脚，我纯粹是机械地应付。那几天，总感觉时间漫长而又难挨，总想着下海去一展身手。机会终于来了，在班长洪亮的口令声中，我迫不及待地下了水，然而还没施展身手，就在扑面而来的海浪里呛了一口。咸涩的海水一下子就把我呛蒙了。蛙泳变成了狗刨，没游多远，精疲力竭。在喝了几次水后，我被战友拖上了岸。

第二天的训练，我跟连队几个"秤砣"一起，进行补差。训练前，班长和排长耐心地帮我分析原因。班长说："游得不好，不是海跟你作对，这反映了你平时训练不扎实。做任何事情，都要有一个坚实的基础！"排长说："这次洋相出在连里不要紧，下次团里考核出洋相也不要紧，但如果我们面对的是实战的考验，那是要付出血的代价的！我们只有平时多流汗，战时才会少流血。"从班长和排长的话里，我悟出了很多道理。以后的训练中，我和自己较上了劲。班长一招一式地教练，我不再单纯地把它当作单调的运动，而是作为对自己毅力的考验，对惰性的抗争。别人做一遍，我做十遍。在连长宣布我晋升到泅渡甲组那天，我的泪禁不住流了出来。

那天团里武装泅渡考核，是在下午。轮到我们连队考核的时候，天空不知什么时候飘来了一大块乌云，顷刻间大雨如注。排在我们后面的连队都带回了，我们连队没有动。考核组说等雨后再考吧，连队还是没有动。考核组又说，雨中的成绩不好计算，而且如果素质不过硬还容易出事。连队沉默着，依然没有动。这是一种力量。在雨中，我和战友们是高喊着口号走向大海的。海水也像是被我们的情绪感染了似的沸腾着，班长等骨干游在最前面，连队干部压阵。我们铆足了劲和大海搏斗，和自然抗争。那一刻，我感觉到我的心灵已真正与海相融，与岛相恋了。那天，连队带回的路上，我们的口号喊得震天响。

过了几天，团长亲自到我们连队宣布："武装泅渡考核，三连第一。"我知道，这不仅仅是一次考核，更是一次真正意义上的挑战，一次刻骨铭心的洗礼。以后，我对连队近乎苛刻的管理，对班长严格的训练方法和战友们挥汗如雨的训练，有了更刻骨铭心的理解，对连队有了更真挚的爱。

后来,我考上了军校。在告别海岛的那一刻,回望被大海拥抱着的绿色小岛。我忽然觉得,那是我的兄弟用汗水浇灌出的葱郁,用青春甚至生命铸就的绿色军魂。于是,那个在浩瀚东海上如钉子般坚固的绿色小岛,便永远定格在我的内心深处,并化作一个永远化解不开的浓浓情结!

作于 2006 年

(曾刊于《人民前线》)

挑战极限

未曾料想,高考会名落孙山。无奈的我,在一个秋叶飘零的日子,毅然走进了东海某海岛军营。

初入军营,一切都陌生。海岛的风是强劲的,常常裹着沙粒在山沟间回旋起伏。抬头是山、低头见海的日子里,我不由得感到前途渺茫。

然而,一次寻常而又不寻常的五公里武装越野训练,却校正了我的人生坐标。

"嘟……"排长一声长哨,我们这群新兵便出发了。脚下,是石头砌成的山路。坡,很平,不甚陡。但肩上扛着一支钢枪,总感觉心头像是压了块石头般沉重。

"我能跑得下来吗?"越这样想,脚步越如灌了铅似的沉重起来。我机械地向前迈动着步子。不到一公里的路程,便让我痛切地感到生命的漫长与难耐。猛回头,见身后的战友已是寥寥无几。"我跑不动了。"在意志力的边缘,惰性最终让我屈服了,我躲入一个山嘴的岩石后面。

一口粗气还未喘完,班长那黑塔似的身子已压在我眼前:"整理装具,跑!"班长的拳头"咯"地一响,这是他火气上升的征兆。班长最恼恨新兵训练偷懒了。在他近于残酷的命令和恶狠狠的催动下,我又跑了起来。

"步子要迈开,注意调整呼吸……"班长紧跟着我,讲解着动作要领。看来他这次是要单独教练我了。蓦然，我心里涌上一种被别人歧视了很久的感觉。我难道真的什么都不行吗？

"不，我要甩掉他！"有一个声音，在我心底呐喊着。我竭尽全力地跑了起来。痛苦又一次涌了上来，想吐。但我没吐，我心里只有一个目标：倒也倒在终点。我疯了似的跑了起来。

班长还是一步不离地紧跟着。我们超越了一个又一个战友，终点在望，班长最终被我甩掉了。"22分34秒！"排长惊喜地卡住秒表。

这是令我一生都难以忘怀的成绩。我一回头，见班长正站在离终点不远的地方朝我鼓着掌。这是我落榜以来，第一次得到掌声。

"长跑中，人在生理上是有极限的。挑战极限，你就可能收获无限！"班长看着我，意味深长地说。我心头一热，一种充实的幸福感盈盈地在心中流淌。虽然在这次武装越野中，我没有真正地超越他，但他让我懂得了该如何超越自己。我终于明白，人生最大的敌人不是别人，而是自己……

以后的日子，我开始在孤寂的海岛军营中寻找真实的自我。火热的练兵场上，和战友们一道摸爬滚打，挥汗拼搏；冰冷的哨所里，一起顶风御雨，守岁放哨。一有空隙，我便会捧起久违的课本，独守斗室，熬灯苦读……

很快，我在同年度兵中脱颖而出，参加某师军事比武，一举夺得六块金牌，第二年便当了班长，加入了党组织。在一个秋高气爽的日子，我又以某师总分第一的好成绩考入了一所军事院校。

以后，每当我遇到挫折的时候，我便会想起给我生命以激情的那趟五公里武装越野训练……

作于2007年

（曾刊于《基层生活》）

笑容背后

春节带父母游玩温州市雁荡山景区,进大龙湫景点时,才发觉忘记了带相机之类的摄录工具,于是拿出手机,让父亲转身,拍下父亲满带笑容的照片。

我的母亲身体还算健康,父亲的身体已大不如从前。有兴致的时候,他会下楼到院子里稍作走动,但更多的时候,他会趴在窗口,静静地抽着我买给他的红塔山。太贵的烟,他总舍不得抽,家里的中华我拆开口,他故意说是假的,硬是没抽。他们这个年代的人,会始终如一地坚守自己清贫的世界!

但我想让他们开心。当年参军,我就希望在部队有所建树,以慰藉父母那时关切和期盼的心灵。这背后所付出的艰辛,不小心被他们窥探到,我都会愧疚。记得有一次我生病住院,正好他们从外地亲戚家返回,经过我所在的部队。他们是深夜到的,部队的同事告知我住院了。凌晨两点多,他们匆匆忙忙赶到医院。那个时候,部队医院里连值班的人都去睡觉了。我因为有报社的约稿,在病房里加班,他们便循着光找来。病房窗口比较高,他们踮着脚,看见是我便推门而入。抬头的刹那,我清楚地看到他们脸上写满了焦虑、担心和疼爱!很长时间了,回忆起他们的表情,我负疚至今。从那以后,有不开心的事情,我都会放在心里,在他们面前,示以微笑。

游雁荡山景区那天,我带他们相继游了大龙湫、小龙湫和灵岩等景点。一路上,母亲细数着我的一些陈年旧事,尽管琐碎,但她说着这些,我能感觉到她别样地开心。父亲则拿着手机,很认真地记录着他所看过的每一个景点。而我则会趁他们不注意,悄悄拿出手机,捕捉他们每一个笑容,拍摄他们每一个动作,记录和他们相处时快乐的一点一滴。我希望能把这些动情的瞬间,定格成永恒。

我们是在游完所有的景点后吃的晚餐。时间比较宽裕,我想让他们吃好点,便点了些他们生平没见过的山珍。吃时他们没觉什么,待结账时,我看到他们眼神里满是责备。回来的路上,父亲一个劲地跟母亲抱怨说不该出来玩之类的话……黑暗里,我看不到他们脸上的表情,但这些语言像箭一样击穿了我。我知道他们心疼钱了,我知道我所做的这些努力,让一切事与愿违。这不是他们想要的快乐,他们的快乐不需要如此破费。那一刻,我只能无语落泪!

直到后来他们回老家,我也没再给他们买奢侈品,尽管这些对于现在的我来说不算什么。临行前,在偌大的超市里,他们每买一件东西,都会认真地看着标价,拿起来反复地比较。他们专注地看着商品,我专注地看着他们。他们老了,脸上皱纹堆垒,"阡陌"纵横。那些皱纹,如同岁月的沧桑清晰地印刻在他们的脸上,而那些陈年旧影,却模糊了我的视线!

在整理游玩的照片时,我长长久久地盯着他们那些静止的画面,努力地想象属于他们年轻时的笑容。然,无果!这种记忆的失败让我伤心!或许在我成长的那些困顿的岁月里,他们根本就没有笑过;即便有,在他们笑容的背后,也是我所不能体味到的艰辛!我将照片做成电脑的桌面背景,我希望它能时刻提醒我,无论面对何种困境,都要淡泊为怀,笑对人生!

作于 2008 年

(曾刊于《浙江国防》)

父亲的腰

从我记事起，父亲的腰就一直弯曲着。

本来，父亲身板挺拔且健壮。但在一次雨后补漏雨的茅草房时，因为坡斜易滑，他不小心滚落下来摔伤了腰。当时没钱医治，致使腰部一直弯曲。提及此事，村里很多老人至今叹息。

那时恰逢征兵时节，本来父亲和他的二哥约好一起报名参军的，穿上军装扛上枪一直是父亲最大的心愿。但身体如此，父亲只好放弃。村里锣鼓喧天送二伯那天，父亲没有参加，一个人躲在屋后大哭了一场。后来，二伯在部队穿上了四个兜的军装，成了军官；父亲用他自制的猎枪，以弹无虚发的枪法成了闻名邻里的猎手。

记忆中，弯着腰的父亲好像无所不能。扛上猎枪会打猎，带上渔网能捕鱼，握上毛笔会书法。逢年过节，找我父亲写对联的人络绎不绝，就是哪家杀猪宰羊也都请我父亲上阵。那时我们一帮孩子看着父亲忙碌的身影，目光里满是崇拜。这就像妻子羡慕我能把口琴吹得悦耳动听一样，只不过她一直不知道，我的师父就是我那终日弯着腰的父亲。

但更多时候，父亲是和土地打交道。庄稼是我们家庭生活的主要来源。收种之时，父亲常常赤裸着上身，暴露在烈日下，晒得黝黑黝黑的。汗水在父亲弯曲的腰上肆意流淌，像奔涌不息的河流。而父亲或拿镰刀或握锄头的手依旧轻松欢快地忙活着，腰和双臂左右扭动配合，动作简单且干脆。那时，尽管家庭经济十分拮据,但父亲从来不抱怨一声。每逢开学之时,父亲都会将收下来的粮食拉到街上,换成我们兄妹三人的学费。一袋袋粮食沉重地压在板车上,拉板车的父亲弯曲着腰负重前行。就像一座沉默的大山。

我当初参军,从一定意义上讲,是为了弥补父亲当年的遗憾,但更多的,是为了缓解父亲肩上的生活压力。在军营的日子里,父亲弯曲的腰,就是一页无字的教科书,给予我一种生命顽强的启示,激励我脚踏实地,蓄力前行。后来我如愿考上了军校,听说父亲得知喜讯那晚,一个人斟上白酒,喝得大醉。

如今,父亲老了,身体大不如从前。那弯曲的腰,就像拉满了的弓,他用尽一生的力量,将我们兄妹三人一一射向远方。而他,现在就像那杆禁猎后交公的老枪一样,在完成这辈子全部的使命后,时常沉默不语。

前些日子,妻子和我动员他来温州生活。一开始他怎么也不愿意,说弯着腰会让我们在部队大院里脸上无光,但我还是坚持把他接来了。我怎么会脸上无光呢?正因为有了这样的父亲,才有了我一生的自豪与幸福!

作于 2009 年

(曾刊于《浙江国防》)

评功

星夜,你临江而立。看你肩上崭新的"一毛一",就知道你是刚下连的新排长。一到连队,你就赶上抗洪。和战友们整日里浪打、雨淋、日晒在一起,你很兴奋。你说,一听那松涛雷霆般的番号,体内便有了一种血性在张扬。

你是陆军学院毕业的。毕业那天,和同学频频举杯的你很是自信。你说,这回下去,看谁最先立功。那时,同学们都很自负,干完杯,也就开始了你们的新一轮较量。

排里的战士的确争脸。固堤、排险,个个都不是孬种。带病抗洪的老兵杨忠常晕倒,几次差点被肆虐的洪水卷走,可一苏醒,不论医护人员咋劝说,拔了针头便往大堤跑,你拦也无济于事。和他们相处久了,你特感动。你想,在这样的集体里,你那些同学肯定得输。

可到了评功评奖时,你却为连里一个三等功名额同连长红了脸。你坚持要给老兵杨忠,连长却说给一位与杨忠功绩相当的第四年老兵。

宣布立功人员名单的第二天,老兵杨忠又一次昏倒了。你想,该找他谈谈。

"排长,我不是为功。"他说这话时,你被他肩上一粗一细的黄杠杠刺得眼睛生疼。

别人都不在乎这功,我咋就计较起来了呢!这一刻,繁星灿烂。明天肯定是个大晴天。

(曾刊于《人民前线》第 7548 期)

海边

海边，两个士兵，一黑一白，一立一坐，构成一幅风景。

《说句心里话》的旋律从新兵唇边的口琴飘出，格外婉转。

老兵的眼睛涨潮了，趁新兵不注意，从兜里悄悄地掏出了一封电报，裹住一枚石头甩进了大海。湛蓝的海面上溅起一朵很美的浪花。

突然，琴声停了。

"班长，你回家看一下吧！"

"瞎扯。"老兵没有回头。

这时，新兵从兜里小心翼翼地摸出一封信。"啪"，海面上又溅起一朵美丽的浪花。

"你流泪了？"老兵回过头来。

"班长，是海风吹的……"

海边，依旧两个士兵，构成最美丽的风景。

（曾刊于《人民前线》第 7552 期）

重回梦山

援藏休假,去的第一个地方是梦山。

梦山在福建省平潭岛,是我当兵时连队的所在地,如今已成为根植在骨子里的思念。

时隔20年,再回梦山,虽物是人非,但连队犹在,山石依旧,岁月无恙。

梦山没变,山上的剑麻、相思树依旧繁茂,大山依旧朴实沉稳。当兵三年,闲时看山,它是绝美的风景;夜间站哨,依山石而立,它是可以倾诉心情的朋友;任军械员时,掌管着山里坑道的弹药库,常常在大山腹中工作,它是最亲密的伙伴。与石为伴,石会让你找到沉默的理由;以山为友,我俨然成了山的一部分。梦山,埋藏着我三年的人生欢喜与绵延一生的生命情感。

梦山的营盘格局没变。障碍场上依旧欢腾着兵们龙腾虎跃的身影;班排里,菜地上,活动室中,食堂内,依稀还留有我当年的气息。营区兵气依旧,只是排房多了一层。加盖部分的连史室里多了数块荣誉奖牌,多了数位将军的题词。这些来之不易,凝聚着一代又一代连队官兵的心血和汗水,是连魂所在。

连队的堑壕、碉堡没变。沿堑壕而行,总能想起那些穿梭和匍匐其间的往事。在机枪掩体前,给我当年的连长王岳军发去微信,他回复说:"有机会想去看看,也怕去,很多往事,曾经艰苦!"王岳军算是我军旅生涯的第一个恩人,1994年底把我调去身边当通信员。但我好像并不省心,有次演习,端着发令枪跟着他在堑壕内一路小跑,枪不小心走火,信号弹直接打到他腿上,喷得他满腿火药,气得他把常骂的"两个肩膀扛着个木瓜"骂成了"两个木瓜扛着个肩膀"。这是件窘事,但与他的更多往事令我动容。我后来在他手上当了军械员,当了班长,也由此改写了人生的命运,有复习功课的机会,后来考上了军校。周杰伦说,没有方文山,他的歌不会这么成功。于我而言,没有王岳军,我的军旅生涯和人生之路会是另外一番景象。

营区有些变化格外令我上心,譬如四排门前的石凳没了,那是四排长陈永银常坐的位置。陈永银是我军旅生涯的第二个恩人。虽然当时我们二人官兵身份悬殊,但他视我为友。考军校时,我没有丝毫底气,根本不敢报名。在他的各种劝说和帮助下,我过了第一关,后来竟一路过关斩将,中榜上了军校。这次回岛没告诉陈永银,其间他来电说正休假可以陪陪我,但我仍然没告诉他具体位置。如今,他在部队已经有了一定的级别,他若来,我没这份安静。我想一个人在连队静静地待上几日,在朴素的光阴里,安静地回忆曾经的时光,聆听心灵走过的声音。

连队边上的海滩没变。经历岁月沧桑,岩石、沙滩、涛声依旧是我熟悉的模样。这是连队当年的训练场,跑步、体能、打靶、武装泅渡……很多训练内容都是在这片海滩上完成的,这是我挥洒了三年热血与汗水的地方。行走海滩,犹如再读一遍青春往事,眼前仿若又见到战友们矫健的身姿、熟悉的面容,听到他们喊得山响的口号。经年之后,曾经的艰苦岁月,在我写下的黑白分明的卷章里,竟是那么地难忘。然用心可感知的回忆,却是我再也无法重返的过往!

流转的光阴于悄无声息间带走我们人生中许多甚为珍贵的东西。曾经的愉悦、曾经的美好、曾经的执着、曾经的梦想,都已随风而去。但那些深深浅浅的记忆不会淡去,那段海岛岁月、艰苦生活、战友感情,会永远铭刻在心底,留驻成诗,一生不忘。

作于 2016 年 11 月 28 日,福建平潭

为了一位战友的孩子

这是援藏期间发生的事,却温暖着许多人的心。

2017 年 5 月 4 日晚,我的战友孙建文(笔名:伊家河)在新华通讯社山东分社发表的文章《在福建当兵的台儿庄籍战士去世 17 年,战友们没有忘记他!》引起了我的关注。文中所提及的赵世界,山东枣庄人,是我同年入伍的战友。在一个连队当兵,我在连部,他在四排。摸爬滚打的日子,我们并无太多情感上的交流,只记得他性格忠厚,任劳任怨,是个挺实在的山东汉子。1996 年 9 月,我考上军校,之后再无联系。

再次听到赵世界的消息,却是噩耗。听说他因脑病突发,离开了人世。当年他仅 26 岁,他的儿子小磊只有 7 个多月大!当时不敢相信消息是真的,直到看到新华社山东分社的文章才相信确是事实。文中说:"赵世界在海岛上不怕苦和累,第二年做了副班长,第三年做了班长,是连续两年的优秀士兵,并入了党。"抖落岁月厚厚的尘埃,旧时光里,那些可以追忆的碎片,点点滴滴一下子浮现在脑海里。赵世界真是这般的优秀。

时光流年里,轰轰烈烈的生命,有些如同流星,会瞬间迸发出令人羡慕的火花,却注定只是匆匆而过,给活着的人留下无尽的思念与悲痛。赵世界的离去,给一个农村的家庭留下难以承受之重。赵世界因病去世后,他的父亲也离开了人世。命运常常这样冷酷地考验常人的负荷能力。这些年,赵世界的儿子小磊一直跟着年迈的奶奶生活,祖孙俩相依为命地飘摇在人生的风雨里。现在,这个残缺的家庭又面临着小磊即将到来的大学学费和生活费,真的是再也没有办法了!

三年的战友情谊,留在我们生命里的是难以磨灭的痕迹,更是一生一世的缘分。尝过尘世种种烟火,我觉得应该联合同在海防三连生活过的战友,众人拾柴,给这个贫困的家庭献出爱心,给一个年轻的生命以美好的希望。

于是,我在"梦山钢钉连"的微信群里将赵世界的情况作了简短的介绍,并提出给小磊捐款的倡议。之前一直沉寂的微信群里长时间地沉默着,大约每个人都在感叹生命的无常,丈量冷漠与爱心之间的距离。

两小时后,当年的排长陈永银首个响应,捐款1000元。随后,纪士兵、李亚明等一干战友纷纷解囊相助,献出爱心。四川籍战士罗兵在捐出400元后说:"我和赵世界相处两年关系不算好,但战友的情谊是一生的!"随后,有的战友说:"一方有难,八方支援,这就是战友情!"还有的战友说:"看到大家热情的爱心捐款,战友情又凝聚在一起了,骄傲!"微信群里热闹了起来。

夜11时53分,当年连队的连长王岳军出现,捐款2000元,说:"钢钉连的战友们,目前群里78位战友,均是同战壕摸爬滚打的战友,请尽己所能,为赵世界解难,连长在此谢谢各位同甘共苦的战友。"随后的日子,王岳军和我共同发动,捐款数额不断上升。

1995年兵王永春也积极主动地加入筹款的队伍。在他的努力下,很多我不认识的战友也出现在捐款的名单当中。有些是连队80年代的老兵,有些是新兵,还有些是战友们的亲朋好友。我微信里的王学其还是好友的朋友。1995年兵吴建兴的全家都加入了捐款大军。世故的社会里,战友间的情意在蓬勃盛开。

曾经看到过这样一句话:"只有存在热量的时候,过去和未来才有区别。"筹集善款的过程中,三连的微信群异常火热。每一句话,每一笔善款,都让我见到了人性的光辉。

3天时间共筹集善款36800元,我通过微信全部转给了孙建文,这给孙建文第二天送善款带来不少的麻烦。他从吃过早饭开始忙碌此事,先从乡下进城找文印店打印捐款的数目和捐款人员名单,随后赶到枣庄第二中学接上正冲刺高考的小磊,去办理银行卡。但银行卡需要绑定手机号码,小磊没有手机,安全起见,又用小磊的身份证去移动营业厅办理手机卡。这些工作完成后,孙建文想通过微信直接转账,借来小磊同学的手机申请了微信号,提示转账失败。孙建文只得通过微信转款到自己的银行卡上,但一直等到天黑,钱也没有到账。直到翌日中午,孙建文才忙好此事。辛苦孙建文了!一天半时间的忙碌,其中的奔波,是我可以想象的曲折,却无法用语言表达歉意和感激。

小磊是个懂事的孩子。孙建文要给他买个便宜的智能手机,他说买个老人机能用就行了,后来连老人机也没舍得买。电话里,小磊一再地让我替他感谢每一位献出爱心的人士,说他一定会好好学习,用好的成绩报答大家对他的爱。

宫崎骏说:在茫茫人海中相遇、相知、相守,无论是谁都不会一帆风顺,只有拥有一颗舍得付出、懂得感恩的心,才能拥有一生的爱和幸福。承蒙山东省枣庄市1993届战友同乡会的关爱,小磊在学习上一直很努力,高考摸底考试的成绩排枣庄市第159名,在所在高中一直排名前十。现在小磊肩负着海防三连战友们厚重的爱,我相信在他的未来,美好的事情一定会发生。

作于2017年5月7日,西藏那曲

怀念一段时光

今天是"八一"建军节。作为一名老兵，我虽然已经离开部队，但对军营依旧怀有深情，深念难忘。

人生，是由一段一段时光构成的。走过的时光，记忆中念念不忘的一段，于己，必是有意义的。

文字，是深情追思的方式，客观地呈现曾有的经历和感悟，赋予这段时光以更多的意义。

没有谁来到这个世上是没有意义的。选择到军营建功立业，意义是一生的。拿我来说，参军前只是一名普通的农村青年，是军营磨砺了我的意志，拓宽了我的视野，锻造了我的人生，让我得以入党，上军校，成为共和国的中校军官。

在部队得到的锻炼、学到的知识，比任何关系都过硬。在21年的军旅生涯中，我获奖无数，数次立功。这些，是储存在生命里的永恒的财富。转业之时，同样因此受益，多家省级单位主动发出接纳邀请，最终我选择了自己喜爱的单位，平级安置，成为一名处级干部。

试想，如果当初不参军，我或许还仍旧是一个舞弄锄头，终生与庄稼打交道的农村青年。

军营，是展示青春的大舞台，是成就人才的大熔炉。选择军营，选择不一样的路，定会领略不一样的风景，得到不一样的锻炼，获得不一样的收获，成就不一样的人生。一切，都关乎自己的选择。

　　无悔的青春年月、真挚的战友情谊、留给生命的知觉和感悟，是选择军旅的人共有的经历和收获，是人生的历练，是我感激的一段时光。这是认知世界、应对人生的资本。我想，每一名军人或退役军人，大多会感恩军旅岁月，感怀蕴含在这段岁月里的深刻的意义。

　　时光荏苒，终将逝去。但军旅生涯注入记忆的酸甜苦辣，与战友风雨同舟的日子，是人生时光里最为繁盛的风景，是每名离开军旅之人时刻可触的回忆。

　　敬重一段岁月，将其以文字的形式呈现出来，是向这段岁月最崇高的致敬。

作于 2018 年 8 月 1 日，西藏那曲

夜色里，与内心的对话

　　每一次夜色笼罩大地的时刻，我都试着让自己的内心回归宁静，回归自身，回归到精神层面，纯粹地感知自我的存在，并与之对话。

　　夜晚，自然而简朴。在这样的时刻，回归到清明的状态，可以看见自己，看清人生的本质；可以看见远方，看清世界的本真，直至抵达明澈之境、本源之点。

　　身在尘世间，我们都明白人生苦短、余生有限，却总不心甘情愿地过随遇而安的生活。很多时候，我们嘴上都讲着顺其自然，却一直尝试着改变自己的命运。明白人世复杂，我们的内心却从未简单过。人生的许多过往、许多真实的情愫，我们一直隐藏在生命的暗处。

　　其实，将自己一个人沉浸在文字、音乐和游戏里的人，他的世界里一定不止这些。一定有不为人知的孤独、痛楚，又或是其他的一些东西，潜藏在生命里，并随着时间的长河绵延。我们无法避世，也无法直抒胸臆。正如有些快乐和悲痛，无法用笑和哭来诠释一样，人生有许多东西，是无法用文字或语言详尽表述的。

　　这些都是暗处的秘密。阳光下，我们日复一日地向这个世界展示着坚强，展示着快乐，展示着幸福。只有我们自己知道，沉淀给内心的感受，早已渗透进骨髓，植入了生命。

　　我们一直在坚守着自己的意志，试图用一件事替代另一件事，用一个人替代另一个人。实则任何物质都有属于自己的独一无二的质地。物与物，人与人，是无法互替的。我们可以为世界虚构一种假象，却永远无法欺骗自己。无论我们怎样微笑，一定遗忘不了留存在内心的人和事。那些人事，和我们的精神存在一样，已经成了我们生命的编程，是人生的组成部分。夜阑人静的时候，我们可以借着弥漫的夜色，触摸到留有余温的碎片般的记忆，然后静静地坐着回味或者茫然地遥望。

夜色阑珊，灯火氤氲。放眼望去，每一片夜色都很迷茫，如若世事纷呈下我们的内心，如若明明灭灭的霓虹投射给大地的阴影。我一直觉得，夜色是有重量的，心思有多沉重，夜色就会有多沉重。行走于世，我们都渴望一片光亮，渴求一场拯救，殊不知，只有自己蹚出人生的沼泽，才会从反复迭变的命运里，走出属于自己的天下。

梦想，是一个大词，它就像太阳一样悬挂在我们的内心。追寻的过程，犹如艰难而漫长的黑夜，我们一路披星戴月，不知疲倦地奔跑着。回首已是经年，却发现早已丢失了人生许多重要的东西，留给生命的，仅是阑珊的回忆和无以言表的疼痛。或许，人生就是一个不断交换的过程，我们拿青春交换成熟，拿健康交换事业。但，有时承受"失"的痛苦，却未必能获取"得"的喜悦。

黑夜，是一个大的容器，盛着许多无助的悲哀。夜色撩扰下，这样一种无能为力，如潮汐般，在无可慰藉的空荒里，一波又一波涌来，轻易地就会唤醒沉睡已久的心绪。

夜色，是情感流淌的渠道。一直以来，我们见过的、听过的、爱过的、恨过的，一切温暖与伤害、平淡与甜蜜、勇气与力量，都事过有痕，储存在生命里，并不断流动、聚集、裂变，进入灵魂或游离至混沌的状态。夜晚，适宜以一种释放的方式体认细枝末节，感知涓埃之微，并重新构建出新的高度与深度、价值与意义、思想与境界，孕育出可以感动自己、感染天地的大情怀。

作于 2018 年 8 月 3 日，西藏那曲

童年，永不褪色的光景

今天，微信朋友圈被关于孩子开学的各种信息刷屏了，不由得想起自己的童年光景。

很小的时候上村属幼儿园，经常会趴在课桌上睡着，饿醒后环视四周，发现教室里除了桌椅，就剩我孤零零一个人。

上小学一年级时，反应比同龄人迟钝，脑袋里词汇量少，考试遇到组词，就在单字后面一律加个"的"，于是出现：大的、小的、多的、少的……读读也很顺，但试卷发下来全是叉叉，都够做一排篱笆墙了。

和几个同学帮老师家收麦子，活没干多少，晚上老师一家还没上饭桌，我们已经基本吃光了桌上的菜。

总会被姐姐欺负，却仍想做跟屁虫。姐姐每次打完我，她都不忘问一句："是隔壁小孩打你的吧?"我抹去眼泪说是，便又可以屁颠儿屁颠儿地跟着了。

被一同学欺负，打不过他。一个过路的大人看不下去，一脚把大个儿的同学踹倒，我特感激和崇拜。

仗剑走天涯的梦想是从那时种下的。上学路上，常披着上衣，扣起最上面的扣子，持柳为剑，踮脚踏风，一脸义无反顾的表情。后来喜欢上武侠小说，喜欢上文学……

小学学习成绩不好，没尝过学霸的滋味，留了一级，也看到了不少崇拜的目光。再升学，后来一直到军校毕业，也没当过学霸。

在藏地，仰头看天，很容易想起童年。孩提的天空也如这般湛蓝，时光也如这般纯粹。只是，鸟儿飞过，天空没留下痕迹……

童年是灵魂生长的源头，回想那些流逝无影的时光，总忘不了年少时的英雄主义和前进的方向。

成长是一种不断丢失的过程。经年之后，回望童年，回望那片纯真的世界，令人格外怀念，格外忧伤。

作于 2018 年 9 月 1 日，西藏那曲

优雅地活着

其实，在写下这个标题的时候，我并不知道后面该写什么。因为置身当下，在这个欲望和物质喧嚣蒸腾的时代，我并不能割舍尘缘，放下名利，远离纷扰，在繁纷的现实世界里云淡风轻，优雅生活。这个主题，只是内心对高山远水的一份奢求。

秋至，雪域高原天已寒。大雪纷飞的日子，天地圣洁。我喜欢单一的色调，喜欢素简的生活。我希望能淡然风雪，淡然世间所有的悲苦、忧愁、得失，在朝夕之间，自在生活。但孤身在外，在低压、低氧侵凌的时日里，我常常夜不能寐，心力交瘁，无从过精致的生活。所谓的优雅，只是飘浮在脑中的幻境，是无时无刻的渴念。

孑然而行的时光，在人生的艰难与疼痛处，我一直试图以微笑疗愈伤害，以宽容相待生活，以文字凝结美好。但更多的时候，我无力左右背离愿望的现实，无力掌控生命表象之下潮涌的内心，无力慰藉虚无空寂的心灵。人生，是一场颠沛流浪的旅程，受尘世攀缠。谈优雅，非易事。

时常觉得，前世我是一介书生，壮志未酬，托生今世。途经奈何桥，未饮孟婆汤，前世悲欢喜乐一一记着，今生又累积了酸甜苦辣。若山石压心，幽郁久居不散，谈何优雅！

梦境，是与久远记忆和神秘未知重逢的一种方式。那些早以为云淡风轻的过往，一直潜藏在我的记忆深处。入心入肺的疼痛与时间为敌,常常搅乱心绪,是命定的无法逃过的劫数。那些或日益思念或相隔阴阳的人们,依旧会一次次地穿透时空、穿越梦境,以我无法选择的方式,裹挟着、驱使着情感。苦痛喜乐相互交替,无始无终地重启着、撕裂着、造就着,亦或毁灭着人生早已残缺的记忆碎片,构建一系列人世间无能为力的精神悲剧。

岁月不居,半生颠沛。初涉人世的哭泣,从感受生命战栗之刻起便蛰伏、根植于我的体内。成长的日子,我一直用自以为的坚强意志对抗一场又一场生活风暴,以为无惧人生风雨了,以为不畏艰险苦难了,以为业已成型的生活骨架已然成为日常形态。只有梦里的哭泣让我明白,我的人生无法寂静地与过往"挥手自兹去",那些未曾显山露水、积郁在体内的爱恨悲欢不可能淡然忘却。表象的无波无澜,是欺骗他人和自我的伎俩,是伪饰的优雅。

喜爱文字,希望在辽阔的天地里,聚拢弥散在庸常生活中的优雅和高贵,确立自己的内在世界。在物质欲望和人生杂念吞噬一切的今天,书籍却可以让我静下来。我从字里行间找到自己的灵魂,看清生命的真相,获取精神的力量,走向更高的人生境界。这是我在尘世间唯一聊以慰藉、怡然自得、优雅人生的方式了!但,这是一片孤独的世界,几十年了,我一直形单影只地在这片精神的道场里自己激励、自我欣赏、自我享受、自我安慰,并夜以继日地构建和重塑自我。这样一种不为人知的孤独和疏离,如临绝境。

夜间和朋友聊天,彼此羡慕对方的生活。从中悟得:除了具备先天优势的人之外,其实每一个人都在如沙砾的岁月里负累前行,只是咬牙苦撑的日子,别人不知道罢了。走过年轮叠加的沧桑岁月,我们都已经无法再回到从前,无法再像一个孩子那样无忧地说笑,无虑地奔跑。静观世间百态,我们更不可能轻易地向他人敞开自己的内心,诉说苦闷和境遇。生活甘苦,冷暖自知。别人看到的,大多是表象的优雅。

其实,我不敢奢望人生优雅。时光的渡口,见过太多的悲欢离合,总认为过于完美的事物,最终都将面临凋零与荒芜。所以,也能欣然接受人生的各种缺憾。在生命魅惑的背面,兀自成长,在人生自我修行和精进的旅程中度一世光阴。

作于 2018 年 10 月 30 日,西藏那曲

生日快乐

农历十月十三,又到了我的生日。

今年生日,恰巧带那曲市科普系统的同志回浙江培训。这是三年援藏唯一一次和家人团聚欢庆的日子。

其实,一直以来,我都怕过生日。21年军旅生涯,3年援藏生活,我没和亲人共度过几次生日。每逢这个日子,我常常四顾茫然,内心愧疚。

岁月更替,将一切悲喜都淹没在时间的洪流里。处在生命动荡、前路未卜的当下,俯仰岁月,我总觉得人生匆忙,总觉得要做的事情太多,总惶恐于时光的流逝。所以,愈发不愿意过生日。

生日于现在的我,只是一个特殊的节日,只是多了一个和亲友互动的日子,只是一个可以检测自己在他人心中分量的契机,同时也证明生命又增添了一岁。

生日,是人生年轮里重要的标识。在这个特殊的日子,凭借记忆,沿着生命的轨迹往回走,总会想起童年和少年时代对生日期盼、对生命热忱和对未来向往的时光;总能忆起青年之后,白驹不羁,在每一个年轮里义无反顾、一往无前的时日;总忘不掉,每一个生日,相伴而愉、相聚而欢的朋友。

这个日子,必须放慢速度,给自己以思考和感恩的时间。必须感恩父母,给我以面世的生命和一路对我含辛茹苦的培养。只是已经无法回报父恩,对母亲也少有陪伴。今年,恰逢母亲在杭州,本来她早想回乡，得知我生日期间将带队回省科协培训，就一直盼着等着。她说20多年，这是第一次陪我过生日，想送件礼物，但又不知道买什么好，这让她深为苦恼。于我而言，生日的时候她在，就是人生最珍贵的礼物。

出于这样的认知，我希望，我的每一个生日，都能收到亲人和朋友的祝福。每一个进入我生命的人，都是天赐的缘分。我希望通过生日的媒介，从一声声喜庆的祝福中得知大家的身体是健康的，心情是愉悦的。我也极为看重今世修来的情分。有朋友记得我的生日，熟睡的时分就有祝福发来，睁眼还见到了红包，这让我感动。岁月寂然，在静如流水的时光里，这是可以记忆一生的暖意和温馨。

生日的中午，我留给了多年前的温州同事。从那曲刚回杭州时，我在微信朋友圈发了平安抵达的信息，收到各种接风洗尘的邀请。时间有限，推掉了可以推掉的一切应酬，唯有从外地来杭州培训的陈胜文没推。他说："自你调走之后，多年没碰面，正好来杭州出差，难得，想聚下。"我看重重情重义之人，愿意留出人生重要的时刻，与投缘的人相欢。

与旧友相聚，我可以借以打捞、焊接起仅属于各自的人生记忆和交往细节。当下，收获各位好友祝福的时刻，也是寻找记忆和辨认感情的时分。流年似水。无论岁月怎样流逝，我身边，我记忆里，依旧有着从过往时光走来的亲友。有些虽不常联络，但我依旧可以忆起共同走过的岁月。联络的时分，是我可以接壤时空、接壤过往的通道。

缺失的祝福，是过而不返的人生所失，也会是我的遗憾。岁月的风，带走了很多生命中我自以为重要的东西。常想着时间能渡人渡己，可以两两相忘。但特殊的时日里，庆人生所得之时，仍不免感怀岁月所失。时光薄如蝉翼，即便记忆可以延伸，那也只是人生的回忆了。

时光荏苒，余生逼仄，唯愿各自安好！

作于2018年11月20日，浙江杭州

把时间放在有效用的事情上

晚上，碰到两个小伙子发广告传单，路人行色匆匆，大多视而不见。于是其中一人说："可能大家都以为咱俩是骗子，拿张传单去看看又浪费不了多少时间，真想不通！"

很想告诉他，或许有人会认为他俩是骗子，但更多的人不会把有限的时间浪费在与己无关、不能带来任何效用的事情上。但想想人的生活环境、文化层次和个性不同，对事物的认知程度也不尽相同。这是用简短的语言所无法解决的问题，便作罢。

经济学的核心思想是物质的稀缺性和资源的有效利用。人的一生虽有大把的时间，但走过的光阴便是无法回追的过往。村上春树说，世上有可以挽回的和不可挽回的事，而时间经过就是一种不可挽回的事。所以，于人类而言，时间看似充裕，但过而不返，是稀缺的，是需要慎重对待的有限资源。

经济学中，还有个最常用的概念叫效用，是指消费者通过消费或者享受闲暇等，使自己的需求、欲望得到满足的一个度量。时间于正常人而言，是公平的。每天只有 24 小时。无论身份贵贱，都不会多出一分，也不会少掉一秒。如何让有限的生命获得最大的效用，完全在于个人的规划和取舍。

机会是给积极进取的人准备的。认真学习，可以汲取知识，提升境界，从而看得更高，走得更远；专注工作，可以满足生存保障，实现自身价值，成就人生事业，绽放生命光彩；品茶、阅读、散步、旅行……选择有意义的生活方式,可以远离喧嚣,洗涤心灵,陶冶情操,摆脱繁扰,启迪灵魂,让人变得更加成熟稳健。

每个人都有自己的人生理想和奋斗目标,合理利用时间资源,才能不断地拥有进取的力量,达到别人难以企及的生命高度。

作于 2018 年 11 月 25 日,浙江杭州

做一个安静的人

杭州的夜，宁静而祥和。坐在夜的深处，犹如依偎于母亲的怀抱，踏实且美好。

我是一个极喜欢安静的人。买的房子虽在市中心，但小区坐落在另一个偌大的小区里面，极为安静。尤其到了深夜，关上隔音效果极好的落地窗，便是无与伦比的宁静。

拉开窗帘，临窗俯瞰，可见这个城市的繁华。高楼林立，灯火闪烁，霓虹迷人，亦幻亦真，如一场无声的电影。当仰望星空，一切喧嚣便消失了。那是一片能让人心绪宁静的世界，是我所追寻的澄静、平和、深邃、阔远。

安静的人，内心自有一种意境。这是一份遗世独立的优雅，如雪入大地，如雨润万物，如清风明月，如淡淡花香。在清澈的生命里，这份清寂依灵魂而生，曼舞如烟，优雅散淡，尽显精神魅力。

每当我恭默守静的时候，无论是取得荣誉或经受挫折，总能感受到一股无名的力量，以一种温和的方式涌入体内，顺通思想阻碍，打破既定局限，升华精神境界。安静，是一种温柔的力量，拥有它，可以摆脱黑暗，走出困惑，扩展认知，成就不一样的人生格局。

安静，是心灵的港湾，是灵感的源头。这样一种状态，一直蛰伏在我的体内，当我需要的时刻，便如约而至，唤醒内心，激活灵感，赐予想象，让日子暗香生暖，让文字唯美动情，让灵魂丰盈生动，让所处的世界风清云朗。

安静，是可感可触的。它就在平淡无奇的时光里，与我们同呼吸、共日月。它无处不在，你可以在一缕月光中看到它，可以在油墨书香中嗅到它，可以在流动的时光里摸到它……感触到安静，便是拥有了属于自己的安宁平和的世界。

安静，是另一种姿态的进取。在波澜不惊的日子里，安静的人懂得珍惜光阴，善待朝暮。会在烦琐冗杂、嘈杂躁动的尘世里，以不起眼、不喧闹、无比踏实的方式，朝着既定的人生方向，初心不变，风雨兼程，一步一个脚印，直至走出生命的厚重。

此刻，夜色空灵、悠远，倚坐在窗前，仰望星空，静享天之静、月之洁、星之灿，聆听世界跫音，感受万物本性，遗忘尘世纷扰，仿佛进入一片独享的世界。这样的夜，适合一个人默然独处，独自沉醉。这是一份难得的悠哉情怀。

作于 2018 年 11 月 26 日，浙江杭州

责任

　　责任，是一个神圣的话题。

　　在这个世界上，生命在，责任就在。每一个人都不可推脱责任。为人父母要养儿育女，身为儿女要孝敬老人，经商开店要诚实守信，悬壶行医要救死扶伤，这些都是责任。每个人都有自己独立的人生，只有感受到自己的责任所在，才会明白自己的人生走向，找到属于自己的人生道路。也唯有此，才能在这个平凡的人世拥有生命的气力，活出独有的美感。

　　人生一世，不该静如止水、波澜不起，而当有理想、有本领、有担当，以吾辈之生命年华，凛然向前，明白自己的内心，活出生命的精彩，拓展生命的价值，彰显人生的意义。哪怕没有做出惊天伟业也不要紧，只要对自己的生命和生存的世界有过真正的爱与付出，也是尽到了一个人该有的责任。

　　每个人都有自己的职业，高标准、高质量地履行自己的工作职责是应尽的责任。无论是为情、为理还是为义，这都是一个人该有的人生自觉，该有的人格修养，该有的人生追求，该有的人生意志。一个人活着，应该始终强化责任意识，践行责任担当，全心全意地尽到自己的工作责任、社会责任，竭尽所能地为自己美好的生活和这个美丽的世界，奉献自己的智慧和力量。

　　责任感是一个人的脊梁，是人生顶天立地的支柱。鲁迅先生在《中国人失掉自信力了吗》一文中写道："我们从古以来，就有埋头苦干的人,有拼命硬干的人,有为民请命的人,有舍身求法的人……虽是等于为帝王将相作家谱的所谓'正史',也往往掩不住他们的光耀,这就是中国的脊梁。"这些人之所以被鲁迅先生称为中国的脊梁,就是因为他们以强烈的意识,为国家、为民族的发展作出了重要的贡献。

有位学者说:"你所站立的那个地方,正是你的中国。你怎么样,中国便怎么样。你是什么,中国便是什么。你有光明,中国便不再黑暗。"这是说给每一位中华儿女听的,是华夏儿女应该肩负的责任。"为天地立心,为生民立命,为往圣继绝学,为万世开太平。""国家兴亡,匹夫有责。""苟利国家生死以,岂因祸福避趋之。""人生须知负责任的苦处,才能知道尽责任的乐趣。"这些经典名句,充满着仁人志士的责任担当,饱含着仁人志士的家国情怀。今天,历史的接力棒在我们手上,我们当责无旁贷地肩负重任,在自己的岗位上脚踏实地、敬业奉献,将强烈的责任意识转化为实实在在的工作业绩。

当一个人懂得自己所从事的工作与祖国和民族利益紧密相关的时候,强烈的责任感和使命感就会驱使他去奋斗、去拼搏。毛泽东青年时代就以"身无分文,心忧天下"勉励自己要拯救民族危难,周恩来 14 岁就立下了"为中华之崛起而读书"的宏伟志向,这就是最好的诠释。

在雪域高原,一代又一代共产党员舍弃常人所拥有的幸福,放弃常人所享受的生活,用 生的忠诚与担当,在"世界屋脊"书写"责任"二字,树起了共产党人的精神丰碑。还有一批又一批援藏干部,积极响应中央号召,舍弃家庭幸福和优越的生活环境,以坚强的意志克服重重困难,克服高原给身体带来的伤害,在"生命禁区"全力以赴投身援藏工作。这就是责任驱使下产生的忘我工作激情和巨大牺牲精神。

人的一生是从生到死的旅程,秉持责任前行的人,定然熠熠生辉,比如弃医从文、以笔战斗的鲁迅,比如在茫茫戈壁奉献一生的"两弹元勋"邓稼先,比如在生命最后一刻救了一车人的"最美司机"吴彬……责任是光荣的、重大的、神圣的。一个有责任感的人,会绽放出特有的光芒,成为这个社会最温暖人心的力量,成为这个世界永恒的光源。

在《渴望英雄》里看到一段话,作为结尾:"在没有英雄的年代,如果我们仅仅只想做一个人,世界将没有出路。"

作于 2018 年 11 月 28 日,浙江杭州

追求

人生一世,应该持有一种积极向上的生活态度,一种意气风发的精神面貌。这样的生存状态归纳起来就是追求,它可以让一个人走向成功,走向人生的大境界。

每个人的一生都是一条河流,不同的行走状态,会遇上不同的人生沿岸风景,感受不同际遇带来的人生悲喜。在这个世界上,没有什么一帆风顺,更别谈什么顺其自然、随遇而安,一个人要想抵达成功的彼岸,最靠得住、最有效、最能从根本上解决问题的,就是靠自己由心而生、向上向好的执着追求。现实的人生里,只有拼出来的成功,只有付出后的收获,没有坐享其成的果实,没有等出来的辉煌。追求,就犹如逆水行舟,只有不断追求,自身才能不断成长,才有可能将心心念念想要得到的东西变得可以预见、可以实现。

生活中,我们要想活成自己喜欢的样子,必然要走很长的路,经历漫长的时光。如果没有追求,就如在暗夜里行走,很容易陷入迷茫的状态。追求,它是月亮,是黑暗里的光明;是启明星,指引前进的方向;是晨光,激发万物生长。一个人有追求,才不会孤独、怅惘,才可以心无畏惧地迎接每一次日出日落、每一季春夏秋冬。

人生如戏,我们每一个人都是主宰自己生命的导演,内心怎样,我们的生活便会怎样。没有追求的人,就没有人生的方向,就容易在困难和挫折中沉沦。追求,是前行的信念和力量,有追求,才有获得成功的愿望,才有奋斗的动力,才有前行的勇气,才不会惧怕生活带给我们的各种艰难险阻,才能在一百次跌倒后一百零一次地起身厮杀,笑对人生风雨。

追求,是人生观的具体显露。有追求的人,无论经历怎样平淡或迷惘的生活,都不会安命于简宅陋巷,甘于平庸。有追求的人,会在逆境中,耐得住寂寞,承得住压力,默默隐忍,矢志不渝,最终凤凰涅槃,守得云开见月明,拥有海阔天空的人生境界。

由此来看,追求,是一个人内心的灯盏,是催人奋起的号角,是熊熊燃烧的火种,是实现理想的云梯。

这个世界的深广远远超出人的感知边际。一个人要想获取更多的可能,迈向人生更高的境界,必须心怀追求的执念,以"长风破浪会有时,直挂云帆济沧海"的果敢,"万里长江横渡,极目楚天舒"的豪情,舍我其谁,精进努力,终会在无限可能中获得无限收获,同时也可以触摸到辽远的人生。

一个人生命的价值不在于长短,而在于质量。追求的过程,就是探索生命宽度、广度、深度的过程,也是等待煎熬的过程和优胜劣汰的过程。人世滔滔,那些善于和勇于追求自我价值的人,呈现自信和勇气,展示真我风采,获得人生价值、尊严和魅力的。他们是生活的强者。

追求,是一个人安身立命之所在。

作于 2018 年 11 月 29 日,浙江杭州

感谢生命中爱我的人

尽管身体不适，尽管在缺氧的状态下思考能力弱化，但在人生的患难处，那些注入生命的温暖，当及时记下，当铭刻于心。文字是永恒的载体，无论岁月怎样变迁，它会结绳记事般地留下生命里程中收受的爱与善、冷与暖、痛与乐。

11月17日至23日，在浙江省科协领导的关心和支持下，那曲科普能力提升培训班在杭州举办。在此，必须感谢省科协领导。自我援藏后，省科协在出钱出物支援那曲科协工作的基础上，每年都在杭州开展一次智力援藏工作。今年局里领导关心我，让我带队，并让在杭州多休息几天。12月2日回藏，在拉萨简单休整，4日抵达那曲。当天精神状态还好，下午到办公室处理完公事。或许正是因为多休息了一周多的时间，加上冬天的那曲气压更低，氧气更少，气候更恶劣，晚上胃口不佳，所吃甚少。到了半夜，虽吃了安眠药，但仍因头痛和恶心醒了过来，随后是连续几次的呕吐，再后来胃里翻江倒海，咽喉呕感强烈，却怎么也吐不出东西来了。

翌日早晨，头重脚轻，两腿酸软，全身乏力，手指尖发麻。因为有工作要处理，强打精神起床、下楼。到餐厅不长的路，我是挪着脚步走过去的。在缺氧的状态下，没有高原生活经历的人，不会感同身受。市科技局局长多吉有切身的感受，他因为冬季的那曲气候环境恶劣，不久前晕倒在工作岗位上，在拉萨住院。两年多的援藏时光，我们时常会因工作发生争执，但私人感情很好，他一直很关心我。3日,我去医院探望他时,他一再要求我在拉萨休息。后来,他得知我在那曲发生高反严重的状况,多次打电话询问氧气、用车和病情进展等细节,给艰难的光阴赋予了阳光般的温暖。

自从援藏,在"生命禁区的禁区"那曲市执行对口援助工作,两年多的时间里,对生存的艰辛与痛苦,对生命的渺小与脆弱,对情义的理解与体会,在人生的经历当中,有了新的领悟与定位。患难之中,真爱、真情、真义,我会永生铭记。5日早晨,援藏医生潘利福见我状态不佳,连忙给我打来早餐。上午的事,不得不处理,但精神越来越差,司机琼杰背着氧气瓶陪着我跑东跑西。忙到中午,我差点晕厥,完全靠意志支撑着。巴桑曲珍副局长本来安排专车送我去拉萨,我怕给局里增加负担,选择了火车。一路上,我连挪动包的力气都没有,都靠援藏医生闵伟峰帮忙。到拉萨浙江公寓,没有吃饭的胃口,胸闷且疼痛,用血氧仪测量,心跳站立时每分钟180次以上,躺着每分钟120次左右;因为气压低,氧气很难吸进体内,身体含氧量一直在80%上下。我的战友娄勇建有过高原卫勤经历,他说这是身体缺氧导致的,是呼吸衰竭的症状,血氧饱和度要维持在90%以上,80%以下很危险,70%以下会致命。夜里,我怕睡着醒不过来,再者头痛欲裂,也无法入睡,迷迷糊糊盼来了黎明的曙光。早晨,援藏教师陈光建送饭时见我的状态吓了一大跳,一测心跳,每分钟仍在118次至121次之间。后来,他在援藏微信群里说我像脱水一般,嘴唇黑紫,样子很可怕。

说实话,我并不怕死。在活着的日子里,我的付出在这个世界留下过光芒,我的努力对得起生命的每一天。但那夜,亲人在远方哭泣,妹妹说她愿为我承担痛苦,说她没有那么高的政治觉悟,只愿我身体健康。这是亲情发自内心的表达,让我格外揪心。但是,我不甘心死,我还有许多心愿没有完成,我还想为家人、为社会做很多的事情,我希望在生命的轨迹里体现该有的人生价值。这世间,有许多人生艰难与迫不得已,是我们必须勇于接受并承载前行的,这是生命存在的意义。

人生在世,大多数人所努力的方向就是实现自我,否则生命还有什么幸福和意义可言呢!也许,也正是因为有痛苦的存在,才能体悟幸福的滋味,才倍加感恩人生的温暖。在承受痛苦的日子里,我也收到了许许多多真切的关爱与温暖。浙江省政协副主席周国辉,浙江省科技厅党组书记何杏仁、厅长高鹰忠,西藏自治区科技厅厅长赤来旺杰,那曲市委副书记、浙江省援藏指挥部指挥长陈澄等领导通过各种方式给予关心;我的亲人、我亲人一般的朋友电话、微信一直未断,直至听到我说好多了,手机才安静了下来。

看过这样一句话:"人生最好的幸福是,有事做,有人爱,有所期待。"正适合我,我的生命虽承受着常人无法想象和体验的痛苦,但我也在收受着无限的幸福。尽管属于我的远方和希望的很多日子还未曾抵达,但它们一直在那里,总会在那里,是我期待和永不停息的动力所在。

作于 2018 年 12 月 8 日,西藏拉萨

雾中的思索

夜色如水。

习惯在无眠的时刻，临窗静坐，在夜色中赴心灵之约。

可能是连日阴雨的缘故，窗外雾气蒙蒙。

近处，灯火阑珊，像是朦胧夜色里飘浮的花朵。

远处，则是无法穿透的苍茫。高楼大厦，大街小巷，人来车往，所有的一切都淹没在雾气里。包括往日的喧嚣，包括复杂的人性，包括未知的诱因。

习惯把目光投向远方，任由心绪随雾气飘游、蔓延、思索，在生命无法抵达的时空里感触万物。

雾，是有生命的吧？随着雾气，我的思绪慢慢地向远古延伸，向宇宙扩散，在历史深处追索，在现实世界遥望。时间里，我总想在如雾般漫漫无涯的世界里寻得更多奥秘。

生而为人，思索是我们的天性。我一直试图寻觅一些真相，创建一个属于自己的灵魂家园。随着认知的明晰、意识的提升，我却时常陷入孤独、痛苦的涡流，轮回反复。仿佛人生就是由一段段悲痛喜乐拼接而成的转盘，仿佛人体的容器一直盛着酸甜苦辣，行走的过程中便会反复翻滚、搅动。很多时候，尽管我一直在孜孜不倦地追求着，坚定不移地行走着，但真的不知道要走多少路，跨多少桥，历多少事，才能穿过迷雾，走出困局，活成自己喜欢的模样。

阡陌人生，烟波渺茫。如雾的人世，是一场修行。漫长的探究里,艰难的跋涉中,慢慢地,我知道了什么是真什么是幻,什么是虚什么是实,什么是疏什么是亲;知道了执着,知道了沉淀,知道了脚踏实地的意义。在充满雾气的日子里,我一直如雾般默而不语,敞开胸襟,平静从容,简单纯粹。我希望通过这样一种修行,能同样拥有引而不发、绵绵不绝的力量,希望时间能带来救赎,给出答案。

浮雾,无声地缭绕在远山近水间,无息地弥漫于生命天地里,风吹不散,雨淋不去。柔软是最有力量的,也是最恒常的。一个人,如若拥有雾般柔软而坚韧的生命和平淡而坚定的心,必能看破人世喧嚣和浮华,在如水似烟的光阴里,渐次掀起涌向成功的潮汐。

薄雾,淡雅素净,不热烈,不张扬,这是我喜爱的默然清宁,是我喜爱的生命姿态。这一刻,我愿如薄雾缓缓升腾、弥漫,在天地间勾勒出属于自己的诗和远方。

作于 2018 年 12 月 18 日,浙江杭州

认识格尔木

在我们人生的旅程中,有些地方,有些人,可能一生只有一次交集的缘分。但命运的相逢与别离,所经历的或具体或琐碎的场景,会成为生命难忘的记忆,成为岁月温暖的落笔。这也是我在离开青海省格木尔市之后,将过往记忆书为文字的缘故。

去格尔木,是内心期盼已久的一件事情。

援藏时日,比那曲市海拔低的地方,我都渴望用脚步去抵达,将身心妥帖地安放。按照规定,援藏干部人才可以利用双休或节假日,去低海拔的地区休整。通常,援友们会在平均海拔3600米的拉萨市和平均海拔2780米的格尔木市之间选择。我相对较"宅",且不爱折腾,直到三年援藏接近尾声,才在几名援友的鼓动下,临时买票到格尔木,有了一次说走就走的旅行。

我们是乘火车去的。这个季节,出西藏的车票不紧张,火车也极少晚点。2019年3月22日22时许,青藏线上的绿皮火车准时抵站,载着我们穿向无垠的黑夜,驶入猎猎的风中,奔向陌生的格尔木市。

车窗之外,圆月之下,苍茫的大地上,连绵的雪山,茫茫的荒草,清晰可见。这是青藏高原特有的生存状态。

翌日8时许,列车抵达格尔木市。出了车厢,寒气砭骨,朔风携着尘土贴地飞行。举目远眺,大地草木枯黄,山寒水瘦,依旧是一派毫无松动的严冬景象。一无景致的视野里,是一览无余的黄色基调,仿佛又将我带回到援藏的生活。好在温州市援派干部、格尔木市委常委、副市长章万真,市交通局副局长谢瑞芳,蒙古汉子哈斯等朋友热情地接待了我们一行。

章万真是我中央党校研究生班的同学,同届不同班,仅在中央党校领取"优秀学员"荣誉证书时有过一面之缘。有缘的是我们竟然是浙江省同批援派干部,这是我期盼来格尔木的原因之一。人与人只有在生活的来往当中,才能建构起生命情感的联结。本来章万真让我5月份来格尔木,我上火车后给他打电话,突然的造访令他措手不及。他自己因为要去德令哈市参加浙江省援青指挥部2019年度第三次全体会议暨第二十次指挥长(扩大)会议,连夜协调车辆接站,并精心安排了胡杨林、察尔汗盐湖和将军楼主题公园等行程。这样的安排,极有深意,给人以视野上逐渐抵达、心理上深入了解、精神上高度融合的过程。

胡杨林距格尔木市60公里左右。车子在一片黄沙弥漫的地方停下后,我们步行进入沙漠,不一会儿便在荒瘠的沙丘上见到一片古朴的胡杨林。干燥缺水的沙漠里,一棵棵胡杨像一尊尊粗犷、硬朗的雕像。它们形态各异,或俯地生长,或曲折生存,或直指苍穹,仿佛在顽强地向上天、向大地宣示生命的力量。天地之间,凡古老的、饱经沧桑的东西,都极具震撼力。轻抚树干,轻抚一道道风沙肆虐的印痕,我可以清晰地感知到大自然的雄奇与严酷,感受到岁月的沧桑与厚重,感触到生命存在与逝去的痛苦对决过程。带着悲壮的情绪离丌胡杨林时,我在内心不断地重复土耳其作家帕慕克的一句话:"我不想成为一棵树本身,而想成为它的意义。"

格尔木这片浩瀚无际的土地上,人与自然、自然与天地之间的斗争印痕无处不在。去察尔汗盐湖的路上,所到之地,盐碱随处可见,但作物依旧生生不息地生长着。它们,以一种悲壮的姿态,展现着生命力,展现着原生之美!

在将军楼主题公园,将军楼遗迹犹存,一盏盏再也不会点燃的煤油灯和陈列馆内的铁锹、镐头、锤子,已经丧失了作为工具的功能,但仍是唤醒人们记忆的凭证。穿过历史的漫漫风尘,我仿佛看到了慕生忠将军和筑路大军在平均海拔 4000 米的莽原上迎风冒雪、风餐露宿、艰苦卓绝的筑路岁月。历史不会开口说话,但留在岁月里的印迹,就是一部厚重的史书;世人口口相传的故事,就是他们永世长存的功绩。在主题公园参观时,我一直在想,认识格尔木,当从慕生忠将军插在这片土地上的铁锹开始,从 4000 里的青藏公路开始,从宽阔雄浑的格尔木河开始,从连绵起伏的昆仑山开始,从沙漠里的胡杨林开始,从盐湖里的结晶开始……心视大地山川,从哪里都可以触摸到格尔木内在的质地和无形的魂魄。

认识格尔木,也可以从生活在这片土地上的人们开始。

刚到格尔林时,章万真见到我讲的第一句话是:"昨晚没睡好,2 年多援助青海期间,整夜整夜地失眠!"我听后不以为意地笑着说:"你去那曲待几天,再回格尔木保证好睡。"事实上,我错了!入夜,奔波了一天的我,身体已经是极度疲惫的状态,但躺在床上,却怎么也睡不着。胸闷气短,是和在那曲一样的症状。这时候,我才理解章万真,以及在这片土地上、在艰难环境里不折不挠生存的格尔木人。

谢瑞芳是我在青藏地区科技培训班的同学。培训期间,因为人数众多,我们彼此并不认识。我的散文诗歌集《生命的姿态》中的诗作《遗忘在梦里的情书》,她有共鸣,加了好友,但只有过一次交流。得知我来格尔木市,双休日还在工作的她,百忙之中赶来和我们相见,周日还发动老公和外甥女开了两辆越野车,带我和援友们游览无极龙凤宫等景点。我相信"心由境造,境由心生"一说,沿格尔河而行,静穆的山脉、流淌的河水、美丽的石头……万物因热情好客的格尔木人,呈现出最美的姿态,满足了我此次行程所有的期待。

返程的火车票很紧张,青藏铁路格尔木站素未谋面的周美琴大姐帮忙购买,解决了我们的难题,令我感激。万千世界,茫茫人海,有些人或许一生难得一见,但在交错的时空里,留给心灵的良善,会是这个世界上最美的风景,会让人一生铭记。

认识一座城,从走进开始,从离开怀念。在无限伤感中辞别格尔木市,我突然喜欢上缓慢的绿皮火车,我希望它开得慢一点,再慢一点……我希望时光逆流,回到在格尔木市的每一个美好的瞬间。只是,时空不会因个人的心愿和力量而改变。写下诗作,当是怀念。

写给格尔木的情书

写首诗,给格尔木

给意犹未尽的情感

感激的话,都说了

未曾表达的,我会以时针为橹桨

从每一个难以入眠的长夜出发

划过梦乡,划向昼夜交替的未来

如日夜穿行的列车,你不会知道

会带来多少期许,带走多少思念

诗如谜,所有答案都在隐喻的地方

我努力地让自己冷静,许多话都没说出来

你也可去胡杨林找找

我把最动情的语言都写在沙漠上了

风知道

或者去察尔汗盐湖走走

尝尝湖水,它可以表达我的内心

去无极龙凤宫的路上

我把人生悲欢都告诉了石头

其中一块,是关于你的

空的时候,你也可以去格尔木河走走

河梁之谊,可以通过世间的河水传递

我的爱在静默,在相逢和告别的时候

下一次,你在未曾到过的地方等我

时间里

余生的期许和答案都在那儿

作于 2019 年 3 月 31 日,西藏那曲

生命缝隙里的灿烂阳光

5月的那曲,瑞雪纷飞。漫天飘扬的雪花,是冰晶在严寒的气候里,在相互碰撞的机遇中,互相黏合,才呈现出来的绝美景致。一如在我援藏期间,藏族同胞收受爱与温情之后,呈现给生活的灿烂笑容。

人与人之间,生命是平等的,但人生命运和生活际遇却各有不同。同处于一个世界,平均海拔4500米的那曲市,因受强烈的紫外线辐射影响,白内障患病率远远高于平原低纬度地区。2019年4月26日,由浙江省科技厅、那曲市科技局主办,温州医科大学附属眼视光医院承办,那曲市人民医院协办的"2019世界屋脊光明行"活动中,通过筛查,发现仅巴青县就有眼疾患者2000余名,白内障患者165名。

命定的事情难以抗违,我们所能做的,是在视域之内释放内心的良善,在力所能及之处改善藏族同胞的命运境遇。在浙江省科技厅支持下,2017年和2018年,"光明行"医疗队共为色尼区和索县117名白内障患者解除了病痛,让他们重见了这个世界的美好。今年是"光明行"第3次为藏区群众免费实施白内障复明手术。为了不影响牧区群众5月份进山挖冬虫夏草,紧迫的时间里,援藏医生闵伟峰对我提出的带领医护人员和医疗器械赴巴青县筛查白内障患者的请求一口应下,避免了藏族同胞长途奔波。这是那曲市人民医院眼科首次携带众多医疗器械下乡。那曲市地域辽阔,相当于4.5个浙江省面积,下乡路遥山险。在自然环境和生活条件极其恶劣的状态下,闵伟峰和同事们连续几天为牧区群众做眼疾筛查,所应许的不仅仅是与我之间的感情,更大的呼应是一名医者对病人痛苦的切身理解,是对尘世生灵至深的悲悯情怀。

红尘俗世里,慈悲喜舍的人总让人心生亲切,并滋生出志同道合的亲切感情。温州医科大学附属眼视光医院的涂昌森,若我前世旧友。我在那曲援藏的3年,他对我的工作给予了大力的支持,连续3年带眼科专家来那曲献爱心,先后协调相关企业捐赠价值20余万元的远程医疗设备2套,捐赠了价值70余万元的眼科手术耗材及晶体,给藏区牧民送上了浓浓的爱心和暖意。

为造福患者和社会,从2006年开始,医院先后派技术骨干远赴西藏、贵州、云南、青海、四川、重庆、陕西、新疆等地开展扶贫白内障等防盲治盲工作。2019年5月7日,涂昌森带领医疗团队又一次跨越千里来到西藏那曲。副主任医师李锦阳、助手程菲菲、手术室护士蔡俊杰是第一次到4500米的高海拔地区。5月7日晚,大家放下行李,进行短暂休息,5月8日一早就带着高原反应的痛苦投入工作。

5月9日,在"2019世界屋脊光明行"活动仪式上,那曲市科技局党组书记姜措心怀感动地说:"感谢浙江援藏队对那曲人民一贯的无私厚爱,感谢温州医科大学附属眼视光医院和相关企业的无私援助。他们带着民族情千里迢迢为我市牧民群众,尤其是贫困白内障患者,送温暖和光明,既是落实民心工程,解民忧、送福音的喜事,更是助力脱贫攻坚的实事。我代表科技局党组,代表患者和家属,向他们表示最热烈的欢迎和最真挚的感谢。"

心怀善念、怜悯与同情的人,会有内源性的精神动力。前两年的"世界屋脊光明行"活动,在那曲产生了良好的社会效应,今年的病人成倍于往年。5月8日手术第一天,温州医科大学附属眼视光医院4名同志和那曲市人民医院眼科医护人员一直忙到5月9日凌晨 2 点多,才拖着疲惫的身躯回住处入睡,一早又精神抖擞地走上手术台。为了节省时间,多做几台手术,医护人员每天中午只吃盒饭,经常连明达夜地手术,务实敬业的精神感动了今年前来就诊并成功复明的 92 名白内障患者。5 月 9 日,他们的事迹得到那曲市电视台宣传报道,也感动了那曲人民。那曲市人民医院院长马灵斐说:"怎么点赞也不足以表达对温州医科大学附属眼视光医院专家的敬佩与赞美之情!"

哈佛大学教授霍布斯·里尔说:"爱心是善举的火源,它点亮的不仅是人们的生活,更是人类的旅途。"在这个物欲横流的时代,向他人施以爱心和扶助,不仅营造了幸福,也增加了自身价值。岁月里,随着年龄的增长,在获得诸多荣耀之后,我愈来愈懂得,那些我们所在乎的地位、头衔等等,到最后,只是封存在档案里的鲜为人知的个人印记,终会在岁月里淡如烟云。人,在芸芸众生中生活的人,能够突破固有的自我意识,在既定的人生里,将职务带给我们的权利用在有意义的事情上。我们的有生之年,人生所及的范围都是美好的境地,生命之后,也会成为别人心中的念念不忘。

援藏岁月,我对这片熟稔的土地爱得深沉。在眼科病房,见到已愈的藏族同胞露出阳光般明媚的笑容,我就像见到乡下的长辈和兄弟,温暖而亲切。我把能给的爱献给这片土地上的人们,收获的不仅仅是一条条圣洁的哈达,更多的是精神上的富足。在这个世界上,顺着灵性、良心为人行事,可以让人感受到自身生命更为丰富的意义,获得高于生命状态的价值和无量的幸福。

作于 2019 年 5 月 13 日,西藏那曲

生命的力量

《生命的力量》是我在援藏期间出版的第二本书，和写《生命的姿态》一样，23万余字用去了我所有休息时间。之所以写荐文，是希望能够向更多的人展示高尚，让它以不朽的文字，延续蓬勃的生命力，让它成为更多人生命的力量支撑。

在我国的文学作品当中，描写英雄楷模的佳作不少，但以文学的笔调逐一展现一个团队每名成员奋斗历程的作品不多。我希望我的文字像自由的风，可以不受阻隔地从不同侧面诠释与我患难与共的浙江省第八批援藏干部人才的不凡付出和伟大灵魂。身处在这个震古烁今的伟大变革的时代，文学应当不受语境规约地为普通人造影，为奋进者扬帆，为新时代放歌。

西藏，是一片神秘而神圣的土地。在这片土地上，有一群人积极响应组织号召，用生命年华在世界屋脊书写人生华章，以无私付出在雪域高原树起精神丰碑。我所讲述的，是其中的一个团队——浙江省第八批援藏干部人才的故事。写这本书，不是为了给谁树碑立传。这个群体，先后共72名同志，是全国第八批共千余名援藏干部人才的缩影，甚至是自1994年党中央召开第三次西藏工作座谈会以来，八批次援藏干部人才的缩影。在时代滚滚洪流和文学的波澜起伏中，这群人，这群不顾个人安危、不畏艰难困苦、不图人生回报的人，应该成为一个时代的精神召唤，为更多人带去人生启迪。

浙江省第八批援藏指挥长、那曲市委副书记(正厅长级)陈澄在序言中说:"生命的美好由无数个温情的片段组成。必胜同志作为浙江省第八批对口援藏工作的亲历者和见证者,以文章的形式真实地再现了每一名援藏干部人才倾情、倾智、倾力的辛勤付出,再现了每一名援藏干部人才积极、昂扬、向上的精神风貌,再现了每一名援藏干部人才无怨、无悔、无私的人生品质。林林总总、点点滴滴,记录了铭心刻骨的春秋,诠释了别具意义的人生。""'逝者如斯夫,不舍昼夜。'流水般的日子需要以某种形式,将难忘的时光定格成特定的标识,进而展示出特殊的意义和价值。我想,这就是必胜同志书写《生命的力量》希望达到的目的。我愿意成全必胜同志的心愿,为他用心血和情智凝成的作品作序,并愿这段凝集着我们珍贵回忆的援藏经历,能成为更多人的精神特质和生命力量。"

这本书由文化和旅游部中国书画院副院长雷鸣东题写书名。雷鸣东与我有着10多年的兄弟情谊,他不仅书画艺术蜚声海外,文学造诣同样深厚。我们经常在微信上交流文学心得,他对我的文字的评价是:"自然,唯美,充满灵性。"《生命的力量》书稿,得到了雷鸣东的高度褒奖。他说:"讴歌时代、礼赞英雄,是文艺创作永恒的主题。必胜贤弟作为援藏的亲历者,以深度的体验、敏锐的观察、细腻的情感、自由的语言,满怀深情、富有激情地呈现了浙江省第八批共72名同志的援藏故事。文章有深度、有厚度、有温度,有气息、有个性、有痛感,是生活进入生命的深度体验。从直抵人心的文字里,可以了解真实的援藏生活和真切的赤子情怀,可以看到人性的美好与高尚,看到生命的力量与意义,看到共产党人的大爱与境界。在天与地之间,这是对精神核质的深层挖掘和精神空间的无限开拓,意义深远,力量永存!"

这本书的稿酬收益,沿袭散文诗歌集《生命的姿态》的做法,全部用于资助世界上海拔最高的县——双湖县的贫困学生。这群孩子每年都和我有联系,其中曲尼拉姆来信说:"您写的《生命的姿态》里面写了援助西藏的叔叔、阿姨是非常不容易的,我会好好学习,将来回报你的恩惠。我想通过这封信来表达我内心的感受,想对您说谢谢您!"曲英益西来信说:"我想要努力学习,长大后成为像你一样的人,报答您的关心和帮助。"我不指望他们报恩,但我希望他们能做善良且有力量的人。一个人只有依仗善良,活得坚定,才能走向美好的未来。

在世俗的今天,有些善良或许不为人知,但人生是一场修行,带着仁爱的心灵行走,会让这个世界更加美好,也会让自身的生命芬芳迷人,魅力流溢。

作于 2019 年 5 月 14 日,西藏那曲

感念每一位喜爱《生命的力量》的人

《〈生命的力量〉面世了!》一文推出后,仅半天时间,书的销售过千,出乎我的意料,也令我非常感动!

我是一个喜欢安静的人,很少和别人闲聊,平时微信也一直是安静的状态。《生命的力量》的出版,从 5 月 14 日中午时分开始,如同投入湖中的一枚石子,泛起的涟漪至夜间都没止息。团购《生命的力量》的消息,是一份无法拒绝的喧闹。

我是一个脸皮特别薄的人,除了对关系特殊的会主动推销,其余售书,完全是守株待兔,处于被动等待的状态。尽管如此,《〈生命的力量〉面世了!》一文推出后,团购订单络绎不绝地砸来,一时间令我应接不暇。许多都是之前买过《生命的姿态》的朋友,要求购买新作。这世间,最珍贵、最难还的是感情的债。我是一个有情必还的人,尽管这份情是为了那曲市双湖县的贫困孩子,但之前欠下的债还没偿还,我不愿背负更多,所以拒绝了许多订单。有一位未曾谋面的朋友拒绝不了,他是我的老师——浙江省委党校副校长吕清民的朋友、已经退居二线的干部魏辛树。之前他自费给儿子的学生购买了 30 本《生命的姿态》,这次为了给开化县村头中学的贫困学生买书,前几天就找我要书的简介。得知《生命的力量》面世,他二话没说,直接从微信中转来 1260 元钱,然后让我把书寄给开化县村头中学的校长。见我拒绝,他非常诚恳地说:"开化县,是浙江省的'西藏'。购买给贫困学生,是希望给他们以生命的力量,帮助他们成长。"见我犹豫,他接着说,"这是早已经和学校联系好的事情,不愿失信于人,望务必答应!"话语情真意切,我唯有成全他,唯有向这颗善良的心和这个伟大的灵魂致敬!

我一直觉得自己是一个幸运的人,人生所遇皆是良人。人与人之间的生命往来的一切美好,都以不偏不倚、恰到好处的姿态存在于我的世界。近傍晚时,打开微信朋友圈,翻了很久很久,《〈生命的力量〉面世了!》基本上占领了我的手机屏幕,亲人朋友都在转发。如若生命是一场烟火,那么今天便是最美的绽放。有些陌生的团购单子是循着转发的文章找来的。邵杨庚是一名西藏退伍军人,现就职于一家医药公司。在外地出差的他,在朋友蒋庆锋微信朋友圈见到售书的文章后,主动加我,先打来书款,让我过些日子等他回家后再寄书,说怕老婆搬不动。从指间流逝的时光里,这就是最美的瞬间,我用文字留住这动人的一刻。

在这个世界,我从来不是单枪匹马地战斗。邻居群里,好邻居刘俊霞在4个微信群同时发动团购,热闹非凡。这个和睦温馨的群体,一直令我感动。我有一个同乡群,加入后很少聊天,可他们仿若我强大的后方。李同群是我一个市的老乡,虽未谋一面,但早早就给我打来20本书款。浙江日报社周成功在群里发红包发动大家购书,还专门建了购书群,说如果达不到团购数量,剩下的他兜底。真希望见见这位侠义的老乡。微信"艺术互联互通"群是一个从事书画艺术交流拍卖的公益群,这几年帮助了不少贫困儿童和家庭,群主黄顺意见到售书文章,当即决定买50本,作为年度奖品。那曲市科技局是一个幸福的大家庭,从局领导到普通职工,都对我的工作非常支持,对我的生活非常照顾。因为《生命的姿态》没买成,《生命的力量》在印刷时,局领导就主动找我购买,我只应允了三分之一的数量。我还要感谢杜震宇、吴斌峰、汤建新、周晓东、徐耀雪、殷克华、俞继业、凌佳豪、姚乐、余建平、程浩、余华安、徐济时、安明和、闵伟峰、叶惠峰、应帅、潘利福等援藏兄弟对《生命的力量》的支持。西藏臻蓝生物科技有限公司毛爱武、温州都市报陈忠、战友潘长云都是心有大爱之人,一并感谢。这是一种纯粹的情义,会长久地留在我的内心,给我恒久的感动。

一颗颗真诚而良善的心,就像一束束投射给生命的明媚的阳光。不仅它们可以温暖我,将我所得的稿酬捐献出来,更可以照亮很多孩子的前路,给孩子一份份真实的抚慰和向上的力量。《生命的力量》实际就是一种链接,是此刻和未来重要的精神证据。

作于 2019 年 5 月 14 日,西藏那曲

致敬令人动情的时光

人生至此,这是一段令我动情的时光。

援藏时日,用休息时间,记录日常见闻和思悟,形成了近50万字的援藏手记,结集出版《生命的姿态》和《生命的力量》。文化和旅游部中国书画院副院长雷鸣东阅读后说:"必胜贤弟的文字,总能轻易地打动人心,引发共鸣。"近千个日日夜夜,我写下的每一个字,都连通着我的血脉风骨和心性情怀。每一篇文章,都是我人生责任和本能情感的呈现。我所经历的援藏岁月和生活,是我创作的根底和本源。我必须用文字向这片令我动情的土地和时光致敬,所以才会有一篇篇由心而生的文章问世。我希望这一段命运的淬炼,能感召和推动更多的人人生进阶,让每一个开卷的人,都能从中获得生命的启示与熨帖和无限的温暖与动力。

在人类命运被自然主宰的雪域高原,凡夫躯体的脆弱暴露无遗,让我们不由自主地感觉到生而为人的渺小,但个体的渺小并不能阻止群体的超越。在恶劣的自然环境里,执行对口援藏任务的我们,从来没有向苦难低头,更没有向命运屈服。艰难时日,大家相互慰藉,相互取暖,共度时艰,让人性变得更加美好,人生更有力量。三年时光,"生命禁区的禁区"的那曲,流传着许多动人的援藏故事,许多优秀援藏干部人才的事迹在群众中口口相传。第八批浙江省援藏干部人才的生命特质,在风雪弥漫处,闪烁出耀眼的光芒。最深的绝望里,亲历其间的人,往往能洞见世界更深层次、更壮阔的美好。尘世浮华,我希望用文字呈现每一个生命的存在价值和精神意识,用最深的情向倾情奉献的每一个无私、无悔、无畏、无惧的人致敬,并以此让更多的人从中领略到不一样的人生情怀和生命高度,获得不一样的人生力量和生命教益。

时间会沉淀最真的情感,风雨会考验最暖的陪伴。《生命的姿态》和《生命的力量》近万本的销量,基本都是我微信里的好友购买,这出乎我的意料,也出乎出版社同志的意料。6 月 12 日,浙江工商大学出版社副总编辑郑建在答应加印的时候说:"这是费兄人格魅力与慈善精神所致!"或许是。人与人相处,就是彼此走进对方生活和生命的过程。起落的人生里,事与物反反复复地检验,会让有着心灵共性的人形成某种难以割舍的情感联结,也会让一些人在余生岁月里渐渐疏离,直至陌路。所幸,我微信里的好友百分之九十经得起实践检验,义售《生命的姿态》和《生命的力量》过程中,盛大而温暖的感情给我的生命织造出一番激越浩荡的气象。许许多多购买过《生命的姿态》的朋友,仍然强烈要求购买《生命的力量》,除两位朋友外,其余被我一概婉言拒绝了;还有些朋友在自己团购的基础上,纷纷发动和组织其他人购买;在浙江省科技系统,我只向几位关系好的朋友作了推荐,没想到一些已经离开科技岗位的朋友也主动要求购买。无数暖心的情景,让我看到了一颗又一颗真诚的心,看到了慈爱的力量、友谊的分量和不灭的希望。我必须用文字向这段愉悦、兴奋和光辉的时光致敬,向无数鼎力支持的朋友和陌生的温暖致敬!

人生往事,终会悄无声息地消散在岁月的长河里,但令人动情的记忆,会永远地黏附在生命里,也会在血脉之外建构出独有的精神乌托邦。它的存在,是疲于奔波的人生永远的慰藉。即便日子归于平静,一旦念及,定快慰依旧。有的时候我会想,当一个人在需要帮助的时候,有人援手,他就是幸福的人。而我,在如林般手臂的相助下,是这个世界上最最幸福的人。无以为报,唯有以文字的形式,将爱的温暖和心境定格在时光里,让所有美好,在大浪淘沙的岁月里永远光芒闪烁,绝美如初。

人这一生,无论尊卑贵贱,最终都将归于尘土。财富、名利等身外之物,最终都是过眼云烟,但精神不会被磨灭,善的力量会永远存在。它们,一直高悬在我们的头颅之上,隐匿在我们的身躯之内。当一个人跳出局促的生活视角,在人与万物之间,心怀大爱,致力于善的连接,实际人生当中,就一定会找到灵魂的根柢,发现最美的自己,拥有美好的际遇。西藏,在许多世人的视域之外,这里有许多需要我们帮忙的藏族同胞,有许多渴求得到温暖的贫困儿童。唯愿《生命的姿态》和《生命的力量》能够成为爱的契约。您的援手,既能享受到富有正能量的美文,慈悲也有了最好的归处。一个人,最好的生命状态,不仅要让内心有光,更要去感染和照亮更多的人,给生命增添精神的光辉。

一个人无论什么时候都应该秉持一种爱的情怀,不仅要爱自己,更要爱他人,爱冷暖炎凉的生活,爱博大辽远的世界。向爱而行,我们定能从生存的时空里领受到生命的诗意和深厚的教益。泰戈尔在《飞鸟集》中说:"我们热爱这个世界时,才真正活在这个世界上。"三年援藏岁月,那曲与我的生命已然建立了一种本源的、心灵上的联系,已经内化为躯体内不可替代的情感和精神。曲终心不散,今后无论走到哪里,我会依旧关注高天之下曾经疼痛过、奋斗过、感恩过的那曲。《生命的姿态》和《生命的力量》的稿酬依旧会如数捐于西藏公益。相信,未来会有更多令人动情的时光。

作于 2019 年 6 月 15 日,西藏那曲

以父亲希望的样子活着

在"生命禁区的禁区"的西藏那曲,很难入睡,丑时清醒依旧。翻阅朋友圈,发现又是一年父亲节。

写过不少关于父亲的文章,有些在公开刊物上发表过。但有生之年,父子情感难却,我总想一直写下去,一直写下去。

我深爱着这个给我生命的男人。在他有生之年,我们都没相互表达过爱的话题。我和父亲性格相似,男人都羞于启齿关于爱的语言。我成长的日子,他一直用行动诠释着为人之父的全部爱意,哪怕是严厉的惩罚,也是爱之切的另类表达。我最初不懂,内心惧怕过,也暗暗地恨过。后来,尝到了生活的苦,才慢慢懂得了一个父亲望子成龙的情感和良苦用心,也学会了用行动回证。于是流着泪重拾深奥难懂的课本,流着泪在军营摸爬滚打……我尽了所有的努力,以痛苦的形式超负荷地逼迫自己,用所有坚强的念头支撑着自己在这个艰难的世界走下去,走下去,直至找到属于自己的独特价值与意义,直至见到他脸上欣慰的笑容。我 17 岁之后,他不知道我流下过多少泪滴,淌过多少汗水,咽下过多少苦痛,经历过多少沧桑,不知道我有多么爱他。直至死亡猝不及防地出现在我们面前,相隔阴阳,我都没能对他说过一个"爱"字。如今,只能用义字诉说内心的悲伤和无尽的思念。

生死是人类无法操纵的事情,如今,我唯有在内心一次又一次地回想父亲全部的好,唯有于事无补地表达对父亲的怀念,唯有加倍孝敬母亲以抵消内心中的失落。这样一种缺憾、哀伤和苍凉的心境，父亲离世之后，如同一首永不消逝的挽歌，一直萦绕在我的心头，是我一生周而复始的悲痛。

我一次又一次梦见父亲。车祸之后，父亲没给我留下任何一句话，这是一场没有告别的永不相见。这样也好。现如今，虽然天人两隔，但我常常会梦到父亲，在心底一直觉得父亲还活着。我相信他能够感知到一个孝子的怀念，否则不会有云淡风轻的梦境，每一次梦见都是我们父子难能可贵的相聚。

按电影《寻梦环游记》里说的，人断气和举行葬礼并不算是死亡，只有世界上最后一个记得你的人死亡，才是真正的死亡。现如今，我依据父亲存留在我心中的光辉，始终以阳光般的心态炽热而坚强地活着。所以，即便在死亡阴影极重的西藏那曲，无论环境有多恶劣，人生有多残酷，我一直在一个又一个生命痛点里，选择希望，选择坚强，选择拼搏。哪怕撕心裂肺，哪怕痛不欲生，但我一直以父亲希望的样子，内心含泪、面带微笑地活着！

在西藏，死亡从来不是消失，藏族同胞坚定地相信，人的灵魂永存，生命有再生。如果真是如此，这一生我会努力修行，下一世还做我父亲的孩子，以尽全一个儿子该有的孝心。父亲节，希望父亲在天之灵能在我悲痛的伤口里，见到生长不息的思念，以及他所赋予的无愧于天地的生命。

作于 2019 年 6 月 16 日，西藏那曲

无上荣耀的时光

6月24日,是浙江省第八批援藏干部人才在那曲的最后一天。临别之际,该用文字与我付诸三年心血和汗水的那曲作一场真情的道别。

只是遗憾,那曲市科技局党委书记姜措和局长多吉因为身体原因,在拉萨市医治,未能见上一面。

其实理解。在那曲这片土地上,极其严酷的高原环境带给人类的伤害,没有任何人可以逃避。在那曲市科技局工作的日子里,我满目含泪地看着局原党委书记桑珠、副局长才嘎提前病退;看着局原党委书记朱仲元转岗后,仍然带着高原的创痛,每天行动艰难地奋战在工作岗位上;看着原副调研员罗布次仁住院治疗,看着现任局长多吉晕倒在工作岗位上,数次赴拉萨医治。在那曲,我所接触到的每一个人都仿佛经历了千山万水的艰辛,满面沧桑。

三年援藏,是一段让我疼痛但感恩的光阴。在这片土地上,我坦然接受高原对众生平等的伤害。这一份平静与安宁,只源于内心的归属感。从进入那曲的第一天起,我与市科技局就有天然的亲近感,局里的每一名同志都犹如我的家人。这样一种相遇的美好,即便时光短暂,也是内心永远的温暖。在浓郁的感情驱使下,1000多个日日夜夜,我仿佛受到某种使命的召唤,始终斗志昂扬地奋战在对口援藏的战线上,我愿意使上生命全部的能量,在脚下这片土地上战斗到最后一刻。

我对这片土地的深情,以及在变动不居的岁月里始终如一的骄傲,来源于温暖而强大的后方。流水般的日子里,遇上新老领导交替,但厅领导班子对那曲市科技局的支持和对我本人的关爱一以贯之,在艰难的时光给予了无微不至的照顾。浙江日报的同志看了我的援藏文集《生命的姿态》和《生命的力量》后,写了《科技援藏,浙江勇当先锋》,初稿罗列了我的援藏成绩,但我坚持让记者改了稿件。我觉得,援藏从来不是我单枪匹马的战斗,而是省科技厅党组和全厅同志同心勠力的战争,依附于组织,才成就了我援藏所有的愿景,才织造了今日的美好。

下午,那曲市召开第八批优秀援藏干部人才表彰大会,我被评为那曲市优秀援藏干部。这是组织赋予的荣誉,但我始终觉得,这世上真正的荣誉是群众的口碑。只有赢得群众的认可,才具有荣誉的意义,才是值得推崇的精神力量。否则,群众不认可,就有损人格品质,也是对荣誉的亵渎。援藏时光,我为贫困群众捐献46000余元,一条条圣洁的哈达是荣耀;我结对8名贫困学生,先后捐献39000余元,孩子真诚的感谢是荣耀;一笔笔援藏资金到位,一个个援藏项目落地,有力推动那曲科技创新发展,经市科技局干部职工投票评选和组织研究,连续3年获评"那曲市优秀公务员""那曲市科技局优秀公务员",荣立三等功2次(1次为浙江省科技厅授予),是我一生莫大的荣耀。欢送会上,那曲市科技局副局长张军平代表局党组致词时说:"费必胜同志不负援藏之责,不负人民之盼,全身心投入援藏事业,为那曲市科技局和那曲人民做了大量的好事、实事。即使不大肆宣扬,即便在第八批援藏干部中不凸显,但在全局同志的眼里,他是最棒的!他三年所作出的积极贡献,是我们共同的记忆,我们将铭记在心。"这是对我最高的褒奖。

临别之际,那曲市科技局给我和我的家人分别准备了礼物。局里的干部职工也纷纷给我送来礼物,有的赠书,有的送贺卡,有的赠送藏族的银器,有的送来当地的特产……大家了解我,都是契合我心意的礼物,每一件物品在我的内心都无比贵重。当晚的欢送晚宴上,大家献给我的每一个拥抱、每一首藏歌、每一条哈达,都是他们给予我的无比神圣的援藏荣誉。

生命的冬天里,每一个人、每一点关心、每一份情感,都让我深念难忘。这样一种爱的存在,就像恒星的光辉,会一直照耀着我孤寂的灵魂不离不弃,指引着我人生的理想不灭不息,伴随着我纯正的追求不止不休。我只愿凭借灵性的想象和情感的相通,在人生的道路上走出生命的境界与人生的意义。

作于 2019 年 6 月 24 日夜,西藏那曲

我需要一个人生的舞台

我曾经公开发表过类似的文章。毫不掩饰，这确是我人生的夙愿，是我想对组织呈述的内心。

我觉得，一个人有人生梦想、有雄心壮志，不需要隐藏在心里。一颗种子，只有寻求生长的机会，才可能破土而出，葳蕤蓊郁，成为可用之才。一直以来，我渴望有一个展示才能、建功立业的舞台。所以，军旅生涯，才会选择到海岛部队服役，才会长期在野战部队工作；从军队转业后，才会主动报名，义无反顾地踏上雪域高原，到"世界屋脊的屋脊""生命禁区的禁区"的那曲市执行对口援藏工作。

生命的意义在于不断向上，不断找寻新的自己。当下，浙江省第八批对口援藏工作已经结束，72名援藏干部人才基本都有了明确的职务。承蒙组织关心，2018年9月，任命为我调研员，让我成为厅里年轻的正处级干部之一。我是一个农民的孩子，这一生没有太多的物质欲望，也不求大富大贵，我只渴望有一个激情干事的实职岗位，渴望实现生命该有的价值，这是我最质朴的想法。生而为人，也唯有在自我精进的路上不断前行，不断给自己的人生加分，给他人带来幸福，给社会作出贡献，才对得起父母赐予的生命，才对得起生命路上的贵人，才对得起组织的培养。

"我们都在努力奔跑，我们都是追梦人。"国家主席习近平在新年贺词中的这句话，激荡人心，催人奋进，让我有深切的认同感。

这些年,我就如传说中的无脚鸟,一直不停地飞呀飞!我有朝气蓬勃的状态,我有学无止境的劲头,我有敬业奉献的精神,我也积累了履职尽责的学识、胆识和见识。我对未来充满了憧憬,希望在永不止歇的奋进中,让每一程的奋斗,都对得起所经历的苦难和光阴,都有价值和意义。

"穷则独善其身,达则兼济天下"是我人生的座右铭。作为一名党员干部,就要把一切交给组织和人民,让组织来选择,让群众来评判。无论结果如何,每一天都是我人生的起点,我会始终善待时光,以德才兼备的标准加强自身修养,不断提升综合素质,增添人格魅力。我始终相信组织,相信只要肯干、实干,就一定能不断地超越自我,闪耀人生的光芒。我愿为人生的理想和抱负终生奋斗!

作于 2019 年 7 月 11 日,西藏那曲

未尽的情谊

必须写篇文章，表达内心的感动。以文字为凭证，也是存续当下与未来情谊，借以让记忆不断重返的精神场域。

援藏任务虽然已经结束，但是我与西藏、与藏族同胞的感情注定源远流长。在那曲市科技局工作3年，局里的干部职工待我如亲人，彼此结下了深厚的情谊，临别之际，大家纷纷赠我富有藏族特色的礼物。当时，巴桑曲珍副局长正在中央党校学习，她在微信里对我说："三年时间真快啊，很感激您在工作上对我的帮助。认识您，和您共事是我的荣幸。没能教会您藏文歌曲《一个妈妈的女儿》，是我的遗憾，下次有机会一定教您唱完。愿您一路顺风，身体安康，扎西德勒！"

巴桑曲珍是一个工作认真、心地善良的藏族姑娘，共事期间，我俩亲如兄妹。闲来无事，我学会了不少藏语，一次心血来潮，想学藏文歌曲，她很热心地花了很长时间教我，终因我鲁钝，只学会一半。也好，一首残歌，我当是余生最好的礼物。岁月辗转，它会不断地提醒我记住过往，适时重返那片时空，重返那片凝结着心血、汗水和情谊的土地。巴桑曲珍给我的已经不再是一半诠释藏汉情谊的歌曲，更是未尽的情谊。情感会由此不断地生发、生长，成为流动时空里永恒的存在，成为我的心念和盼望，成为我与她、与藏族同胞的一种情感联结。

局限的人生里，留有遗憾并不一定是一件坏事情。它会让我们在熟识的人与琐碎的日常里,一次又一次地寻唤与生命意识相关的情感气息。2019年7月5日晨,我尚在睡梦中,听到微信提示音频响,因为醉氧的缘故,很难睁开眼睛。后来终因为提示的次数过多,强迫自己醒来,见巴桑曲桑先后发来语音、照片和文字。话语和字里行间,可以感受到她激动、兴奋和喜悦的心情。原来,巴桑曲珍在散步时遇上同在中央党校学习的浙江省政协副主席周国辉。周国辉任省科技厅党组书记、厅长时,曾赴那曲市看望、慰问过我,彼时巴桑曲珍曾给周国辉献唱过我喜爱的藏文歌曲《一个妈妈的女儿》。在北京相遇,是一个千载难逢的机缘,所以当时她不敢相认,先是小声地嘀咕"是老领导吗?"得到确认后,非常开心,毕竟这关联着过往岁月,联结着生命记忆。那样一种日常生活之外的意蕴,我在千里之外可以感受和体验到。后来周国辉告诉我相遇的细节,说巴桑曲珍一直讲我的好。

人与人之间的友谊,是气味相投,也是林林总总细节的累积、沉淀,而后增殖,并渐次丰富生长的过程。

走过许多路,援藏的路最难忘;交过很多朋友,艰难岁月里的友谊最温暖,譬如我与巴桑曲珍之间的友情。翻阅微信聊天记录,见她发了不少让我吃药的提醒。我胃不好,每次发作,巴桑曲珍都很关切。面食养胃,我吃过她专门买给我的"河南大饼"。她在中央党校学习期间,数次在微信里和电话中,让我去北京,说请我吃最好的面。

素有"生命禁区的禁区"之称的那曲,我是很难再去了,但那段风雨同舟的情义,一直留存在我们的生命里、记忆中。援藏结束,情感难却,于我是,于巴桑曲珍也是。中央党校放暑假,她回到那曲后,未征求我意见,给我做了一套藏服,衣服做好后才打电话来,让我根本无法拒绝。汉族同志大多不知道,藏族服饰很贵重,也代表着最高礼仪。尽管在浙江很难有穿此盛装的场合和时机,但我必须收下,这关乎巴桑曲珍与我的情谊,是未来岁月里感情的见证和回忆的来路,有着非同寻常的价值和意义。

从西藏回到杭州后,那曲市科技局同事相赠的礼物几乎都应用到日常生活当中。我吃饭用的是王宝山副局长送的筷子,喝茶用的是次吉送的茶杯,次仁拉措送我的《我的高僧表哥》一直放在床头……藏族元素在我的家里随处可见,它们携带着原先主人的气息,总能让我的思绪一次次地返回到那片时空,返回到某个温暖的记忆场景,让我获得精神的幸福感和创造力。它们的存在,生发着我与西藏无法割舍的关系,是生命中美好片段的存续。它们连接着援藏岁月里无法遗忘的感受和记忆的碎片,与岁月共同见证缘分与情义。岁月之河经流不息,流走的是时间,流不走的是注入生命的记忆。

收到巴桑曲珍寄来的藏族服饰,费翼远正哭闹。我打开《一个妈妈的女儿》,不一会儿,他安静了下来。延续了我的血脉的他,或许可以从音乐声中感知到我喜悲交织的记忆。受这份天籁的感召,费翼远慢慢入睡,渐渐进入人生之初无染的梦境。音乐和情感有着相似的质地,是世人共通的精神密道,由此可以触及心境,获得灵魂的安顿。

作于 2019 年 8 月 22 日,浙江杭州

无尽牵念的地方

2019 年 6 月 28 日，是我结束三年援藏生涯，回到杭州的日子。

有些天了，我总睡不醒似的。醉氧的状态，让我恍惚，仿佛现在的日子同往常休假一样，依旧处在援藏的时光。

三年援藏，一生情谊。我内心深处认定，我还是那曲市科技局的一员，科技援藏工作并没有因为我回到浙江而画上句号。我还会去西藏，给贫困儿童捐赠《生命的力量》稿酬；我还会给那曲市科技局协调援藏项目，推动藏区经济发展；我还会给那曲科技系统的同志争取培训交流的机会，继续推进智力援藏工作；我还想继续协调浙江眼科专家，为藏族同胞免费开展白内障复明手术……生命的长河里，我的情感与灵魂已经深深地扎入那片高天厚土，与其成为无法切割的整体。

我相信，那曲市科技局的干部职工对我也是同样的情感。他们在电话里、微信中，依旧称我"费局"，我听了格外亲切。局里评选"优秀共产党员"，干部职工依旧投了我的票。中国共产党成立 98 周年纪念日，我远在千里之外，依旧荣幸地领受到局党组温暖的荣耀，给我颁发了荣誉证书。

岁月流长，荣誉证书是时间长河里一份付出的见证、一种情感的凭证和一生回忆的物证，是我与那曲本源的、心灵的链接，是更高境界的爱与存在。我一直相信，这一生遇上的人、经历的事、所走的路，都是上天安排好的宿命，得失随缘。大河经流，我会一一记住途经身边的牵动着心绪的美好。人间万象，它们会是世间最温暖的力量，是心灵的港湾，是精神的皈依。

再写援藏时光，再忆那曲大地和那些亲人般的同事，我的情感依旧奔腾、汹涌、灼烫、翻腾，仿佛春雷抵近大地的心脏，引发强劲共鸣。

人生，是一个不断行走的过程。从一段时光走进另一段时光，从一个地方徙迁到另一个地方。很多人或事会在行进的途中，成为记忆的坐标，譬如那曲市科技局授予我的各种荣誉。每一张证书，都有与之相连的一段回忆。在命运赐予我的缘分里，我相信，用文字记下的缕缕往事，无论时代怎样变迁，沧海桑田，它们会一直牢固而清晰、温暖而妥帖地存在于我的精神领域，令我永世难忘。

此刻，窗外是华灯闪烁的都市，满眼都是华彩，满眼都是光芒。我确信置身在杭州，但心依旧牵念着那曲——那座安静的、鲜为人知的城市。

作于 2019 年 8 月 23 日，浙江杭州

爱的传播

9月6日,于我,于那曲市双湖县的曲英益西、次桑卓玛、巴旦曲培、石秀其律等4名小学生,都是值得记忆的日子。在孩子们就读的拉萨市北京小学领导的见证下,我们自此结缘。这样一种缘分,是彼此岁月里类似于亲情的连接,如同月色,与天地共情,是可以抚慰人心、滋养精神,并能美化生活和世界的一种力量。

勾连我与曲英益西等4名孩子缘分的,是我在援藏岁月里著写的《生命的力量》,是无数亲友和爱心人士深情参与后获得的28000余元稿酬。在此,必须感谢每一位购买《生命的力量》的爱心人士。人是感情动物。将凝聚着我和援友们用血、用汗、用情、用心、用力奋斗过的援藏经历以文字的方式呈现给公众,将汇集无数人内心温度的公益款项捐献给需要帮助的孩子,算是我最为质朴的反哺。

我一向认为,一个人活在这个世界上,应当给自己的人生赋予一定的价值和意义。定义的标准,是他在有限生命的年华里做了什么,给自己、给亲人、给这个社会带来了什么。天地苍茫,在无垠的时空和无常的命运面前,我尽管渺若尘埃,但从未懈怠。这也是我为什么援藏、为什么书写援藏时光、为什么将所得稿酬捐献出来。生命,不是我们活着的样子,而是性命在时光里沉淀过后,展现给世人的精神分量。

杜拉斯说,爱是疲惫生活中的英雄梦想。从不否认,我渴望做一名英雄，从贫寒的农村到喧嚣的都市，一路艰难。辛酸的人生体验随同岁月，在体内缓慢生长，逐渐成为生命稳固的力量和精神的核质。途遇的恩与爱，不仅是感念的凭证，更是浸透进血脉的文化基因和善的动能。践行并传播爱，既是对英雄形象的诠释，也是传承恩人的品质和伟大的使命。令人欣慰的是，去年结对资助的 6 名小学生，有 2 人考上了拉萨市北京实验中学，2 人考上了双湖县中学，极其不易。经历，会磨洗出一个人闪亮的特质。我相信，和我有着同样贫困经历的他们，未来一定会像我一样有着对人世的真诚和良善，有着对真的格物致知和对善的崇高追求。爱，超越物质实体，超越现实社会，是作用于人的思想感情和精神世界的无限力量。

但丁说，爱是美德的种子。在我行走的人生里，每一次收受的爱，都在记忆的缝合点上生成出绿色的能量，并成为不惧生活碾压的精神依偎。因为要赶回杭州，捐赠仪式的时间并不长，但我还是在匆忙之间和曲英益西、次桑卓玛、巴旦曲培、石秀其律分享了我对爱的理解和对他们美好未来的期望。我希望在他们的内心播下爱的种子，希望激励的话语能够成为他们闯荡人生的勇敢和力量，更希望他们在这个物欲横流的时代能够坚守善，传播爱，繁衍出更多的美好。

我行善事，不是想感动谁，也不是为了做给谁看。泱泱人海，人与人之间是互相依存、互动生长的关系。爱心是善举的火源，传播仁爱精神，是希望善行可以影响到更多的人，让爱的光辉和温暖无处不在。

作于 2019 年 9 月 6 日，西藏拉萨

英国印象

（一）

"世间的一切相遇都是缘分。"这是我在英国格拉斯哥大学演讲的开场白。

2019 年 9 月 15 日至 28 日，浙江省"人工智能技术创新"培训班分别在英国的伦敦和格拉斯哥举行。出访团一行 20 人，由我任团长。

生命之所以珍贵，之所以诱惑我们向着无法预知的未来不断前行，就是因为未知的前路有着无数未知的奇迹和惊诧，会给我们的人生带来无限的体验和获得。人生的价值和经验，与我们生命的时光一同存在，行走的过程，会一一得到。

我们乘机经停卡塔尔首都多哈后，首先抵达的城市是爱丁堡，随后转乘汽车前往格拉斯哥。这两座城市，同属于苏格兰。如果看过电影《哈利·波特》，进入这片土地，一定会有熟识的感觉。而我，相对感性，对喜爱的人或物，会产生天然的亲近感，并会不加掩饰地流露。我爱这片土地，沿途古式的建筑、辽阔的原野、明澈的天空，那样一种自然、平和、苍老与寂静，让我仿若进入到淳朴、随性，不被世俗所束缚的乡间土地，让人心安，令人沉醉。

"认识一座城市，是从认识生活在这座城市里的人们开始的。"这是我在格拉斯哥全部课程结束时，在西苏格兰大学总结讲话时所说的话。满怀深情的演讲似乎打动了在场的每一个人,而恰恰那天在场的每一个人,确是我人生记忆里美好的部分。比如,西苏格兰大学的米兰教授,我们只有两次相处的缘分,但他和每一位在格拉斯哥认识的教授一样,给我留下了温和的记忆。这些记忆,是我定义给苏格兰的个性和灵魂。在这片土地上工作和学习的郭超、赵瑞昶、丁小雨等华人,更是让我心生亲切和暖意。一个人对另一个人的认可,是由心而生的本能反应,是灵魂相似的彼此吸引,是无需多言的精神欢喜。离开苏格兰后,我还有事麻烦过他们,这对不喜欢麻烦朋友的我来说,极其难得。而他们,也待我若至交好友,竭力成全。

　　每个人一生都会去过很多地方,经历很多的人。不同的地方,不同的人,一定带来不一样人生的感受和记忆。在英国出访的日子里,我们几乎每天都在大学校园,过着单纯的时光。在固定的空间里,人与人之间会随着时间生发出渐次浓郁的感情,比如,我与我的团队。我们的出访团成员,有1957年出生的老同志,也有1996年出生的新同志;有公务员、协会领导、科研工作者,也有医生、教师和企业家及技术人员。出访期间,大家对规定的纪律都不折不扣地遵守。有时哪怕我脾气不好,大家也都默默包容,并全力支持我的工作。人的生活原本平淡,生命原本平凡,但平凡的生命一旦有了团队的概念和精神,便会呈现出非凡的质地,平淡的生活也有了亲密而醇厚的感情和温暖。只是,相聚的时间短暂,就好像做了一个仓促的梦,还没有来得及沉醉,就在倏忽间醒了。

　　生命是一个不断飘移的过程,待流年逝去,出访团成员认真听课、踊跃提问的学习态度,各组挑灯撰写每日听课报告的合作场景,异国他乡互帮互助的温馨经历,当我在某个雁声鹤鸣的日子翻起,定有余味再度润湿梦境。

（二）

9月21日晚,我们抵达伦敦考察学习。去伦敦前,到伦敦后,在英国认识的每一个人都提醒我们防范小偷。但小偷无处不在,防不胜防。在大学校园,我们的团友在行走中,背包被悄然拉开,钱包遭窃。

英格兰,是一片让我心情始终不能平静的土地。我一直认为,这个曾经强盛一时的国家才是真正的强盗。9月22日,培训期间唯一一个休息的周日下午,培训承接方安排我们参观大英博物馆。大英博物馆,又称大不列颠博物馆,馆内收藏着来自世界上许多国家的文物和珍品,藏品之丰富、种类之繁多,令人叹为观止。据导游介绍,受空间限制,有99％的藏品未公开展出。这是这个国家值得炫耀的地方,而在我看来,却是这个国家曾经罪恶的呈现。所有展品,都是巧取豪夺而来的物证,是侵略历史的忠实见证者,它们记录着这个曾经强盛的帝国的野蛮行径,也记录着一些国家积贫积弱、受人凌辱的悲痛过往。包括中国在内的很多国家的历史展品,看似平静地陈列在各国游人面前,但我内心坚定地相信,它们有着远离国土家园的忧伤,有着撕心裂肺的疼痛。如果可以开口,它们一定会用哭泣来表达曾经的屈辱和全部的感受。

在中国展馆,游览的大多是华人。他们每一个人都缓步而行,面色凝重地参观着一尊尊石雕、一件件珍品。他们或许和我一样,内心极其悲痛、悲愤、悲哀。否则,偌大的展厅,不会弥散着极其沉重的气息。

走出大英博物馆,天空不再沉默,细雨如诉。

历史是最好的教科书。记住历史,记录我们走过的足迹,是为了能在未来留下一个回忆的载体。这样,那些便于或不便于记载的事情,都会如留在大英博物馆展品上的历史印迹一样,有可寻的切口,更多的细枝末节也会借由记忆的节点弥散,通过人们一遍又一遍的回望,形成一场又一场盛大的相遇。

（三）

应该讲一讲此行的收获。

在时间的长河里，人与人、人与万物，以及与我们生存的土地，都会一一告别，终有一散。但人生过程当中，遇到的人、到过的地方、学过的知识，会开拓我们的眼界，提升我们的思想和人生的格局，以及生命的质量。譬如，英国此行的培训。

出国培训的时间不长，但授课讲座、公务访谈、实地考察、交流讨论等多种形式的组合，让此行的学员对英国科技创新体系、人工智能发展状况、人工智能在各领域的应用等有了较深的了解。

学习培训主要集中在西苏格兰大学佩斯利校区、艾尔校区和伦敦校区。西苏格兰大学是英国著名的科技型大学，最大的特点和优势在于注重科技研发与产业界的融合。学校具有完善的创新生态系统，拥有 21 个孵化机构、19 个加速器、33 个合作工作空间、8 个创新中心、52 个创业支持组织。

9 月 19 日，西苏格兰大学人工智能、视觉交互与网络（AVCN）研究中心的所长凯沙夫·达哈尔教授向我们介绍了研究中心的情况。该中心的主要研究领域为无线/移动 5G 通信网、网络安全、机器学习与智能决策支持系统、大数据与数据分析、传感网络与云计算、区块链技术、视频和图像压缩与传输、调度优化与逻辑管理等，AVCN 研究中心成功主导数十个大型研究项目，有的来自欧盟的基金，也有的来自英国本土的基金，还有的来自国际的合作研究项目。

9 月 20 日，我们赴格拉斯哥大学进行了交流活动。格拉斯哥大学始建于 1451 年，是世界百强名校、英国老牌名校。它位于苏格兰格拉斯哥市，是全球最为古老的十所大学之一，历年排名最高为世界第 51 名。它同时也是英国常春藤联盟罗素大学集团和国际高校联合体 Universitas 21 的创始成员。截至 2019 年，格拉斯哥大学已培养出 7 位诺贝尔奖获得者、3 位英国首相和 4 位高等院校的创建者及众多法律、科学、商业等领域的精英，在欧洲乃至全球都享有极高声誉。在 REF 2014 英国大学官方排名中，格拉斯哥大学综合研究实力位居全英第 12 名。目前，格拉斯哥大学已经与其他国家的高校有了广泛的合作，比如哥伦比亚大学、香港大学、南开大学以及其他知名高校，这种合作每年都有增加。

9 月 26 日，我们考察了位于伦敦威斯敏斯特市的英国大创新中心(Big Innovation Centre)。作为一个开放式的创新中心，英国大创新中心主要致力于将全球化公司、公共机构及科技(科研)机构的开放式创新原理应用于实践。中心与诸多具有领军意义的全球性公司、公共服务机构及优质的创新创业者为合作伙伴。该中心的主营业务包括研究资源众包服务、原型设计、数据分析、资源平台、知识转移及活动策划执行等。

有必要介绍一下英国人工智能应用发展情况。印象比较深的是人工智能技术在降雨及自然灾害预测方面的应用。戴维教授团队在英国及马来西亚部分地区安装了薄膜传感器，实现对检测区域的温度、湿度、土壤等环境参数的检测，并参考雷达监测影像、云层信息及运动状态，在不进行卫星云图分析的情况下，通过人工智能技术，实现对检测区域 4－5 天的降雨概率、降雨量及持续时间的智能预测；在预测降雨的同时，结合当地的地形、河流走向、土壤监测信息等，实现了对监测区域及相关区域在发生大降雨量后产生洪水、泥石流等自然灾害的预测分析，可以按个同时间段预测河流水位的变化情况。

英国的人工智能在区块链、医药领域、体育领域等方面的应用较为普遍。比如医疗体系方面，在区块链应用之前，人们在异地就医需要 8 天时间来调取病历记录，区块链技术应用之后，可以随时随地调取。纳伊姆·拉姆赞教授结合自己的课题研究所做的交流，引起了每一位学员的关注，大家纷纷就以图搜图技术应用、人员表情及动作识别技术的研究、自然语言识别及机器学习在电子病历分析中的应用等提出了问题,现场互动交流的氛围十分热烈。

还有必要介绍一下西苏格兰大学相关实验室:西苏格兰大学健康与生命科学学院是全英最大的助产士培训基地,设有门诊、急诊、助产士等实验室,均采用开放式和沉浸式教学模式,可以充分让学生尝试和犯错,并且从错误中学习;工程学院编程及计算机网络安全实验室拥有完全独立的模拟工作站,拥有独立的存储数据库系统,进行直接的网络安全模拟;西苏格兰大学佩斯里校区实验室自主搭建了算力强劲的服务器平台和网络实验室,网络自主管理项目是汪琦教授团队的研究项目之一,通过人工智能技术实现了网络自主管理,解决了技术人员在网络排障、管理等方面费时费力的问题。

我们还走访了西苏格兰大学佩斯利校区、艾尔校区、伦敦校区和格拉斯哥大学、南安普敦大学。每所大学都成立了以大数据与人工智能技术为主要研究方向的研究机构或实验室。据了解,研究经费主要来自英国政府部门和大学。如英国研究与创新(UKRI)体系内有一个重要的科技成果转化推进机构——创新英国(Innovate UK),主要管理知识转换伙伴关系(KTP)项目,帮助研究机构将研究成果转化到企业生产中去。大学和企业共同做事,三分之二是政府投资,三分之一是企业投入。项目运营模式是学校可以雇佣KTP助理来到企业,协助教授帮助企业解决问题,这些费用由学校管理。项目结束后KTP助理是否留在企业也是一个考核指标。创新英国机构主要关注项目执行过程,每隔4个月汇报计划和进度,分阶段支持,可随时结束项目,项目结束后资金不撤回。多年来,英国通过大量KTP项目,有力地促进了产学研合作,助推了企业发展。据Key公司创始人介绍,政府在人工智能方面的投入及运用,可以让公司的生产力提高30%,总成本节约25%。此外,英国还设立了众多科研基金项目,如牛顿基金(Newton Fund)、全球挑战研究基金(GCRF)、产业战略挑战基金(ISCF)等。其中,牛顿基金是官方资助的国际合作基金,主题是发展经济、促进繁荣,由英国商业、能源和产业战略部设立,7年共投入7.35亿英镑。产业战略挑战基金以新观点、人、基础设施、商业环境和区域为根本,主要聚焦人工智能和大数据经济、未来要素联通、绿色发展和老龄化等领域,宗旨是推进英国先进科学向商业转化,使英国成为全球领先的创新国家。

英国高校是教学、研究和实践相融合,政府、学校和企业相配合的教育体系。之所以写此内容,是希望能引起相关方面的重视,在新一轮改革发展的关键时期,能够进一步加强人工智能人才的培养,进一步加强人工智能核心技术研发力度,进一步加强国际交流与合作。促进人工智能在生活、教育、金融、医疗、物流、制造业等各个领域广泛应用,为行业和产业发展提供强有力的支撑。

作于 2019 年 10 月 2 日,浙江杭州

为他人活着，是积极的人生态度

时间，会因为一些有意义的事情，让人永远记住。譬如，2019年11月8日，浙江省科技厅党组副书记、副厅长宋志恒和厅人事处的同志们送我到省科技宣传教育中心主持工作。12月6日，省科技厅副厅长章一文和我共同为省科技宣传教育中心揭牌。生命的年轮里，每一个具有特殊意义的日子，于我，都是人生永恒的美好回忆。

省科技宣传教育中心由省科技人才教育中心、浙江科技报社整合组建。蒙组织关心，我出任首任"掌门"。关于厅党组的人事决定，我是11月7日才得知确切消息，并没有欣喜，只有重任在肩的压力和使命。

有人问我：和同批援藏的干部相比，这样一种职务安排会不会让你觉得委屈？我说只有感恩，组织将由多家单位组建、家底和创收能力弱、多种矛盾和问题需要理顺的新单位让我负责，是对我莫大的考验和信任。我相信组织的公平正义，相信这是我人生必经的阶段。而且，我一直觉得，任何一个职务，都是一种责任和义务，是展示人生抱负、实现人生价值的平台。人生要想建功立业，唯有善待时光。生命中每一个努力的日子，都是脱胎换骨的过程，是让当下的自己变得比过去更好。

一个人活在这个世界上，本一无所有，死的时候也不会带走分毫。但活着的态度决定着人生的质量，做过的事情决定着人生的名声。我不求地位显赫,只求生命对得起时光,行为对得起生命。我的理想服从于我的价值观,服从于我认为值得的每一件事情。我希望这一程任职,可以升华自己,建构出优秀的价值系统和值得回忆的精神财富。

人生,在时间里跋涉,会经历无数的挑战和艰难的时刻。在主持省科技宣传教育中心工作的日子里,在为干部职工解决就餐问题和办公场地、为久未曾解决的办公楼装修问题奔波、协调单位间各种矛盾的日子里,我常常想,我依旧意气方遒,只是少了原先预想中的坐帐军中。还好,有无数帮助我的人。日常工作在稳步推进,人心向度在渐渐聚合,诸多困难在逐一解决。我用这段经历检验人心,求证努力的意义。

这段时间,许多人给了这么多的帮助和有益的经验,都是值得我尊重和感恩的人。他们,有些可以影响我的前途,有些已经退休了,但每一个人的优秀品质和行为方式,每一句对我说过的话,我都默默地记着,并身体力行地践行着。我觉得唯有努力,才是对得起,才是不辜负。一个人,为他人而活着,才是美好的价值追求,才是最积极的人生态度。

12月6日,省科技厅副厅长章一文为省科技宣传教育中心揭牌后,同中心干部职工合影留念。照片中,每一个人都眺望着远方,这或许寓意着大家对美好未来的期许,也寄予着对我的希望。让大家工作快乐、生活幸福,是命运赋予我的责任与使命!

作于 2019 年 12 月 7 日,浙江杭州

再见了，亲爱的你们！

　　人有重负，就很难轻松自如地生活。这段时间，和在西藏一样，常常半夜醒来便再难入眠。

　　这一次醒在凌晨 4 时许。

　　我这个人，不是太计较得失，生活中的纠葛，睡一觉便会淡忘了，但对人生的责任，历来看重，很难放下。近日履新，工作千头万绪，需要一一应对，慢慢理顺。所以，为了专心工作，该和微信公众号"月下拾影"，和亲爱的读者说声再见了！

　　2018 年 3 月 20 日，微信公众号"月下拾影"开通，感谢大家一年多时间的相伴。援藏三年，在缺氧且没有娱乐的雪域高原，那些在死亡线上挣扎的日子里，如果不是文字支撑，我都不知道该拿什么打发一千多个漫长的无眠之夜。而你们——亲爱的读者——的相伴，是对我文字的支撑和重要的力量。

　　本来以为"月下拾影"会伴随到我生命终结，才会停止更新，但因为工作履新，我不得不叛离这一程相伴，不得不愧疚地和大家道别，从精神高地回归到烟火人世。

　　这样一种告别，实则有太多的不舍。自小，我就热爱文学。因为学习和工作的缘故，文学梦一直蛰伏在我的内心，也一直庇佑、滋养和照耀着我的人生，成为对抗平凡与琐屑、拯救自我于困厄、警醒于奢靡的精神力量。援藏，让这样一种力量有了足够的释放空间。只是时光短暂，梦还没做完，我已经背离文学，独自坠落人间。

这是一种更为孤独的状态。静默的夜，家人熟睡，我想用文字与大家作一场道别，打开手机，很长时间，如同一个哽咽的人，竟然不知道该怎样落笔表达内心。滚滚红尘，历来人心难测，也真的不是什么事情都适合说出来的！这是生而为人的无奈。

除了在梦里，我不知道我还可以流出泪来，但在决定告别的时刻，泪水——苦涩的泪水，竟然会不听使唤地夺眶而出，缓缓流下，经唇，苦涩直逼内心！除了我，没有人会知道它所包含的情感分量！

戴上耳机，反反复复听着《安魂曲》，反反复复地听！如同葬身滔天汪洋。这样一种告别，是人世情怀的陨灭，适合用庄重而悲悯的音乐，超度精神的亡灵。

人心和环境是一种对应的关系。诗意的心只有在诗意的世界里，才会催生诗意的情怀，进而给诗意的文字以面世的机缘。世间百态，暗流涌动，怎容得下一颗清澈如水、一尘不染的心灵呢？前路茫茫，希望蒙尘，唯有放下该放下的，才会在退路中找到出路，给生命以另外一种方式，重新存活。

音乐和文学类似，大多是对往昔的追思。细数光阴，感恩每一个喜欢"月下拾影"的你们。微信公众号里的每一句留言，字里行间，都能感受到大家对我的爱，对"月下拾影"的爱。就是批评，也能读出发自内心的真诚。这是人生美好的回忆，是艰难岁月留给我的珍贵礼物。人生有情，照耀世间，教我懂得爱的真义，识得人生的真味。文章不写，但微信公众号也不会注销，会发一些相关工作的内容，更多的时候会让时光静默，就当是一场无限的缅怀。

情感难却，这样一篇告别的文章，我多么想把它写好，但注定不会有一个完美的结尾，对不起大家了！

但是，时间会证明，我不会辜负曾经拥有过的所有的关爱，不会辜负未来的岁月。

作于 2019 年 12 月 14 日，浙江杭州

遇见更好的自己!

——2020 年单位新春献辞

　　世间幸福的时光,是和喜欢的人,一起做喜欢做的事情,一如当下,我和大家同甘共苦、一起奋进的日子。

　　我不相信宿命,但相信人与人之间冥冥中注定的缘分。虽然,我们相处的日子并不久,但共有的每一寸光阴,都让我目睹到努力,体味到真诚,感受到美好,收获到感动,触摸到万物生长的澎湃激情。活力无限,光芒无尽,这是属于我们的宏大缘分和崭新命运。

　　人与天地、人与自然、人与人之间,是互相依存的关系。经过短暂的试错、磨合,这段时间,我和大家心往一处想,劲往一处使,殚精竭虑,压力共担。命运与共的日子里,我无法不感动上级的关心与支持,无法不感动前任过往的付出和累积的成绩,无法不感动班子的团结与紧密的配合,无法不感动老同志们吃苦耐劳的品性和敬业奉献的精神,无法不感动新同志们工作的激情和人生的情怀。这一份份感动,会追随我生活的足迹和生命的时光,从感观注入灵魂,从现下走向未来。

　　人生有爱相伴,从此一路繁花。缘分将我们牵连到一起,带着我们走进 2020。从新的起点起步,组织是坚实的后方,集体是强大的力量。为科技服务,为创新助力,是我们纯正的追求。生而为人,忘我的境界最崇高,努力的样子最美,良好的德行最动人。生命与时光一起存在，一路前行，我们不求功勋不朽，但求付出对得起所有真情的关爱与和深切的厚望，如此便一生无愧，一世无悔，一辈子无憾。

时间是万物的尺度。生命的春天里，让我们在希望的田野上，种下期许。万物有灵。无垠的时空里，我们的心纯净，天地便纯净；我们有大胸怀，人生就会有大境界；我们奋斗不止，明天便会成就更好的我们。生命的河流里，当下是我们身处的时光，但并非身处之地。与岁月同生共息，一切就是我们，我们就是一切。

日月交替，逐梦笃行，我们会经历困难、遭遇挫折、承受打击，但我们会坚强，会把最痛的伤藏在心里，最苦的话留在黑夜。人生有信仰，就会有力量。有梦想，就不会惧怕一路坎坷。新的一年，让我们携起手来，以永不懈怠的精神状态和一往无前的奋斗姿态，栉风沐雨，共度时艰，砥砺前行，一起见证平凡和伟大，共同抵达浓郁的情感和灿烂的明天。

人类，与自然节气共情。年味渐浓，情渐浓。在这个辞旧迎新的美好日子里，我用人间圣地西藏的语言，真诚地祝福大家：新年快乐，扎西德勒！

2020，我们会遇见更好的自己！

作于 2020 年 1 月 24 日，浙江杭州

一堂别开生面的微党课

5月15日上午，一堂别开生面的微党课在省科技宣传教育中心12楼举行。与普通党课不同的是，熟悉的会议室换成了走廊——这是一条以红色为主色调的党建文化长廊。

中心的党建文化长廊，是我让办公室负责人李祖平同志利用"五一"假期加班加点打造出来的，面积逾100平方米，由习近平总书记关于科技创新、宣传思想工作、教育工作的论述和习近平总书记用典等9个板块组成，内容图文并茂，基调鲜艳夺目。

建党建文化长廊，当然不是为了装饰墙面。任何一种文化都有"润物细无声"的感染力。我在部队工作21年，深知文化对一个人潜移默化的作用。受军旅文化影响，忠诚于党、献身使命、为国效力，已经成为我人生的价值追求，成了至今留存在我体内的巨大推力，让我得以坚韧地面对人生遇到的每一个阻力与困难，逐日而行。

人生，是自我修炼和完善的道场。生活中遇到的一切，都在训练着人的心性，影响着人的思想情感，丰富着人的精神生活，升华着人的道德境界。我希望我人生的体验，也会对他人有所裨益。我相信在浓郁的党建文化的熏陶下，一定可以将红色基因植入中心每一名党员的体内，影响和激励中心党员将理想信念和职责使命合而为一，为我们热爱的事业殚精竭虑、呕心沥血。

党建文化，是党的建设的灵魂与活力之源。传播，也不应只采取单一的教条式的灌输，所以我在大家行走的走廊上建了党建文化墙，并将党课选择在走廊上展开。怕大家听不见，我提前准备了耳麦和迷你音箱，俨然是一个"讲解员"的形象。我先从军校生活和援藏工作时的亲身经历讲起，从文化视角对党建工作进行了深入浅出的讲解。这些内容是大家感兴趣的，用身边发生的故事做例证，利于人和文化的有效融合。

特别是制作"党的基层组织的基本任务、党员的义务和权利"这个版块，就发生了一段故事。我们请的广告公司，开始提供的版面设计和具体内容，都是给其他单位提供的通用模板，中心的同志在校对时非常细心，提出疑问后，李祖平同志认真对照了新的党章全文，发现存在内容拼凑不严肃、不完整和未更新等诸多问题。后来他选用了内容完整的"党的基层组织的基本任务、党员的义务、党员的权利"。所以，这个版块，我请李祖平就校对出的 10 处修改内容为大家作了详尽的解读，这样也进一步加深了中心全体党员对最新修订的党章的理解和把握。

其他版块的内容，虽然我逐一进行了讲解，并阐释了其中的精神内涵，但我不求大家一股脑记住。有些知识看久了，慢慢地也就熟记于心了。但我对"不跑偏、不跑调、不跑题，以强的作风提升脚力、眼力、脑力、笔力，以铁的纪律提升战斗力"着重进行了阐述，这是章一文副厅长对我们中心提出的工作要求，也凝聚着厅党组的厚重期望，我希望大家将这段话作为工作的标尺，不仅仅要时刻牢记，更要外化为实际行动，为省科技厅中心的工作贡献力量。

在"习近平总书记用典"版块前，我也讲得比较多。我是喜欢看书的人，历史和诗词方面的书籍占了一定的比例。我由衷地希望中心的同志也能读一些历史经典，做到"前事不忘，后事之师"；学习诗词文学，不断提升自身的道德情操和文化修养，厚实人生底蕴。况且，习近平总书记用典，不仅仅包含诗句，更富含时代内涵，体现中华文化的博大精深，是习近平新时代中国特色社会主义思想与中华传统文化的对接与交融,是对传统文化创造性的转化和创新性的发展。

文化,是一个国家和民族的血脉和灵魂。党建文化是中国共产党在长期的革命和执政实践中形成的宝贵精神财富,作为一名党员,应当从中吸收营养,自我净化、自我完善、自我革新、自我提高,在实践工作中厚植对党建文化的坚定信念,自觉将党建文化融入工作的方方面面。

作于 2020 年 5 月 15 日,浙江杭州

优于过去的自己

——2020 年单位中层副职任职谈话

今天的任前谈话，扩大到全体中层副职。组织中层干部任前谈话，是干部任职的必要程序，既体现了组织对新任职干部在政治上、思想上和工作上的关心和爱护，同时也提提要求，希望同志们恪尽职守、勤勉敬业，更好地履行肩负的职责使命。

刚才进会议室，我的第一反应是，我们的会议室小了。众人拥挤的会议场景，让我想起《平凡的世界》里的一句话："半山腰总是挤的，你得去山顶看一看。"

这句话，也算是我对大家祝愿的话语。中层岗位，是大家事业新的起点，我希望每一名同志都能走好当下，拥有更加美好的未来。

新的岗位，将面临新的要求和挑战。希望大家要善于学习，尽快进入角色。关于学习的话题，老生常谈，讲过很多次了，但学习真的是一个永恒的课题。罗素生活的二大动力，首要的就是对知识的追求。在我的家里，所有的物品都摆放得整齐有序，唯一没有秩序的是书，除了书房，床柜、电视柜、茶几和饭桌，每处都有一堆书。"学习只有起点，没有终点。"这是一个人一辈子要做的事情。一个有情怀、有格局、有抱负、有本事、有作为的人，必定是一个勤于学习的人。我要求的中层干部不仅要有能写、能讲、能干的业务能力，还要有研究谋划、统筹协调、破解难题等方方面面的工作能力。希望大家要以时不我待的精神投入学习，苦练本领，特别要虚心向正职学习。我们单位的情况较为特殊，中层正职的年龄结构偏大，这些年他们会陆陆续续地退休，将来的正职要从在座的当中产生。而给大家学习的时间并不充裕，大家要尽快地了解、熟悉和全面驾驭所承担的工作。一件工作，完成得有没有思想、有没有灵魂，主要看大家有没有用心、有没有创新。做任何一项工作都要善于思考和总结。我之前和大家说过，每天晚上我都会在睡前归纳总结一天的工作。大家也要养成经常总结、反复总结的习惯，做一项工作不能只知其然而不知其所以然，否则永远得不到成长！

托马斯·杰弗逊说："每代人都需要新的革命。"这首先指的是需要完成对自己的革命，让自己拥有优秀的品质，之后才是在他所处的时代，抓住机遇，为国家和社会的进步、为他人的幸福作出努力。所以，请大家先让自己优秀起来，而后趁着时光正好，竭尽全力地奉献自己、燃烧自己、成就自己。大家都很年轻，正是追求进步最好的时候。一个人的进步，不是职务上的提升就是进步了，这样即使侥幸得到进步也是一时的。只有能力素质提升了才是真正的进步，才是硬核力量。在座的各位和我一样，都毫无背景。没有伞的孩子，努力奔跑是唯一的办法，你只有比别人更会思考、更加勤奋、更能出活，你才能先人一步，才能不断地超越别人、超越自己，让自己变得更好。从大家职务任命的这一刻起，每一个人的机遇都是对等的，摆在大家面前的都是一张空白的答卷，希望大家以赶考的心态，扑下身子认认真真地做事，踏踏实实地做事。在这个社会，两种人最容易成功：一种是"傻子"，一种是"疯子"。所谓的"傻子"是不计眼前得失、志在长远的人；所谓的"疯子"是对认定的事情一往无前、不达目的不罢休的人。我们单位正处于发展的关键时期，检验大家优秀与否，就是在日常工作当中看他有没有埋头苦干的吃苦精神，有没有勇于创新的开拓精神，有没有优于别人的工作实绩。卢梭说："当一个人一心一意做好事情的时候，他最终是必然会成功的。"

　　我在《生命的力量》一书里曾写过这样一段话："我们生活的世界宏大而苍茫,地处不同的高度,就会有不同的视野。打开不同的窗户,就会看到不同的风景。"之所以讲这段话,是希望大家在工作当中一定要提高站位,围绕省科技厅和单位中心工作大局,从更多层面、更多角度发挥更加积极的作用。绝对不能一叶障目,只考虑自己的一亩三分田,要善于将工作放在全局中考量,站在全局的高度来思考问题、研究问题。并且,要改变封闭性、常规性的思维方式,主动对标先进的部门、先进的单位,从多个角度、多个层面去思考和解决问题。要敢于进位争先,拿出"比、学、赶、帮、超"的精神状态,创造一流工作业绩。

　　我来单位任职表态发言中说过"任重道远",今天将这四个字也送给大家。同时用《海边的卡夫卡》里的一句话做结束语:"暴风雨结束后,你不会记得自己是怎样活下来的,你甚至不确定暴风雨真的结束了。但有一件事是确定的:当你穿过了暴风雨,你早已不再是原来的那个人了。"从今天开始,请大家努力奔跑,让自己优于身边的同事,优于过去的自己。

作于 2020 年 7 月 17 日,浙江杭州

幸福都是奋斗出来的
——在任命中层干部会议上的讲话

　　塞万提斯说过："每个人都是自己命运的开拓者。真正的强者，从来不会祈求好运从天而降，而是让自己的努力早日能够匹配得上好运气。"这世上，所有的好运气，都不可能从天而降。这次选拔任命的同志之所以能够得到单位班子的认可，以及赢得群众的选票，是他们用自己的努力付出换来的。在这里，也希望这次没能够得到提拔任用的同志继续努力，让自己经历的时光早日匹配上未来的好运气。时间会证明，单位不会让任何一个用心、用情、用力做事的人吃亏，只要付出努力，你人生的每一步都不会白走。

　　这次选拔任命的中层干部，年轻同志居多。在这个时候，我想起毛泽东主席说过的一句话："世界是你们的，也是我们的，但归根结底是你们的。你们青年人朝气蓬勃，好像早晨八九点钟的太阳，希望寄托在你们身上。"主席用八九点钟的太阳比喻年轻的同志，真的是恰如其分。年轻的同志，充满活力，也充满希望。实践证明，我们是一支特别能吃苦、特别能战斗、特别能干事、特别能担当、特别能奉献的队伍。只是名额有限，选拔中层干部只能好中选优、优中选强、强中选精。借此机会，也对大家的付出表示肯定和感谢。

　　傅雷说："人一辈子都在高潮、低潮中浮沉，唯有庸碌的人，生活才如死水一般。"我欣赏大家这样一种激情做事、用心成事的精神状态。特别是将这次选拔任命的强劲的"后浪"充实到至关重要的中层岗位上履职尽责,他们一定能够不负众望,推动单位更好更快发展。

单位党总支委员会选举完成的那一天,我向冯婵璟委员表示祝贺。她对我说,如果放在前些年,肯定会非常开心,但现在感受到的,更多的是责任,是肩上的担子更重了!我为她有这样的觉悟而欣慰,也对有更多优秀的中层干部走上新的工作岗位充满期盼。

所以,利用今天这个机会,和大家就责任、使命和担当谈谈自己的想法。

责任,从字面上理解有两层含义:一是应尽的义务,分内应做的事情;二是没有做好分内的事情,因而承担的过失。孔子的"当仁不让"、诸葛亮的"鞠躬尽瘁,死而后已",体现了一些仁人志士对国家、对民族的责任。疫情期间,我国作为疫苗研发进展较快的国家,向全世界宣布,疫苗如果研发成功,中国将向全人类提供疫苗援助,这是中国在人类危难之时体现出来的大国担当。在我们日常工作中,不论是中心领导还是普通员工,每一个人都有属于自己的岗位,都有自己应尽的职责。作为部门普通员工可能只需要做好眼前事,做好分内事,但如果你要想上一个台阶,向前进一步,就必须要比以前的你站得高一点,看得远一点,干得多一点,承担更多的责任。我们单位有的同志工作也很认真细致严谨,但为什么会原地踏步,没能够得到提拔任用? 就是因为站位不够高,没能跳出自我,从部门、从单位,甚至从省科技厅的全局出发去发现、分析、研究和解决问题。

中层岗位,不单是一个职位问题,更是一种责任和使命,这份责任和使命不是高喊口号、比拼年资、论论辈分,而是要实实在在地落到实现个人价值和推进中心工作发展上来才行。基士爵士曾说过一句话:"如果人们的信念跟我的一样,认尘世是唯一的天堂,那么他们必将更竭尽全力把这个世界造成天堂。"这是个人理想与社会发展最深的契合。一个人活在这个世界上，有着相应的使命。这不是大话，只是使命不同而已。改变人生命运、改善家庭生活，都是人生的使命，而任何使命都离不开与我们息息相关的生存的环境。说得再小一点，就是离不开单位给大家提供的施展个人才华的舞台。在一个单位，任何一个岗位换什么人都可以做，但个人自我价值的实现必须得有平台，更需要以拿得出手的工作实效来安身立命。习近平总书记说："伟大梦想不是等得来、喊得来的，而是拼出来、干出来的。"拿我来说，从当兵到厅办公室工作再到援藏，包括现在到单位工作，每一个岗位我都拼尽了全力，在部队立了 1 次二等功、4 次三等功，到地方工作仅 6 年时间立了 2 次三等功、被评为浙江省"万名好党员"、省直机关优秀共产党员等荣誉，这些都是通过实干获得的。所以，我希望每一名得到选拔任命和没得到选拔任命的同志都能珍惜单位新组建这个很好的契机，恪尽职守，在各自的岗位上各尽所能地施展自己才华。

常言道："受人之托，忠人之事。"大家履行的职责也是受人之托，是受组织所托，是受群众所托，抛开法律之说，就是在道义层面，我们也应该责无旁贷。这一份担当，体现着一个人的素质、情怀以及境界。敢于担当不是一时之需，"疾风知劲草，烈火炼真金"，希望大家以高度的责任感和使命感，主动作为，敢于担当，做一个经得起时间检验的人。

今年中层选拔的时间有点晚，但迟到的未必不好，从部门设置到中层选拔已经有很长一段时间了，经过日常的相处和工作的接触，相信大家对彼此已经有了较为充分的认识和了解。谁用什么样的态度对待工作，用什么样的决心做工作，用什么样的力度做工作，一目了然，不仅看在在座每一位同志的眼里，同时也呈现给了领导班子和全体干部职工。所以我想告诉大家，任何时候都一定要努力，一定要奉献。一个只想出头不想出力、只想揽权不敢揽责的人，是不可能有进步的。上周在中心党总支会议上，我曾经说过,这个世界,实则是一个竞争的关系。国与国之间的较量,是实力的较量;人与人之间的竞争,是素质的竞争。一个人能不能在一个单位脱颖而出,最为根本的一点就是素质,最佳的途径是奋斗,最好的"礼物"是成绩。希望每一名同志都能勤学苦练,用学习来提升素质,用奋斗实现理想,从而走向更为广阔的天地。

习近平总书记说,"幸福都是奋斗出来的","只有具备甘于寂寞、乐于吃苦的品质,才能具备干更大事情的本领"。当前,单位和大家的处境一样,正处于上坡路段,在这个时候,特别需要勤勤恳恳、默默奉献的人为单位的建设发展添柴加火。希望同志们能正确对待名与利、得与失、苦与乐,甘做"老黄牛",善做"螺丝钉",把奉献当作成就梦想的条件,当作个人发展的台阶,勇于奋斗,开拓进取,跟单位的事业一同进步。

最后将《悟空传》中的一句台词送给大家:"这个世界,我来过,我奋战过,我深爱过。我,不在乎结局。"这是一个人该有的人生状态。

作于 2020 年 7 月 18 日,浙江杭州

光阴里，不平凡的科技故事

——《今日科技》2021年新春社长寄语

岁月倥偬，时光翩跹。2020，我们走过了极不平凡的一年。

面对国际国内形势的深刻变化，特别是新冠疫情的严重冲击，全省科技系统在以习近平同志为核心的党中央坚强领导下，认真贯彻落实省委、省政府决策部署，以实干担当、奋楫前行的姿态交出了疫情防控和科技创新的高分报表。《今日科技》作为浙江唯一的省级综合管理类科技期刊，从未缺席。

过去的一年，《今日科技》以"紧跟省科技厅决策部署、紧盯省科技厅中心工作、紧贴全省科技系统需求"为工作定位，全力打造科技宣传舆论阵地，从选题到策划，从采写到编校，情笃心诚，精益求精。"热点聚焦"栏目荣获"华东地区期刊优秀栏目奖"。

过去的一年，《今日科技》牢记姓党为党的至诚初心，推出"科技党建"栏目，倾力传播党的声音，跟进报道省科技厅党组和全省科技系统认真学习贯彻习近平新时代中国特色社会主义思想，深入贯彻落实党的十九届五中全会和省委十四届八次全会精神热潮，推出《从"红船精神"中汲取创新创业不竭动力》等一系列文章，有力地显示了在习近平总书记系列重要讲话精神和治国理政新理念新思想新战略的指引下，全省科技系统推动高水平创新型省份和科技强省建设的生动实践。

过去的一年，《今日科技》牢记新闻工作者职责使命，奔赴基层，深入一线，大力挖掘、积极宣传科技在疫情防控和复工复产中的好做法、好经验和好成果，及时总结好模式，树立好典型，以2期科技抗疫特刊、6个刊中刊的篇幅，展示了新冠肺炎疫情中的科技力量。由本刊记者撰写的《集智聚力应急攻关 筑牢科技防疫屏障——浙江省科技厅开展新冠肺炎疫情科研攻关的探索和实践》，入选省委组织部《助力复工复产百佳案例》。

过去的一年，《今日科技》编辑紧握手中的笔，全面反映省科技厅中心工作。《今日科技》刊发的《浙江扎实开展科技"三服务"专项行动》等重要稿件，真实反映了科技厅领导心系基层、情系企业的精神风貌；权威发布的《浙江省科技厅推出"两手硬两战赢"18条措施》等科技政策，深受读者和企业好评；刊发的《打造浙江科技创新"金名片"》等稿件，真情记录了全省科技人"干在实处、走在前列、勇立潮头"的时代风采。

过去的一年，《今日科技》精心策划专题，着眼"最美浙江人·最美科技人"学习宣传活动和"科技活动周"等重大科技活动，突出主题聚合，推出《最美科技人》《科技党建》《浙江科技奋力战役》等14个刊中刊，以"深度"扩大了杂志的品牌影响力。

过去的一年，《今日科技》紧扣时代发展脉搏，把握受众关注热点，推出"创新论坛""热点聚焦"等8个新版块，下设"大咖论道""局长谈创新"等16个子栏目，深度挖掘科技工作重点，深度阐述改革发展热点，深度聚焦媒体兴奋沸点，深度呈现浙江科技新进展、新成效、新典型、新经验和新模式。纵观全年500余篇稿件，浙江创新策源优势全面彰显，科技创新活力竞相迸发，科技成果举世瞩目，《今日科技》焕发出新的发展气象。

不忘初心，才能行以致远；不辱使命，才能无愧责任。2021年是"十四五"规划的开局之年。在庆祝建党100周年的历史节点上，《今日科技》将紧跟时代步伐，深度报道科技工作，生动讲述创新故事,权威发布学术动态,海量精选前沿资讯,切实为高水平创新型省份建设营造良好舆论氛围,为我省建设"重要窗口"提供有力思想舆论支持。

作于 2021 年 2 月 5 日,浙江杭州

愿我们的明天更美好

——2021 年单位新春献辞

时光如流沙，转瞬又一年。庚子末辛丑春，时至这样的时刻，总让人感慨岁月无声的流逝，感谢同事过往的付出，感念生命拥有的温暖，感恩天赋美好的时光。值此辞旧迎新之际，真挚地祝愿大家在新的一年心想事成、万事如意！

人生前行，是一次又一次超度再生的过程。所以，我们才会去回顾、总结和反思过往岁月里的得与失、功与过、是与非。在承前启后的时间节点回望历史，是拥抱未来最好的姿态。过去的一年，我们爬坡过坎，一路并非顺风，诸事从未顺遂，但我们依旧满怀激情，踔厉奋发，破冰搏浪，攻克了一个又一个难题，走过了一个又一个难忘的瞬间，一步一步将自己、将单位、将生活变成了我们想要的样子。经历的一切，最后都会沉淀为我人生的记忆、厚重的情感以及前行的力量。

"努力"是一个包含智慧、追求、激情、信仰和创造的词汇。身处命运的转轮，我们无法决定自己的境遇，但可以决定自己该以什么样的姿态行走于世。人生的信念，不是外界力量强加的，而是来自内心的赤诚与坚定，来自以梦为马、不负韶华的努力。生命不是安排，而是追求。在向好的岁月里，我们所经历的每一次风雨，付出的每一分努力，都会让今天和过去不再一样，今天的我们和过去的自己不再一样。在不断流逝的时间里，人生拥有很多的东西都会变为曾经，但有些东西是永恒的，那就是记忆里我们共同经历的、那些我们付诸努力的时光，以及时光里成为生命一部分的情感。

一个人成长的过程,是一个不断失去,也是不断得到的过程。一切,都取决于我们以什么样的姿态面对自己、面对生活、面对这个世界。每个人来到这个世界上,开始都是孤独的个体,后来有了同事和朋友,就有了我们至深所爱的圈子。有了岗位和职责,就有了一生为之奋斗的使命和责任。岁月更迭,悲欢交织。走过半生坎坷路,我深深地懂得,岁月是一种积淀。我们身心内外所经历的,都是人生的财富;得失取舍,会成就一个人的地位和境界。所以我们该明白付出的意义、努力的意义、坚持的意义,该有澄净的心灵、纯朴的情怀、阳光的心态、炽热的情感、顽强的毅力,如此,我们的人生定然充实、圆满、快乐而幸福。

我希望你们每一个人都是幸福的人,这是我工作的定位之一,是我努力的目标,是我与大家共事的使命。习近平总书记说"幸福是奋斗出来的",所以,希望你们和我一起接续奋斗,共创辉煌。同时,也希望你们明白:我们过去的路曲折坎坷,未来依旧不会一帆风顺。而生活就如一面镜子,你对它笑,它也会对你笑,你奋袂求进,它会回馈你以脚下生风,一往无前。人世辽阔,我们每一个人都是微小的尘埃,但凝聚在一起,就有了磅礴的力量,就有了恢宏的气势。岁月无声,总在见证;逐日而行,未来必是其道大光。

此刻,时光依旧如沙,它在一刻不停地让当下的这一秒变成过去的一秒,也让未来时光里一个又一个机遇和挑战成为我们生活的美好或者遗憾。沧桑砥砺,春华秋实,最美丽的风景在我们逐梦的路上。当下,2021年的精彩序曲已经奏响,在又一段继往开来的里程上,让我们携起手来,以"九牛爬坡,个个使劲"的强大合力,推动浙江省科技宣传教育工作"百尺竿头更进一步",以更加优异的成绩喜迎中国共产党建党100周年!

祝愿我们的明天更加美好!

作于2021年2月12日,浙江杭州

岁月如歌
——在欢送陈敏玲座谈会上的讲话

人生，在一场又一场聚散离合中喜忧悲欢。这一场，是难舍的欢送，是至高的礼赞，是集体的致敬！

东野圭吾说，生命中的全部偶然，其实都是命中注定。我和陈敏玲同志相识于 2015 年初。那年我刚从军队转业到省科技厅，在厅人事处帮助工作，受命完成一项调研课题，需要找厅属单位的领导面谈了解。我俩都记得初次见面的场景，那时她的目光和现在一样清澈、纯净，一举一动、一颦一笑，都极具修养和精神气质。人与人之间的区分，是蕴藏在躯体里的思想和灵魂。我们当时所谈的内容已经不记得了，但她言谈中透露出的观念、才气、性情和思维的穿透力，给我留下了深刻的印象。人与人之间的精神交流，有着无数隐秘的暗道，有些语言看似细微的地方，往往能触动敏感的内心。或许，这就是后来共事一场的因缘。

世上有两种生存方式，一种是为自己活着，一种是为更多人活着。作为厅属单位的领导，我深有体会，肩负着厅领导的信任和同事们的期盼，这样一个职位更多是为别人而活着。人生前行，少不了风波和迍邅。我和陈敏玲履职之初的经历相似，都从艰难中起步，同时也都是努力的人。或许生活的本质就是千难万难，我们会在一段又一段不同的时光里，经历一段又一段不同的艰辛。把日子活出使命感，也就多了份坦然面对的心态。陈敏玲同志心态好、能力强、经验足，原人才教育中心风正气顺，成绩斐然，是时光里她做人做事最好的呈现。受她潜移默化的影响，也让我实现了从成长到成熟、从迷茫到顿悟的转变。我一直觉得，世间一切早有安排，只要你有永不泯灭的心愿，自会冬去春来，万物生长。如今单位风清气正，干部职工心齐劲足，是原有生态的延续和精神的传承，我应该代表省科技宣传教育中心全体干部职工，对陈敏玲同志为单位建设和发展作出的贡献表示衷心的感谢和崇高的敬意！

有些人，或许一生并没有惊天动地的壮举，并不能成为世人心中的英雄，但其人格魅力会在静好的岁月里散发光芒。欢送会上，我安排培训部和软考部的两名同志作了重点发言，其他同志也从不同角度回顾了和陈敏玲相处的经历。大家的一字一句，都是陈敏玲人生奋斗历程的生动缩影。对我来说，这也是一次从侧面学习取经的机会，我听了之后深受教育，也更表敬重！只是大家发言的时间有限，无法全方位地展现陈敏玲同志的丰厚经历和奋斗历程。往后余生，留待慢慢了解，感情源远流长。

每个人的一生都不会平凡和平淡，为党工作的人生更是充满了精彩和荣光。流沙般的岁月里，陈敏玲用她的不懈奋斗的人生韶华，创造了骄人的业绩，书写了人生的辉煌，留下了生命的意义。她敬业奉献的崇高品质，忠于事业的高尚情怀，令人感动，令人钦佩。我和我的同事们都应该传承好这样一种精神和品质，常怀饮水思源的感恩之心，厚植薪火相传的感激之情，涵养接力前行的感悟之力，知责于心，担责于身，履责于行，努力创造无愧于过往时光、无愧于当下时代、无愧于中心未来的新业绩。

人生路上，人们不断相遇，又不断分离。芸芸众生，气场相似、心灵相契的人永生不会失联，就像四季轮回里植被与大地的秘密约定，所有的相遇和欢喜都能在春日里悄然抵达。陈敏玲同志赠予我的《工作参考》，我视为最珍贵的礼物，放在办公桌触手可及的地方。我想以这种方式珍藏它，珍藏在这个浮躁的年代里让我安静下来做一个合格的领导者的一个外力,珍藏一位前任的希望和情谊的延续。烟火生活之中,我们都是安静的人,今后不一定经常联系,但这一份情感会是恒久的存在,就像一树一树的花开,会从一个季节走到另一个季节,总能在不经意间牵动心绪。

人与人之间,生命是平等的,但生命的体验,以及体验中激发的生命力和创造力却各有不同。在军队,战术上有一个"假想敌"的概念,这个词,在我的精神世界里不是敌对的概念,而是目标,是激励我无畏无惧、勇往直前、不断赶超的力量。在人生的征程中,我喜欢以高手为镜,从关注向外的追寻、求索转向内在的探索、延展,以期实现更好的自我。这是一种唤起与创造的关系,是生而为人的责任和职责所在,是对滚滚向前的时代的写照和诠释。以陈敏玲为师,我希望宣传教育中心变得更好。

经历难忘,情感难舍,值离别之际,以诗相送:

今天,让我们给所有话语都赋予难舍

然后,将祝福与每一个词句捆绑

送给您,接续离别后的缘分

诗歌是我的心,也许您不懂

但一定明了沉积在时空里的情感

让我们直面光阴吧

那贯穿我们一生的河流,是一种语言

往后余生,见或不见都无妨

保持本色地活着

定是生活中最动人的色彩

就像雨后,天空的彩虹

我还要继续跨越山川与河流

这是别后,我仍然需要扛起的使命

我一直试图改变过去又即将到来的时光

就像开荒
我会向所有经历和从未曾经历的日子
奉献满腔热忱
我的思念常常在过去徘徊,但思想和步履
从未停止探索
我会在远方,写下风光寄给您

作于 2021 年 8 月 27 日,浙江杭州

做更好的自己

——在单位宣传总结会上的讲话

　　岁之将尽,听听大家的总结很有必要,这是每位同志一年来工作力的呈现,也是学习力、思维力、语言力、创新力、道德力的集中体现。各个部门和每名同志汇报的是文字材料,凝结的却是一年的心血和对单位的情感,是生命对责任的诠释。

　　裹挟在时代的洪流里,置身在忙碌的工作中,很少有人谈及人生情怀与理想、责任感与使命感的话题。但是,这类问题与工作息息相关,是绕不过去的根本问题。我们的日常,以及我们的生命,总要面对这类的问题。

　　现下,做新闻宣传工作,没有情怀、没有由心而生的热爱是做不好的。爱因斯坦说,热爱是最好的老师。这应该是他的人生感悟。热爱,是一个人的内在情感,也是遵从内心追求的外在表现。这个世界上,因为热爱而成就自我的例子不胜枚举,在此不举例。一个人的人生,不是别人成就的,全在于自己的努力,你热衷于做喜爱的事情,只要保持足够的兴趣、热情,短期内或许不会显山露水,但经日积月累的沉淀,一定会峰回路转、柳暗花明。现实生活当中,我们总容易被“木桶原理”的思维所束缚,一个人的短板如果不是做人方面的,大可不必太过在意。长处决定着水平,一个人将所擅长的发挥到极致,就一定会在这个领域有所获得。

　　对待工作,认真很重要,这是一种深刻而珍贵的品质。人生,是一个人用行为写就的大文章。面对一项工作,身心投入地去做,一定是精品，久而久之，一定会实现有价值的量变。每个人都有一条属于自己的道路，不一样的追求决定着不一样的长度。把每一项工作都当作自己的机会，一定能够成就自己的未来。希望大家对待任何一项工作，都要树立精品意识，不要敷衍了事，不同的工作态度，一定会带来不同的结果。认真，不是为了感动谁，是为了培养自己优秀的品质；奋斗，不是为了超越谁，而是至少不给人生留下遗憾。工作，是一个人思维和行为活动的物化过程，从一件工作当中，可以见到一个人的内心、性格，以及投入的状态，久而久之，会形成做人做事自有的风格。

人的一生由无数个选择构成，让我们难忘和感恩的，一定是那些在艰难中攀升的路。浙江省第四届"最美科技人"王克剑说的"唐僧师徒去西天取经，经历九九八十一难，才取得真经"，让我印象特别深刻。任何一个人的成功，都会经历痛苦的历练，想要成蝶的蛹就要破茧，想要重生的凤凰就要涅槃。学习的过程是如此，工作的过程也是如此。凡是向上的人生都艰难，"成功"两个字虽然只是寥寥几笔，但要实现却不是件轻松容易的事情，需要积蓄足够的力量，需要恒久的意志。成长的过程中，我们要把经历的每一次挫折都当作垫高人生的梯石，经历的每一段艰难都当作锤炼的机会。一个人，不一定每一次拼尽全力的付出都会成功，但它一定可以让你更好地成长。人只有经历各种事情的磨炼，才能立足沉稳，遇见更好的自己。有付出才会有收获，有作为才会有地位，是有道理的。

米尔斯特说："人生最大的幸事就是知道珍惜现在所拥有的，且懂得自己的价值和人生的意义，在于看到自己，创造自己。"我们每一个人的本源都在自己的内心。你想成为怎样的人，想要怎样的人生，都取决于你对自己及对人生的态度。你内心有爱，你便是一个善良的人；你珍惜已有的朋友和工作，就会拥有良好的人际关系，得到组织的信任和培养，得到美好的生活和人生的舞台。

作于 2022 年 1 月 11 日，浙江杭州

吹响新时代的科技号角

——《今日科技》2022 年新春社长寄语

岁月悄然无声,转瞬又至年末。时光的表盘上,总有一些耀眼的时刻,标注着浙江科技的光辉历程。

2021 年,是中国共产党建党 100 周年。这一年,《今日科技》全面贯彻落实习近平新时代中国特色社会主义思想,牢牢把握守正创新时代坐标,着力深化党的创新理论宣传普及,跟进报道党史学习教育,纵深推进建党百年宣传,全面展示创新发展成就,系统报道了全省科技系统以"百年党史看科技,自立自强开新局"为主题的党史学习教育,配合宣传了 100 位科技代表人物、100 个重大科技成果、100 张有科技辨识度的照片等 3 个"100"系列活动,浓墨重彩地宣传了省科技厅"研发攻关'一指办'"入选全省党史学习教育"百法百例"和"三为"专题实践最佳案例以及创建模范机关经验做法入选长三角地区 20 个模范机关建设样本,唱响了党的赞歌,弘扬了建党精神,弘扬了时代旋律。

奋斗足迹,时光铭刻。2021 年,在浙江省委、省政府的正确领导下,科技工作成绩斐然,《今日科技》紧紧围绕省科技厅党组决策部署发声,高起点规划重大活动,高标准设计主题宣传,高质量实施专题报道,高效率宣传展示创新载体、创新成果、创新人物等各方面的科技成就,推出了一系列重点突出、热点聚焦、特点鲜明、亮点频出、看点迭起的专题报道,进一步激发了全省科技系统干部职工的荣誉感和责任感,汇聚起创新发展、拼搏奋进的合力。

细数过往流年,记忆丰盈绵长。过去的一年,《今日科技》牢记新闻工作者职责使命,根植基层,服务群众,全方位宣传科技政策,发布科技信息,普及科技知识,多角度宣扬基层创新成效,报道企业创新成果,推送各类创新经验,多批次开展新闻采风活动,推出有温度、有高度、有深度的宣传作品,让科技宣传更接地气,让《今日科技》更有特色,有效提升了科技创新影响力,增强了科技宣传吸引力。

展望未来岁月,任重道远。2022年,《今日科技》将坚持以习近平新时代中国特色社会主义思想为指导,深入贯彻落实党的十九届六中全会精神和省委、省政府部署要求,按照"紧跟省科技厅决策部署、紧盯省科技厅中心工作、紧贴全省科技系统需求"的办刊定位,在保留原有栏目的基础上,推出"创新区域"等8个新版块,切实肩起媒体责任,生动讲好科技故事,做大做强主流舆论,为服务中心大局、推进科技进步、提升科技素养提供力量支撑。

新时代标注新方位,新时代开启新征程。新的一年,我们将顺应新时代伟大召唤,牢记职责使命,矢志职业理想,永葆赤子之心,把信念之歌、使命之歌、奉献之歌倾注到一篇篇稿件中、一个个镜头里、一页页版面上,以强大的真理力量、鲜明的旗帜色彩、强烈的使命担当,为时代立传,为科技立言,努力当好时代旋律的"演奏者",唱响浙江的声音、科技的声音。

作于 2022 年 1 月 21 日,浙江杭州

在时光里留下熠熠生辉的印记

——2022 年单位新春贺词

时序更替，岁月流金。不知不觉间，我们从牛气冲天的辛丑年，走进虎虎生威的壬寅年。在新冠疫情仍在存续的年份里，唯愿山河无恙，我们的生活越来越美好。

节日的意义并不在于欢庆节日本身，而在于在这一天有值得盘点的过往。2021 年，浙江省科技宣传中心着眼"创特色、有影响"年度工作目标，持之以恒在强基础、强队伍、强支撑上下功夫，各项建设取得了较好的成效。《从伟大的党史中汲取精神和力量》列入全省"百堂精品微党课"，凝练"三色(式)三强"支部工作法推进党史学习教育得到省党史学习教育第十三巡回指导组肯定，《今日科技》杂志获评"华东地区优秀期刊"，关于科技期刊发展的报告获 2 位省领导肯定性批示，青年党员代表科技厅参加省直机关工委"学党史、迎百年"党史知识竞赛荣获团体"优胜奖"，新建 4 个创新方法片区基地而服务企业的创新能力显著增强，围绕计算机软件考试工作经验在 2021 全国业务会议上作典型发言，"最美科技人"等 3 个品牌活动获得广泛关注……全体干部职工用一个又一个奋力拼搏的日子，在似水流年的岁月里留下了一个又一个熠熠生辉的印记。

事实上，人生过往的每一个日子都是瞬间，因为难忘而成为永恒的记忆，并形成强大的共识生长力和行为影响力。就像星辰大海,无论多么遥不可及,存续在内心的美好与憧憬一直在。我们始终坚信,最美的风景会在新的一年里遇见,美好的祝愿会在新的一年里实现。

那就让我们在承前启后的节点,许下继往开来的宏愿吧:让我们坚持党建引领"一条主线",不断压实党建责任,深化支部建设,提升党建品牌,为完成年度任务提供坚强的政治保障;让我们聚力宣传教育"二项主业",以更大的工作力度,在讲好科技故事上强作为、见新成效,以更优的服务赋能,在深化教育培训上抓提质、见新突破;让我们抓好领导班子、人才队伍、作风效能"三大建设",打造同心干事的领导集体、善干实干的干部队伍和风正气顺的工作环境;让我们建好新媒体、软件考试、科普活动、杂志发行"四个专班",推动实现中心管理垂直化、分工协作合理化、工作效能精细化;让我们落实比、学、赶、帮、超"五项举措",持续激发人才成长内驱力,加速提升中心业务发展软实力;让我们树立谋划、攀高、导向、服从、责任、奉献"六种意识",以思想先行带动实践出彩,全力营造干事创业的良好风气。

人生一世,每一个人都要渡过一条属于自己的时光河流。庸常或超拔,全在于自己是否努力。同在一个集体,同处一段时光,从来没有从天而降的幸运。那些你以为的驾轻就熟,其实都是有备而来。世上最公平的事情,就是拿努力换结果。人生繁华打开的最佳方式,是逐梦前行。未来,我们要抵达的在我们今天正行走的方向,我们要经历的风雨寒冬就在前方,想要过的生活、想要成为的自己也在前方。每个人、每一个集体都有属于自己的命运和使命,挑战与机遇并存,不同的人生选择,必然会有不同的命运道路。凡是向上的人生,都会艰难,都要经历百转千回的磨砺、熬过岁暮天寒的拼杀,也正因为此,我们的生活才会有激情、有意义、有值得盘点的过往。

人生回忆里,能让我们引以为豪、被自己感动的,一定是那些迎难而上、奋力拼搏的时刻。我们也一定会感恩那些爱过的、被爱的，以及生命轨迹里所有留下印记的人们。同样会感谢那些经历过的苦难、挫折和所有无法一笑而过的际遇。我们今天所拥有的一切，都是过往人生的沉淀，所有的过程都在为未来的某一刻做铺垫。命运，一半在上帝手里，另一半在自己手里。生而为人，我们理应竭尽所能地用自己的努力去获取上帝掌握的部分。否则，我们拿什么回报给予我们生命的父母，拿什么增色苍白的一生？时间从来不会辜负对拼搏者的允诺，那些我们吃过的苦、经历的累、受过的罪，所有悲欣交集，最后都会成为我们人生的勋章和征战的盔甲。

　　遇风尽是同舟客。新的一年，让我们以梦想为舟，奋斗作桨，合力开动省科技宣传教育中心的大船，然后静待日渐清晰的明天和人生命运的馈赠。

　　恭祝大家新春快乐、身体健康、工作顺利、阖家幸福！

作于 2022 年 1 月 31 日，浙江杭州

愿您的文字如火炬

——"宣教大讲堂"主持讲话

　　我是想通过一些事例告诉大家，一个优秀的人，背后必然需要付出超乎常人的努力和毅力，否则不可能从偏僻的小县城走进省委的大机关，更不可能在人才济济的省委办公厅脱颖而出，成为一处之长。

　　稻盛和夫说，人的命运绝不是天定的，它不是在事先铺设好的轨道上运行的，根据我们的意志，命运既可以变好，也可以变坏。确实如此。一个人的能力有多大，所掌控的世界就有多大；能力素质强的人，哪怕在仕途上没有遇到伯乐，但自身的胸怀、格局、思维、思想和视野与常人也会截然不同。一个人想证明自己的存在，一方面是在事功上为他人所认可，另一方面是在内省上由自己的感觉而证明。学习，可以带来内在和外在的改变，每多学一点知识，就会多一分直面世界的底气。

　　当今社会，最大的特点是不确定。唯一确定的是知识可以让我们更具实力，以迎接和挑战不确定的未来。成年人的世界，无论苦难还是辉煌，都需要自己去面对，如果我们不逼迫和改变自己，就会被生活所逼迫、所改变。同样是生命，有些人浑浑噩噩地活着，并不自知这样的活着没有质量、没有品位、没有灵魂，因为他们一直囿于已有的知识结构，满足于既定的生活范畴，自以为所生活的圈子就是这个世界该有的样子。生在这个人类历史变动最大的时代,需要通过不断学习和接受新鲜的知识和事物,才能跟上时代的步伐,才能让我们在未知的世界里获取力量,攀上人生的高点。一个人活着,一定要知道自己想要什么,人生的价值是自己赋予的。如果说人生如戏,那么我们每一个人都是这场戏的导演;努力,就是给自己生命的戏份加码。

《京瓷哲学手册》里有这么一句话,只要拼命努力,把自己逼到极限,终会得到"神灵的启示"。这个世界没有神灵,但只要你是努力的,就一定能够启迪智慧,获得力量,有所成就。上坡的路都不好走,一个人如果不去挑战自我、刷新自我,就只能在原地踏步。人生的意义,不是因为活着,而是因为有希望并且付诸努力地活着。努力的人生每一天都能刷新自己的纪录,持之以恒,就能书写出与常人不一样的人生,成为别人的仰望。令人引以为豪的不是你活了多少个日子,而是有多少值得回忆的热血拼搏的年华。

"宣教大讲堂"迄今已经是第 15 期了,大家每一次课后的写作都是一次比拼。热血的状态、追赶的劲头,体现在每一个人的文字当中。但现在还不到表扬大家的时候;包括已经从"宣教大讲堂"毕业的 3 名同志,大家都还没到我所希望看到的样子。无论公文写作还是新闻稿件,都没有固定的模式,文字和形式灵活度高,有无限的发挥空间,但一些同志打不开思维、放不开手脚,写出来的文章虽然有态度、有速度,但高度、深度、浓度还需要进一步加强。一篇好文章应该有视野、思想和独有的特点。我的有些讲话为什么会用散文的语言,就是告诉大家,文无定法,并且想用优美的文字呈现出一篇文章的灵魂。在我看来,每一个文字都应该具有生命力,每一篇文章都不应落入俗套,应该具有人的生命的"灵魂"、精神的"血液"、信仰的"细胞"、意志的"骨骼"、饱满的"肌肉"、视觉的"双眼"和动感的"肢体"。如果没有这些,文章就会像人一样,无法真正地立起来。

亚里士多德说,人生最终的价值在于觉醒和思考的能力。今天,吴斌峰处长教给大家的是写作的方法,路则需要自己摸索和行走。希望大家不懈努力,蓄力前行,接续奋斗,不断更新知识结构,破除视野局限,突破自我极限,让那些承载着你情怀和胸怀、思想和智慧的文章,像火炬一样照亮世界。

作于 2022 年 3 月 1 日,浙江杭州

活着，是自我革新的过程

——在单位警示教育课上的讲话

为推动全面从严治党向纵深发展，今天，解放军杭州军事检察院副检察长孙鹏同志结合工作实践，给大家上了一堂主题鲜明、精彩生动、发人深省的警示教育课。上周五，省科技厅召开了全省科技系统全面从严治党工作会议暨"双建"工作推进会，今天这一课也是对厅有关要求的深化学习、深入贯彻。结合讲课，我给大家分享几句话。

第一句话来自《爱弥儿》："由于你一心追逐你的欲念，结果你永远也不能够满足你的欲念。"作为一个自然人，每个人都有想要得到某样东西的愿望，但是超过一定的界限，就成了不良的欲念。陈毅元帅说的"莫伸手，伸手必被捉"深有道理。一个人一旦放纵自己的欲念，必然会心存侥幸，做出超越道德和法律许可范畴之外的事情。大量的事实证明，做人的底线和做事的高压线一旦逾越，轻则会名誉受损，家人蒙羞，重则会身陷牢狱，祸及家人。因为欲念丧失人身自由而悔不当初的例子不胜枚举，江西省原副省长胡长清身陷牢狱后希望写书法赎罪，广西壮族自治区人民政府原副主席徐炳松希望当个农民为国家作贡献，国务院经济体制改革办公室宏观体制司原副司长李雄希望当工兵上战场扫地雷……早知如此，何必当初呢？古话说："纵贪欲如落水，不用吹灰之力，终成灭顶之灾；保清廉似上山，需步步用力，方能攀上巅峰。"希望大家始终牢记初心,学会控制欲念,自觉抵制诱惑,永不偏离航线。

第二句话来自《一个孤独散步者的遐想》:"一切法律中最重要的法律,既不是刻在大理石上,也不是刻在铜表上,而是铭刻在公民的内心里。"不论是党纪国法,还是单位的各项规章制度,真正的生命力在于执行,在于根植每个人的内心,体现在每个人的行为上。哲学家康德说:位我上者,灿烂星空;道德律令,在我心中。人之所以高贵,之所以有尊严,在于人有理性,能约束自己的言行。心存敬畏,方能行有所止。希望大家在自己的内心构建起法律准则和道德法则,自觉将自己的言行置于法律法规和单位各项规章制度的约束当中,变"他律"为"自律",无论何时何地都能严格遵守政治纪律、组织纪律、廉洁纪律、群众纪律、工作纪律、生活纪律,自觉净化生活圈、社交圈、娱乐圈,时刻做政治上的明白人、工作中的老实人、生活里的健康人。把握当下幸福,品味快乐人生。

第三句话,王浩省长说:"对党忠诚是具体的、实践的,是纯粹的、无条件的。"古往今来,忠诚是考量一个人道德的基本标准,是一种品格,一种责任,更是一种美德,一种发自于心的情感。我认为,对党忠诚的核心问题是立场问题,一方面要坚定不移地同党中央保持高度一致,自觉维护党的权威,始终把对党忠诚作为修身立业的"压舱石",时时事事处处保持政治信仰不变、政治立场不移、政治方向不偏,与党同心同德、同心同向,永不背叛自己的入党誓词和神圣使命;另一方面要以忠诚履职的实际行动,全心全意为人民服务。实际行动就是检验的标准,"作为"是真实的答卷,希望大家始终坚持事业至上、人民利益至上,忠于职守,以奋发有为的工作干劲、争创一流的工作目标、细致求实的工作作风,干好职务要求的事情、上级分配的事情、群众期盼的事情、职业道德要求的事情,写好新时代的历史答卷。

第四句话,托马斯·杰弗逊说:"每一代人都需要新的革命。"这首先指的是对自己的革命。人性是有弱点的,勇于自我革命,才能清除病症,实现净化,让自己日臻完美,拥有改变生活和社会的能力。希望大家在党的自我革命进程中,牢固树立职责意识、问题意识、法治意识,把立志、立德、立行结合起来,把学习和改造结合起来,把遵守党纪党规和单位规章制度结合起来,检身正己,常思不足,不断改造自己、革新自己、完善自己,这样才能在形形色色的诱惑面前心神宁静、心如磐石,让自己成为像毛泽东在《纪念白求恩》中讲的"一个高尚的人,一个纯粹的人,一个有道德的人,一个脱离低级趣味的人,有一个有益于人民的人"。

最后,以《生命中不能承受之轻》中的一段话与大家共勉:"从现在起,我开始谨慎地选择我的生活,我不再轻易让自己迷失在各种诱惑里。我心中已经听到来自远方的呼唤……我要向前走。"

作于 2022 年 3 月 19 日,浙江杭州

围绕热爱而说

——与干部职工谈学习

俗话说,热爱是最好的老师,但任何事情都是入门了才会热爱。"宣教大讲堂"做的是"师父领进门"的事情,而各位能否深刻洞见文字工作的本质、价值和规律,达到"字字珠玑"的境界,则全凭个人努力。

记得在上学的时候,老师让我们畅谈理想,同学们所描绘的前程大多美好而宏大,今天实现与否,不得而知;但不努力,这些理想肯定是空中的楼阁、水中的月。一路成长,人生的每一个阶段,我们会有自己的规划;要想达成,则需要我们加强内在的修炼和外在的努力。一个人,只有学得精彩,才能活得出彩。

"竹子定理"大家应该都知道:竹子前几年通常生长缓慢,从第五年开始,每天都能长30多厘米,一个多月可以长到15米。这是因为前几年竹子在疯狂地扎根。人生也是一样的道理,我们努力的每一天都是在打基础,在积蓄力量,在为未来精彩的人生作铺垫。"宣教大讲堂"起到的是助力的作用,每一课给大家的养分是同样的,但结果肯定不尽相同。拉开人与人差距的,在于平凡时日里甘于寂寞的坚持和不甘平庸的努力。人生的成功,是个人努力的加持。我愿每一个人都能以积极进取的姿态活在当下,这样,我们的日子才能保持蓬勃的生机与活力,人生才能百尺竿头更进一步。

一个人的精神状态决定着他的生活状态，甚至决定着人生的命运。精神状态好的人，哪怕身处逆境，也会乐观面对，坚韧前行。我们一定要明白，人生所有的负重前行，都是为自我完善而付出的努力。那些占用大家工作之余时间所写的稿件，那些布置给大家的工作任务，那些给大家的鼓励或批评，最后都会化为人生的能量，是有意义的。人生所有经历的人和事，都会让我们清醒地审视自身的内在和外界，一个人也正是借助不同的经历才得以不断地修炼自己、丰盈自己、完善自己。经历的过程，就是学习、思考和提升的过程，这是锻铸生命质量最重要的一环。生命中真正重要的不是你遭遇了什么，而是学到了什么、改变了什么。只有从经历的人和事当中得到有益的启示并付诸努力，才能重新组合自我，带来新的创造。在错综复杂的人世里，生命的天差地别，正是由自身的状态决定的。

生活在这个尘世，我们一定要做最好的自己，用阳光的心态和进取的状态去面对工作，面对生活，面对一切不想面对的事物。"一个人每天要做两件不喜欢的事，这对灵魂有益。"这是《月亮和六便士》里的话，深有道理。一个人如果总在自己的舒适区里徘徊，永远不可能有大的进步。勇于挑战自我、挑战人生，是人生激情的体现。安娜·玛丽·摩西 75 岁才开始学习画画，5 年后，80岁的她成功举办了个人画展。所以，一个人只要保持足够的热情，哪怕暮年古稀，生活依旧会朝气蓬勃，拥有无限可能。

一个人应该有自己的人生理想和执着坚持。"不抛弃、不放弃"是《士兵突击》里的一句台词，现在已经是大家耳熟能详的励志名句。一个人要想变得优秀，需要非凡的努力加毅力。

格拉德威尔在《异类》一书中写道："人们眼中的天才之所以卓越非凡，并非大资超人一等，而是付出了持续不断的努力。一万小时的锤炼是任何人从平凡变成世界级大师的必要条件。"这就是著名的"一万小时定律"。所以，对于写作，或许存在天赋一说，但我更愿意相信"一万小时定律"。"坚持"这个词我们反复地讲,已经毫无新意了,但不得不说,它是一个人走向成功有效而可靠的方法。我们一定要坚信,付出总会有收获,哪怕收获的日子迟到,也不要收敛自己的斗志,磨灭自己的信心和奋斗的勇气。有时,水滴石穿是有道理的。

人生风雨见真情

人生路上,我们不断地遇见,又不断地告别。有些相遇和别离,就如一场擦身而过的风,我们终会渐行渐远,各自为安;有些聚散,则会成为彼此生命中量子的纠缠、温情的自享和难忘的回忆。譬如,我与杨雨后同志的同事之情。

值杨雨后同志退休之日,我该用文字写一写我们为之奋斗的岁月,写一写汇聚着我们智慧与汗水的事业,写一写沉淀在我们生命中的情感。

杨雨后是1962年9月出生的老同志。2019年11月,省属事业单位机构改革,他由原浙江科技报社(科技金融时报)副总编辑转任到我们单位任副主任,分管科技宣传工作。11月8日,干部职工见面会上,我曾用"相由心生"作为开场白点评过杨雨后同志,他的厚道、善良、朴实、正直、真诚、谦逊闪烁在他的眼睛里,刻画在他的脸庞上。好的人品会有好的回报,单位全体干部职工都很敬重杨雨后同志的为人品格和做事风格。

歌德说,无论你出身高贵或者低贱,都无关宏旨,但你必须有做人之道。在我们单位,任谁心中,杨雨后同志都是一个值得信赖的人;他于我而言,是工作的一大助力。作为新成立的单位,成员分别来自原浙江科技报社、原省科技人才教育中心和省科技信息研究院的《今日科技》杂志、传播中心。单位文化不同,人的思想也不尽相同。日常工作中,杨雨后同志始终能够和干部职工打成一片,积极主动化解矛盾,帮助解决各类困难。许多同志都爱到他的办公室坐坐、聊聊,有人由衷地形容为"如沐浴在家庭般的温暖当中"。

我眼中的杨雨后同志是一个没有缺点的人,一个任劳任怨、一门心思扑在单位事业上的人。省科技宣传教育中心成立近三年时间,杨雨后同志始终以"无我"的情怀、"有我"的担当、"忘我"的干劲干事创业、奋发作为。对于我交代的工作,他总是想方设法地把它完成、把它干好,哪怕患上严重的结肠憩室,他每天依旧顶着腹痛坚守在工作岗位上、奔波在杂志发行过程中。单位宣传工作取得的每一点成绩、获得的每一项荣誉,都凝聚着杨雨后同志的汗水。我很感恩在近三年极其艰难、极具挑战的日子里,他让我在人生困境见到了真情、感受到了力量,给我带来了更为精彩的人生境遇和生活感受。

一个人真正的资本,不是容颜,也不是金钱,而是他有值得别人信服的东西。我们常说,欣赏一个人,始于颜值,敬于才华,合于性格,久于善良,终于人品。这一切,杨雨后同志都具备了。有时候,遇到一个人,可以改变对人性和人生的认识。和杨雨后相处,他总能够将你的情绪调到常温,用一言一行教会你以一种温和的姿态对待工作、对待他人、对待生活。生命的意义,究其本真在于漫长道路中的内心修行。杨雨后身上所具有的优秀品性,是人生的沉淀,是流动在我生命轨迹中的不可言喻的美好。

三毛曾说:"人之所以悲伤,是因为我们留不住岁月。"当下的我是伤感的,我怀念和杨雨后共事的每一个日子、相处每一个点滴。如果岁月可以倒流,哪怕回头再过一遍单位组建之初连办公场地和职工用餐都成问题、工作困难重重的日子,如果能和杨雨后同志风雨同舟,我依然会欣然面对,与大家同甘共苦。因为在无尽的人生河流当中,这一段岁月有价值、有意义,也值得一生回味。

有这么一句话:"很多东西,如果不写,就会慢慢忘记。"生命无声无息,悄然流逝,将所经历的日常保存在文化记忆里,是希望往后的我,以及身边的同事,能够记住闪耀在杨雨后同志身上的光芒,记住我们共有的经历,尔后以最佳的方式面对苍茫的未来,度过漫漫的人生。

作于 2022 年 10 月 14 日

女儿若菡

写女儿若菡，提笔便有一股浓浓的愧疚之情涌上心头。在漫长的军旅和援藏岁月里，缺失的陪伴，如同衣服上的一个窟窿，而望女成凤的爱，则如同一块补丁，给生命的华服留下了难以修复如初的遗憾。

若菡出生那年，我在苏北的某集团军政治部工作，和家人聚少离多。那年，妻子每天一边呵护着肚里的若菡，一边挺着大肚子上班。记得 8 月 12 日，超强台风"云娜"正面袭击浙江，温州市河通桥鞋料市场的店铺屋顶掀掉了，在店里的妻子受到了惊吓。当时，我正随部队在连云港市执行海训任务，分身乏术，只能电话里安慰受惊的妻子，关心肚里的若菡。时任政治部主任的李笃信将军听闻此事，电话请温州军分区政治部主任刘国华带鹿城区人武部部长匡连庭上门慰问，让我至今感动。

那年，若菡在妻子的肚里迟迟不肯出来，而部队给我的假期并不宽裕。听从医生的指导，那些日子，我陪着妻子楼上楼下地爬，沿着九山河来来回回地走，每天表面看似平静，实则内心极其焦虑和担心。后来，妻子腹部的羊水已经不足以支撑肚子里的孩子，在催产针的帮助下，若菡才呱呱落地。时间是 2004 年 11 月 11 日 15 时 35 分。

在医院，在等待女儿诞生的时间里，妻子承受的分娩的痛苦，我分分秒秒的等待，都同样极其难挨。从产房门口到所住病房，我来来回回不知道走了多少趟,所到之处,皆是孕妇疼痛难忍的叫声和骂声。我趴在产房门口,怎么也听不到属于妻子的叫声。

妻子就是这般隐忍,若菡出生前,胎位不正,医生让保持一种固定的姿势睡觉,她每天如此,一直到分娩。其间,身体不舒服,整夜地睡不着,从不用药。听医生说,若菡出生仿佛并不情愿,妻子进产房半天,她才露出大脑袋,见此医护人员都说,这孩子很重,应该是男孩。她们只说对一半:出生后一称,8 斤 7 两。妻子分娩的疼痛可想而知。

妻子出产房时,见到等待的我,第一句话是:"生个女儿,让你失望了吧?"怎么会呢? 她不知道,自怀上若菡,我就在内心祈祷,今生我只愿孩子平安健康、幸福快乐。这也是我给自己的人生责任。

因为假期有限,若菡出生后不久,我就返回了在徐州市的野战部队,继续过着两地分居的生活。为了结我相思之苦,若菡半岁不到,妻子抱着她,搭乘绿皮火车,一路奔波到徐州来看我。虽然,那时的记忆在脑海里早已混合在一起,成了一段模糊的、笼统的过往,但第一次见到若菡的笑容的场景,记忆还是那么清晰。

那天,到车站接上她们母女时,若菡还在睡梦中,到了我的宿舍才醒。在一个陌生的环境里,若菡睁开眼竟然不哭不闹,妻子边给她换尿布边说"我们到家了""这是爸爸"。我上前逗了她一下,她立马牵动嘴角微微一笑,那清澈的笑容如盛开的荷花,干净无邪,一种甜美的感觉瞬间如一股清流注入我的心灵,浸润着我的生命。

这应该就是父女之间的缘分,哪怕她懵懂无知,哪怕再久不见,但内心会有一种亲情的感应。这样的亲密感,是血脉的相连,是自然的呈现。

我的微博至今存着若菡的一些片段。让我最为感动的是,一次我重感冒躺在床上,若菡不时地会跑过来问候一下。见我有气无力的样子,才8岁的她竟然烧了一壶开水,倒了一杯,还拿出双黄连口服液插上吸管,并写了张提示的纸条:"爸爸,你的 yao,小心 tang!"还画了个药瓶和开水杯。萌萌的,如她的内心。

微博及微信里,还有若菡其他一些珍贵的片段:有的是安静地思考的照片,有的是和我一起吃着爆米花看电影的照片,有的是和我去吃牛排的照片,有的是我带着她和同学在必胜客过生日的照片,有的是全家用餐的照片,有的是带她采茶的照片,有的是她玩耍后朝我一笑的照片。那些神态和笑容,始终清纯而恬静。若菡一直干净无邪、内心纯良,不负我为她取的名字,至今都是我想要看到的样子。

若菡确实是努力的,自小就独立且坚强。从上小学开始,晚上都是自己一个人洗澡,自己一个人睡觉。生病时,打针吊水,从来都是咬着牙,不喊一声疼痛。记得2009年6月15日,若菡因为扁桃体发炎,一直发烧。除了要吊水,医生还开了很多的西药。因为年龄小,药片大,每次吃药都需要将整片药碾成粉末,和水喝下去,味道除了苦,还有一股怪味,难以下咽。喝药的她特别有想象力,说"药就是好的细菌,进肚是拿着刀慢慢地把坏的细菌都杀掉",这应该也应该是她给自己的坚强找一个支撑的理由。

还记得2021年7月份,我们全家去武汉和长沙。因为在两地有房产,每到一地,白天我和妻子出门办房产证,留若菡一个人在宾馆写作业。回到杭州后,她写了一篇作文,我至今保存着。摘录一段:"在武汉,最想去的是黄鹤楼……第五层,是黄鹤楼的最高处,站在上面可以看到武汉全貌,可以感受到'孤帆远影碧空尽,唯见长江天际流'的壮观景象。放眼望去,周边的山、眼前的江,就像一幅画一样,真是美不胜收啊!"

若菡的作文自小就写得好,小学三年级的时候开始在《小学生作文选刊》发表文章,先后在省市级各类报纸杂志和网络平台发表过50余篇文章,曾被"浙江在线"聘为小记者,还获得过市级作文大赛奖项。

　　我希望未来能看到更好的若菡,但教育的举措和爱的方式并不总能心遂人愿。比如,爱玩是孩子的天性,若菡也不例外。她小时候放学或双休日一个人在家,我回到家经常发现电视机是烫的,在纸上画出的画有一堆,作业却没写多少。每次我都特别生气,常常将军人的严肃、严格、严厉用在孩子的教育上。再比如,若菡自小到大,我从不让她参与干家务。在我的概念里,女孩就是要富养的,一有时间就给她烹饪各种美食。其实,这些都不是太妥。

　　若菡的心里应该明白我对她的爱。2012年父亲节,她给我写了一封信,我一直视为岁月里的一份温存珍藏着,当作本文收尾,收录纪念。

　　　　　　　　　　　作于 2022 年 4 月 9 日,浙江杭州

附:女儿若菡的信

爸爸:

　　父亲节那天,您在西北旅游,没法儿和您一起度过。今天正好有空,就写封信和你说说心里话吧。

　　爸爸,您对我要求一直严厉,有时我学习不认真,或者做错事情,您还会打我屁股。虽然很痛,当时还会恨您,但我知道你是为了提高我的成绩,是为了我好!

　　记得上个学期期末考试,我语文考了 98 分,你表扬了我,还对我说,不要骄傲,要继续努力! 这学期期末考试,我语文考了 99分,你很开心,还带我去看了动画电影《海鲜陆战队》。

　　爸爸,找的学习、生活都离不开你的帮助和教育。

　　记得以前你是喜欢睡懒觉的。但自从我上学以后,你每天早上都早早起床,提醒我看书、学习,然后送我上学。有件事情我印

象很深：一天下午，突然下起了倾盆大雨，我没带伞，只好淋着雨回家。半路上，遇见你匆匆地跑了过来，一脸焦急的表情。那天你很担心我感冒，又是让我洗热水澡，又是跑出去拿药给我吃，我真感动啊！

爸爸，你去西北旅游期间，我和妈妈晚上因为担心有坏人来，总是睡不好觉。特别是有一天外面"叮叮叮"地响，我和妈妈都很害怕。这时，我是多么希望你在啊！这时我才更加明白你对我们家的重要性！

爸爸，有你做我的父亲真好！

儿子翼远

（一）

给翼远留下些文字，希望他在成年之后知道自己所经历的部分婴幼儿时光。

费翼远是 2019 年 8 月 17 日（农历七月十七日）15 时 58 分降临人世的。于我而言，属中年得子，待翼远成人，我也老了，此刻将尚且新鲜的记忆落笔成文，极具意义。

翼远的出生，于我们费家而言是大喜事。我出生在苏北农村，家乡有严重的重男轻女习俗。我的父亲曾经对我不生二胎、不给他添个孙子耿耿于怀，时常叹息；我的母亲也是满脸期盼。我自认是孝子，见不得母亲失落，更希望告慰父亲的在天之灵。我和妻子在这样的背景下，生的翼远。

翼远的妈妈受了很多苦！2018 年底，本想人工受孕的妻子意外怀孕。妻子是一个有牺牲精神的女人，做任何事情都习惯先为我、为孩子考虑。那阵子，她常说想吃酸的食物，民间有酸儿辣女一说；还说孩子在肚子里踢得很有力道，应该是男孩；有次做 B 超例行检查时，妻子说看到胎儿的"小鸡鸡"在撒尿。我明白她的内心，记得若菡出生时，她从产房里被推出来，见到我的第一句话是"生个女孩，你失望了吧？"

我内心深处觉得，只要孩子健康平安、未来快乐幸福，我就心满意足了;即便此次生的是女儿,我也觉得尽力了,对父母同样是问心无愧,有所交代。所以,刚开始给孩子准备名字的时候,更多的是女孩子的名字。"翼远"这个名字是一次梦醒时突然浮现在脑海里的,我相信有着非同寻常的示意。另外,因为他的生命起源于我的援藏时光,所以给他起了小名"援援",和名字的尾音相近。以此,希望翼远在这个冷暖自知的尘世,知道给予他人同情、爱心和援助的意义,始终保持一颗安然向善的心,善待生命,善待他人,善待自己,做一个有良知的人,做一个有情怀的人,做一个有光泽的人,做一个有灵魂的人。

翼远出世和他姐姐一样,所经历的分分秒秒,对我和妻子来说格外漫长。因为属于意外怀孕,我和妻子根本不知道受孕的日子。按照医生给出的预产期,日子到了,孩子仍然毫无出生的征兆。有次妻子洗澡,下身突然出血,我们以为时机成熟了,半夜电话把医生吵醒,得到的答复只是一场惊吓而已。直到 8 月 17 日,妻子的预产期超出数天,连续输了三天的催产药液,最后医生人工刺破羊水,他才姗姗来迟,呱呱落地。浙江大学医学院附属第二医院妇产科主任王利权是我的朋友,他在产房里第一时间通过手机微信发来孩子的照片。照片上"小鸡鸡"昭然可见,但我仍然特别紧张,还傻乎乎地问他是男是女。

这对妻子那颗期盼的心是回应,对我们费家也非常重要。翼远出生后,我的母亲在老家开心得要摆酒宴请所有亲戚,结果兴奋之中摔伤了腰。我的姐姐是个极其节俭的人,孩子出生时竟然大方地发来 5000 元红包。我的妹妹发微信说"真的比我生孩子还要开心",那天她哭了!

翼远的出生没让长辈们失望,我相信他的未来也不会让长辈和自己失望。出生后,他极乖,很少哭闹。只要吃饱肚子,换上干净的尿布,就会很满足地躺在我们的怀抱里或床铺上,第一次见他流泪是在我们楼下的邻居家。邻居家的婴儿比翼远小,那阵子爱哭爱闹,有天我和妻子抱他下楼串门,楼下的孩子从睡梦中醒来,一个劲地哭,翼远受其情绪感染,泪水夺眶而出,跟着哭了起来。哭声,是属于孩子的语言,或许他们是通过这样的交流方式而懂得彼此。

成长的岁月里,两个孩子常在一起玩。翼远相对壮实,小老虎一样憨真可爱,极讨人喜欢——特别是他的笑容。他刚刚入睡的时候,我时常见到他笑,笑得宁静而甜美。后来,在懂得交流之后,笑容成了他和我们沟通的一种方式,时常用笑容博取我们开心。无瑕的笑容,天真未凿,也感染了好多朋友。我在微信视频号里留下了他许多开心的时光,有人留言"爱笑的小男孩""治愈系的微笑""心都被融化的微笑",有人留言"可爱的""超可爱",有人留言"萌萌哒""爱笑的孩子一定会好运"……翼远纯真的笑容,恰如明媚的阳光,照亮了我生命中许多灰暗、忧郁的日子,以至于我见到翼远,便可以无视生活中遭遇的所有困难与挫折。我也希望这比花儿还美好的微笑可以伴随翼远一道成长,日后成为他笑对人生的态度和力量。

之所以用文字以及视频和照片记录下翼远成长岁月里珍贵的瞬间,是希望今后他可以看到自己成长的点滴,以及在没有记忆的年轮里,他曾经拥有过的快乐和温情。我和妻子都是上班族,只有下班后才有时间逗翼远玩乐,外请的阿姨走马灯似的换,和翼远待在一起时间最多的是他的奶奶。每天喂饭的是奶奶,陪伴的是奶奶,抱着下楼玩的是奶奶,陪着睡觉的还是奶奶……我手机里记录了许多奶孙俩相处时的快乐时光。

女儿若菡小时候,爷爷奶奶、外公外婆也是百般疼爱。那时,女儿也好,我们也好,对所享受的无私的爱习以为常。岁月无痕,甚至女儿的脑海里都不会有太多关于几个老人疼她爱她的记忆。如今,爷爷和外公早已仙去,奶奶和外婆也日渐苍老,我们和孩子能享受的和老人相处的时光所剩不多。只有用文字、视频和照片定格下来的爱才是永恒的,是肉身在这个世界上消失之后永远扯不断的一线回忆。

岁月枯荣,唯爱长青。

(二)

亲情,是不需要辨认的。

2020 年农历七月十七日是翼远的周岁生日。十八日是周六,妻子在杭州市柏悦大酒店定了酒宴,邀请了翼远的奶奶、外婆、舅舅、舅妈、大姨、小姑一家,还有我和妻子的好友。

除了我的妈妈为带翼远在杭州,孩子的外婆、舅舅、舅妈、大姨、小姑都从外地赶了过来。我家不算小的房子一下子来了很多人,热闹非凡。

翼远相对怕生。之前请的阿姨只是春节回了一趟老家,再来杭州,他适应了几天才又熟识起来。后来换了个阿姨,翼远总会半夜醒来四处找奶奶,每晚如此,直到后来跟着奶奶睡才不再哭闹。我的朋友——文化和旅游部中国书画院副院长雷鸣东来杭州,我带翼远去他写字的地方,翼远吓得趴奶奶怀里不愿下来,还哭了。但见来了这么多亲戚,异常兴奋,仿佛之前一直生活在一起一样适应。在小区的会所内,小姑见他手摸到沾有灰尘的花瓶,边帮他擦手,边说“哎呀”,翼远竟然破天荒地学了起来,后来边扶着茶几练习走路边跟着说“哎呀”,还一路“嘿嘿”笑。

亲人间的爱,必定有着温暖的气场,是不需要言语就可以感知到的一种神秘的气息。在柏悦大酒店,翼远的舅舅给买了金项圈、金手镯、金戒指,翼远全副武装戴在身上,俨然是一个小“土豪”。这是翼远第一次见到舅舅,依偎在舅舅的怀里,不哭不闹,极其安静。酒店的包厢一面可以近距离欣赏钱塘江风光,一面可以远眺西湖。舅舅抱着援援,一一指点,援援一边看一边听,这样一种静观和聆听,是情感的相依与相融。

最值得记录的是抓周,是在餐后回到家里抓的。妻子在地板上铺了一块红布,将抓周用的物品摆在上面,有算盘,有笔墨纸砚,有梳子……琳琅满目,一下子吸引到了翼远。他爬过去,先是抓起一块金元宝,然后,仿佛能感知到外婆喜欢金银似的,抓着金元宝就往外婆身边爬,将金元宝送到外婆手中,又爬回去继续抓周。希望这样一种孝顺的品质,能够伴随翼远赓续生长。回到红布前,翼远抓起一本书,又放下,再握起毛笔,左右挥舞,仿佛会写似的。玩了一会后,抓起一块砚台,爱不释手,再也不愿放下。希望我儿今后能像我一样,爱学习、够努力,不负一生时光!

以后的日子,翼远对书确实偏爱。带他回老家,我的姐姐家有很多儿童图书,他特别喜欢,抓起来会特别认真地看。姐姐见此,在我们回杭州时特地让带上一部分。这成了他的最爱,有事没事会翻看一会。妻子也给翼远买来好多孩子的书,翼远吃饭时经常带着,睡觉前也要看会书。其中有一张画了老人、夫妻、孩子等图片,他会指着老人说是奶奶,指着夫妻说是爸爸妈妈,指着女孩说是姐姐,指着男孩说是宝宝(指自己),说得满脸幸福,仿佛那是我们拍下的"全家福"。

女儿若菡上学是住校,和翼远接触的时间较少,平日里两周才见上一面,但姐弟之情是一种天然的联结,翼远格外地想讨好姐姐,经常在家练习说"姐姐好"。姐姐学习压力大,回家休息格外希望安静的氛围,大多时候翼远像是懂得似的,很少喧闹。让他去喊姐姐吃饭时,脚都不踩进姐姐的房间,只用手扒着门框,小脑袋探进去小声地叫喊,那份小心翼翼的样子,格外惹人发笑。

家里的智能音箱常会唱《世上只有妈妈好》,翼远很快就学会了,刚开始我们只要是说出歌词的前两个字,他立马会答出后面的内容。后来应该是懂得歌词了,我们再说出歌词的前两个字"世上"时,他会一连串地说"爸爸好,妈妈好,奶奶好,姐姐好,宝宝好",特别讨人喜欢。

睡觉,也是他用来讨人喜欢的一种方式。有人为了讨我和妻子开心,会说跟"妈妈睡",然后在床上逗得我们很开心,但到了自己真正想睡觉的时候,还是会溜下床,跑出去找奶奶睡。仿佛我们常常忽视的陪伴,他在弥补。

我的妈妈是一个伟大的农村女人,她在翼远出生时摔伤了腰,一直疼痛,一年多膏药没离过身,但每天抱着翼远乐乐呵呵。她爱翼远,无所顾忌。翼远在她博大的爱里,一样无所顾虑,长牙齿时见什么都想咬,有时奶奶背着他,趴在老人的背上能咬出肉来。对待其他人不会,我的手指就是伸到他嘴边,他也只是用脸在手指上轻轻地磨蹭几下。或许这是孩子表达亲密程度的方式。

我有一天上班出门,拿出手机偷拍站在门口的翼远,我的妈妈并不知情,意外进入画框。手机视频里的她边给翼远扣马甲的扣子,边"嘿嘿"地笑着,那笑声是发自内心的疼爱。翼远边缩着脖子,边嘻嘻笑着回应奶奶的笑,画面特别温馨。时间的流变里,季节在轮回,生命在流逝,世界在起伏,唯有亲情、唯有爱会绵延不绝地浸润着我们的心灵,成为精神家园里温情的自享和滚滚红尘中温暖的存在。

在写上述这一段文字时,我去手机里翻阅过往的视频,竟然看到许多老人和翼远的片段,一段又一段视频,是一个又一个人生的记忆点,是生命的脉络。通过视频的方式记录,能让那些生活的往事和体验重新返回脑海,并且焕然一新。

生活不是我们活过的日子,而是我们记住的日子。无情的时光里,长辈与我们、我们与孩子,都将渐行渐远,成为彼此生命中的过客。这样一种生命传承,无论是亲近还是疏离,我都会感恩,日后都会无限地回味和怀念相处时日不可言说的快乐。将部分生活记忆转移到我的文字当中,是为珍藏和来日重现。

岁月清浅,有生之年,唯愿彼此安然。

（三）

在孩子成长过程中，每个父母对孩子的爬行、走路、说话等，都会极其期盼，我们也不例外。

2020 年 6 月 2 日，翼远懂得通过爬行够取到自己喜欢的东西。8 月 23 日，他懂得借助儿童车的扶手行走。9 月 25 日，翼远可以不借助他人和物体而独立行走。其实，对儿子爬行和行走我不是太过焦急和担心，他每次体检都正常，这些只是时间早晚的关系，但我希望他早点学会说话，这才是他建立对这个世界认知和探寻的开端。

翼远最先说出的话是"爸爸"。2020 年 4 月 12 日，他突然一连串地说出"爸爸爸爸"。那一刻，暖意像一支融化的冰激凌，一股黏稠的甜蜜顺着血流逐渐化开、扩散，每漫过一处，都仿佛有生命在渐渐复苏，在相互呼应，满满的幸福感在周身经久不息地弥漫。

那一刻，恰巧我正用手机拍他。视频发到家人的微信群里后，我妹妹说翼远表达的是"爸爸抱抱"。或许是，但对"爸爸"的表达，他是清晰的、坚定的。随后的几天，翼远经常牙牙学语，喊"爸爸"。

2020 年 12 月 20 日晨，我还在睡觉，妻子让翼远喊我起床吃饭。到我的房间后，他先是打开窗帘，在落地窗前见到前一日他看的《小猪佩奇》图书，便一屁股坐在常坐的蒲团坐垫上，边拿起图书，边喊"佩奇"、"吃饭"。那应该是翼远会说的第一个短句。

初开始，翼远的说话发音并不标准。奶奶问他爸爸叫什么名字，他总回答"阿必胜"，过了好多天才纠正过来，自此很长时间见到我都叫"费必胜"。有一天，我送他去托班上学，他和奶奶坐在车的后座，不知怎么突然想起之前不标准发音，朝着开车的我叫了句"阿必胜"，随后"嘿嘿"地笑了起来。随后的日子，翼远总是开着玩笑喊我"阿必胜"，除非我手上有他喜欢的酸奶或其他食物，他才会喊回标准的"费必胜"。特讨人喜爱。

翼远还很喜欢听歌和唱歌，在还没有完全学会说话的时候，经常听他在看书、洗澡或玩耍的时候，嘴巴里咿咿呀呀地唱着一些不知名的歌，自成旋律和风格，应该是他在托班里经常听的歌。有一天，托班的老师发来一段翼远完成演唱《数鸭子》的视频。视频中，老师说前半句"门前"，翼远说后半句"大桥下"，老师说第二句的前半句"游过"，翼远说"一群鸭"，老师说第三句"快来快来数一数"，翼远将本来的"24678"说成了"24688"。随后很长时间，他明知道错，也会故意唱错博我们一笑。

或许，孩子的世界是寂静的，他们会故意通过一些好笑的举措吸引别人的注意。每次吃饭，翼远都是奶奶早早地喂好了。有次饭后，他要了一堆花生环形地摆在自己的儿童饭桌上，说是跑车赛道，见我们吃着饭仍然不理他，故意数数，数到"8"时，直接跳到"21"，看着我们的责问后，一而再地数"8"再跳到"21"，以吸引我们与他互动。

孩子的成长，都是在与他人相处的平常状态下，懂得并建立起自己的认知、立场、情感、性格、人格和生活方式。我爱看书，翼远也是，每天睡觉前都会不管不顾地看上一会，再晚也不允许别人关灯。将来，希望他也能建立起自己精神的憩园，心怀希望，纯粹、干净、温暖，勇敢地做自己、爱他人，用美好的未来续写我没写的故事。

作于 2022 年 4 月 16 日，浙江杭州

第二辑　诗歌

抒发人生情怀

想念在海岛的日子

（歌词）

当兵的那一年

我来到海岛

和海浪、钢枪、星星相伴

海里的渔火

常常让我想起家

天上的月亮

让我想起远方的你

于是我紧握

手中的钢枪

如一颗钢钉

固守我美丽的家园

退伍的那一年

我泪别海岛

青春的汗水

已深深融入了岛脉

三年的时光

难以忘怀

小岛和战友

依旧常常入梦来
你好吗，小岛？
你好吗，战友？
流去的是岁月
流不去的是我对你的思念

作于 2009 年 10 月 24 日
（曾刊于《人民前线》）

家乡

又想起家乡

想起那片浸满父辈们汗水的土地

在一茬又一茬精心侍候的庄稼里

我是

成熟后脱离母体的籽粒

想起炊烟

那时母亲伸长的脖颈

在日复一日的期待中

母亲把思念演绎成袅袅流淌的河流

随风飘动的白丝

和深情呼唤的手臂

此刻，月亮如同恋人的脸庞

炙热地烘烤着寂寞的哨所

直到

泪变热，心变暖

于是

我攥紧钢枪

以村口那棵树的姿势

虔诚地守候着
永远的家园

作于 2010 年 10 月 12 日
（曾刊于《人民前线》）

童年

辽阔的雪域,总能让我想起童年
那些纯如白纸的时光
飘扬的雪花,每一片都是飞翔的语言
它用原始的洁净的本性,描述着
孩子们没被世俗污染的天性
那些在风里奔跑的孩子
率真的声音,是我丢失的语言
包括,擦肩而过的风
都已经不再记得我过去的样子了吧?
无人问津的秘密,只属于孩子
时间,一再地试图抛弃我
就像父亲离开这个世界后,我再不愿忆起的童年
这片雪域,多像天堂

作于 2018 年 9 月 6 日,西藏拉萨

少年

（一）

那些年少的时光，被我挥霍一空
回身寻你，只有荒芜和疏离
就如在雪域之巅留下的文字
就如在湖面上挥毫的狂草
那封从未写出的情书
一直打着腹稿，不停地修改
执笔的欲念从未放下
轻狂而率真的青春
已经成为一场面目全非的梦境
朔风吹起
我把所有纯真，关在城内
扬鞭催马，转身便是江湖
那些熟知的旧时光
是遥不可及的牵念
是隔世里，盛开的雪莲

（二）

这个夜，百无聊赖

可以把时间忘掉

穿越回少年的时光

在浩渺如烟的往事里

反刍所有美好的光阴

可以放下心灵的硬质与少年的自尊

写一首情诗

写出长眠已久的文字

写出羞涩难言的情怀

直至把遥远的岁月写痛

把经年隐藏的柔情写痛

岁月的罅隙里

未曾问过姓名的女孩

是内心里未曾丢失的初恋

这个夜,世界俱静

仰望蓝透无邪的夜空

我仍是孤独的少年

（三）

少年光景里

我的内心一直有一座城

你告诉我,那是诗和远方

恒久的光阴里

我一直前行,从未停止过

从一望无垠的平原

到无边无际的东海

从吴越大地

到青藏高原

以求索的执念

以攀登的姿态
以虔诚的姿态
以卑微的姿态
都试过了
离故乡很远了
依旧看不到远方的远方
你说走出去的每一步都是故事
光阴深处
那些山峦起伏的记忆里
那些流水弯曲的回忆中
我只看到一颗比万物还要沧桑的心
如果还有
那一定是沉寂时光里
比荒芜还要荒芜的路
如今，我已不再是少年
但内心依旧安藏着
诗与远方

（四）

昼离，夜降
很多个日子都在毫无察觉中流逝
阡陌行走的时光
时常入梦
醒前，我依旧是一脸幸福的模样
还有些梦
没来得及做，便成了久远的念想
无法折返的岁月
许多泛黄的记忆都在

包括失败,包括挫折
知难而进的征途上
我忽然爱上了荆棘和峻险
岁月如流
层层叠叠的光阴里
那些未曾企及的梦想
还有那些伤害或挑战,都有意义
都暗藏着一种成长的力量

作于 2018 年 9 月 10 日,西藏拉萨

青年

这是一段有着英雄情结的人生

相隔千川万水

我总试图沿着来路寻你,补一段遗憾

喜欢迎风而行,那段年轮里的秘密

风知道

时光的风刃,依旧呼啸着

带着未酬的壮志

徒然寻求取胜的机缘

现下,我已经不再喜欢狂风

甚至会避开每一条古道

我怕遇上沦落天涯的人

他们容易让我想起失意的时光

哪怕只是一道眼神,也会

让隐忍的旧伤复发

我羡慕那些马革裹尸的英雄

哪怕遇上一颗流弹,也会让我心存感激

时光易老,如今

我已经不再提篮打水

用两手空空,验证寓言

但还会写诗,用一些拙词

给流云、给逝水
给无情的光阴
给用情至深的我

作于 2018 年 9 月 11 日，西藏那曲

中年

我始终无法忍受一成不变地活着
从少年开始
我一直试图改变自己,改变生活
以剑的品质,以战马的姿态
破解天定的命数
就像记忆于生命一样
时空的交织绝对不会毫无缘由
我想知道的答案
就隐匿在岁月巨大的核里
从戍边到援藏,人至中年
我一再打破和重新编织命定的生活
这是我毫不苟且的人生
走过关山万重
让汗水成为河流的物质
成为大地上植物的力量
是我生命中骄傲的部分
我享受于让草木弯腰的奔跑
我深信让生命富有激情地穿行
能从一个又一个不该虚度的昼夜里
获得命运的锦囊

作于 2018 年 9 月 13 日,西藏那曲

将爱定格在死亡之前

做了个梦,依稀记得爱上一个女子
一个异国他乡,武艺在身的美丽女子
梦醒前写了首诗,只记得
念出"将爱定格"的结尾时,我死了
依据回忆填充内容
毫无疑问会写到,在我遭遇追杀时
她剑下留情,将本该刺向我心脏的剑
挡开了同伴的刀
随后一起流亡
开始我们依靠手语交流
后来沉默,也懂得了彼此
在异域山川
我们靠着这份默契,相互生活
就像一只鸟爱着另一只鸟,在林间追逐
那时候,春意浓郁
鲜花和我们一样,一朵挨着一朵
随风舞动
食不果腹的日子,我们过得诗意烂漫
我们破译了爱情的密语

却不知道秋色是如何染黄山林的
当营救的同伴找到我时
她从背后抱着我
然后,将穿心而过的剑继续刺下
穿透我们的身体
将我迈出的脚步,将爱
定格在生离死别

作于 2018 年 9 月 15 日,西藏那曲

情书

（一）

雪域高原，昼长夜短

同一片天空下，我们共日出月落

过的，却是截然不同的生活

孤寂的时日里，我已经

习惯了在失眠中思念，在思念中失眠

习惯了在爱情的井里观有你的星空，

在有你的星空下忆我们的爱情

知道吗？

我常常把月亮想象成你的脸庞

每一颗星星都是我许给你的心愿

我宏大的心里仅能装得下你

我总虚幻地觉得

天上飘的雪，落的雨，吹的风

地上每一株有生命的植物

包括沉默的石头，都藏着你的灵魂

于是，我常常敛声屏气

在风中听你，在雨中听你，在雪中听你

思念的空间里，远方近处全是你

相距遥远，思念无处不在

（二）

我和你,相隔遥远

距离,风知道

因为我将对你的思念,都寄托在风里了

空气知道有多远

浓郁的爱,就散发有你或无你的空间

大地知道有多远

我的目光常常攀上山川

借助一只又一只高翔的鹰眺望,乐此不疲

所有的思念,都堆积在时空里

现在,你去月光下找找

情书就在摇曳的枝头上

用力嗅嗅,可以闻到爱的味道

也可以俯身贴地,听听我的心跳

爱情的秘密无处不在,唯你可译

诗歌里,你的气息无处不在

我在文字的每一个角落里

都安放着你的爱

在雪域高原,我常常聆听自己的心跳

因为那里藏匿的你,更生动!

（三）

写一篇文章就是一种心情

是最直白的表达

表达感恩是因为有恩可感

表达悲伤是因为有伤可悲

表达困惑是因为为惑所困

表达焦虑是因为为虑所焦

一切是非恩怨,都有因果

都需要借助某种的形式呈现

对你,我不会顾及左右而言其他

只遵从内心,在文字里安放情感

在遥远的雪域高原

关于你的物件,我喜欢放在显眼的地方

就像婚姻以来,一直对你的表白

（四）

确认过,你和我有同样的眼神

有些话,不用说出来

情感,溢在心里

在我们正做或未做的事里

就像一首诗,你似乎明白我的心思

却从不交换忧伤

春去秋来,我们见过的雁阵

曾经飞过未曾交集的岁月

那片遗憾的留白,以及沉默的未来

我都用思念去填充,也算不留遗憾

秋色正浓的年轮,大片未曾经历的悲凉

我会一一领受,就像我曾经度过的虚空

沉默和倾诉的意义是相同的

所以我不会告诉你,黑夜和思念哪一个更漫长

有些话,我将它们藏匿在诗里

告诉你,告诉所有陌生人

留一些的句子

带着夜的温柔,在内心游离

已经成了一种意念,成了你
子虚乌有的精神世界,这是我
一个人的悲喜
但我闭口不谈,你也假装不知道
我的沉默和我的诗歌一样
是无法言喻的情书

(五)

雨在天色破晓的时候停了
我需要晴好的心情
与诗文对应,与遥远的你相对
这样才能呈现内心的喜悦与幸福
光亮先于阳光登场
给人类以不息的希望
所有希望都因内心的光芒而起
茫茫人海
一束光会吸引和影响另一束光
就像我和你会走到一起
我的诗文就是我释放的光亮
是灵魂的汇聚
所有的黯淡与闪亮,都与你相关
半生时光,我一直在小心地掌着灯
只想给你闪亮的旅程
以及,爱的光泽

作于 2018 年 9 月 19 日夜,西藏那曲

为你写诗

（一）

夜，月色柔情似水

这让我想起你的目光

想起如水般温柔的你

想你的时刻

以及流逝于思念的每一个日子

我都想写诗

都想用一种诸如花开的方式

敞开我的内心

向你呈现坚硬之地盛开的柔情

呈现富饶的情感和最为羞涩的部分

花开是有声音的

我喜欢以一种不为人注意的方式

诠释爱情

繁花似锦，每一缕花香

都是我的语言

都是我写给你的诗

顺着月光攀缘

你会在流溢的芬芳里

触及最温柔的心音

（二）

相距千里，这是思念的距离
远居雪域高原，总想给你写诗
向你呈现内心最真实的声音
很多个日子，我都想把诗
写在触手可及的云里，让它飘向你
写在积雪融化的水里，让它流向你
写在烈烈飞扬的风里，让它吹向你
在荒芜的居所
我在生存之地写满了对你的思念
这样的一种情感自带羽翼
春日的花香，夏季的雨丝
秋天的风声，寒冬的雪片
都是我写在空中给你的情书
我将爱意写进每一个日子
让每一寸土地都留有花香
让余生的时光，每一天
都充满希望地站在春天的诗行里

（三）

思念还在蔓延，从未止息
为了表达所需
我把内心的声音变成文字
任思念顺泻而出
在纸间肆意流淌
再现风起潮涌的内心
把命运交给笔

秘而不宣的情感由墨铺陈

孤独逐一亮相

在诗行里排出落寞的宴席

笔饱墨酣

直至近乎疯狂的状态

为了不至于失态

删去一些欲言又止的词

留下一些模棱两可的话,交给时光

再留下一些空白

如同我们的余生,由你续写

(四)

让时光见证一首诗的诞生

见证在文字里徐缓流动的温情

一个写诗的人善于在诗行里埋藏谜底

善于把爱与痛隐匿在骄傲的文字当中

不愿示众的秘密只有心灵相契的人懂

文字是有迹可循的密语

用心阅读

你可以在杂乱无章的文字里找到答案

在脆弱之处,找到我

(五)

用诗的形式表达爱情

必须避开长驱直入的方式

借用隐喻或者暗喻,以及

必要的修饰

把真实的心思匿伏其间

让它像洒落的月光
这是可以抚慰人心的暖色
我希望你全部领受
诗歌,是我的灵魂
是一种含蓄的呈现
不懂的部分,交给时间去考量

(六)

在雪域高原,在写诗的时候
总会想到你
这样的时刻,总能清晰地感受到
一粒种子在内心萌动、膨胀
并破土而出
在柔和的光阴里
生长出羞涩、希望
以及难以名状的力量
无法承受的思念
余生里,我会一点一点地释放
让它穿过生命所有的日子,抵达你
这样的一种行进,犹如长江之水
你不会知道雪山的消融有多坚定
不会知道蜿蜒的过程有多艰难
不会知道奔涌的爱恋有多炙热
这是一场盛大的爱情宣言
当动词熄灭
这场灵魂的徙迁
呈现给时光的
必将是岁月里最绚丽的诗篇

（七）

用一首长诗书写你

写雪域高原里的思念

是一种不可言喻的忧伤和欢喜

在交出秘密之前

我一直囚禁着一些语言

在寂寞地圈地，隐秘地推演

希望可以一鸣惊人地感动到你

让你爱上诗歌

爱上震颤的情感，爱上律动的灵魂

除了诗歌，除了对家庭缺失的愧疚

我拿不出更多的东西给你

为你写诗，是我今生最宏大的事情

（八）

为你写诗

把未曾表达的情愫写出来

以一种公众皆知的方式呈现自己

是对过去和现在

以及未来岁月，最好地尊重

过去的生活

我会把与我有关或无关的都告诉你

现在的日子

把你看到的和我内心的感受都告诉你

义字，是我的灵魂

是爱与希望触动到我的部分

生活原本的样子和高于生活的部分

我都想与你分享
未来的日子,那片无边无际的光阴
我会精心雕琢
然后用诗意的方式告诉你

(九)

很多个日子
我都会以一种仰视的方式
静静地凝视月亮,如同凝视你
寂静无声的时光
我已经习惯了周而复返地隔空相望
习惯了一场又一场虚无的幻想
最动情的时候,我还习惯于闭上眼睛
从内心柔弱处找你
用最深情的方式唤你
这样一种思念,苦涩而令人迷醉
一直缠绕着我,缠绕着彻夜不眠的夜
于是,用文字书写思念,疏散内心的痛楚
已经成了一种习惯,成了另外一种形式的告白
狂想的世界
所有的诗情都流淌在月光里
关于你的部分,我一一舀取
一部分用于浇灌内心的荒芜
一部分储存在诗章里
待援藏结束,我会掬捧到源头
连同我痴长的爱
一并奉上
希望你也能像我一样

在无人相扰的时光里,在月光下
静静地阅读,静静地遐思
然后把触动心扉的部分
以文字的形式珍藏,或者呈现

(十)

请许我以你之名,写一首长诗
在寂然流逝的时间里
记录日益滋生的思念
以及渐次浓郁的情感
在无数个充满期待的日子里
我将心灵所有的秘密都融入诗行
让相思贯穿长诗
诠释一个爱的主题
这样一种寄托,宛如构建一种生活
一种时时渴念的幸福时光
爱如水中月
沉于幻象,我用文字聊以自慰
在无人窥视的地方
让带着思念的句子,代替你

作于 2018 年 9 月 23 日,西藏那曲

雪

（一）

又一场大雪自天而降
凛冽的风中
每一片雪花
都是一支无情的箭矢
此刻，雪域高原已经沦陷
山川
纷纷被塑成英雄的模样

（二）

风雪连天
兄弟们都撤吧
这座城
不需要兵马
剑也不用
给我一把羽扇
留一个琴童就行
别时，请开着城门
寒风萧瑟

我会在城头抚琴
为你们奏一曲悲壮的离歌

作于 2018 年 9 月 25 日,西藏那曲

再写那曲

（一）

不用置疑，这是一片美丽且冷酷的世界

在这片纯净的天地里，战争每一天都在上演

是一场场无休止地摄夺氧气的战争

是抵抗低压的战争

是抗击紫外线的战争

是与睡眠的战争

是与孤寂的战争

对峙的日子

没有作战的矛

没有防身的盾

没有割地求和的余地

没有逃出生天的可能

如果非要给屹立的生命找一个理由

奉献算不算？

锤炼算不算？

在生存的边界行走

这，很难让人理解

无休止的哲学问题常常会将我带入歧途

让我一再地以为，在那曲

大雪纷飞是冬天来了
草出花开是春天到了
这个世界
宿命,是无法解释的命题
但我从未放弃
我会在苦难中证明勇敢
把胜利的旗帜
插上每一片行走的土地
在雪域之巅证明骄傲
在时间里证明值得

(二)

这是我喜爱的天空
是你们没有见过的湛蓝
是你们没有见过的广袤
是大地的帐篷
夏季的风吹绿草原
会和天空一样美
会有漫山遍野的牦牛
会有自由牧放的羊群
会有善良纯朴的卓玛
不接受阳光的恩宠
不丈量朝圣的土地
你们不会知道,这片土地的厚重
行走是更好的生存方式
那些走过的路,爬过的山,见过的湖
皆有禅意
总有一段会昭示,你的前生和今世

（三）

用激情，扬一场长远的风
以旷日持久的姿态，穿越这片草原
问候每一株艰辛生长的野草
问候每一头悠然自得的牦牛
问候每一块沉默不语的石头
问候每一片积雪覆盖的时光
然后，把目光
托付给白云，感受素净辽远
托付给河流，感受自由奔放
托付给苍鹰，用上全部的深情
问候这片以命效命的土地

作于 2018 年 9 月 29 日，西藏那曲

沉默

该来一场秋风
再来一些飘零的落叶
才适合此刻的心情
或者
来一场深不可测的夜
不需要月亮
星辰也不要
如果不行
可以给我无限量的酒
让我以一种麻木的状态活着
如同被尘世抛弃
此刻,我确定我的心是脆弱的瓷器
能让我心碎的,也包括
这片高原的沉默

作于 2018 年 10 月 1 日夜,西藏拉萨

消失

当霞光隐于黑暗
当一个日子消失在另外一个日子
我已经习惯了这样一种没有仪式的告别
习惯与万物和平相处,若无其事地接受
得到或者失去
在那曲,我已经适应了高原反应带来的痛苦
如同我的疲惫的身躯已经习惯于依赖酒精
才可以入睡
这样一种麻木,甚至让我忘记了
思念的痛苦
以及幸福的味道
如同我热爱故乡,如今却忘记了故乡的模样
我的情感已经消失在情感里
如同泪水寄存于内心的海
迷失了宣泄的方向

作于 2018 年 10 月 3 日夜,西藏拉萨

浓密的乡愁

（一）

我一直无法描述对种子的感情

在它们身上，父母耗上了一生的时光

它们的生长是从粗糙的双手开始的

我目睹父母匍匐着

一粒一粒，将它们种入土壤

然后唤醒大地，拔节抽穗

它们成长得多茂盛

父母的汗水就多茂盛

每一季交锋，父母都是胜利的

但从未见到笑容

沉重的喜悦，从未漫出满脸的沧桑

父母对种子的感情是复杂的

一如把我送离故土

将最后的希冀种在异乡

我对种子的感情也是复杂的

那是咽进我体内，一生都无法消化的爱

(二)

习惯在黄昏时分

遥望天空

在朵朵云间

寻找属于故乡的那抹炊烟

过往的岁月里

种子从下地到下锅

是一生中最为沉重的记忆

父母

用了一辈的时光

反复地将麦苗变成麦秆

塞入灶膛

柴火闪烁间

他们一脸的汗

一直在生长

从未停止过

我就是父母送往天空的炊烟

是他们袅袅的思念

久堆成云

天空,厚重如山

作于 2018 年 10 月 6 日晚,西藏那曲

把自己托付给诗歌

（一）

夜晚，可以把自己托付给诗歌

和自己对话

不用考虑措辞和韵脚

只遵从内心的召唤，直抒胸臆

就如同天空给大地的风雪

任其奔放

就如同牧放给草原的牦牛

还其自由

千头万绪也好，杂乱无章也罢

把回忆交给过而不返的时间

忽略所有不快，只忆念过往美好

把未来托付给反复无常的世界

不计风险和挫折，只赴约未知前程

记录人生的每一个字

都是赤足走过的路

留在内心的每一句话

都是不该面世的语

人生如文

词语的一场场裂变与聚合

是一世的悲欢

（二）

许多年以来

我一直尝试用诗的美好

掩饰人生的无奈

尝试在诗的高度里

让生命不再卑微

让头颅高于命运

让灵魂以另一种方式蛰伏

在诗歌的旷野上

我的心灵、血液和命运与诗歌，休戚与共

平仄之间

我不用再理会那些数不清的悲欢

不用再考虑功名利禄

不用再计较善变的人性

阅读时分

诗歌是我走过的高原、山川、森林、海洋、河流

诗歌，是呼啸而过的飓风

是踏尽荒芜的野马

是一种可以穿透生死的力量

诗歌是万物

是阳光、雨露，还有月色

是生命里，那些温和而热烈的记忆

（三）

空闲时间，我喜欢将一些文字

拼接成诗歌的模样

就像父亲活着的时候嫁接桃树

就如牛郎织女的故事，所有美好的事物

都是人类凭借想象完成的构造

喜鹊的羽翼可以搭建一座爱情的桥

不相干的词汇可以堆砌出美丽的诗词

一片霞光可以实现灵魂的迁徙

依据想象，采撷柔情的月色

安于枝头，可以看到满树盛开的桃花

盛放岁月，可以看见似水流年的爱情

世事万物都有潜在的联系

每一个词语的糅合，都是一场际遇

即便重构

多年之后，我依旧会记得曾有的经历

然后用美好的回忆，打动自己

（四）

想写首诗

却残忍地扼杀了

一个又一个文字的命运

纸张如壁

和笔锋对阵

把欲言又止的话

逼得退无可退

危机四起

很多兵马都潜伏在留白处

光明愈加狭窄

斜阳中

灵魂长啸

从华容道中，跌跌撞撞

走出胜利的局势

作于 2018 年 10 月 11 日夜，西藏那曲

生命的乐园

习惯

我已经习惯了用沉默掩饰孤独,掩盖伤害

就像生命之初,习惯无缘由地哭泣,却并不是因为痛

习惯成长的日子,心情影响不了日升月落

每一个人都有悲痛喜乐

我必须向造就我坚强意志的岁月致敬

以青春之名,向激情燃烧的年华致敬

以成长之名,向每一份关怀与伤害致敬

在美好与痛苦之间,我虚设关卡

留存秘而不宣的情感

在余温尚存的忆念里

计算爱与怨的比例

然后一一埋进诗行

世事难料

在异乡的山水里

我必须习惯疏离,学会缄口不言

习惯不断被时间淹没的当下,成为回忆!

作于 2018 年 10 月 13 日夜,西藏那曲

心念如灯

尽管我对未来一无所知
尽管往事一再地将记忆拉回原点
我仍未放弃追寻属于我的幸福
以风
以流水
以飞鸟的形态
锲而不舍地求索
沉寂的时光从未使我平静
月光或者花香都会令我忧伤
我常在梦里或想象中寻求慰藉
心念如灯
我深爱尘寰
每一个日子我都会以崭新的面貌
以更加优秀的模样面对人生
我深信
时间会向我呈现出该有的惊喜

作于 2018 年 10 月 15 日夜,西藏那曲

人类主宰着人类的命运

雨滴

雨滴追随着雨滴

雨滴追随着雨滴奔赴大地

风

风带着风

风带着风在雨中穿梭

风雨纵横,像一张巨型的网

笼罩着大地

逆来顺受的大地,沉默不语

默默地承受着风雨雪霜

承受着无尽繁衍的人类

以及人类带来的各类瘟疫和无尽的纷争

我站在窗前

用比大地还深的悲痛

想起在地震和火山爆发中丧生的人类

想起博物馆内一具年代久远的恐龙化石

以及,尘埃里已经荡然无存的一些物体

作于 2018 年 10 月 17 日夜,西藏那曲

文字，是我开给自己的药方

烂漫的季节，我已经不再钟情于花朵

不再猜测一只鸟与另一鸟的爱情

我已经决定了，从今往后

与这片雪域相依为命

喜和悲，只说给自己听

你没见过格桑花

我不会告诉你它们是怎样盛开

又是怎样谢去的

不会告诉你一只雄鹰的孤独与骄傲

广袤的天空，云还会飘

大地之上，水还会流

夜晚的星辰，还是那么繁盛

在这片土地

语言很渺小

用它们描绘不出格桑花对大地的意义

以及飞鸟对天空依存

文字，是我开给自己的药方，以诗歌的形式

慰藉内心

让它在回到平原之后

能向你呈现渐次平静的一笑

作于 2018 年 10 月 19 日，西藏那曲

写给夜色下的自己

（一）

夜色辽阔，你总是一个人静坐着

神情那么忧伤

泪水闪烁，犹如在海洋里的灯盏

你把自己坐成了一座潮湿的孤岛

没有一束星光是属于你的希望

风，梳理着记忆

遥远的故事变得更加遥远

已经不记得你微笑的模样了

时间给了我们那么多遗忘

独你心留余念

不能随时光流逝的经历，都是心上的钉子

见你一遍遍地听着忧伤的歌

如同苦涩的海水，渐次涌来

我碎了心肠！

我希望你阳光般活着

找喜欢阳光下自带光芒的你

经历那么多磨难，你从未言苦

唯独夜色下的你，寂寞如水

(二)

夜色下的你,如同孩子
如同一个被爱遗弃的孩子
时空浩渺无边,黑暗的边缘
孤独安静地蛰伏着,你已经不再介意
被这个世界遗忘
仰望星辰
似乎自己就是遥远的星宿
时光,带走了许多美好的东西
你的世界如同这个夜,空空如也
想起来了,你曾经渴望做一只鹰
多么酷似此刻孤独的你
整片夜,都是你的天空

(三)

如果用诗写你,所有写下的
都会是忧伤的词句
见你落寞而孤寂的眼神
不敢向你呈现滴泪的诗行
只想劝你学着和过往告别,一一遗忘
我应该给你嫁接鱼的记忆,给你
情感的世界注入熊猫牙齿的基因
也可以简单点
给你荒芜的世界,送上一束野草
让它们告诉你在秋天消失的希望
春天会回来
生生不息的生命长河

许许多多的昨天
都会被崭新的明天取代
我希望你灿烂地活着
骄傲如往常

作于 2018 年 10 月 21 日,西藏那曲

心声

夜,静下心来
可以听到许多声音
有一些来自大地力量的催生
比如,花开花落
有一些,来自风吹月移云舞
来自絮絮细语的夜色
还有一些,来自躯体
比如,汩汩畅流的血液
比如,新陈代谢的细胞
比如,容颜在时间里的变化
所有我想听到的
都可以从夜里捕捉
所有我想表达的,只告诉自己
让它在内心深处周而复始地回响
还有,念念不忘的过往

作于 2018 年 10 月 23 日,西藏那曲

飞扬的风

能够感受,却从未见过你的样子
正如思念,正如爱
看不见摸不着,但一直在心里
记忆里,从未见你歇过脚
四季轮回里,奔波是永恒的主题
这让我想到了自己
在希望的光辉里,我从未放下过追求
亲人们习惯了我的漂泊
沉默地飞行,你和我一样孤独
掠过山河大地
凌空飞翔的时候,我们更接近彼此的内心
追随时光,人生悲欢过而不返
遵循一生的夙愿
我们没有停下来的理由
喜怒哀乐,用力量来回答
我们在擦肩而过时,交换心情
我喜欢这样一种邂逅
喜欢在行走或奔跑中
感受崭新的存在

作于 2018 年 10 月 26 日,西藏拉萨

光芒

有时候，我喜欢逆光而行

仿佛，朝着人生序始的方向

向着英雄梦想的源头

领略一路的汗水与荣光

念想，是身体的羽翼

是万丈霞光里，勇士沉默的语言

暗藏力量的句子

用脚步去说，前行

是我当下的姿态

白天和黑夜，是人生循环往复的旅程

必须深爱，像对待至亲那样

我迷恋努力过的每一寸光阴

静默的时光，过去和当下并无区别

是反复的告别与重逢，是力量的不断积聚

是度过的光阴总和

我行走的每一天，都在圈着自己的领地

梦想，只要不停留就能实现

就可以轻触人生的光芒

作于 2018 年 10 月 30 日，西藏那曲

仿佛

风,轻徐地穿过我的身体

吹向远方

仿佛流逝的时间

星辰,仍在平静地闪烁

仿佛遥远的故乡

坐在夜里,望向星空

我仿佛可以听到忧伤的笛歌

这些年,许多的话我都放在心里

仿佛尘封的魔

释放它,或许我有三次许愿的机会

但我放弃

我已经习惯了空茫的岁月

怕痛,是我爱自己的方式

我习惯于望向远方

仿佛那里没有悲伤

作于 2018 年 11 月 5 日,西藏那曲

对这个世界说两句

痛苦的夜

生不如死的折磨

懂医的朋友看了我体征数据

说是呼吸衰竭的症状

我不怕死

我的活着对得起生命的每一天

我的付出，在这个世界留下过光芒

我的爱会留下，在你们走过的每一个日子

一天，收到许多的关心，我不孤独

我的亲人，在远方哭泣，让我心痛！

但无能为力，在高原

此刻，我连自己的生命都左右不了

对不起，让大家担心了！

如果真遇有不幸，我只是遗憾

对母亲的孝没尽全

对家人的愧疚，还未弥补

还有很多个希望的日子，我还未抵达！

作于 2018 年 12 月 9 日，西藏拉萨

爱过这个世界

和睡眠一样

许多我们得到的东西,转瞬会失去

就像凋谢的花

就像飘落的叶

我们从来不懂一棵树的沧桑

不懂得,那些擦肩而过的人们

有多悲伤,或者有多喜乐

相忘于江湖,是我喜欢的一句话

世间,武艺在身的人会有风烛残年的时候

三千佳丽的君主会成为历史的尘土

我们踏遍锦绣山河,阅尽人间春色

也只是空留一场无用的记忆

就像一场蒸汽

就像天空的飞鸟

但我感谢曾经的拥有

它们带着千江万月的幻觉

让我在这个尘世,仍然活得心怀希望

作于 2018 年 12 月 10 日,西藏拉萨

用一场浩大的思念送别您

——写给唐维克父亲

疼痛，属于您生命最后的时光
那些绞痛着我们内心的日子
朝夕更替，根本无从计量您的坚强
半年时间，令人难舍的时日
您给每一寸光阴都注入了希望
直至见到 2019 年的阳光

元旦，一年开始的日子
当您闭上双眼，辞别世间的创痛
我感恩给你的生命增添了一轮的节日
又憎恨这个掐断我们念想的日子
时光，给悬而未决的生命画上了句号
也给我们留下了生生不息的思念

这个世界，没有给我们做父子的缘分
却让我和您的儿子做了最好的兄弟
所以，我以子之名

用整夜的时间
在无能为力的天地之间
一场浩大的情感送别您

作于 2019 年 1 月 2 日,浙江温州

一个人的时光

向西而行
横渡万千山川,去西藏
用生命去温暖更多的生命
风雪三千里,我是远征的勇士
让更多的人幸福,是我
远离青山绿水的出征誓词
在苦寒之地
我和我的援友们,早已
将生死置之度外
与寂寞长相厮守
世间名利,只是一场浮华
高原反应,是虚张声势的恐吓
别问此行的归期
内心装着祖国的人
血液里只有忠诚,以及
诗的纯粹

作于 2019 年 3 月 3 日,西藏拉萨

月色

月色，透窗而入

仿佛穿心而过的剑

关于你，李白曾用"霜"形容

还有许多诗人写过你

我也一样，写过也爱过

就如今夜，相距遥远地爱着

爱而不得地爱着

这样一种情感，在内心

支撑着我的精神家园

一夜又一夜地，被演绎成思念

一句又一句地，在语言可以抵达的地方

成为情诗，安葬

在一张又一张惨白的纸上

填补，情感的空白

没有任何青春可以借助漂泊的月色逆返

只有握不住的月光，绖找身边

一次又一次的剑般划过

如同一场又一场叛离

经年累月

我们好像爱过，又彼此陌生

就好像大地之上，从未留下过你的痕迹

作于 2019 年 3 月 6 日，西藏那曲

归宿

（一）

在雪域高原的日子

总让我错误地觉得,孤独的夜是我的归宿

月色是我的伴侣

风,是我来来往往的亲友

我已经信赖它们,常常向它们讲述我的爱

我的孤独,以及无助

那些时光留给我的悲喜,做不到遗忘

只能向它们倾诉

我已经习惯了将自己置身于虚空

就像在死亡里寻找意义

这是一种坚强的活着,你一定无法想象

我所承受的疼痛

今夜,月色不在

遗忘的人世,仿佛是我的归宿

（二）

空茫的夜,除了黑暗

什么都没有

窗外,雪在飘,时间在无情流逝
我在诗里虚构过的爱情
以沉睡的姿态,还躺在诗里
雨滴,那么欢腾
我还是那么孤单
喝了酒
心肺依旧清醒,撕裂着痛
如果可以用时间换取快乐
除了归还过去,我还愿意
典当所有的未来
这是一个寂寞的夜
我把枕头抱在怀里
抵挡一场虚妄

作于 2019 年 3 月 9 日夜,西藏那曲

光明背后

暗夜里，该说一些光明的事

就像，向仇家敬酒

向不爱的人献玫瑰

深爱人世，就要拿出足够的耐力

就像河流唤醒山川

就像寄托在经幡上的愿望

喜忧参半的日子，只有热爱生活

才能发觉时光的美好

才能在白雪皑皑的高原

领略到风雪的纯粹

才能用合理的微笑，面对

艰难的时日

点亮灯盏吧

这样，你会在光明里找到我

看到光明背后，我

含泪的微笑

作于 2019 年 3 月 11 日夜，西藏那曲

我的希望在远方

我知道你安在

在近处或者远方

我放飞的信鸽

可曾到过你的城市？

花又开了

我又枯坐了一季春秋

无尽的虚妄，让我极尽幻想

就像活在诗歌里的爱情

有时候，我就像一个出海的渔夫

常常拉回一网海草，空有欢愉

时光沉寂

高原的季节，一直以荒凉的面貌呈现

因为梦能给我带来一些幸福，所以

我一度敌视阳光

盛年，我是一个被人类嫌弃的人

在荒莽的原野里

我想象着，你会从远方走来

作于 2019 年 3 月 15 日夜，西藏那曲

失落的诗人

（一）

我习惯用分段的方式

将一些文字装扮成诗歌

就好像抽烟的父亲

沉默的时候

就有了土地的深沉

好像爱上摄影的一个朋友

蓄起胡须

就有了大师的模样

我用隐喻的方式

隐喻地表达言外之音

仿似给文字加密

让它隐晦曲折

就有了诗的企图

然后，读诗的人很配合

一副不知其意的样子

让我误以为文字具有了诗的深度

（二）

一直疑惑，我书写的是不是诗？
甚至不敢请专业人士辨识
这和将隐疾亮给医生没什么区别
友说，诗是可以触动内心的文字
于是，更加怀疑自己的文字
小的时候，我的欢愉或忧伤，总习惯
向影子、向星辰、向山川诉说
长大后，会在纸上释放信仰和悲喜
以及对尘世的爱
我渴望做一个受人喜爱的诗人
但写出来的文字像死于疆场的将士
不为人知的骄傲一直隐于尘土之下
快乐和痛苦
是一首首无人问津的诗

（三）

如果不能成为诗人
我就做一个胡言乱语的人
对喜爱的人，表达爱慕
对厌恶的人，斥以憎恨
批评不公的事
赞美高尚的人
修改海子的半截诗
让爱情的花朵从拉萨经德令哈一路盛放
留些词语，赞美余秀华
给卑微的植物以尊严，让春色占领人间

再花些精力,删去一些高大的词

让世界返璞归真

然后,给每一个心灵纯净的人寄一本诗集

告诉他们即便不被人类所爱

仍要骄傲地活在希望里

(四)

安静的夜晚

那些静静流淌的月色

那些轻吟浅唱的晚风

总能轻易地触动我的心弦

成为平平仄仄的韵律

成为千丝万缕的情感

成为心间唯美的句子

我的诗歌发源于此

一个又一个带有温度的词语

如待摘的果实,会在这样的时辰出现

我承认我是一个孤独的诗人

一直以顺其自然的心态

放任那些波澜起伏的诗句从笔尖流入尘间

成为一个又一个沉默的我

孤单的我,忧伤的我

我希望它们替代我在这个人世,一直活下去

有人来爱

(五)

我的心还在严冬

从一个夜到另一个夜

除了虚妄的梦
从未抵达生动明媚的日子
我热爱的长夜和春天一样适用抒怀
可以肆意摆弄同样孤寂的文字
我不是一个优秀的诗人
写出来的诗，就像放飞的鸟
始终与人类保持相应的纵深
老死不相往来
我只适合在黑夜，用诗行
计算失眠的时间，以及
丈量从孤独到孤独的距离
最后耗尽精力
进入一片从来不存在的世界

作于 2019 年 3 月 20 日夜，西藏那曲

影子

我总是会思索和影子的关系
自小，它就跟着我
以贫瘠的模样，以土地的纯朴
以亲人的身份，以故乡的名义
融合在我的生命里
仿佛我的苦难就是它的苦难
我的爱情就是它的爱情
我的一些朋友
花般落于流水的光阴，它从未背叛
至死不渝地陪着我
走向光明，走向信仰
就像雨追随着雨，风紧跟着风
此刻的夜，它在我体内安睡
我想把它写出来
写它的孤独，写它的忠实
写我们互为依存的半生
万古不朽的岁月
它，始终静默
仿佛另外一个真实的我

作于 2019 年 3 月 23 日夜，西藏那曲

美好的诗篇

每一晚

我都从记忆中提取美好的往事回味

这是我生活的幸福法则

时光流淌,坦然地接受人生的得与失

漠视邪与恶,我几乎忘却了所有的伤与痛

我的心里装着理想

就像风雨中傲然成长的树

就像掠过山川湖海的风

成长中,不懈前行

我所走的是艰辛的路,回顾

每一滴血汗,都值得致敬

爱我的每一个人,都值得感恩

世事纷呈,每一件琐碎的记忆

都令我倍感亲切,恩情浩荡

就像被水宠爱的鱼

就像流光溢彩的灯火,光明的国度

我从恒温的记忆中抓取富有情感的部分

任意组合,每一首都是不朽的诗篇

作于 2019 年 3 月 28 日夜,西藏那曲

暖梦

姐姐，我梦见你了

梦里的相见，就像昙花绽放

美好而短暂

就像流星划过

绚烂，无痕

就像春风唤醒的河流

就像夏雨灌溉的荒漠

就像游子对秋月的情感

就像冬雪悄然来过

这一场梦，和回忆不同

是我们没有经历过的事情

这一场梦，留在回忆里

今后，又多了一些可以回味的片段

梦，是过往人生盛开的花朵

回忆可嗅芬芳的良辰

可以触及亲情的温馨

我该感谢梦里的相遇

它是冷夜里最暖的一刻

作于 2019 年 3 月 29 日夜，西藏那曲

无法埋葬的思念

我一直在寻找合适的夜
埋葬虚无的思念
那些从诗歌里诞生的情感
一直以无望的姿态,漂泊
犹如瓶中败谢的花束
却没有落叶归根的好运
而我,是那个望穿秋水的人
我现在更偏爱没有星光的夜晚
习惯在漫无边际的时光里
用日益贫瘠的语言,自我慰藉
如同我时常举杯,敬空无
然后独饮残余

作于 2019 年 4 月 8 日夜,西藏那曲

风

想做一场风

向东,向南,或向北

向西有取经的嫌疑,不去

如果不为人,我希望自由地活着

拒绝虚荣,奔放地活着

就像一匹脱缰的野马,呼啸草原

或盘踞山谷,统领百万草木

也可以不动声色

谦卑地活着,就像此刻被人类遗忘

更多的时候

你们只见杨柳依依,只见飞雪轻舞

没人懂我的孤独

包括放风筝的人,包括合拢羽翼的鸟

包括载满箭的草船

属于我的传说

是风化的山石

一再地被忽略

大地之上

有谁在意风的寂寞?

作于 2019 年 4 月 16 日夜,西藏那曲

静待花开

阳光明媚,或雨雪纷飞

有生的每一个日子都很珍贵

在雪域高原,孤独的时光里

心跳,是忠实的伴侣

携生命而行

我会微笑着遗忘苦与痛

朝圣的路,留给需要的人

我只愿在人间

做个凡人,做一些有意义的事情

我热爱白昼,也热爱夜晚

热爱每一件与时间相关的事物

包括苦难与辉煌

我会在每一片新鲜的空气里

寄放希望

然后用一生的光阴,静待花香

作于 2019 年 4 月 21 日,西藏那曲

空夜

夜，空若此生

走过千里山川

壮志难了

岁月，逝如流水

人生如寄

前路虚渺

雨萧萧

愁绪绕

长夜犹寂寥

作于 2019 年 5 月 2 日，西藏拉萨

生命的回声

在夜晚,我是一个时间充裕的人
也好! 可以思考一些工作上的事情
可以不受时间限制,复活任意一场往事
和不能入眠一样,所有的快乐与忧伤
都是一个人宿命的部分
我全盘接受
并让他们成为诗的部分
成为人生的遗产
和孤独成为知己
同伤害过我的人和解
这是宽恕的境界
生命有限,我们必须要学会理解时间
人世坎坷,我们必须要学会理解人性
经历就是财富
从过去到未来
我乐于美化易逝的时光和记忆
并让它们成为飘香的油墨
随同朝代进展
成为生命永恒的回声

作于 2019 年 5 月 7 日,西藏那曲

永远相信，美好的事情即将发生

带着希望生活

把所有的绝望全埋进诗里

就像黛玉葬花

以体面的方式表达情绪中伤感的部分

时光，逝如流水

那些我介意的和不在乎的

都已经成为无法回追的岁月

落英是花朵美丽的遗言

诗意地作别过往，我是给人生注入暗语

借此，我才不至于失忆

才能成为一个有故事的人

命运的次序里

很多个崭新的日子等待登场

我必须理解时过境迁

必须带着希望，走更远的路

以微笑的面容

向每一个清晨问安

作于 2019 年 5 月 15 日夜，西藏那曲

孤独地活着

常常梦见的战争,总是我一个人的战斗
这些年,我始终坚韧地活着,或者
颇有耐心地等待着
尘世浮华,我一直在用一段寂寥的光阴
去接纳另一段寂寥的光阴
岁月如水,春秋如故
恰如一粒深埋的草籽,不知尘间的花香
时光绕着白天与黑夜,周而复始地奔跑着
我早已习惯这样一种划地为界的生活
习惯不紧不慢地挥霍,日渐苍老的时光
心跳随着季节起伏
我已经不再相信缘分
把自己的姓名拆散
仍旧是一百个孤独的孩子

作于 2019 年 5 月 20 日夜,西藏那曲

爱您

——写在 2020 年母亲节

这些年

从未说过我爱您

也不需要说

这样一种爱

需要用时间验证

我爱您,如同爱自己的生命

如果不能让您笑口常开

我绝不会原谅与您相处的日子

时光里

这样一种爱,我一直用衣食住行表达

用金银珠宝表达,用一言一行表达

无论怎么样做

都抵不过您抚养过我的岁月

以及,您给我的身体的重量

作于 2019 年 5 月 28 日,西藏那曲

序曲

（一）

笔，安静地躺着

在思绪抵达意境之前

它必须和我保持同样的状态

这是对墨水的尊重，对纸张的尊重

更是对词语的尊重

一个诗人，每一个字都应该具有相应的意义

就像一个孩子的理想

就像岁月里，母亲用情至深的抚养

我深爱着这个世界

用文字丈量情感

必须以纯朴的姿态，精确到标点

比如致敬辞世的英雄，要以默哀的方式

比如回乡探望父母，呈现的微笑

文字是内心最珍贵的语言

面世之前，必须让思想和身体归于本真

就像一个孩子的单纯和通透

就像婴儿的第一声啼哭

让每一个抚摸到声音的人，都心生欢喜

（二）

我习惯将思考的时间留给宁寂的夜

就像枯木逢春，我的词语

只有在这样的时分才会复活

才能成为真情流露的诗和悠然哼唱的歌

犹如缭绕在山间的薄雾

犹如升腾在夜间的焰火

我的词语是我灵魂的表达

是心情唯一的归宿

必须坦白，我的人生词语贫瘠

只有借助想象才能打开满目的春天

我痴迷于臆想

我的词语是我千万个寂寞的分身

会在千万个夜里诠释千万种美好

犹如漫天的飞雪，我希望

我的词语可以融入爱人的内心

犹如满天的繁星，我希望我的词语

可以星辰般闪烁，总有一颗令你心生爱意

犹如动情的歌，每一个词语

都可能成为爱的序曲

（三）

一首诗问世之前

所有文字，都是内心的动词

会纵横起伏，撩拨我的情感

表达一场心思

我不能像孩子一样用哭和笑呈现

书写之前，必须排空内心杂念
像一名顶尖剑客，做到心中无剑
随后行云流水，以绵延不绝的态势
让文字成为入世的传奇
成为无限的遐想
成为光阴里的意义
所有希望，都在于酝酿的过程

作于 2019 年 5 月 29 日夜，西藏那曲

倒计时

那曲公寓的倒计时牌

精确地提示着,援藏剩余的时日

公寓的阳光大棚

缓慢移动的阳光,依旧

一次又一次地抚摸,我们倾情奉献的土地

在平均海拔 4500 米的雪域高原

我们离太阳最近,但每一天都经历着高寒

正如,我们深爱着那曲,每一刻

都在承受高海拔带来的伤害

侵入命脉的伤损,与我们一生的命运纠葛

所有参与到器脏的伤损

都不会因为倒计时归零而消散

坚强的男人,很少会表达疼痛

我们用留在脸上的阳光印记,骄傲地表达

　 个高原孩子的荣光

离别,其实只是一种形式

每一段时光的结束都会迎来

另一段奋进的时光

天空无尽辽远,容纳着雄鹰一生的使命

作于 2019 年 5 月 31 日,西藏那曲

永生的花香

格桑花,就插在瓶里
这些美好都是表象的
它们,会用时间证明
所有的呵护,都无济于事
以爱之名
注入水中的营养剂
抵不过失根的痛
它们,会用枯萎告诉我们
拥有过的,是一场罪
任一场缘分都有命数
它们会用飘落的花瓣,无声地喻示
永生无法弥补的遗憾
在行将消散的花香里
我用怀念,写下内心的愧疚

作于 2019 年 6 月 4 日,西藏那曲

尘埃的悲凉

我的,所有的过去

被我爱着,也遗弃着

那些哭过笑过,以及平静的日子

咫尺即天涯,过眼即云烟

青山,依旧寂寥

我该向野草学习

在无数个相似的冬天

一次又一次死去

而后,以无言的姿态重生

活出崭新的模样

日月光辉,反复流转

我该向飞鸟学习

将一生的故事,交给行云流水

交给虚无的天空

甚至,交给猎枪

万物,终会平静

在一个又一个逝去的日子

我看到了起起落落的尘埃的悲凉

作于 2019 年 6 月 10 日,西藏那曲

故土

牵念，一直在远方

就像闪烁在宇际的星光

深藏的记忆

犹如老屋容纳的旧物

那些带着父母生命情感的旧物

记忆，从未放下

一直牵扯着敏感的神经

时而疼痛

我视为慈悲的存在

我的思念，夜空知道

如果用泪水表达，如若星辰

内心的呼唤，风般起伏

从不否认，对故乡的牵念一直在

就像一缕炊烟

无论天空有多辽阔

远离故土

一生，都是漂泊

作于 2019 年 6 月 12 日，西藏那曲

练习花朵般的微笑

我已经记不得虚度了多少光阴

春夏秋冬,月缺月圆

在高原,没有花草相伴的日子

满面的胡须比生活寂寞

荒芜的日子里

我和空寂的时间成了知已,许多心思

都水般流走了

有些语言成了诗

还有些话冰封在心里

想留在春天,告诉你

失眠的日子

我常常在黑暗里练习微笑

借以

灿烂地迎接光明

作于 2019 年 6 月 18 日,西藏那曲

诗歌生动的部分

在我的诗里，你

一直栩栩如生

长久以来

我精心保存着你带给我的幸福

留在心里，留在纸间

支撑我漫长的援藏岁月

夜间，我习惯借着感情的温度

在无人相扰的时刻反复回味

那些时光带不走的思念

高调地活在我的梦里

以及，微信里、电话里

柴米油盐里的争吵

在雪域高原，被我用诗歌重新打扮

以爱情的模样

形成诗歌里最为生动的部分

作于 2019 年 6 月 20 日，西藏那曲

不再相信永恒

常常在无眠的夜里发呆
自从不能借酒消愁
与夜色交换忧伤的习惯
我从未停止过

漫漫长夜
考较着一个人的耐力
无尽的黑暗，犹如火后的灰烬
掩埋着大地的悲凉

半瓶未饮的酒，不再喝了
我不要无用的慰藉
我知道插在瓶中的鲜花，许多
至死都没有见过春天

在高原，看透人间生死
我已经不再相信永恒
不再相信活过这一世
还有来生

作于 2019 年 6 月 23 日，西藏那曲

梦外

（一）

此刻，世界安睡

我数着羊，醒着

沉浸在梦乡里的人并不知道

寻找入睡通道的人，所承受的

跋山涉水的痛苦，正如命运

这一生，我不知道要经历多少暗夜

才能知晓人世的秘密

花草枯而复荣

一线生机，是万物不疲的希望

所以，我总是在黑夜里寻找光

梦想，是我的金山

我怕它在沉睡的时候消失

担心所有的勇敢会在一场海市蜃楼中崩塌

漫漫黑夜

掌控自己的舵，我一直驶不进想要的时光

（二）

平静的夜，我的脑海总是波涛起伏

时间与空间之内，我总习惯

用回忆与思索,对应无望与希望

睡与眠之间

我总习惯构建一些美好

代替虚度的光阴,习惯

开着夜灯,预示终将登场的未来

面对光亮

总让我忆起曾经暗淡的岁月

过着富足的日子,我总想到

曾经的贫困

因为一些朋友离开了,因为一些朋友没来

我总怀疑我用情至深的生活辜负了我

(三)

每一夜,每一夜,每一夜

晴好时,星星总眨眼醒着

阴雨夜,雨水总不肯安息

亦或者,每夜的风都不愿歇脚

遥远的国度,因欲望燃起的战火从未停息

夜色下行窃的,纵欲的,偷渡的

这一切,都是我失眠的动因

更多的因素缘于自身

我的思想一直活跃

精神从不愿躺下

灵魂始终游离在身体之外

我把夜色想象成海洋、沙滩以及柔和的风

羊群繁衍生息,一切都无济于事

我就像一个掉队的士兵

远离炮火连天的战场,却放弃了拯救自己的愿望

（四）

这是属于我的夜晚

万物静默

我将忧伤写进月色，写进诗歌

让浓于夜色的思念

安静如水

保持缄默，你就不会知道

悲与痛在我心中的分量

孤独使我平静

很多时候，我想做一块沉于湖底的石头

这样，我会理解薄情的流水

不睹人间春色，我就不会再有偷生的欲望

（五）

通往黎明的黑夜，我醒着

用文字记录失眠的时间

用诗歌，取悦自己

我承认，我不善言辞

但对喜爱的人会知无不言

正如对诗歌的态度

我会用喜欢的词装扮诗句

正如粉饰生活，我一直用诗歌

呈现生命中骄傲的部分

包括，我生活过的贫瘠的乡村

包括我爱着的人

（六）

难以入眠的人，需要借助想象

让空乏的时光变得美好

如果可以，我想在千山万水间

觅一处不为人知的住所，隐藏灵魂

点盏煤油灯，让钟爱的夜晚恍如故乡

秉灯夜读，我不担心孤独

那些泊在山谷的风

那轮悬挂的月，或浓或淡的夜色

都可以寄托难以言表的情怀

如果不能从莽莽尘间找到喜爱的女子

我会给身边的每个物件都起个好听的名字

把所有的秘密都告诉它们

也可以和影子回忆共有的往事

让寂寥的夜晚，呈现该有的意境

（七）

写首诗，留给黑夜

给和我一样正在失眠的人

给和我一样易于感伤的人

人，每一个人都是独立的孤岛

没有谁可以听到谁内心的声音

没有谁可以慰藉谁孤寂的魂灵

在茫茫黑夜里写诗，不用考虑韵律

让思绪跟着意象走

像鸟儿一样自由飞翔

让一个文字爱上另一文字

像相濡以沫的情侣

（八）

晨光熹微,再一次被逐出梦境

在夜晚,我惧怕任一丝的声响和光亮

空寞的长夜,我总是一次又一次地作别

一场又一场梦境

那些虚拟出来的人和事,熟悉的或陌生的

都在一个又一个梦里成为悬念

安眠药从未创造过奇迹

那些令我留恋的场景

从未在梦里长生久留

就像生活和梦境无法接壤一样

一场梦从未接纳过另一场梦

易逝的时光里,它们都是独立的王朝

失去了,便踪迹难觅

成为无法接续的幻影

（九）

这是属于我的

最好的夜,也是最坏的夜

这些年,我总是矛盾着与自己抗争

总试图分离出两个我

一个肉身,留在人间

一个灵魂,潜入梦境

必须分离,我才能够安然入梦

但很难如愿! 这些年

我的灵魂从不受控制

总是夜鸟般盘旋在意想的星空里

万物皆睡的夜，我一直练习分身之术
总试图进入迷宫，留下灵魂全身而退
或乔装成乞丐，与灵魂两两相忘
置身暗夜，我从未摆脱灵魂的纠缠
它就像一个不愿离开母体的孩子
陪着我度过一个又一个漫长的夜
仿佛忠诚

（十）

怨不得人，这样一种生活方式
是我自己选择的
每一个不能成眠的长夜
都是我人生思索的时光
很多年了
我已经习惯从虚无中寻求力量
在多舛的人世改写限定的宿命
时空浩荡
我给人生格言注入了全部的心力
走过的时光是我求索的云梯
从一片场域到另一片场域，未来
我会告诉你山的高度和海的辽阔
如果我走了，光荣由世人传颂

作于 2019 年 6 月 30 日夜，西藏那曲

梦里

（一）

把自己托付给梦，命运便不受掌控
可能会置身困境，也可能会遇上贵人
梦境纷纭
总能让我有不同的获得
然后，又分毫不取地还回去
在得而复失的循环里
我总渴望明了，这是谁导演的戏？
梦与另一场梦，有没有连通的路径？
一个人与另一个人的梦，能否相聚融合？
我深信错综复杂的关系里有着隐秘的根源
就如我们的生命联结着欢乐和痛苦
命运，是一张我们用一生编织
又束缚我们一生的网

（二）

作为生活的延续，梦
会助我们重温获得的喜悦
得不到的，会在梦里偿愿

得与失的无限循环,仿佛

我们的人生,仿佛

生命中不断遇上又失散的人

梦境变化无常

每一夜我们都义无反顾地奔赴

如同锲而不舍地活着

每一天

我们都希望活成不一样的自己

（三）

梦,是人生的艺术作品

是缘于生活的虚拟呈现

夜,人类共有

梦各有不相同,是人生的影子

延续生活,梦是放飞的风筝

一线相牵,梦从未叛离

那些我们无法再爱也做不到遗忘的

那些我们欲言又止的话

都交给梦

让它们在另外一个世界延续命运

让它成为我们,神秘的家园

（四）

一夜未知的梦,是我满心期待的约会

只是过程漫长,从来不受我掌控

梦里,各类剧情横空出世

熟悉的或陌生的人粉墨登场

戏码枝节丛生

游离于不同的梦境
犹如进入一场又一场无法预设的游戏
梦醒时分,我时常恍惚
我享受每一个忙碌的白天,陶醉于每一个梦
生命经历的虚拟与现实,都是我爱的生活
梦里外,一场场突如其来的幸福和痛苦
是循环的因果
梦,如人生

（五）

每个夜晚,我都渴望一场梦境
渴望美好的往事循环潜入
渴望与离世的亲人反复相聚
每一场梦,都与过往有着依稀可寻的联系
或与未来有着密不可分的干系
那片虚拟的空间,蕴藏着无穷的奥秘
做一场梦,如同进入神奇的世界
或布置想要的生活
我固执地认定,每一场梦都有意义
或试图告诉我们什么
或为了释放难以释怀的情感
岁月流转
那些忘或未忘的事物
总能在梦里失而复得
给我带来人世难寻的安慰
任意一个安然入梦的夜晚
或没有结局的梦,都让我感恩
都能给我带来人世生存的幸福

（六）

我渴望进入一个又一个充满诱惑的梦

那片未知的世界，是属于我的王国

是我可以主宰的天地

在那片意想的世界里

我可以飞翔，也可以穿越

可以占山为王，也可以落草为寇

哪怕扮演凡人，也能尽享平常人生的温暖

所有的一切，都吻合我的精神向度

孤独的年月，许许多多个日子

我像向往爱情一样，向往那片虚无

习惯用梦满足一个又一个幻想

山河依旧静寂

我无法不爱生机勃发的梦境

我在人世之上留下的快乐的文字

很多缘于那片土地、山川、河流、星空触动的灵感

那里，是我灵魂的原乡

（七）

只有在梦里，可以不用顾及颜面

可以像孩子一样，将痛哭表达得淋漓尽致

半生风雨

自从学会微笑，日子从未轻松过

每一个分秒都被我赋予了相应的价值

常常羡慕那些发呆的人

总是希望做一个傻子

人生漂泊

我和自己走散了
只有梦,可以让我找回自己
可以让灵魂和已故的亲人复活

(八)

作为失去的部分
我已经记不清曾有的欢愉和苦楚
以及,秘而不宣的情感
在一场梦里醒来,模糊的记忆足以证明
这世间没有休戚与共和长相厮守
永垂不朽的精神可以代替生命
时光,可以将一切化为乌有
此刻,夜色正被晨光取代
与时光较量,一切注定徒劳
生命依旧孤独
我已经不再猜想仍将莫测的未来
不善饮酒,那么用一场笑
或者哭,释放胸臆
让它去陪伴早已久远的往事
光阴仍在流逝
所有憧憬与美好的时光
不断地成为一场又一场幻影
我已经习惯了虚无
习惯了一个又一个,曾经属于
从未拥过的正在弥散的梦

(九)

给醒后即散的梦写首诗吧

我确定梦到的不是我想要忘记的过去
也不属于尚未降临的未来
那只是想象的部分,尽管我知道
借助杯中的绿茶想象春天并不真实
但我还是喜欢用目光追随翩翩起舞的蝴蝶
然后给梁祝的故事构建一个完美的结局
美好的爱情总是给人无尽的遐想
重温做过的梦,让它们仿佛发生过
就像从未有过的秘密
就像穿肠而过的美食
回味可以给人带来精神上的富足
就像没有爱情的人喜欢用梦来填充
就像与文字相濡以沫的诗人

作于 2020 年 7 月 20 日,浙江杭州

那 曲

（一）

我常常被回忆打动
也愿意一遍又一遍地回忆你
我们经历的春秋，如今
是活在身体里的苦难
如同苦口的良药，这能医治成灾的相思

想你的时候，我会俯身贴地
我脚下的土地与你相连
聆听大地的心跳，如同聆听你
我享受贴地相拥的时辰
借以，感受那片土地，感受你

我的心脏时常疼痛，与你有关
我所有的想象力，都在为你拓展
这样一首长诗会一直写下去
它会让我觉得
属于我们的故事，还没有结束

我从不相信,谁可以云淡风轻地离别
事实上,我总会借助回忆抵达你
那一刻,一些洁净而美好的情感
总会无限衍生
仿佛幸福依旧

(二)

这是属于内心的思念
无法倾诉
只能委身于风
告诉连绵的群山
告诉浩瀚的海洋
告诉璀璨的星空
告诉远方的远方
我已经习惯了不语
如同沉默的群山
如同呜咽的海洋
如同寂寞的星空
如同荒凉的远方
大地落满灰尘
我在原地,埋下一颗心
连同退回的思念,合葬
仿佛未曾别离

(三)

用倒退的方式行走,并不能回到过去
风起的地方,是到不了的远方
过往,曲曲折折

是再也不能重逢的别离
记忆里,珍藏着每一个细枝末节
我试图用它证实此生不虚,就如风干的格桑花

走过千山万水
再回不到过去
如今
对未知的事物
我已经不再有兴致
任世事苍凉

如果没有光明拯救
我早已融为暗夜的部分
只有迷离的星空,一次又一次
一次又一次地将过往的记忆带给我
日子,仍在
一而再地拉长思念

(四)

写了首诗,该怎样念给你听?
暗夜辽阔
我用发凉的时光练习久别重逢的微笑
可是,一无所用
就像一场漫长而美好的梦
醒时,两手空空
我用了许多个日子编织盛大的思念
给自己
用它平息一个时代的寂寞

我已经习惯了这样一种方式
习惯了恋着过去的诗,如同念牵的人
习惯在汹涌而狂妄的痛里原谅痛
时光,沉默如谜
我在光怪陆离的人间,给远方的你
写一首未完待续的情诗

作于 2019 年 7 月 22 日,浙江杭州

晚餐

我喜欢吃着饭和你随意地交谈
你说出的每一字每一句
都比饭菜清香
那一份温馨,仿佛我们的初恋
仿佛时光里恒久不变的爱情
不擅饮酒,但这样的时刻
总令我沉醉
迷恋回家的每一个夜晚
这样一种相伴,是我今生的意义
每日谈论,依旧是家长里短的话题
仿佛身陷于
一场又一场不愿醒来的梦
灯火,安静地听着我们交谈
摇摇欲坠的往事,一次又一次地
借助光明往返

作于 2019 年 7 月 23 日,浙江杭州

我的人生，我的爱

数十年相爱的情景，仿佛都在昨天
好像我们从未老去的爱情
在军营里，我用那些油墨飘香的文字
换你红烧鲫鱼、京酱肉丝的美味
蔓延往后的每一个日子，厚积至今
爱情的味道香过五谷
在一起，我们总有说不完的话
有些话不说，我们各自明了
羞于出口的语言在内心亲密
经年已久，打磨出比生活还甜美的情感
只是词穷，无法描摹出浓郁而浩大的爱情
如果非要用诗歌表达
我只想说说你的美，你的勤劳与良善
以及，因你而改变的
我的人生

作于 2019 年 7 月 24 日，浙江杭州

把爱情种在诗里

夜晚,我会留出一部分时间写诗
写欢乐,写忧伤
以及,写思念与疼痛
所有笔墨都有来处,是我
走过的路,爱过的人
尝过的苦,经历的痛
文字,是埋入纸间的种子
那些属于内心的故事
以一种绵绵不绝的姿态铺陈
贯穿生命的时光
走向你
走向盛开的季节
以爱情的模样
怒放在我们相逢的地方

作于 2019 年 7 月 26 日,浙江杭州

模糊的记忆

不管愿不愿意,夕阳总会沉没

夜晚总会如期而至,城里

星辰稀疏,如同沉寂的记忆

生命燃烧,很多回忆都化作了灰烬

如果具体到一件事

也是残留的篇章,包括

刻骨铭心的爱与痛

苦乐人生,如同过而不返的梦境

一场梦会取代另一场梦

循环往复地沦丧,没有谁可以永生

也没有谁能够挑战忘却,那些

曾经令我痛不欲生的或夜不能寐的往事

时光之流里,都已经成为无关紧要

或以成风

星空下,夜色朦胧,如同

模模糊糊的记忆和空空荡荡的心

作于 2019 年 7 月 27 日夜,浙江杭州

那曲，别后情诗

（一）

离开你，我需要
用余生的时间去适应
我还是那么骄傲，现在
世间所有的美，都低入尘埃
我的内心盛满疼痛
容不下，一场离别
往后，这个世界所有的意义
都是关于你的记忆
我已经习惯了在记忆里往返
将有你的日子，蘸着泪
注上爱的标识
落笔的词句，容纳一生的思念
流水的时光，不可能将内心的情感带走
包括疼痛
这是你不知道，也是我无法形容的悲喜
易逝的日子，我习惯用虚无的文字
在昼与夜之间，表达对你的爱
就像阳光雨露，在这个世间
一以贯之地存在

（二）

这是我别过，从未忘却的时光
我将灵魂藏在诗歌里
对自己表达，对世间万物表达
最后，将忆想的过去和未来的期许
寄情于美丽的石头
放在玛尼堆的最高处
许你时光静好
我想做一只雄鹰，高天之上
在不被肉眼捕捉的地方
凝望你，凝望人世欢乐
然后，将一世深情
寄情于厚积的云朵
用一场又一场绵绵的细雨
诉说衷肠
内心的秘密，其实早已被表情出卖
所有伪装的坚强，敌不过一场离别
泪水，揭晓了深隐已久的答案
我活着的每一天，都在想你
走过天涯和海角，很难走出对你思念

（三）

时光，过而不返
思念，聚合连接起别后的时光
我喜欢以忆想的方式，与你相会
我痴迷于这样一种回溯
就像昼夜流转，周而复返

让思绪穿梭于时光
可以抵达渴而不达的场域
换一种心境,可以理解世事变迁
就像一场离别
就像一阵风带来的温暖或者寒冷
所有曾经的瞬间,以帧为单位保存
不眠的钟点
我喜欢将有你记忆,一一翻过
从一段时光向另一段遥远的时光
不是所有的感情都适合表达
内心深处,我还是习惯以骄傲的姿态
孤独地活着!

作于 2019 年 7 月 30 日,浙江杭州

夜色

如期而至的夜色

总能带给我一种意境

一种类似于故乡的熟稔气息

这样的时刻

闭上双眼

就远离了凡俗

如同,星月临空

大地就有了水的温柔

好像一个句子走向另一个句子

就有了诗的模样

窗外,无风

古老的风不适宜在此时登场

它会惊扰到孩子的梦

洁净的时刻

适合写诗

适合让它一种辽远的姿态铺陈

就如大地之上的夜色

作于 2019 年 8 月 3 日,浙江杭州

清晨

要感受尘世美好，最好在清晨

被鸟儿唤醒的清晨

以本真的样子呈现

犹如初临人间

先把心情放进云里

和风儿亲密，听溪水欢唱

再俯下身子，倾听每一朵花语

晨光温柔，如绵延不绝的母爱

大地父亲般纯朴

熟悉的宽厚

总能让我敞开心扉

接纳爱，再释放爱

从清晨出发

我如阳光满怀的少年

向着辽远

天空之上都是我的理想

以及，我的自由奔放

作于 2019 年 8 月 5 日，浙江杭州

赞美

此刻，我想赞美清晨

赞美这个世界

赞美我曾经喜爱仍将喜爱的人

赞美我一夜未醒的梦

因为心灵纯净

我一直活在纯净的天空下

我攒着所有美好的词汇，一直未用

今天，让它借助阳光的温度

成为迷人的春光

窗外

满目的鲜花在风中摇曳

它们，会让蜜蜂辛勤而快乐

会让蝴蝶的飞舞动人且温情

风轻柔地吹着，它们

会替我将更多的赞美送给人间

作于 2019 年 8 月 12 日，浙江杭州

物是人非

每个夜晚都类似

只是时过境迁

带走了最坏的过去

带走了最好的过去

除了生命,除了生命创造的物质

一切都属于过去

许多的期待

也不属于我

未曾拥有的,都是幻梦

一切都那么遥远

曾经爱我的人,如今长眠

曾经我爱的人,从未苏醒

梦见过父亲

他从不告诉我天国在哪

我喜欢仰望星空,总认为

满天繁星,那是父亲抽过的烟头

作于 2019 年 8 月 15 日,浙江杭州

放下书本，我是那么孤单

（一）

看书，我总习惯将自己代入主角的身份
在杜撰的世界里，经历另一场人世悲欢
沧桑，是每一个人都要走的路
在书中，我比别人多走了一遍
本以为置身事外可以淡漠苦难
泫然落下的泪，让我明白
疼痛，积尘根本无法掩盖
看书仅有的好处是
可以借别人的爱情温暖自己
可以通过反反复复地阅读，拉伸幸福的长度
以至于，可以忘却烦恼和人生缺失的部分
这样的时刻，总让我有窃据别人命运的羞愧
合上书本，怅然若失
在别人的故事之外，我是那么孤单

（二）

我觉得自己是一个隐士，在捧起书本的时候
尤其喜欢侠义的书籍
可以化身正义
在错综复杂的江湖，在惊心动魄的情节里

救贫济世
完成一个英雄的使命
最好再遇上喜爱的女子,恰巧她能回以爱慕
这样,所有平淡的日子
都会令人动情,对得起老去的时光
这是另外一个该有的我
今生,我不求扬名立万
只求仅有的一世
可以光荣而富有情调地活过

(三)

写诗,是写自己的情感
我也想写小说了,这样
可以在书里改写自己的过往和命运
另外一场人生,可以不用装作相信谎言
不受顾忌地表达爱憎,像个勇士一样
我喜欢以英雄的角色,行侠仗义
让这个世界,孩子可以纯真地笑
平民可以幸福地生活
可以安排一场爱情,让遇见如花儿绽放
让爱所到之处,万物生长
为了看点,可以让情节曲折复杂
与爱情纠缠的疼痛,会钻进骨髓
含着泪的笑,最令人难忘
渴而不达的事物,全活在我的虚幻里
活在生生不息的希望里

作于 2019 年 8 月 18 日,浙江杭州

江湖

（一）

江湖辽阔

影子不离不弃，是我一生的兄弟

没有刀，梦想是我的兵刃

我用它给每一段前路都赋予希望

一路风霜，我不孤独

藏在皱纹里的故事，风尘懂

我已经习惯了人间疾苦，不足为奇

留在眼角的沧桑，隐藏着无人知晓的身世

我相信上天

定会给我的人生留下一线生机

（二）

不要找了，那些汗水与血泪

是我埋伏在大地上的兵阵

用去数十年的光景，我一直渴望东山再起

不必再暗算

我吃下的苦，早已化为不朽的天赋和能量

成长源自爱与伤害

我用足够的诚意与宽容
向命运里的人们鞠躬致谢
我很坚强
"必胜",是父亲在我名字里赋予的力量
是我所向披靡的利器

作于 2019 年 8 月 20 日夜,浙江杭州

贫瘠的人生

我已经习惯了平凡的生活
习惯了上班忙碌，下班宅家的日子
除此之外的世界与我无缘

我的日日夜夜单调而又贫乏
白天，我亲密的伙伴是影子
夜晚，我听到最多的是心跳的声音

我在书中到过极乐的天堂
也在失眠中饱尝过地狱般煎熬
这些年我把痛和爱都给了自己

孤独，是我精神的顽疾
我一直在寻觅医术高明的人
凭借虚妄的想象

我们在茫茫人海中无数回相遇
就像梦中的欢喜

人生的得与失，是时间里的秘密
我把种子埋进诗歌
巴巴地盼望阳光雨露

而苍天却给了我
一场又一场贫瘠的收成

作于 2019 年 8 月 29 日，浙江杭州

深夜里的安静

夜,我还在办公室

键盘安静了,我还在办公室

办公室很安静,我的世界

很安静,窗外

有雨

路,空无一人

只有零星的车辆,悄然滑过

其实,我希望它们鸣笛

唤醒大地

希望朝阳升起

温暖我,温暖万物

路边,树静默着

一棵不理会另一棵

没有谁理会一棵树的孤独

作于 2019 年 10 月 11 日夜,浙江杭州

清明忆父

父亲，我想您了
往年的这个日子总是阴雨绵绵
今天没下，我用泪水代替了
这是我仅能表达的悲伤
落在地上，让我想起您流过的汗滴
想起那片养活过我的土地
想起您伺弄过的庄稼
如今，已经易主的土地还在
您种子一样埋进土里，再不见您
只有坟前的荒草，疯般生长
如同我的思念
想起您，总有车子碾过心脏的疼痛
总有不由自主流出的泪水
就如此刻我停下车子，在路边的号哭
但，这个世界再不见您
再不见您的笑，您的爱
再不能叫一声父亲

这声尊称,压抑在内心有些年了
我怕喊出来,会让这个世界
肝
肠
寸
断

（二）

爸爸！爸爸！爸爸！
如今,您再也听不到我的呼唤
自您离世
我也再没喊过这声神圣的称谓
在人间消失的名字
一直扎在我的心里
代替痛失的爱
很多年了,我从未从思念里脱身
每逢这个日子
我总会在内心让您复活
总会用文字
一遍又一遍写下您的名字
写下对您的尊称
直写得泪流满面
直写得满纸泪滴
这是这个世界上最悲伤的文字
代表思念
风干了,会带去天堂给您

（三）

父亲,自您走后

我的世界就有了缺口

只释放悲伤

我以为流出一些泪水

会缓解内心的疼痛

但是更痛了,这世上

没什么比痛失亲人更悲伤的事情

顺应您离世的变故

我一直节制哀伤

但这个日子

刀子一样锯割我的心

比儿时的棍棒还痛

突然很怀念您的严厉

思念如深切的呼唤

唤醒许许多多已经沉寂的过往

复活如梦境的虚幻

是记忆里绵绵不绝的永生

(四)

昼去夜来

日子,书页般翻过

大地,忽略所有山河巨变的年月

以沉默的姿态,呈现无限孤独的时光

正如父亲,您的命运

想起您,我也总能想起

老屋前,经年承受风雨肆虐的大树

以及,沉默的土地上

一年年独自闹腾的庄稼

作于 2020 年 4 月 4 日夜,浙江杭州

樱花谢尽的夜晚

樱花谢尽的夜晚

芬芳不再,满树孤独

你站在树下

仰望枝头

仿佛仰望自己的爱情

如果春色未散

你不会原谅雨,或者风

或者自顾不暇的行人

人生过而不返

往事俱寂

怀念一场花事,已经没有意义

就像岁月有负众生

仍旧奔流不息

就像枝头空空如也

仿佛什么也没发生

作于 2020 年 4 月 28 日,浙江杭州

送别
——赠离职的同事李亮亮

我该流泪的,但我必须用微笑送你
春会去,秋会来
我别无所求:当笑容洋溢在你的脸上
当嘴角上扬,我该感谢共有的岁月

今天,我想要告诉你:时过,境不迁
余欢未尽,我已经无法给你更多
用一首诗,和你道别
这样,我们可以在诗里反复相见

其实,我是悲伤的
但我会将泪水留在心里
这是你给我的,打动我的礼物
和感情一样珍贵,我会用它来怀念你

想抱抱你,让身体与身体组词
让由心而生的"好"字,传递
我的祝福
代替未来无法知晓的命运

我曾经唱过一首歌

你记得吗？如今想起

满心的痛：等到相遇的时刻

我们再唱这首歌，就像我们从未曾离别过

作于 2020 年 6 月 11 日，浙江杭州

信仰

——写在父亲忌日

父亲,5 年了

您离开我们已经整整 5 年了!

5 年前的今天,您一句话没给我留下

只留下一场无休无止的思念

这是我一生要走的路,走向您

我会顶天立地地走向您

我会无愧天地地走向您

我会在天地毁灭之前

以您希冀的样子走向您

这一路,艰辛而曲折

我会延续您对这个世界的热爱

坚强地活着

知道您的世界一定黑暗

每一天我都在光明的世界里积攒光明

我会在太阳熄灭之前

将收集在生命里的色彩一并带去天国,献给您

父亲,压弯您腰的生活

确实沉重

您走后,我一直坚韧地顶着

人世沧桑,这些年
我在磨难里走过磨难
在绝望里走过绝望
在死亡里走过死亡
父亲,您没走过的路
我会努力地走好
走出生命的意义
这,已经成了我毕生的信念和不屈的信仰

作于 2020 年 6 月 14 日,浙江杭州

省府四号楼前的樱花树

（一）

如我一样,你一定在某个瞬间想过我

见面,我们相视无语

过去的那些事,互相不说

楼前的樱花树还在

一年又一年,花开花落

时光,刻在木质的年轮里

我们的过去,都留在过去了

就如飘落的花,都在回忆里

静寂的时光

适合树般沉默,就如夜空的星辰

相距遥远

我们知道它一直在就行

只有像树木一样经历过繁盛与苍凉

才会懂得,有生的时光

扛起与放下对一个人的意义

省府四号楼,一棵凋谢的樱花树

孤独而耀眼

（二）

经过的时候,我总在树下站上一会

总会怀念,一朵从我手上滑落的樱花

是多么的无奈,以及

满树如泪的花瓣

我无法说出内心的忧伤

就如我的离开,这是一片花瓣的宿命

春花秋月,一棵树

有过多少次凋谢,就经历了多少回阵痛

人事纷扰

我必须保持一颗诗心

才不至于感伤

我把无法喊出的话语,都留在心里了

一年又一年,只忆

满树繁花若女子凄美的笑靥

站在树下,阳光

总能穿过枝叶,洒在我的身上

细细碎碎,似一树

在我身边绽开的花儿

（三）

樱花树,总让我伤感

如今,满枝无花

我也丝毫不记得曾经迎风招展

满树的花枝

这样一种的空白

就像一个孤独的孩子,仰望无鸟的天空

留给内心深处的失落
守着离别的痛
我把怀念当成了人生的使命
站在树下,我许久没动
来来往往的人
肯定将我当成了傻子

作于 2020 年 6 月 20 日,浙江杭州

无常的人间

死亡的气息,有时就飘浮在空气中
或凭依在肢体可以接触的地方
我们活在子弹的射程之内,浑然不知枪手的位置
就如高速公路上的飞虫
就如倒春寒来临之前,枝头上的嫩芽
在"望梅止渴""画饼充饥"的故事发生之前
人类就有着无穷无尽的幻想
那些美好的想象,有时成了我们生命的支撑
女人,有时会被一束廉价的鲜花感动
男人,有时会沦陷在无谓的欲望里
其实内心终会明白,我们走进影视城
并没有穿越到另一个朝代
战火,或许会因首领间的一言不合而起
无辜丧生的人,并不会明白他们是怎么死的
瘟疫横行的时候,我们曾寄希望于阳光灭杀
那些逃过病毒感染,没逃过楼宇无故倒塌的人
在身体破碎的时候,死都不会知道
偷工减料而获利的人会不会下地狱
但我知道
活着的人,依旧活在无常的人间

作于 2020 年 12 月 16 日,浙江杭州

写给抗击新冠肺炎疫情的勇士

夜空没有繁星

雨丝迷离,大地命运朦胧

疫情笼罩下的华夏

这样一群人,一群披着白色战袍的勇士

追寻着死神的足迹

将患病的同胞

一个又一个拽回烟火人间

疫情无影无形,肆意横行

我们避而远之,这群英勇的战士

逆行而上,与病毒鏖战

此刻,硝烟弥漫

在疫情前线,这是一群不知疲惫的铁人

我必须用拙笔讴歌他们铁肩挑担义的情怀

讴歌他们的无私无畏

在世人皆睡的夜里,他们在病人间忙碌着

这是一群降临人间的天使

我必须用高尚的词讴歌他们的美丽与良善

歌颂他们忘我的人生境界

隔着防护服，我们看不见他们的模样
病人说，"医护人员的眼睛比星星还要亮
还要美！"

作于 2020 年 12 月 16 日，浙江杭州

科技的力量
——"第四届最美科技人"朗诵

合：有一种力量叫科技，从小我们便知道！

我们是沿着赵州拱桥，学着圆周率值，在四大发明的自豪中成长的！

一路踽踽走来，除了对父母含辛茹苦养育的感激外，我们还有着对钱学森、竺可桢、李四光等无数科学家的崇敬！

在大漠孤烟的茫茫戈壁，在孤灯无眠的实验室里，有许许多多默默无闻的科研工作者，他们灿若星辰，可敬可佩！

正是因为有着无数科技工作者孜孜以求、不懈探索，才有了中国制造的喷薄泉涌，才有了中国创造的世界魔力！

在中国史册的雄关漫道上，原子弹、氢弹、导弹如雷轰鸣，是震动全球的鼓点。

在世界的倾听里，水下发射运载火箭、捆绑式运载火箭，是豪气冲天的旋律。

在浩瀚的宇宙中，长征四号、天问一号、祝融号、神舟十二、天和核心舱、天宫空间站，是气势磅礴的组歌。

在绵延不绝的祖国领海上，"雪龙"号、"奋斗者"号、"海斗一号"、国产航母，如蹈海洋、如履雄风，怒放着新世纪的豪情。

在我们山河般起伏的胸膛里，"中国天眼""复兴号"动车，国产大型客机"科技抗疫"等一系列科技成就,是永远回响的赞歌!

这一份份骄人的业绩,承载着民族的梦想,穿越时空,向世界展示着中国科技的力量!

在继往开来的今天,让我们向中国科技和数以万计的科技前辈致敬!

杨华勇:我用国产盾构机为中国基建事业开路,向科技前辈致敬!

刘旭:我以三十载耕耘光学、甘为人梯的奉献,向科技前辈致敬!

周则威:我以自主研发的国内和国际首根光电复合海底电缆,向科技前辈致敬!

丁巍伟:我以探索大洋科考,丈量知识的边界,向科技前辈致敬!

王克剑:我用杂交水稻无融合生殖"从0到1"的突破向科技前辈致敬!

合:在这片春意盎然、充满希望的沃土上,我们向浙江科技和浙江科技人致敬!

刘文超:我用惠及民生的"智慧电梯",向浙江科技致敬!

孙钧:我以服务"三农",将论文写入万亩果园的责任感和使命感,向浙江科技致敬!

姜宝珍:我以诚挚的科技服务,架构高端的科技智力资源桥梁,向浙江科技致敬!

裘云庆:我以投身传染病防治九死不悔的决心,向浙江科技致敬!

合:在科技创新的春天里,
让我们披荆斩棘、攻坚克难、笃行不怠!

为"十四五"开新局,
为我省争创社会主义现代化先行省,
为高质量发展建设共同富裕示范区,
贡献更大的智慧和力量!

作于 2021 年 12 月 3 日,浙江杭州

奏响创新的时代乐章

——浙江省首届"创新浙商"朗诵

合：创新，是这个时代最具朝气与活力的词汇
在浙江，这股蓬勃的力量，如滔滔不绝的钱塘江潮
在起伏连绵的之江大地上奔腾不息
千转百折，坚定持久，这是潮水的意志
从自己的本初出发，我们跋山涉水
穿越峥嵘岁月，也是创新的浪花
是科技创新浪潮中
无惧挑战，无愧时代，无愧今生的科技浙商

励行根：择一事，终一生
在岁月的潮流里
我以长期在核能精密领域的技术研究与产品创新
刻写孜孜以求的创新情怀

毛磊：沧海桑田，我在光学领域
以超分辨光学微纳显微成像技术等多项技术攻关项目
让科技创新
给岁月镀上亮丽的色彩

吴让大：创新，是起点和方向
作为我国高功率激光加工装备领域的技术专家
享受国务院特殊津贴
我深知，没有创新，企业就没有生命力

曹建伟：人生的意义在于无尽止的求索过程
我以执着的精神
将首台全自动80A型单晶硅生长炉等多项首创技术和数百项专利
写进创新的篇章

张宝：我在节能环保行业，写下对科技创新的热爱
"难处理镍钴资源材料化增值冶金新技术"推动了行业进步
"单晶三元前驱体组分结构定向构筑"等多项关键技术
在流淌的时光里，绚丽绽放

金利伟：从孩子的第一声啼哭开始
我希望人们从一片纸尿裤
走进科技，热爱科技
让创新如花儿般的笑容，将这个世界装扮得更加美丽

吕明：从军队到地方，在创新的战场上
我始终是一名奋力拼杀的战士
靶向CD20、HER等一系列重要靶标治疗性抗体药物
在肿瘤领域成为无坚不摧的创新力量

方津：一代人有一代人的奋斗，一个时代有一个时代的担当
遗传父辈创新的因子

我将 27 吨轴重系列重载道岔等多项产品研发
在先进制造领域刷新全国最高纪录,写下辉煌篇章

高晓飞:祖国,我们来了!
我以对科技创新的热爱,扎根浙江这片创新创业的热土
以红细胞治疗技术
奉上我对祖国母亲赤诚的心

范渊:将个人理想融入祖国需要,是我的不懈追求
在创新道路上,我一往无前
在网络安全上,安恒坚如磐石
用科技成果,守护网络疆土

合:每个人都活在时光里,我们的时光
是对创新的孜孜以求
是对科技的不懈探索
在浙江这片得天独厚的环境里
让我们以披荆斩棘的英勇
追梦科技,做强企业
让科技成为召唤,成为引领,成为精神,成为丰碑
成为更多人的光

作于 2022 年 2 月 11 日,浙江杭州

一首诗的形成

一种精神的力量,从一个词

走向另外一个词

直到,形成一个诗人的欢喜与悲伤

如午后的阳光

你认为是光的温暖,你认为是剑的意志

你认为是没有边际的虚无

你认为是天庭神灵的抵达

一片可以感触、无法企及的辽远与亲近

可以成为浮云,亦可以成为家园

可以是文字的组合,亦可以是生命的起伏

人世沧桑

爱恨纠葛

全凭各自赋形

如果有一字的美好可以敲动内心

即便繁华落尽

聚拢而来的情感

依然值得用一生的漫长去回忆

作于 2022 年 2 月 12 日,浙江杭州

生日快乐

——单位员工集体生日会上的祝福

（一）

生日，是我们出生的日子

那一天，我们并无记忆

但所有这个日子里欢愉的时光

我们都深念难忘，一如当下

和诞生之日一样

这是属于我们的幸运时光

我们相处的许许多多个日子

都如生日般美好

你们，是我爱的人

我们共同的事业

我深爱着，你们也一定深爱着

仿佛我们父母相濡以沫地生活

所以，关于快乐与幸福的祝福

我们无须说出

这是我们内心的誓约

彼此间点点滴滴的关爱

就是最有力的佐证

岁月灿烂
我们以树的方式坚韧地生长
给各自的人生
又画上了一轮圆满的句号
洋溢在我们脸上的笑容
就是胜利的旗帜

（二）

给你们，我的祝福
最真诚的。就像一个军人
用青春和热血，向祖国诠释
没有杂质的情感
诗歌的激情最能表达我的内心，所以
同样的主题，我相信
你们会从不同的文字里
看到我们欢愉的往昔，以及
生长在时光里的默契
就像鸟儿安放在树杈里的巢
将祝福融入文字
就像留在故乡的童年记忆
可以在脑海里，长长久久地保鲜
它们，会唤醒我们的过往
在久而远的岁月里
述说只可意会的喜悦，无论什么时候
一定会让我们想起今天的生日
那一刻，快乐会如成熟的果实
触手可摘

（三）

生日快乐，这是我送给你们的祝福
我们是一个团结友爱的集体
我该用真情的话语
表达真切的情感，感谢大家过往的付出
我该用吉祥的语言，描摹欢愉的时光
感恩当下和走向未来的岁月
还有许多语言，用烛光表达
这是属于我们的闪亮的时光，如同黎明
过去，我们同甘共苦
未来，我们众志成城
属于我们的前景，必将灿烂而美好
一起唱首歌吧，把所有祝愿都放进歌声里
用欢快的旋律
歌唱激情燃烧的岁月
歌颂不懈奋进的人生
然后，屏蔽所有杂念
让心灵与浩大的天地相连
借烛光的暖意，许下心愿
这是属于一个人理想的部分
也是组成命运的部分，必须虔诚
必须让走过的日子无愧于活过的日子
让前行的时光史诗般流传
那些光明的心愿
会是各自时光里希望的标识
是给予生命顽强的启示
我希望大家以忠于自己的勇敢完成它

完成对自己的承诺
到那个时候回忆
业已消化,融入我们体内的蛋糕
仍将是甜的!

(四)

今天,是我的生日
也是我们的生日,感恩有这么一个
属于我们共同的欢庆的日子
我们所有共有的日子
堆砌起来的,都会成为爱
成为往后余生里的难忘
我该用诗歌
该用最富有激情的方式
歌颂我们的感情
歌颂每一个快乐的时光
诗歌的韵律
是我内心释放的河流
如果非要用善变形容人心,那么
我希望发自于心的词句
可以成为跃动的火焰
或成为似水的柔情
我还希望我的诗歌可以花儿般生长
给你们以美丽与芬芳
或者,让文字以果实的形态呈现
借以供奉让我感恩的上天

（五）

一支支蜡烛，点亮

属于我们集体的美好时光

这一刻，我们该虔诚地

向伟大的母亲致敬

向承载我们生命的大地致敬

该向给予我们和平时光的祖国致敬

该向陪伴在我们时光里的人们致敬

生日的这一天

我们曾经给母亲带来苦难

这个日月星辰光照的世界，也曾经

给我们带来苦难

如今，坚强的我们该感恩苦难

感恩生活曲线里历久弥新的爱

也该让爱回归，用心中的光

像点亮蜡烛一样，点亮万物

让生活的每个角落都充满光明

让生命不负春色，以及

承载快意的时光

（六）

点亮蜡烛吧，这是属于我们的美好时光

日复一日，每一天

我们都在用行动点亮日子

向着前进的方向，快乐的词根下

是我们用汗水供奉的美好年华

岁月里，我们英雄般活着

许多无形的精神支撑着我们

这，也成了许多人的支撑

这样一种生命的力，每一年

我们都用光来表达

用含泪的微笑表达

在这个世界，我们为超越自我而活着

彼此孤独，又互相温暖

就像群星璀璨的星空

（七）

表达同一个主题，或许有一天我会词穷

但真挚的情感依旧，祝福依旧

岁月里，温暖

一定会成为我们共同的记忆

我希望我的祝愿，是阳光的一部分

我希望你们的快乐，比天空辽阔

我爱你们每一个人，爱共有的每一寸光阴

所以，你们生命中这一美好的日子

我希望快乐共度

生活中的我们，都很拼

将快乐和累画上等号

并非毫无缘由，我们都知道

这样一种辛苦

会改变自己，改变日子，改变漫长的一生

意义，在尚未抵达的远方

点亮蜡烛吧，烛光里有我们的过去还有未来

爱和光明，一直在

（八）

生日快乐,这样一个闪亮而美好的词汇

是我真挚的祝福

我希望能够温暖你们的心灵,以及

共有的每一寸光阴

岁月,水般流逝

有生之年,这一刻

是最美的流动

生活的秩序里

与你们的遇见,我视为命中注定

所以,每一次难忘的时刻

我都用文字立起坐标

让它成为时间脉络里的一种叙述

这是我能够做到的。我还希望

我的信仰,能够成为你们的信仰

我所追逐的,能成为我们轰轰烈烈的时光

我竭尽所能在每一个时间点上发力

如同一个英雄,在起起伏伏的人生里

用忠于内心的表达,抵达人间值得

点亮蜡烛吧

苍穹之下,让我们用光来指引

余生深爱的时光

（九）

再一次点燃蜡烛

祝福彼此生日快乐

烛光,种子般灿烂

从心灵中生长出来的暖意，成就了

这一片浓郁的光阴

省科技宣传教育中心，是我们

共同的家园，我们亲人般

在每一片似曾相识的时光里

幸福地活着

以进取的姿态，以奋进的状态

给每一个平凡的日子赋予意义

不需要更多的言语

我们共有的每一寸光阴，都带有深意

就如甜度适宜的蛋糕

就如洋溢在脸上的微笑

在风起之前，让我们许下心愿吧

然后一起努力，未来用人世的繁盛

抵消曾经带给母亲的阵痛

告慰我们所有付诸的心血

（十）

这一刻，我可以不用致辞

祝福，用甜蜜的蛋糕

用闪亮的烛光

以及，用喜乐的氛围表达足矣

点燃生日蜡烛

就有了亲情的温度

击掌而歌，幸福便翩然而至

在这个集体，关于爱

一直以显山露水的姿态

在流动的岁月里，恣意绽放

时光不会说话
一直以秘而不宣的形式
将相知相爱，一次又一次地更新
美好的注解
给每一片时光都赋予了
光明的意义

（十一）

点亮蜡烛，将生日的愿望
许在我们同甘共苦的日子里
一如纯真的孩子，将飞扬的心
交给奔跑的时光
将发自肺腑的欢乐交给灿烂的笑靥
这闪亮的烛光啊
是融合了我们青春汗水后盛开的花朵
就像幸福在心头跳跃
就像柔情的星光，在故乡之外历久弥新
无尽的岁月里
我们是一群身披星光的人
夜以继日，用一颗追日的心
在崭新的命运里，写下光明的语言
借以，让天地知道
众生里有我们

（十二）

在生日的烛光里，我们又一次欢聚
如果岁月可以留痕
此刻，让时光惊艳的

一定不只是欢愉
我们走过的每一寸光阴都充满光明
含泪的微笑里，我们
一定会怀念一路洒下的汗水
每一滴，我们都赋予了激情
是闪亮的星辰
是生命天空里，无法磨灭的希望
我已经爱上了大家努力的样子
今天，让我将祝福以诗歌之名
献给每一个不甘平庸的你们

第三辑 小说

书写人情世事

短篇小说

大海之子

孤岛，漂浮在茫茫的东海中。

孤岛没有名字，我们亲切称它为无名岛。

"无名岛，无名岛，光长石头不长草，飞沙如弹片，海浪满岛漂；无名岛，无名岛，大雁不落地，小鸟不搭巢……"这首民谣是对它最形象的诠释。

哨所——一个只有两个人的哨所。我和班长洪涛是哨所的主人。

"该死的风，总刮也不嫌累。"班长吃了一口脱水菜懊恼地说。一股辛辣味霎时充斥整个哨所。脱水菜，是像纸片一样干燥的洋葱皮，海水浸泡后，放在锅里熬一下便可以吃了。

飓风呼啸，海浪翻滚。天水相连的大海，除了涛声便是风声。岛上根本就找不出《军港之夜》所描述的"军港的夜静悄悄，海浪把战舰轻轻地摇"那种浪漫。

对我们来说，大海是一本读腻了的书，涛声刺耳而又无法躲避。唯有班长的一把老吉他和我们改编的《水手》能给我们带来一些乐趣。

"他说海岛上这点苦算什么，擦干泪该自豪，因为我们是守卫祖国。他说海岛上这点苦算什么，擦干泪不要问为什么……"就这样，我们感染寂寞，想象快乐。

"要是岛上有动物就好了，哪怕是耗子！"我突发奇想向班长建议道。

班长怅然地望着茫茫大海摇了摇头,继而又坚定地说:"让我们试一试。"

那天,我们对着唯一能同陆上沟通的工具——电台一阵子猛喊……晚上,我们把这个遐想带进了梦乡,睡了一夜最甜的觉。

风平浪静时,供应船随食品带来了两只小狗——荒芜的小岛上又多了两个编外的"兵"。

好景不长。一个深夜,海浪卷走了一只小狗。

"大海该枪毙。"班长骂道。

我无言无语,泪水涟涟。我又开始想家了,情绪低落时我都是这样。

"夜深人静的时候,是想家的时候,想家的时候有泪水,泪水却伴着笑声流……"班长又弹起那动听的吉他,想安慰我,可一曲未完,他也流泪了……

风,肆无忌惮地又吼了起来;浪,像一头凶残的野兽,撕咬着无名岛。

食物吃完了,供应船又因风大而靠不上岸。我们开始挨饿了。

"要是风能在今天停下来,我情愿再守一年岛。"班长看着蜷缩在角落的小狗,企盼着说。

"班长,五年来你出过岛吗?"我好奇地问道。

"没有,或许是洪涛跟海涛有缘吧!"班长说。

一天、两天,饥饿熬煎着我们。出于求生的本能,我把手伸向已无反抗能力的小狗。"住手!"一声断喝。班长怒视着我,粗糙的脸庞因激动而涨得黑红。

看着我惶恐无措的样子,半晌,班长的声音又柔了下来:"小岛上能活下来的动物容易吗?!"

终于,电台里又传来一阵急促的声音:"无名岛,无名岛,现正派直升机准备向你处实施空投食物,请指示目标,请指示目标……"

直升机在疯狂的暴风里,犹如一个断了线的风筝。从机舱里抛出来的食品,就像没有头的苍蝇,胡乱地随着风一只只栽入了大海。我们只好眼睁睁地看着我们生命的希望掉进大海,随波远逝!

"看,有一只落到岸上!"我惊喜地喊了起来。

"我去把它追过来。"说完,班长扒着地面上的石头爬了过去。衣服被风吹得像一只鼓起的气球。

他艰难地爬到食品箱旁,就在他抓住食品箱的一瞬间,飓风携着海浪呼啸而来。巨浪过后,海岸上只留下一片空白。

"班长!"我疯了一样哭喊。然而,除了轰鸣的海涛声,再也没有听到任何回音……

第二天,海出奇地静了下来。一切都静穆了,荒岛、哨所、狗……

只有碧波万顷的潮起潮落,沉吟着只有海岛兵才能听得懂的歌……

匆匆地,班长你走了。你说你与海涛有缘,现在可以永远与大海相融,与小岛相连了。班长啊!你是大海之子!

班长,你走远了。记忆里的那片瀚海中,你义无反顾的身影,给了我搏击风浪的力量。借着它,我拿到了军校录取通知书。

东海茫茫,在离岛之际,我将沉甸甸的情感倾注于长信,轻轻放入大海。

其中有这样一段:班长,来日等我毕业,我一定还回海岛,把海岛守好、建好……

班长,你读到了吗?

作于 2017 年

(曾刊于《辽宁青年》)

生命中永不融化的雪儿

雪儿是我军训时带的学生。那年,我军校毕业,刚好赶上团里军训驻地师范学院,我担任中文系 22 名女生的区队长。

"三个女生一台戏。"见面第一天,生性腼腆的我就被他们一句"教官,你有女朋友吗?"而弄得个满脸通红。那天,雪儿静静地坐在教室的旮旯里,眸子很纯净。

第二天的军姿训练,她们依旧是嘻嘻哈哈的。这对于从军事指挥院校毕业的我来说,无疑是在眼睛里揉上一把沙子,不能容忍。

"站好!"我大吼一声,"这里是训练场,是你们大学生活的起点,假如连这点苦都吃不消,那你们将有愧于被称为'天之骄子'。"

队伍顿时鸦雀无声。22 名女生一动不动地站着。不一会,便有人晕倒了,是雪儿。

那天,在从学校医护所回来的路上,我知道雪儿是我盐城籍小老乡,知道她父亲是名老军人,1984 年上老山前线便再也没能回来。雪儿说,她对父亲的印象,只是挂在家里的四个兜的老军装。说着,她一脸的泪。

以后我在训练方面对雪儿格外关照。她的同学嘴上虽说我偏心,可她们也是挺高兴的。她们知道雪儿的身子弱。

有一次三公里长跑,雪儿脚崴了,肿得老高。我从医护所领回"正骨水"。女生们第一次违抗命令不帮雪儿擦药。

"教官给雪儿擦药!"女生们起哄着。

我和雪儿羞得满脸通红,她们便笑着散开了。

揉搓着雪儿的脚,好长时间,我们无语。

"看到你,我常常想象父亲以前的样子。"雪儿流泪了。

我沉默。

"你以后做我表哥好吗?"雪儿抬起头,一脸认真。

"好。"我说。

"那我以后就叫你表哥了。"雪儿用手揩去脸上的泪水。

以后军训的日子,从未听过雪儿叫我表哥,我们在一起讲的话反而少了。但我能感觉到,每天的目光对视,那是一种心灵的默契。

军训的日子过得似乎特别快。为我们送行那天,我带的 22 名女生一个个哭成泪人。雪儿不停地抹着泪,到我们登车时,她跑到我面前用家乡话说:"以后我们通信好吗?"我点头,她便转身跑了。

以后的日子,我们便通起信来。那时的天空总是很蓝,我们谈人生抱负、谈文学艺术、谈社会历史……后来便触及爱情的话题,我们相约寒假一起回家见双方长辈。我们都在酿织一个共同的心愿:让此次见面升华为永久的相依。

那天,我们相约赶到站台时,天空竟柔柔地飘起了雪花。

我问:"冷吗?"

她说冷。我便脱下军大衣,将她瘦瘦小小的身子裹了起来。

躲在军大衣里,雪儿满脸幸福。

出了盐城站台,拥着她,我们走了好长一段时间雪路。雪地上两行相偎的脚印,清晰地昭示着爱的心迹。

见了她母亲,老人抚摸着我一身戎装直掉泪。怕她母亲太伤心,雪儿拉着我跑进雪地。

"你的名字怎么叫雪儿?"我大喘着粗气问道。

"因为我喜欢雪。"雪儿停下来,"将来等到毕业,我们就选择在冬季的第一场大雪天结婚好吗?"

我说好。她便调皮地与我拉了钩。

相约的那个雪天显得格外地长。好不容易盼到雪儿毕业，刚跨入冬季，雪儿便病倒了，她患上了恶性淋巴肿瘤。那时部队正搞学习。接到噩耗，我一下子歪倒，两天没吃没喝。部队领导得知这一情况挺关心的，批了我一个月假。

赶到医院，雪儿正躺在病床上滴液。雪儿瘦了，脸苍白得像一张纸。

"雪儿，等到你病好，我们就结婚好不好？"我紧紧地抱着她说。

雪儿听了摇摇头，一大滴眼泪滚了下来，滴落在我手上。

雪儿的病情不断恶化，她不得不接受大剂量的化疗。化疗的毒副作用使她手指、脚趾麻木，全身疼痛。怕我和她母亲难受，每次化疗，她都一声不吭，看着她咬得血肉模糊的嘴唇，我止不住地流泪。

"感觉好多了。"化疗后，她眼睛里泅着泪安慰我们。

可她的病情却不见好转，有一段时间甚至发起了高烧，呕吐不止。每次退烧，她便会问我下雪没有，她说她好想听听落雪的声音。

紧紧地拥着她，我真想把我全部的体温都传递给她。

雪没下，我的假期却悄无声息地结束了。那天她正高烧。

"军令如山，你回部队吧！"说完，她闭上眼睛，似乎在熬过一阵无声的痛楚。

我跑出医院，大哭了一场。作为军人，我只能选择军营，只能选择一种别离的方式为她祈祷。

归队的第八天，天上飘起雪来。当我正想着雪儿是否正听着落雪声时，通信员送来一封电报："雪儿病故，速归。"

那一刻，雪花訇然落地。扔掉电报，我疯了似的跑进树林，跪地恸哭。

然而，我的哭喊声在寂寥的雪夜里却没有半点回声……

又到了落雪的季节。在萧瑟的冬日，1998年的那场大雪，依旧在我生命中跌宕起伏。

雪儿，我掬一捧热泪祭奠你！

（曾刊于《现代青年》杂志2002年3月）

爱的信仰

就当这是一个梦吧！梦里我哭醒了，所以决定将它写出来。

梦里的我，那时还是一个挂着"一毛二"军衔的中尉。

那段时间，是我人生跌入低谷的日子。军校毕业后，按照规定，我应该回到当兵之初的海岛连队当排长。我要先到所在的师政治部报到，递交档案，转移党组织关系。

那是一个因祸得福的日子，也是因福转祸的开始。师政治部干部科是一个两人办公的房间，我进门的时候，一个满脸白净的上尉正在看书。我说来报到接受分配，他用手指了指对面的椅子，示意我先坐。随后埋下头继续看书。

1分钟、2分钟、3分钟……10多分钟过去了，上尉丝毫没有搭理我的意思。我站起来正想询问，他接起响铃的电话，另一只手伸出，手心向下压了压，示意我继续坐下等。

时间缓慢地流逝着。听得出那是一个无关紧要的电话，但上尉却握着话筒，顾自说笑着。又是一个10多分钟！我的忍耐到了极限，决定先去上趟厕所，出门的时候，嘴里不自觉地骂了句脏话。

身后啪的一声，上尉很用力地扣下电话，非常恼火地喝了一声"你骂什么骂"，随后连珠炮地训起我来。我满脸通红，争辩了几句。他的火气更大了，声音惊动了隔壁办公室的干部科科长。

"这个新排长来报到，林干事不在，我让他等一会，他很不耐烦地对我说脏话。"上尉解释道。

科长脸色非常不好,问我叫什么名字,随后很惊讶地"哦"了一声,拿过我手中的档案,启开封条,翻阅的过程,表情舒缓了,脸色好看了起来。

这是一份值得我骄傲的档案,当兵3年、军校4年,一共7年的军旅生涯,我发表的作品获得军区新闻质量评比一等奖4次、二等奖1次、三等奖1次,因此荣立了2次三等功。

放下档案,科长说:"你别回海岛连队了,那里鸟都不拉屎,不适合你,我向首长报告一下,以后你就留在干部科工作吧!"

我的厄运由此开始,因为从来没有一个刚毕业的干部能直接进师一级政治机关工作,上尉看我时的脸色像有深仇大恨似的,工作上经常给我使绊子、出难题。机关的同事尽人皆知,但大家都不会为了我一个新同志而得罪一个管人事工作的干部。

我咬紧牙关坚持着,直到有次上尉夜晚外出,被一个蒙面的汉子揍得鼻青脸肿。

上尉一口咬定是我让人下的黑手,我有口难辩,科长也认为此事与我有关系,将我"发配"到海岛老连队。

那是一个"满眼是荒草,风吹石头跑"的海岛,也是我在情感上不愿意面对的一个伤心之地。

上军校之前,我曾经喜欢过连队驻地的一个姑娘,但落花有意,她却流水般对我无情,喜欢上了一个和我关系非常要好的战友。

那是一段我最不愿意回首的往事。我的连队驻扎在海岛一个叫梦山的地方,所以大家都称我们的连队为"梦山连"。在我们这一茬的兵里面,我和于洪波比梦山还要有名。

我因为会写文章,文学和新闻作品经常发表在军内外报刊上,当兵第一年开始就在军区拿奖,当兵第二年立了三等功,粉丝无数,于洪波也是其中之一。他有事没事爱跑到连部,看我写的诗作。

于洪波军事素质非常过硬,曾经代表我军赴俄罗斯参加军事比武,拿过金奖,是军区部队出了名的"武状元"。

在连队,我称于洪波为"武夫",他确是一个不懂诗的男人。自从我喜欢上燕子姑娘,表白无果之后,我内心的孤独感与日俱增,写了首诗,其中有句"在人间,我悄无声息地/隐藏内心的忧伤/在每一个日子里挣扎,慢慢地/悟得制毒的方子……"于洪波看了之后,认为我成见很深,说竟然"毒"字都用出来了。

我和于洪波是同时认识燕子姑娘的。那天我俩请假去县城,乘坐的是岛上独具特色的三轮电动车。车夫在车斗两侧搭了两排凳子,文静的燕子姑娘就坐在我和于洪波对面。见我俩穿着军装,她放心地告诉我们"刚从福州师范学校毕业,因为家在小镇,就回镇上的小学教书了","这样便于照顾年迈的父母"。

因为燕子教的学科是语文,因为燕子特别文气,我和她谈起了文学。但她并没有用心听我朗诵新写的诗歌。

意外就是在这个时候发生了。燕子的边上坐着几个社会青年,一副流里流气的样子。其中挨着燕子的青年文了身,抽着烟,总是借车子的颠簸用胳膊揩燕子的油。燕子时常皱眉,我并没有察觉,以为她不习惯边上的烟味。

后来,文身的青年已经不满足用胳膊揩油,用手藏在另外一只胳膊下摸向燕子。这时,于洪波言语提醒无效后,忍无可忍地将拳头招呼到文身青年身上,边上几个青年随即加入战斗。三轮车的摇晃还没结束,几个社会青年全部被于洪波制服,并被扔下车子。燕子的脸上写满了感激与崇拜。而我,傻傻地看着这一切,看着燕子主动和于洪波交流起来。

到了目的地,我不死心地向燕子要联系方式,燕子告诉我时,眼睛却望向于洪波,然后,要了我们的联系方式。

后来我给燕子写了很多信,燕子一封没回。在我失落至极时,我在于洪波的抽屉里发现了燕子的信——很多封!

看着我一脸落寞的表情,于洪波尴尬地解释说和燕子只是朋友关系,说他以后会离开海岛上军校,他们之间很难有结果。

尽管我不知道那些信里写了什么，但回想于洪波一段时间以来幸福的神情，也知道他们的关系不会那么简单。自此，我和于洪波的关系一落千丈。

报考军校的通知到连队那天，于洪波保送军校的通知书一并来了，这意味着于洪波只需要考很少的分数就可以进入军校。

以我的文化水平，竟然没有报考军校，出乎所有人的意料。于洪波厚着脸做我思想工作，我笑着拒绝了他。我说："我暂时没有报考军校的准备，已经向连队申请了超期服役，如果一年不行，我会再申请一年，我希望可以赢得燕子的芳心。"

于洪波一声不吭地离开了。直到他收到军校的录取通知书，我们没再说过一句话。看得出来，他是喜欢燕子的。

我也不想再理于洪波。他离开连队去军校那天，托他的排长给我转来一封信，我当着他排长的面，信拆都没拆，撕得粉碎。

过了些日子，燕子满脸泪水地跑来连队找于洪波。这时我才知道于洪波未和她道别。

很长一段时间，燕子以泪洗面。我找各种理由，有时甚至偷偷跑出连队去陪着她、安慰她，但她始终无动于衷。

因为我反常的举动，引起了连长的注意。一次不假外出，在燕子的学校被逮个正着。弄清真相后，连长没有处理我，甚至告诉燕子，我为了她已经放弃了考军校，希望她能说服我明年报考军校。

这让燕子非常感动。后来，她给我写了一封很长的信，希望我报考军校，其中说道：如果我考上军校，毕业那天，就是她的嫁期。

这让我欣喜若狂。以后的日子，我边复习准备来年迎考，边抽出时间偷偷去见她。但她始终郁郁寡欢，对我时冷时热。

我们时常在月光下到海边散步，有时也会静静地坐着看海。潮起潮落，许多个日子后，我们的关系有了进展。我的手牵向她时，她的手也不再拒绝了。

后来，我拥抱了燕子，她的身体极其僵硬。之后，很多次都这样。有一天,我很敏感地问起是否和于洪波有联系。她说没有,极为脆弱的声音,让我更加怀疑。我问了很多回,燕子从未承认过。直接有一次她流着泪说:"我是仍然喜欢着于洪波,但也希望你好。既然话说开了,我这去找他,去向他要个说法!"

"你去吧!"我生气地转身离开。

有好几天我没再找过燕子,她也没找过我。待我仍想挽回这段感情,去学校找她时,得到的消息是她请假了。她的父母告诉我,燕子出岛了,说于洪波之前答应过燕子建立恋爱关系,后来一声不响地离开了,这次燕子去找他要个明确的说法。

燕子出岛后再也没有回来。燕子的家人找到于洪波所在的军校,于洪波说燕子是来过军校找他,但军校有"不能在读书期间和驻地女青年谈恋爱"的严明纪律,燕子是他当兵时驻地的姑娘,于洪波把握不准是不是曾经违反了纪律,更不知道该怎么去面对她,所以并没有见她。燕子是怎么离开的,他不知道,更不知道燕子去了哪里!

直到我第二年考上军校,燕子的父母仍未走出悲痛。于洪波给我写过信,我拆都没拆,点了一把火,烧了。

我很难原谅于洪波!

穿着军官服,再次回到"梦山连",我的心情是低落的。彼时的连长已经高升了。于洪波之前的排长当了连长,于洪波是他当年的爱将。他看我的眼神,充满了恨意。

后来我才知道,于洪波因为燕子的事,在军校挨了处分。去年他毕业时,本来可以留校任教,或可以分配到原先的连队任职,但因为燕子的事,他被"发配"到了师里另外一个更为偏远的孤岛。

燕子没再回海岛,她的父母找遍了大半个中国,也没找到她。

我很后悔。张信哲的歌曲《信仰》风靡时,我觉得歌词简直是出自我手,充满了我对燕子的感情。后来,师政治部组织所属部队开展文艺比赛,我主动报名参赛,向政治部递交的表演曲目就是

《信仰》。比赛前一天,政治部宣传保卫科的同志说,另外有人也报了这首歌,希望我改唱别的歌曲。我执意不改,因为之前我在政治部组织干部科工作过,负责的同志认识我,就去动员另一名报名参赛唱这首歌的人改唱其他歌曲了。

比赛那天,当歌曲《信仰》的序曲响起时,我的眼泪就流了下来。

"每当我听见忧郁的乐章,勾起回忆的伤。每当我看见白色的月光,想起你的脸庞。明知不该去想,不能去想,偏又想到迷惘。是谁让我心酸,谁让我牵挂,是你啊!我知道那些不该说的话,让你负气流浪;想知道多年漂浮的时光,是否你也想家。如果当时吻你,当时抱你,也许结局难讲。我那么多遗憾,那么多期盼,你知道吗?"我唱得满怀深情,满脸泪水。

"我爱你,是多么清楚、多么坚固的信仰。我爱你,是多么温暖、多么勇敢的力量。我不管心多伤,不管爱多慌,不管别人怎么想,爱是一种信仰,把我,带到你的身旁!"我唱得格外投入,声音里充满了失去燕子之后的孤寂、苍凉、痛苦和哀伤。现场的很多人都应该感受到了,有些人跟着我一起流着泪。评委打了高分。

当我唱完整首歌曲,现场没有掌声,一种忧伤的气氛如同袅袅青烟,在场内飘散着。直到下一名选手登场,主持人才回过神来,赶忙报幕:"下一首歌《一千个伤心的理由》,演唱者南峰岛5连排长于洪波。"

竟然是于洪波。四年多时间未见,他黑了,瘦了。台上的他,一脸落寞的神情。

"本来我也是报名唱《信仰》这首歌的,但机关的同志昨晚让我改唱别的歌曲。就在刚刚,我改变主意了,我仍然决定唱这首歌,因为这首歌诠释了我的心声。"于洪波说,"我曾经爱过一个女孩,我的一个好兄弟也爱上了她。为了兄弟间的感情,我退出了。特别是在最后紧要关头,我以为再坚持一下,可以成全我的兄弟,但却害了这个女孩。她,至今下落不明!"

于洪波突然改唱歌曲，主持人愣着没反应过来，没有示意导播切换《信仰》的伴奏。

于洪波没再等待，清唱了起来："每当我听见忧郁的乐章，勾起回忆的伤。每当我看见白色的月光，想起你的脸庞。明知不该去想，不能去想，偏又想到迷惘。是谁让我心酸，谁让我牵挂，是你啊……"声音撕心裂肺，让人听得心都碎了。

5 名评委给出的分数综合后竟然和我的分数完全一致。文艺比赛结束后，于洪波和我究竟该谁拿第一，让评委们为难了。在现场，他们讨论激烈。

我们选手也听说了，这次政治部组织文艺比赛，实则是负责文工团的文化干事高升去了军区文化部，这次比赛的目的是为政治部宣传保卫科挑选一名文化干事。所以，第一名的意义十分重大。

干部科科长也是评委，他说，之前我曾经在他的科里工作过，有过污点，既然歌曲上无法分高下，就由歌曲外的因素来决定。军队是一个特殊的群体，特别是政治机关选人用人，应该综合衡量。

这莫须有的罪名竟然成了我人生的污点，坐在台下的我听了这段话后，内心无比委屈，但我无法解释。

"我们不能这样去定性一名受过军校专业培养的干部，更不能将此作为文艺的评判标准。如果从选人用人角度，更不能因为嫌疑就毁了一名干部的前途。"宣传保卫科科长争辩道，"既然用歌曲之外的因素衡量，那么他获过那么多的新闻作品奖项，作品在一定程度上也反映了一个人的人品。"

就在评委们争辩不下时，于洪波从台下站了起来："人是我的打的！"

全场愕然。这不仅意味着失去第一名，失去调入机关的机会，有可能还会挨处分。

"你所说的是真的吗？"干部科科长问。

"是真的。我唱歌之前所说的兄弟就是他。"于洪波用手指了指我说,"我所揍的上尉总是欺负我的兄弟,我很在乎这段兄弟感情,在任何人不知情的情况下找到机会揍了上尉。"

那一刻我惊呆了!我没想到于洪波会以他特有的武夫行为替我出头。虽然上尉受的只是皮肉伤,但在纪律严明的军队,于洪波的行为仍然是要受到处理的。就像当初我只是有嫌疑,仍然被"发配"到海岛上一样。

"你是个男人,我理解你的行为。但你仍然要为你的行为付出该有的代价,我决定关你禁闭!"说完,宣传保卫科科长叫来负责警备的战士将于洪波带走了。

我泪如泉涌。直到主持人宣布我获得文艺比赛第一名,我的泪水也没有止住。

果不其然,宣传保卫科科长在文艺比赛过后喊住我,谈工作调动的事情。选手们在离场时,纷纷向我投来羡慕的眼神。有一个选手拍拍我的肩膀说:"别哭了,以后你的身边会有许多漂亮的文艺女兵,等着笑吧!"

"我放弃调动的机会!"我不愿意将自己的成功建立在于洪波的牺牲之上。

"我知道你真实的想法。你这样的选择对得起于洪波吗?"宣传保卫科科长说,"我关他禁闭,是对他最轻的处理,这样不用处分,过几天出来就没关系了。"

"谢谢,但我真的当不了文化干事。"任宣传保卫科科长怎么动员,我还是坚定地拒绝,义无反顾地回了海岛。

就在我回到海岛,从连长嘴里,意外地得知燕子也回来了,还有些话,他欲言又止。我没等他说完,疯了似的跑出营房。

燕子家,门前摆了很多花圈,贴着挽联,亲友们一式地身着丧服,满脸悲痛,屋内传来号啕的哭声,听得出是燕子的声音。进屋,堂屋摆着燕子母亲的遗像,冰棺前跪着一个身穿海青法衣,头顶白色孝服的女子。她声泪俱下,向母亲的在天之灵哭诉着自己爱而不得而斩断尘缘的不孝行为,哭诉着自己对母亲的忏悔和遗憾的人生,悲痛溢于言表。

听燕子的亲戚说,燕子的母亲因为女儿杳无音信,一直没能走出悲伤,久郁成疾,常常咳嗽,后来因为胸部经常疼痛,咳出血来,待送去医院检查,发现已经是肺癌晚期,昨天溘然离世。而燕子就在岛上的尼姑庵出家,第一时间得知消息,匆匆赶回家,还是没能见上母亲的最后一面。说着,燕子的亲戚也是一脸的泪。

我也忍不住哭出声来,这时,燕子回过头来,泪眼相望,随即起身,向我双手合十,行了个僧礼,而后再次跪在棺前,不再回头。

而我,哭醒了!枕巾上,满是泪水!

生命的家园（下）

费必胜　著

ZHEJIANG UNIVERSITY PRESS

浙江大学出版社

·杭州·

长篇小说

海岛之恋

海岛之恋

引子

写这部军旅作品的时候，我已离开了部队，但依旧居住在某省军区的公寓内。每天清晨，部队大院的军号总令我心血澎湃。战士们山响的"一、二、三、四"口号，总让我想起曾经激情燃烧的青春岁月和患难与共的战友情谊。那些曾有的欢乐与艰辛、苦难与辉煌，是我们用血汗写就的历史长歌，早已融入生命，一直在情感历程的原初位置，定格着我们的忠诚使命、我们的生命意义，以及我们不愿消散的人生记忆。

兵之初的三年，是我军旅生涯的起点。我的三年战士生涯是福建某海岛上度过的。时隔20多年，那座海岛上的营盘，时常令我梦牵魂绕。实在忍受不住心中漫长的思念，在2017年的援藏假期期间，我回了一趟海岛连队，凭借当年留在连队的影响力，时任连长接待了我，还特批我住连队的排房，借以回味兵之初的记忆。闻着熟悉的汗臭味，听着此起彼伏的呼噜声、磨牙声、梦话声，我犹如又回到了当年激情燃烧的军旅时光，仿佛身边睡着的还是一起摸爬滚打的战友们，酸甜苦辣的记忆历历在目。

夜，战士们都睡着了，我走出排房，给当年一起当兵的同学打了个电话。他和我一起考上军校，毕业后，我回到了家乡的部队，他分到海岛任职，现在任福建某师后勤部副部长。电话一接通，他就把我批评了一顿："你转业到地方都2年多了，才想起我来吗？告诉你一个好消息、一个坏消息，先听哪个？"

"先听坏的吧,我不想心情好的时候再变坏。"我说。

"某位同志又离婚了。不过这次是女方蹬的他!"战友口中的某位同志,也是和我俩一同出来当兵的同学。当兵时泡了班里的校花,考上军校后把对方给蹬了。军校毕业后,娶了团长肥胖的小姨子,团长刚转业到地方工作,他就和妻子离了婚,又娶了一个有钱的女老板。

"事情发生在他的身上不奇怪。好消息是什么?"

"现在部队的风气和以前大不一样了,你如果不转业,将来极有可能成为将军。我们的老连长提拔了,现在是我们省军区的参谋长,少将军衔。前些日子来我们师视察,还提到你,说你连个电话都没给他打。"

想想还真是,老连长是我的恩人。他培养了我,也培养了我的班长。在他的关心下,我和班长都成了解放军军官。

班长为了感激他,给孩子取名"念山"。

老连长是我感念一生的人。我转业那年,给他打过电话。他那时是海防某师的师长,听说我要转业,极力反对,甚至像往常一样骂了我。但他无能为力,他一个师级干部,权力有限,影响不到我所在的省军区的将军们。

放下同学的电话,已是深夜。我还真想念老连长了,给他发了个微信说,想他了!

刚发完,老连长电话打来了。

接通后,我主动问候:"将军好!"

"什么将军好,我还是喜欢听你叫我'老连长'。半夜不睡觉,在哪里晃悠呢?"老连长的声音依旧响亮,性格一点没变。

"在家阳台上站着呢!"我撒了谎。我所在的连队在他的管辖范围,要是让他知道我在连队,他肯定会来,那时我就享受不到连队的这份清静了。

"在家就好。我告诉你,到地方后别腐败!娶了这么漂亮的女兵,曲曲折折发生了那么多故事,可别辜负了人家的一片深情。特别不要学你老指导员,要学就学学你的老排长,义务兵身份回家,现在当了大老板。他前些日子来福州看我,说今生最感激的人是你,否则早已经葬身大海了。"老连长说到这里停顿了一下,很感慨地说,"人呀! 要想变好变坏,全在自己的一念之间!"

"是的,您就是我们的榜样!"我由衷地说。

"什么时候学会拍马屁了? 在部队时可不是这样,和你班长一个德性!"老连长说,"记得一直和你竞争的对手不? 现在人家也是一团之长了!"

"还有呀,我儿子考上某大学的国防生了,当年如果不是你,这个世界就不会有他的存在!"

我沉默地听着,当年的往事一股脑地涌上心头。

"你写了那么多文章,也应该写写我,写写我们曾经的连队,写写连队的兄弟们,这是我们不该忘却一段岁月!"老连长批评道。

"是的,我是应该写写我的老连队,写写曾经患难与共的战友们,否则真对不起我们曾经共有的那段岁月。"

"好,我等着,写好签名送我一本。"老连长说,"太晚了,早点休息吧!"

放下手机,我的心绪久久不能平复。

三年当兵的经历,是我军旅生涯的起点,是夯实我人生的基础。那段岁月里,发生的许许多多的事情,也改变了我和战友们各自人生的走向。如今,已经成为将军的人、成为老板的人,以及依旧在生活底层奋斗的人,都不应该忘记决定着我们一生的兵之初。

时刻 20 多年,那段记忆既遥远又亲近,既陌生又熟悉。用文字重返那段时光,将其书写出来,既是追思,也是对过往时光最崇高的致敬。虽然没有头名去写,但我想,大部分战友们都应该乐于见到。

就从我参军入伍时讲起吧。

第一章　改写命运的一场争斗

韩江没想过挥出拳头之后，自己一生的命运会改变。

在作出参军决定的时候，家人并不知道。其实这也是韩江无可奈何的一种选择。

那阵子，电视上正播放着一部军旅题材的电视剧。时至今天，韩江一直没想起来剧名。如果能够在脑海里搜索到一星半点的记忆，韩江肯定会去网络上搜索是谁导演的，多半还会冲动地找到他，告诉他播出的情节是多么的浅薄。说不定，韩江还会拽着他到基层连队，给他还原一个真实的军旅生活。也许不会做这样的傻事，和不懂军营的人讲军营生活，和没经历人生艰辛的人谈人生艰辛，和不理解战友情的人说战友情，无疑是对牛弹琴，或者是重拳击在棉花上，就是用再大的力气也是徒然。

何况，韩江的参军与电视剧无关。一切都因女同学月芹而起。

韩江和月芹在同一个村。幼儿园、小学、初中、高中，二人一直在同一所学校、同一个班。上高中之前，他们每天一起上学，一起回家。

月芹是一个安安静静的女孩，自小到大，在她的脸上总能看到一脸湖水般的平静，内心也是。快乐也好，忧伤也罢，月芹总是一声不吭。韩江喜爱这份安静。

从上高中住校起，韩江和月芹就没那么亲密了。不知从什么时候开始，同学们见到韩江会起哄喊月芹的名字，见到月芹会起哄喊韩江的名字。就从那时起,韩江在心里对月芹有了感觉,而月芹则一下子疏远了韩江。

读到高三的时候,校长的儿子商小伟对月芹展开了狂轰滥炸式的追求。自此,韩江和商小伟之间有了矛盾。

战争爆发在一天晚自习结束的时候。当时,商小伟坐到月芹边上,刚凑上去开口说话,韩江的拳头就到了。两人从教室打到操场上,打得惊天动地,全校师生目睹了这场战争。待韩江一记右勾拳结束战斗的时候,也结束了自己的高中生涯。

校长叫来韩江的父母,给了两个选择:要么转学,要么退学!

在韩江父母忙着给韩江找新学校的时候,铺天盖地的征兵工作开始了。那时,电视里恰好播放着一部已经让韩江记不起剧名的军旅题材电视剧。看了几集,韩江觉得部队还不错,便动员班里关系较好的许春林、王加坤和曾海明一起去人武部报名应征。

曾海明是班长,学习成绩很好,不愿意去。韩江硬拉着他去报名。曾海明的爷爷当初被某党抓了"壮丁",几十年一直生活在 T岛,这样的情况,政审很难通过。曾海明被刷了下来。韩江、许春林、王加坤接到了福建某师的《应征青年入伍通知书》。

收到入伍通知书那天,韩江的父亲正一手扶犁把,一手扬鞭抽牛,翻着家里的田地。韩江拿着《应征青年入伍通知书》站在田埂上,他爸头也不回地说:"翅膀硬起来了,想飞就去飞吧!"

韩江知道父亲话里有埋怨的成分,但更多的是无力感。一个农民父亲,能给韩江的,只有这么多了!未来,无论是困境还是逆境,都得韩江自己去承受、去闯荡,吃人生该吃的苦,走人生难走的路,用一生的汗水完成人生成败的答卷。

入伍出发那天,县人民广场锣鼓喧天,红绸飘舞。班里的好多同学都来给韩江、许春林、土加坤送行。韩江穿着新军装,戴着大红花在人山人海的送行队伍里四处穿梭。大冬天,跑得一身的汗,头发湿漉漉地贴在脸上。直到被接兵连长拽上车,韩江也没见到月芹的身影。

车子缓缓地向前移动。车下送行的人哭成一片,车内的人也哭得稀里哗啦。韩江没哭。他不敢哭,他怕泪水遮住视线,就再也找不到月芹了。他相信,就冲着十多年的同窗情谊,月芹也肯定会来,以她的性格,肯定在某个安静的角落里。

车子驶出人民广场。韩江趴在大客车的后窗上,眼睛雷达般地搜索着,搜索着,搜索着。终于,韩江在广场边邮局大楼的楼顶上发现了目标。

月芹瘦瘦小小的身子就站在楼顶上,一动不动地俯视着缓缓而行的车队,俯视着韩江乘坐的车辆。韩江看不清月芹的表情,只看见熟悉的红围巾在风中不停地飘舞着,飘舞着,仿佛凌乱的舞姿。

那一刻,韩江再也控制不住自己的情绪,泪如雨下。

视线里,一片模糊。

第二章　军旅命运由此改变

载着韩江的客车先驶进市里，又带上一批穿着新军装的兵们。然后，一路向南，将故乡和所熟知的一切事物都抛在身后，抛在再也回不去的过往岁月。

车内，开始还哭着的新兵们不知从什么时候开始，止住了泪水。很多人都默默地望向窗外，仿佛望向各自茫茫的未来。

时间像烟云一样袅袅升起，飘进韩江迷茫的内心。此刻，他就如一粒微尘，在虚空的深处飞扬着，跌宕着，孤独着又或沉沦着。他不知道已经驶出故乡的这辆大巴会将他载到哪里，不知道前方带给他的将是一座怎样的军营。

客车行进的过程，是一场巨大而旷远的寂静。满车的新兵沉默不语。这样一种沉默，实则是个体建构和重构自我功能的过程。在这样的沉默里，每一个人都似乎获得了某种自愈的力量。大家都知道，离开父母的庇护，必须将思念、将脆弱、将胆怯统统放下，然后在全新的环境里，心无畏惧地迎接人生的每一次挑战，用心、用力、用情地打造属于自己全新的经历，在人生的各种缺憾与磨难中成就全新的自己。人生，终归是自己的，必须自己去打拼，然后用一次又一次的付出，在不确定的未来，赢取属于自己的一席之地。

车子到了上海，和另外一波新兵上了一辆绿皮列车，继续南行。

绿皮列车随着铁路运输的发达，现在已经慢慢地退至幕后，不常见到了。旧的事物被新的事物取代,是历史的必然!

在换乘列车时,韩江的背包带散了。挣开束缚的军被,臃肿得像个孕妇的大肚子。韩江只得把散了的背包带和军被一股脑地抱在手里,样子十分狼狈。

就在韩江找到座位,面对散成一堆的军被一筹莫展时,一个从市里上车的白白胖胖的城市兵走过来说:"我帮你。"

接着,他边帮韩江打背包边说:"我叫史可夫。这打背包吧,是进军营的第一课,如果打得不牢固,以后5公里武装越野或拉练,很容易就会散。我先简单地教你,到部队后还会有人专门教。"

一车厢的兵,除了同学许春林和王加坤,史可夫是韩江认识的第一个战友,他们的缘分也由此开始。

没有人会无缘无故地出现生命里,与生命有缘的人,总会出现在该出现的地方。一种必然的出现,一定有着非同寻常的意义。韩江忆起列车上的经历,突然想到这句含义深远的话语。

韩江对面有两个新兵,一胖一瘦。他俩一边聊着天,一边吃着瓜子,一边用一种不屑的眼神看着史可夫教韩江打背包。从话里听得出他俩是同学,胖子是高干子弟。经过杭州的时候,胖子对瘦子说:"当年我爸在这个省军区当参谋长,是从这调到福建担任司令员的。"这时,韩江终于理解瘦子为什么一脸谄媚的表情了。

入夜,接兵连长让大家睡觉的时候,瘦子对胖子说:"你躺会儿吧。"接着他挤到韩江的座位上说:"我们挤挤!"

"凭什么?"韩江一把推开他。

可能用的力气过大了些,瘦子一个趔趄,跌坐在地上。

"你想找事吗?"胖子和瘦子一同站起来,冲着韩江走了过来。

韩江、许春林一同站了起来说:"想找事又怎么了?"

王加坤是个和事佬,边拉架边说:"为这点事何必伤和气呢!"

胖子可能看势力上并不占优势,用手指着韩江和许春林说:"有种报上名来!"

"韩江!"

"许春林!"

这时,接兵干部走了过来,大喝了一声:"全部给我睡觉。"这事算告一段落。

而韩江、许春林多舛的命运也由此开始了。

第三章　分配去了孤岛

列车到了福州火车站,已经是凌晨。一胖一瘦两名新兵一下火车就被几名军官接走了。

其他黑压压的一群新兵像被赶鸭子似的,排着队进了火车站附近一个的广场上集合。

"各接兵队报告人数。"一个佩戴着两杠两星肩章的中校对各接兵连长下达命令。

硬座坐了数十个小时,新兵们精神上极度疲劳,加上没有报数经验,韩江这一组的江苏兵反反复复地报了好多次才报对数字。

报数,是部队每次列队时必做的事情。如果报错了,或声音不够洪亮,指挥员都会让重报。据接兵连长说,这也是磨炼部队作风的一种方式。

接着,韩江和其他新兵的档案被交到中校手里。新兵们按照要求放下背包,原地坐下休息,等待命运的裁决。

满天繁星闪烁。有一颗流星划过,光芒极其耀眼。韩江小的时候,每次见到流星,家人都会让他许愿。但韩江从来不相信这些,他觉得每个人的命运都得靠自己奋斗。但此刻,韩江知道,他们这群新兵的去向全捏在别人手上,完全由不得自己。

漫长的等待,让韩江这群新兵忐忑不安。未见结果,谁也不知道会被中校分到哪里去!

过了许久,军官们开始点名。

首先宣布的是留在省军区机关的兵，听说这是最好的去向，部队营院就在福州市区。王加坤名列其中。

在接下来的时间里，一队一队的新兵陆续地被领走，偌大的广场上，最后只剩下韩江和另外二十几名新兵星星点点地散布在广场的各个角落。

这是最后一支队伍，分在省军区最偏远的海岛上，那是一个娘不疼、爹不爱的孤岛。

队伍收拢时，韩江看到了许春林、史可夫。那一刻，韩江忽然佩服起胖子过耳不忘的记忆力。

夜色里，二十来个新兵刚好坐满一辆"141"解放车，前往海边乘登陆艇渡岛。只是谁也没想到，第一次登岛竟然是铩羽而归的命运……

第四章　部队医院的女兵

　　一解放车的新兵来自江苏、广东两省。一路颠簸，都是同省间的新兵在交流。

　　远在异地，同省的战友因乡情和方言等因素很容易形成特殊的老乡观念。进了部队，老乡之间的小团体都是在自然而然中形成的。就如这两省的新兵，一上车就自动划分成两个阵营。在部队，如果某个老乡被别人欺负了，同省的兵肯定群拥而上。这就是部队的老乡观念。

　　这一车，暂时还相安无事。谁都不会想到，今后，部队老乡之间会发生一系列不平静的事情。

　　待韩江等一干新兵接近海边码头时，天色已经放亮。

　　远远地，韩江先是闻到了一股浓浓的鱼腥味。过了一会，车外飞沙走石，沙石打在车篷上，传来一阵阵"噼里啪啦"的声音。当听到不绝于耳的海浪撞击岩石的声音时，"141"解放车停了下来。带车的干部是个佩戴着"一毛二"肩章的中尉，他没宣布下车，谁也没动。

　　大海对于在海边长大的广东兵来说不算什么，但对于自小没见过海的苏北平原的孩子极具诱惑力。

　　此刻，大海近在咫尺。车子被军绿色帆布严严实实地罩着，韩江只能借助听觉和凭借想象，勾画近在咫尺的大海模样。

　　车内，一群苏北小伙子兴奋地讨论着关于大海的话题，韩江没见过大海,没参与讨论。他虽然表面平静地坐在车厢一隅,但心里却像爬着千万只蚂蚁似的,特渴望掀开解放车的帆布,酣畅淋漓地和大海来一次亲密的接触。但没有命令,没人去掀军车的帆布。军人的概念,从穿上军装的那一刻起,就已经在兵们的心里种下了。

过了许久,车子在原地调了个头,开始往回返。车厢后方,大海的声音越来越远,风声越来越小。后来,"141"解放车进入车喧人闹的都市,又驶了一会,进到一个安静的院子停了下来。

车后厢的帆布被打开。带队干部喊了声"下车集合",新兵们像下饺子似的一个接着一个跳出车厢。

整队报数后,"一毛二"告诉大家,由于风大浪急,登陆艇无法出海,暂时在师部医院休整,等待上级下达命令后再出发。

医院没有多余的宿舍,二十来个新兵就安顿在部队医院的一间大食堂内。

当天中午,"一毛二"利用很短的时间教大家学唱第一首歌:《团结就是力量》。

"一毛二"告诉大家:"部队每次饭前要唱歌,训练的路上要唱歌,集合点名要唱歌。军歌将伴随整个当兵三年时光。之所以第一首教这歌,是希望两省的新兵要团结,今后朝夕相处,更要团结,要亲如兄弟!"

一群没有军衔的新兵在食堂门前学唱这首歌,总不尽如"一毛二"的意。到了开饭的点,三三两两地来了一群漂亮的女兵。新兵们每唱一遍,她们都要笑一阵子。一个带着梨涡的女兵吸引了韩江的目光,她笑的时候,梨涡微漾,摇曳生姿,格外灵动,特别是犹如一汪清泉的眼睛,悄然间留在了韩江青春荡漾的内心。

女兵们的笑声,让"一毛二"本来黝黑的脸变得通红。他本来想发火,可能考虑在女兵面前有失风度,忍住没发,最后恶狠狠地宣布:"先开饭,饭后再教大家唱。"声音中颇有几分无奈。

食堂内,部队医院的官兵给新兵们留了两张桌子。等韩江打完饭,两张桌子已坐得满满当当,他根本挤不进去。"一毛二"指了指隔壁的桌子说:"那里有个空位,坐那吃。"

韩江回头一看,空着的位置恰好是带梨涡的女兵边上,便脸上装着极不情愿的样子,内心却满怀窃喜地走过去坐了下来。

是"梨涡"先开的口:"你是哪里的?"

"江苏,盐城。"

"哦,老乡。我是江苏扬州的,是去年入伍的。"

韩江边吃边问:"你们刚刚笑什么呀?"

"一首极其阳刚的歌,被你们唱得七零八落,很多调调都跑国外去了,能不让人发笑吗?"

吃饭过程中,韩江知道"梨涡"的名字叫田慧萍。

当田慧萍得知韩江是去最偏远的孤岛当兵,一再地让韩江多保重。

下午,"一毛二"教会新兵们《团队就是力量》,见大家闲得发毛,又找来篮球,让广东、江苏两省的新兵各自组队赛一场。

这是两省新兵之间的第一次较量,双方都格外重视。韩江自告奋勇担任队长,广东兵的队长叫钟忠。也就是从这场篮球赛开始,他俩明争暗斗地较量了三年。

比赛一开始,江苏、广东两省的兵就进入到紧张的战斗状态,你争我夺,死死地盯着对方。韩江和钟忠的斗争尤其激烈。运球时,韩江左拐,钟忠就左挡,韩江右拐,钟忠就右挡,始终拦截着韩江。

上学时,韩江积累了丰富的篮球实战经验。只见他左躲右闪,机智地做了个假动作,便噌噌噌地三步大跨,跑到篮板前,一个跳跃,手腕一压,篮球应声入网!

韩江的身后传来掌声。韩江回头一看,田慧萍正笑盈盈地站在一群女兵中间看着他。这样一种浅浅的笑,仿佛给韩江注入了一股无穷无尽的精神和力量。特别在比赛接近尾声的时候,韩江一个怀里摘桃从钟忠手里抢过球,面对数人防守,轻松愉快地以一个三分球远投,赢得了比赛的最终胜利。

掌声如潮,韩江向大家挥手致谢,内心却在仔细地辨认着属于田慧萍的掌声。

晚上吃饭,在打汤的时候,韩江又遇上田慧萍。

"你的篮球打得真漂亮!"田慧萍说。

"在学校的篮球队,比学习成绩,我是最好的;在会学习的人里,说打篮球,我是最好的。"韩江自吹自擂道。

两人边说着话,边同时将汤勺伸进汤桶,头轻轻地撞到了一块。

"对不起,把你撞疼了。"田慧萍调皮地说。

韩江满脸通红,一慌张,汤勺里好不容易捞到的几片肉丝又掉回桶内。

"水平真'菜',教你一招捞汤大法,这比打篮球实用。在部队要是不会这一招,只能看着别人吃干货,你喝汤。"田慧萍说,"记住口诀:'勺子沉到底,慢慢向上提,千万不要慌,一慌全是汤。'按照口诀,你试试。"

按照田慧萍教的方法,韩江又重新打了一次汤。这回捞到满满的一勺榨菜肉丝。

韩江憨厚一笑当是感激。

"以后每次喝汤,你都会想到我。"田慧萍哈哈一笑,走向自己餐桌。

望着田慧萍的背影,韩江竟然没忍心收回目光。

"就知道你在偷看我。"田慧萍回过头来说,"我可以感应到。"

韩江再一次满脸通红。

晚饭后,新兵们就睡在食堂内。"一毛二"指挥大家把一张张餐桌和凳子推到一边,让大家打地铺睡觉。有个城市兵看着油腻腻的地板,不愿铺被子,被"一毛二"好一阵子批评。

"当兵的,哪儿来的那么多穷讲究?将来有一天上了战场,堑壕、碉堡、防空洞,哪儿都是你的床,根本没地方给你铺被子睡。真要是想享福,就别来参军……"

"一人生病,众人吃药。"那晚,所有新兵一块跟着接受了入伍后的第一场教育。

晚上休息的时候,钟忠对白天的失败,很不服气,找到韩江,主动挑战掰手腕。在大家的呐喊声中,钟忠三局两胜赢回了脸面,才心满意足地离开。

食堂对面是女兵宿舍。窗前,有个女兵在安静地看书,吸引了很多新兵观看起哄。韩江看了一眼,感觉像田慧萍,竟也不忍心收回目光。直到熄灯号响,所有的灯光一一熄灭,食堂内才安静下来。室外,一缕月光透过窗子,轻柔地洒进室内,很美。

翌日一早,天刚亮,新兵们被一阵哨声拽了起来。打好背包,桌椅板凳归位后,"一毛二"让大家帮助医院打扫卫生。

清晨的医院格外安静。在打扫一片树林时,韩江意外地见到了正坐石椅上看书的田慧萍。只见她时而捧起书本,时而将头埋在双膝间,认真而专注。

早餐打饭,韩江故意磨蹭到最后,寻位时见田慧萍身边坐了人,便随便找了个别的位置挤了进去。韩江抬头望向田慧萍,田慧萍也侧过脸来看向韩江,腮上两个可爱的梨涡,笑意盈盈。

第五章　新兵入伍第一课

上午,新兵们正百无聊赖的时候,接到了上级的进岛命令。

载着一车新兵的解放"141",在部队医院医护人员一片忙碌中离开大院,驶出市区,向海边奔去。没见到田慧萍,一种怅然若失的感觉在韩江的内心无限蔓延。

车到海边时,"一毛二"依旧没让新兵们下车,而是命令"141"解放车直接开进了登陆艇。当登陆艇驶向大海,狂风巨浪震撼住了每一名新兵。

坐在车内,韩江切身地感受到了大海的威力。海风在登陆艇四周咆哮着,海浪肆无忌惮地挟裹着登陆艇,一会儿把艇抛上浪尖,一会儿又将艇摔入浪谷。浪头带着啸声,疯狂地拍打着艇舷,汹涌的海浪仿佛一只凶猛的海兽,像是随时要将登陆艇吞噬似的。

剧烈的颠簸中,海水一浪又一浪地从登陆艇的上空,拍击着严实的军车帆布,透过缝隙,不少新兵的军装和军被都被海浪打湿了。许春林吐得一塌糊涂。

这就是真实的大海。凶猛的海浪和剧烈的拍击声,令韩江身心震撼。在精神深处,韩江第一次有了敬畏的感觉。韩江想,在庞大的自然面前,人类真的只是卑微渺小的微尘。不敬畏生命,人类将无法更好地生存。

到了岛上,已经是黄昏时分。新兵连坐落海边的一座山上。

韩江还没来不及打量一下生存环境,便被一名中士带进班排。一同带走的还有钟忠。

"你们先吃面。"不一会儿,中士给两名新兵各端来一碗热气腾腾的面条,上面压着一个好看的荷包蛋,"这是你俩入伍的第一顿饭。吃了这碗面,你们俩就算入伙,是我黄敬宜的兵了。以后,你俩就叫我黄班长,叫我班长也可以。"

"今晚,你俩的主要任务是整理内务,练习叠被子。明天也是这个任务。别以为简单,这是你们当兵三年,每天都要完成的任务。"黄敬宜说,"等新兵全部到齐后,我们开始军事训练。"

等韩江学会熟练地叠单面和双面被子的时候,班里又陆陆续续地来了 8 名新兵。

新兵连生活由此步入正轨。

"吃饭要在五分钟之内完成,上厕所要向我报告,同样严格限制时间。"新兵们到齐的当天傍晚,黄敬宜宣布纪律,"一会我给大家理发,按照规定,今后大家统一平头。还有,以后你们走路每分钟要保持 120 步,不准袖手,更不准把双手插在裤兜里。"

听着黄敬宜的训话,韩江等一帮新兵傻了。吃饭、上厕所、走路,什么都要管,以后还有人身自由吗? 还有人格吗?

"我知道你们心里是怎么想的。从今天开始,你们都给我记住了,要想成为一名合格的解放军战士,首先要实现老百姓到军人的心理转变和角色转变。只有告别昨天,你们才有可能更好地走向明天!"黄敬宜说。

第二天,军事训练开始。

先是训练单兵队列动作。从起步、正步、跑步、敬礼、脱帽、蹲下、坐下等,一一练起。每天如此,极为枯燥。更让人难挨的是每天一个小时的站军姿训练。它看似简单,实际要求很高:两脚分开60°,两腿挺直,大拇指贴于食指第二关节,两手自然下垂贴紧大腿;收腹、挺胸、抬头、目视前方,两肩向后张。

　　有一天，韩江实在忍不住，对黄敬宜说："班长，能不能来点生猛的军事训练？每天站军姿、走队列，练这些能打仗吗？感觉是在浪费时间。"

　　"站军姿、走队列，是培养军人仪表、塑造军人气质的基本功。你以为很简单吗？拿站军姿来说，内在的要求，要将体内的气流分为三股。一股气从丹田顺两腿向下，使两腿挺直夹紧如柱，双脚虎虎生威，紧抓大地。如果气不到腿，双脚无力，下身则不稳。一股气从丹田向上，散至两肩与头顶，使肩平头正眼不眨。如果气不饱盈，身体松垮，双目则无神。一股气收腹提臀，护住身体，使身体如钢铁一般坚固，否则腰部软弱上下不直。三股气练到位，才能'站如松，坐如钟，行如风'，才能练出真正的军人气魄来。"黄敬宜说，"做任何事情，都不能浮躁。在新兵连是你打好军事基础的三个月，好好练，不然下连队以后，有你的苦头吃！"

　　一番话如醍醐灌顶，让韩江茅塞顿开。

　　走队列，别看简单，里面学问还真是大，比如，脚步踩点要与口号声合拍，迈步、摆臂的协调性和节奏感要一气呵成。在这方面，钟忠的身体协调性就不太好，队列里，要么手臂高出一截，要么腿矮出一截。紧张一点的时候，他还出现过同手同脚的现象，左脚迈出的同时摆出左手，滑稽的样子引来全班哄堂大笑。

　　全班的笑场，令黄敬宜非常生气。他将全班分出二列，让新兵们面对面，彼此看着对方站军姿。这样对视，也是极容易笑场的。站军姿的过程中，黄敬宜见谁笑了，就整体增加十分钟的军姿时间。刚开始陆续地有人笑，后来，新兵们站到两小时以上，连哭的心都有了。

　　从那以后，队列训练，黄敬宜班里的新兵都严肃认真，再也没人马虎过。事情因钟忠而起，钟忠格外勤奋，有时夜里都会起床偷偷地练习队列动作要领。后来，钟忠的动作很快融入班里的整体动作。自此，新兵连每次队列会操，黄敬宜的班都能赢来一束束羡慕的目光和一阵阵欣赏的掌声。

斯大林说班长是"军中之母",黄敬宜无愧于这个称呼。他英俊的脸上目光如炬,背脊每天都挺得直直的,好似蕴含着一股巨大的坚韧的力量。这就是最好的示范引领。平日里,黄敬宜对班里的10名新兵很好,生活上无微不至,新兵连伙食不好时,自己还拿出津贴买来鸡蛋煮给大家吃,夜里要起好几次床,给新兵们盖被子。训练也不像别的班长那般严厉,总是非常有办法地让每名新战士达到训练的目的。

最让韩江受益匪浅的是5公里越野。这是基层连队每天都要开展的一项训练,有时早晚会各训练一次。

第一次跑5公里,每一名新兵都心情忐忑,韩江也不例外。在新兵连胡连长的哨声中,新兵们迈开脚步,跑了起来。奔跑中,韩江总是在心里想,那么远的路程我能跑到终点吗?越这样想,韩江越觉得脚像灌了铅似的沉重,后来大步变成了小步,再后来小步也迈不开了。特别看到身后的战友已经寥寥无几时,惰性使然,见到一个山嘴,一步躲到了岩石后面,想等着队伍返回跑的时候再混进去。

一口粗气还没喘完,黄敬宜满脸怒气地站在了面前:"跑!"

韩江只得又跑了起来。

"是一个男人,就不要当逃兵。"黄敬宜一边跟跑,一边讲解着跑步要领,"步子要迈开,注意调整呼吸……"

黄敬宜的激将法和单独教练的做法让韩江有着一种被歧视的感觉。一个声音在韩江的心底响起:"我难道真的不行吗?不,我要甩掉他!"

韩江疯了似的跑了起来,想甩掉黄敬宜,但黄敬宜仍一步不离地紧跟着。一名新兵被超越,又一名新兵被超越。到达终点时,胡连长按下秒表,报出成绩:"22分34秒,优秀。"

这是一个令韩江惊喜的成绩,也令黄敬宜惊喜。

黄敬宜一边鼓掌一边意味深长地说:"长跑中,人的生理是有极限的。只有不断地挑战极限,你才能不断地超越过去的自己。"

　　这是一句让韩江受益一生的话。以后每次训练陌生的军事科目,韩江都会想起那趟 5 公里越野,想起这句话。它让韩江懂得:人生最大的敌人不是别人,而是自己!

第六章　入伍第二课

往后的日子,除了队列、体能、5公里越野等训练,班长黄敬宜像上菜一样,将障碍、器材、射击等训练一一端进新兵的生活,循序渐进地给大家"加餐"。

新兵们渐渐地感觉到了紧张,感受到了强度。食量也大了起来,每次吃饭,食堂的饭菜都不够吃。到了打饭的时候,新兵们都像打劫似的一窝蜂地挤在饭桶前打饭、抢馒头。

高强度的训练下,常常有新兵反映吃不饱,甚至有新兵给团首长写信反映情况。

情况通报到新兵连后,胡连长很恼火。当晚,集合所有新兵训话。

"在部队一定要讲规矩,有情况要逐级反映,战士向班长反映,班长向排长反映,排长向我反映。越级反映情况,就是告状,是小人行为。"胡连长讲话就像放炮一样,"当然,我也有责任,没想到会有人吃不饱。从明天开始我会亲自督促食堂搞好伙食,绝对做到保质保量。"

第二天吃早饭,依旧有人担心吃不饱,还像往常一样,使劲地往自己饭盆里装馒头。

特别是一个姓蔡的新兵,那天早上一口气吃了18个馒头,被新兵们称为"十八罗汉",也有人叫他"菜包子"。

胡连长亲自抓伙食的第一天,发生了一件不愉快的事情。

有的新兵可能是馒头装得太多,吃不掉,将还没吃过的馒头扔进了潲桶。

新兵们吃好饭刚回到排房,胡连长就吹起了哨子。

所有新兵被带到食堂,新兵们的面前放着一个潲桶,上面浮着5只白花花的大馒头。

因为被水泡过,馒头显得特别大,白得刺眼。

"这是谁扔的?"胡连长黑着脸问。

队伍沉默着。

"你们谁是来自农村的? 举手!"新兵连长继续问。

队伍里,手臂齐刷刷地举起一片,占了整个队伍的百分之八十。

"在家里种过地吗?"

"种过!"新兵们回答得参差不齐,有气无力。

"是不是没吃饱? 再问你们一次,你们在家里种过地吗?"胡连长吼道。

"种过!"新兵们的声音大了起来。

"种过地吗?"胡连长仍然不满意。

"种过!"新兵们吼声如雷。

"种过地的人应该知道,每一粒粮食都来之不易,都是我们亲人用日复一日的劳作换来的。"说完,胡连长转身将涨得发肿的馒头从潲桶里捞了出来,一口一口地吞进肚里。

韩江上学时,放学或放假都会帮着父母种地、收割,他知道一个农民的艰辛,知道每一粒粮食的来之不易。上学的日子里,每年开学,父母都拉着沉重的板车,将一袋袋粮食拉到集市换成钞票,那是他学费的来源。那一刻,韩江喜欢上了严厉的胡连长。

"各排带走训练。"胡连长三下五除二吃完5个馒头后说。

上午队列训练,连长阴沉着脸宣布:"虽然5个馒头查不出是谁丢的,但全连都有责任。从我到排长到班长,都没监督好,我们跟着大家一块受罚。今天上午,全连站军姿。"

那天上午,全连官兵站立在训练场上,像一棵棵直挺挺的小白杨。

胡连长站在队伍的最前方,一动没动。韩江心里,一直觉得胡连长像山一样,威严且厚重。

1分钟、2分钟、3分钟……1小时、2小时、3小时……全连一动不动地站立着。

从第3个小时开始,陆续有新兵倒下。倒下一个,班长抬走一个。韩江觉得全身已经麻木了,觉得一阵风都可以将自己吹倒。但看胡连长一动不动地站立着,韩江也坚持着。胡连长是他的人生榜样,他不能在偶像面前掉链子。

韩江的正前方就站着胡连长,只见他脸色惨白,沁满了汗珠。这让韩江非常纳闷。

操课结束时,胡连长宣布各排带回时,声音极其虚弱,韩江甚至能感觉到他的身子在颤抖。

全连队伍刚带走一半,胡连长倒在地上。

那一刻,很多新兵幸灾乐祸。

韩江跟着黄敬宜冲了上去。待接近时,两人惊呆了。原来,胡连长站立的地方是个蚂蚁窝。胡连长的身上、手上、脸上、脖子上,肉眼所见,爬着无数的蚂蚁,身上星星点点,都是蚂蚁咬过的痕迹。

那一刻,韩江的内心对胡连长无比崇敬。这才是真正的军人。这样一种"身教重于言传"的道理,深深地教育了韩江。

第七章　入伍第三课

在苦与累的洗礼中,在酸甜苦辣的军营生活的熏陶下,新兵们用青春挥洒热血,一张张稚嫩的脸上渐渐有了军人的模样。

新兵入伍快满一个月的时候,胡连长宣布,新兵入伍满月那天,团里的常委们到连队来,给新兵们举行授军衔仪式。

这对新兵们来说,是天大的喜事。因为只有真正佩戴上代表军衔的肩章,才意味着他们正式地跨入解放军的序列,成为光荣的解放军战士。

胡连长让每个班推荐一名战士,届时上主席台,由团首长亲自佩戴肩章。

这消息令新战士们异常兴奋。这是莫大的荣耀,大家都想要这个名额。一个月队列训练的枯燥无味、战术训练的皮开腿青、5公里越野的极限痛苦,仿佛都是为了这一刻。

"我恨不得你们每名同志都上,但名额只有一个,我们班给训练成绩最优秀的人,这样对彼此公平。"黄敬宜说,"简单点,我们就比当前正在开展的队列动作和 5 公里越野。公平起见,队列动作我会请新兵排的两名班长共同打分。"

先是比单兵队列动作。10 名新兵轮流上场。

在班里,韩江和钟忠训练成绩居前,不分上下,这是韩江和钟忠到新兵连之后的第一场较量。

轮到韩江时,立正、稍息、敬礼、蹲下、起立等动作都完成得不错，起步、正步、跑步动作协调性也很好，但在正步行进过程中，韩江用眼睛偷偷地瞄了一眼评委，希望通过评委的表情判断自己的得分，结果被评委们的"火眼金睛"当场逮到，扣了1分。这令韩江非常懊恼。

钟忠通过前期的刻苦训练，队列动作基本挑不出毛病。虽然没扣分，但评委们一致评价钟忠的队列动作过于机械，但又找不出扣分的理由，都替韩江可惜。

第二场比赛是5公里越野。发令枪响后，韩江和钟忠都铆足了劲向前奔跑，刚开始两人并驾齐驱，后来渐渐拉开了距离，特别是在最后冲刺阶段，韩江因为在体能上优于钟忠，将钟忠远远地甩开一大截，赢得了比赛的胜利。

两场比赛，相当于两人打了个平手。这让黄敬宜为难了起来，其实他希望把这个名额给韩江，因为队列动作韩江更胜一筹；但韩江的队列分扣了，必须尊重规则，也必须照顾到钟忠的感受。

其他新兵纷纷起哄，让韩江和钟忠抓阄决定。在没法分高下的时候，这是最简单的办法。

一片起哄声中，韩江抓到了幸运阄。这样的获得，韩江并没有自豪感，钟忠同样满心不服。

新兵授衔那天，场面神圣庄严。

授衔仪式在雄壮的《中国人民解放军军歌》声中拉开帷幕。

团长陈平宣读完新兵们的授衔命令后，主席台的团首长们分别给上台的12名新战士佩戴领花、肩章。韩江在队列的正中，正好对着陈平。陈平边给韩江戴领花、肩章，边问韩江姓名、军事训练成绩、军营生活感受等等。韩江一一回答，令陈平非常满意。

陈平说："韩江同志，你的表现非常出色。希望有一天，你能取得更多更好的训练成绩，给团里争光，给家乡的父母争光。"

团长陈平的话，对初入军营的韩江是巨大的鼓舞。他把团长说的每一个字、每一句话都深深地记在心里，常常回味。

台下的新兵互相佩戴领花、肩章,也非常兴奋,精神焕发。太阳的光芒里,肩上一道细杠杠的列兵们,熠熠生辉。

"从今天起,你们就是解放军战士了。这不仅仅是荣耀,更是一份沉甸甸的责任。因为,你们肩负的是保卫祖国的重担,担当的是强军兴国的使命。"团长陈平说,"新战友们,你们有没有信心担起这份责任?"

"有!"新兵们吼声震天。

"有没有能力肩负这份使命?"陈平大声地问。

"有!有!有!"新兵们的呐喊声,如滚滚流动的黄河,如奔腾不息的长江,气势锐不可当。

"如果有,下面就请你们面对军旗,郑重地许下你们的誓言。"

在政委蒋毅华的领誓声中,来自五湖四海的新兵们面对庄严的军旗,目光如炬,紧握右拳,竭尽全身力气,吼出了已经烂熟于心的军人誓言。松涛雷霆般的吼声,一浪高过一浪。新兵们仿佛只有用吼的方式,才能表达对军装的忠诚、对军旗的忠诚、对人民的忠诚、对祖国的忠诚。

铮铮誓言气势磅礴,每一字每一句都铿锵有力。在震天的宣誓声中,很多新兵流下了泪水。这泪水是光荣的、自豪的,更是神圣的。

韩江也热泪满面。从这一刻起,他知道自己肩负的,不仅仅是自己的人生使命,更承担着维护祖国利益的神圣使命。

第八章　入伍第四课

　　每个周末,新战士们可以请假结伴上街购物。按规定,韩江和许春林分别向各自的班长请了假。

　　获批后,许春林说:"我们穿便装吧,省得车上见到年纪大的还得让座。"

　　"就是不穿军装,见到老人也得让座!"但最终,韩江还是听了许春林的话,换上了便装。

　　出了连队,韩江和许春林走走停停,停停走走,等了半天,也没见到一辆公交车。两人走得满身是汗。

　　"只请半天假,全在路上耽误了,真不划算。"许春林沮丧地说。

　　"就当出来放放风,看看风景也好!"韩江安慰许春林。

　　正说着,一辆机动三轮车从身边经过,超过韩江两人时戛然停住。开车的是一位大叔。

　　"你们去哪,要不要捎你俩一程?"大叔笑容可掬地问道。

　　"我们想去县城买些个人物品。坐您的车多少钱?"韩江问。

　　"对解放军同志免费。"

　　"您怎么知道我俩是解放军?我俩又没穿军装。"韩江一脸疑惑。

　　"一看你俩,就知道是军人。军人和社会青年,在气质上有着很大区别。"大叔回答道。

　　那一刻,韩江非常开心。这说明,他俩一个多月的军事训练见到了效果,已经涌出了军人的精气神。

"军人是这个社会最伟大的人。国家有难、群众有难，都是军人冲在一线。抗洪抢险、抗击台风，哪里能少得了军人。所以，见到军人，我就特别敬重。"大叔边开着三轮车，连头也不回地和韩江、许春林聊着天，"本来我不去县城，冲着你俩是解放军，我送送你们！"

听了大叔的话，韩江感动得不知道说什么好，韩江格外为自己是一名军人而欣慰和自豪。

到了县城，韩江和许春林购买完个人物品，往回走时，见一个年长的妇人挑着两筐海鲜干货，很吃力的样子，便主动上前帮忙。

"您去哪？我帮你挑吧。"韩江边问妇人，边要接过妇人的担子。

妇人刚开始以为遇上抢劫的了，吓得直挣脱："我回家，我不认识你们，我还是自己来吧！"

"放心好了，我们是南寨山上刚入伍的新兵，不是坏人。我们送你回家好了。"

"是军人？那为什么没穿军装？"妇人尽管很疑惑，但还是将担子交了过去。

韩江边挑担子边说："今天是周末，请假出来可以不用穿军装的。"

"哦，解放军好，人民群众有困难都会帮忙。去年台风把我家屋顶掀翻起来，也是解放军来帮忙修的。解放军好！"老妇人边走边夸，"但你们还是穿军装帅气，军装让人亲切！"

第一次请假外出，让韩江懂得了军人的价值，懂得了军人的奉献，懂得了军人的责任。他觉得自己以后都应该穿军装外出，时时处处传递正念，传递军人的能量。

第九章　入伍第五课

　　每个双休日,都有新兵请假外出。每次,新兵们都会买回一大堆的零食。

　　训练间隙或体能训练结束,总能见到新战士们拿出零食啃食。胡连长发现这个现象后,曾经批评过大家。后来,白天没人吃零食,熄灯之后,被窝里吃零食的声音"噼里啪啦"响成一片。

　　这引起了胡连长的警觉。一天看完《新闻联播》后,胡连长留住大家。

　　"你们现在每天吃饭吃得饱吗?"胡连长问。

　　"吃得饱!"战士们回答。

　　"你们要说实话。这样吧,吃不饱的举手?"胡连长接着问。

　　全新兵连没有一个人举手。

　　"这样我就奇怪了,既然你们能吃得饱,为什么还会有很多新兵从街上大包小包地买零食回来吃呢?为什么我反复强调,还顶风作案呢?"胡连长问,"你们家里都很有钱吗?记得我曾经问过你们谁是农村的,当时一大片的同志举手。"

　　胡连长用手敲了敲桌子,痛心疾首地说:"农村的孩子大多种过地。你们应该知道,种子从下地、出苗、生长到收割,需要多长的周期;应该知道,农民洒汗洒泪,劳心劳肺,辛辛苦苦地忙一季,收下的庄稼能卖几个钱。这些,都是你们父母的血汗钱啊,你们吃的每一个零食,都是你们父母流出的汗、滴下的泪。我就不知道,你们怎么就买得下手、吃得下嘴的!"

胡连长的一番话,让很多新兵低下了头,有些新兵甚至还哭出声来。

会后,很多新兵主动将零钱存到了班长那里。也有不少城市来的新兵没存,周日从街上回来,依旧零食买回一大堆。

胡连长敏锐地察觉到了。有一天,突然到班排作了一次大检查,从很多新兵的柜子里翻出零食。

然后,胡连长命令买零食的城市兵趴下做俯卧撑,他在边上数着。数过 80 个,就有很多城市里来的新兵撑不住了;数到 100 时,能坚持下来的城市兵没剩几个。

胡连长又叫出韩江、钟忠等一干新兵,数到 100,没有一个人趴下的;数到 200,韩江等人依旧坚挺。

"看来零食还是不如五谷杂粮管用! 那为什么还屡教不改?零食就那么好吃吗?"胡连长发火了,"以后再发现有买零食吃的,体能训练伺候!"

从那以后,再也没见过有新兵买零食吃。

第十章　入伍第六课

每个男人，都对枪有着特殊的感情。这是男人的天性。

韩江从小就喜欢枪，用纸折过，用泥巴做过，用木头雕刻过。

第一次摸上真枪那天，韩江的内心格外惊喜，特别自豪。韩江对枪爱不释手，训练结束时，恨不得把枪带回排房，搂着睡觉。但后来漫长的射击训练，让韩江渐渐地失去了新鲜感。

黄敬宜先是教大家理论，从表尺分划、瞄准基线、弹道规律、修正规律等基础讲起，再讲主要诸元、机件性能。理论课，硬是不厌其烦地讲了一天。

再后来，黄敬宜将韩江等一干新兵带到训练场，让大家脱下一只袜子，装上泥沙，放在靶台上当依托，用以固定枪身。随后让大家"三点一线"瞄准靶心，一一帮助解决瞄准景况，又用去了数天时间。

"据枪一定要做到'一正两紧三确实'，即枪身要正，肘部撑地紧，握把握得紧，抵肩要确实，上体下塌要确实，腹部着地要确实。"再后来，黄敬宜跟大家讲据枪动作要诀、瞄准动作要诀、击发动作要诀、呼吸要诀。

一次又一次地拉枪栓，瞄准、击发，瞄准、击发……一天又一天，韩江趴在地上，用空枪一枪一枪地练习着，操练的过程显得格外漫长，枯燥无味。

"班长，不就是打个枪吗？怎么这么多烦琐的前奏！什么时候才能让我们过过真枪实弹的瘾呀？"韩江有气无力地问。

"这些流程和动作要领,决定着你们以后的射击成绩。先学会走,然后再跑。"每次黄敬宜都这么回答。

等韩江握枪的手变得粗糙皱巴,对枪已经麻木到没有丝毫兴趣的时候,终于轮到了实弹射击。

那天,黄敬宜从口袋里掏出三个煮熟的鸡蛋,还染上了红彤彤的颜色。他说:"这三个鸡蛋奖励给前三名。要是谁打出50环的好成绩,单独奖励三个鸡蛋。"

新兵们摩拳擦掌,谁都渴望5发子弹打出50环,吃上三个红鸡蛋。

钟忠蹭到韩江面前,信心满满地说:"如果我打出50环,分一个鸡蛋给你吃。赶快,保佑我打出50环的成绩!"

"去,我靠自己的能力赢!"韩江说。

"那我们就比比,看谁能吃上红鸡蛋。"钟忠是个不服输的人,总想和韩江一争高下。

"比就比!"对自己的射击技能,韩江深信不疑。

经过长时间的训练,钟忠同样对自己的枪法深信不疑。

"一号射手对准一号靶位,二号射手对准二号靶位,其他射手以此类推,卧姿装弹。"随着黄敬宜的口令,全班齐刷刷地卧倒、装弹匣、出枪、拉枪栓,然后分别瞄准自己的靶子。

韩江在五位靶位。按照黄敬宜平时教的动作要领,他用右眼先排除虚光,然后按照"三点一线"的动作要领瞄向目标。

"一定要命中10环,一定要吃上鸡蛋!"韩江在心里默念着。

边上钟忠先打出一枪,第一次听到枪响,韩江吓了一跳。

韩江赶紧重新调整呼吸,将缺口和准星重新瞄向靶心,同时食指慢慢扣动扳机。"呼"的一声,韩江的子弹破膛而出。报靶员的靶杆在靶子前画了一个圆,这是光蛋的意思。

韩江的心情一下子紧张了起来。第二发子弹,靶杆依旧画圈,光蛋!

第三发子弹,韩江心烦意乱起来,击发后,依旧是光蛋。

在射出第四发子弹之前,韩江仔仔细细地回想了班长的教学方法,调整心态,瞄准靶心,缓慢击发。仍然是光蛋的成绩!

第五发子弹,韩江对自己完全没有了信心,但仍然按照要求射出最后一发子弹。靶杆依旧在靶前画了个圈。

韩江爬起身,向黄敬宜报告:"班长,我觉得这枪有问题。"

黄敬宜没讲话。

报靶员报靶时,果然不出所料,韩江0环。

六号靶位的钟忠96环,靶上命中10发子弹。其中,有7个10环的好成绩。

"瞄错靶了!"韩江心里特恼火,也特窘。

但此时已经回天无力,没机会了!每名新兵只有一次射击机会。

新兵们打靶结束,黄敬宜很恼火。全连出了5个50环的好成绩,他班里不光一个没有,唯一一个打错靶的,也是他的手下,在全连闹出了笑话。

黄敬宜拿过韩江的枪,和其他班长一起给全体新兵作示范射击。只见他卧倒、上弹、出枪,一气呵成。然后根本没要依托,"叭、叭、叭、叭、叭",还没等大家反应过来,五发子弹很有节奏地射了出去,报靶员挥舞旗语:9、10、10、10、10,49环。

"你们真不像我黄敬宜带的兵!"打完靶,黄敬宜拍拍身上的尘土,"这3个鸡蛋,本来2个人有资格吃,但两个人的子弹都打在一个靶上,成绩不算。"当作新兵们的面,黄敬宜很生气地将鸡蛋一一剥开,塞进自己嘴里,恶狠狠地吃了下去。

吃完鸡蛋,黄敬宜语气才缓和下来:"这是你们人生第一次打靶,希望大家从中获取教训,获得成长!"

回到排房后,钟忠用埋怨的眼神看了韩江一眼,让韩江很有挫败感。

事情过去之后,韩江和钟忠都觉得自己打了50环。两人约定,下一次打靶,再赛一场。但瞄了几天靶,春节转眼到了。安全起见,春节前,新兵连没再组织实弹射击。

第十一章　入伍第七课

年三十,新兵连胡连长宣布放假七天,新兵们大声欢呼,终于可以休息一阵子了。

大年夜,连队组织集体收看中央电视台《春节联欢晚会》。集合唱歌时,指挥唱歌的排长选了首《说句心里话》。

"说句心里话,我也想家,家中的老妈妈已是满头白发。说句实在话,我也有爱,常思念那个梦中的她,梦中的她……"唱着唱着,韩江内心发酸、双眼发涩,眼泪刷地流了下来。后来,他听到会议室里哭声一片。放眼望去,新兵们个个泪眼婆娑,风度全无。

这时,胡连长走了进来,见状,大喊一声:"全体起立!"

新兵们顾不得擦泪,齐刷刷地站了起来。

"你们现在是军人了,军人要不要有常人的感情?要。但身在军营,就要有军人的样子,就不要用泪水显示你们的软弱。你们互相看看你们的样子,这熊样还怎么戍边?怎么报效国家?"胡连长在数百名新兵队伍前讲话,嗓音洪亮,夺人心魄,根本不用话筒。

韩江和众战友们互相瞧了瞧对方的样子,一个个泪水挂在脸上,还真是狼狈。大家一下子又笑了出来。

连着休息七天,新兵们都很兴奋。新兵连结合军营特色,组织了棋牌赛、拔河比赛、羽毛球赛、乒乓球赛、茶话会、烧烤会、篝火晚会、嗨歌等各种娱乐活动,官兵们人人参与其中、乐在其中。胡连长和新兵打扑克牌输了,脸上被新兵毫不留情面地贴上纸条,引来全体新兵围观、哄笑。

乐极生悲，有时深有道理。就在大家欢欢喜喜过新年的时候，新兵连出了件事情。

每天夜里，新兵们轮流站哨，每哨两名新兵，每次两个小时。站哨时实行枪弹分离，一人负责营区大门，一人负责弹药库安全。

夜里站哨，哨兵特别容易犯困。尤其是浙江籍战士胡永波，每天都是一副睡不醒的样子，站哨次次都会睡着。好多次同哨的战友提醒他，胡永波都说和平年代哪来的敌人，瞌睡一会有什么大不了的，只要不被查哨的干部抓到就行了。

年初三深夜两点，轮到钟忠和胡永波同哨。背着子弹的钟忠在弹药库闲着无聊，跑到营门口想和胡永波说说话，见胡永波睡得正香。

钟忠决定开胡永波的玩笑，悄悄地把胡永波的枪从他的身上摘了下来，随后藏在离胡永波不远的灌木丛里，就悄悄地返回弹药库去了。

钟忠摘枪的时候，其实已经把胡永波弄醒了，但胡永波依旧装睡，想看看钟忠耍什么花样。见钟忠藏好枪离开后，胡永波取出枪，决定吓吓钟忠，于是换了另一处灌木丛，将枪藏了进去，接着回到哨位继续装睡，结果又睡着了。下一班新兵来接哨时，他才睡意蒙眬地醒过来。

胡永波醒后，说枪怎么不见了，装着慌张的样子找钟忠，装到快哭的时候，钟忠说："我帮你去找找。"结果到了藏枪的地方，枪根本没在。这时，钟忠慌了神。

看到钟忠焦急万分地在灌木丛中翻找，胡永波"扑哧"一声笑了出来："我吓你的，你藏我枪的时候，我已经被你弄醒了。你走后，我又把枪换了个地方藏了起来。"胡永波带着大家去取枪，结果到了藏枪的地方，连枪毛都没看到。

胡永波问钟忠："是不是你又把枪取走藏起来了？"

"没有,真的没有!"

这时,4名哨兵都惊慌失措起来。周边的灌木丛翻了一遍又一遍,也没见到枪的影子。

天快亮时,另一波新兵来接哨了,几名新兵才叫醒黄敬宜,说明情况。

黄敬宜急得把全班战士都叫了起来,在连队里里外外翻了个遍,也没找到。黄敬宜气得踹了胡永波一脚,随后拉着他和钟忠去找胡连长报告情况。

胡连子刚起床,在刮满脸的络腮胡子。

平时嗓门大,脾气急的胡连长,见黄敬宜和胡永波惊慌失措地报告丢枪事件,倒没急。他不紧不慢地洗脸、刷牙、刮胡须,任黄敬宜、钟忠、胡永波在一旁尴尬地站着。

洗漱好后,胡连长拉了把椅子坐下说:"我给你们先讲个故事,是我当兵时亲身经历的真人真事。"

"1984年,我还是个战士,随部队赴云南省麻栗坡县,对入侵我国领地的Y军进行自卫反击作战。那里地势险要,地形复杂,为山岳丛林地,山高坡陡,沟深林密,雾大雨多,战略位置十分重要。Y军采取'掘壕延伸'战术,构筑了长达54公里的纵横交错的交通壕,妄图分割包围我部分前沿阵地。上级给我连的任务是夺下某侵略要点。那个点易守难攻,有Y军一个连的兵力把持。如果硬着进攻,肯定是一场恶仗,必定伤亡巨大。"胡连长陷入回忆。

"4月28日深夜,我们连长抽调精干力量,组成一个尖刀排,计划打一场巧仗。"胡连长喝了口水,"我们在脚上裹了棉布,悄无声息地摸到敌前沿阵地时,担任警戒任务的两个哨兵正在呼呼大睡。那场仗,我们一颗子弹都没用,用刺刀干掉了Y军一个连的兵力。那场胜仗,使敌人辛辛苦苦挖了54公里的交通壕成了摆设,我军一举收复了失地。我所在的连队靠那场仗扬名全军。"

"这说明什么?"胡连长放下茶杯问。

"说明哨兵的作用至关重要。"黄敬宜立正回答。

"那你的兵是合格的哨兵吗？和平年代,哨兵就可以掉以轻心了吗？遇到歹徒怎么办？枪流落到社会上怎么办？"胡连长将目光望向胡永波,不怒而威。

"连长,我错了,请处分我吧!"胡永波痛哭流涕。

"我再你们讲个故事。昨晚我摸着黑去查哨,见到了一个有趣的事情,你这两个兵将枪藏来藏去。藏完,这个兵又去睡了。"胡连长用手指着胡永波,满脸怒火,"后来我把枪取走了,索性让他睡个够。枪在我床下,你要拿走吗？"

"要。"

"写 5000 字检查书来换。"胡连长说。

"是!"黄敬宜不敢马虎,带着胡永波和钟忠写检查去了。

大年初四,别的班都在欢天喜地过春节,黄敬宜集全班"智慧",写检查。写了事情的经过,凑上连长的故事,阐述哨兵的重要性,再长篇大论地写了改正的措施,才勉勉强强凑齐 5000 字。

当晚,胡永波、钟忠分别在全连大会上痛哭流涕地做了检查,态度极其端正,但仍受到了警告处分。

胡连长留了余地,说如果到新兵连训练结束为止,胡永波和钟忠不再犯错,并且训练成绩全部为优秀的话,处分可以从档案里拿掉,就当这件事情没发生过。

这让胡永波和钟忠看到了希望。后来,在胡永波的脸上再也看不到没睡醒的样子。两个人每天都像打了鸡血似的,没日没夜地跑到训练场上摸爬滚打着训练。即使这样,全班战士也替胡永波和钟忠捏着一把汗,要知道,全部训练科目优秀并不是一件容易的事情。

第十二章　对月芹的表白

新年放假,新兵们除了洗澡洗衣服、吹牛拉瓜外,做得最多的事情,就是写信:给父母写、给亲戚写、给女友写、给朋友写……

新兵连的日子寂寞而枯燥,与外界联系的唯一方式就是通信。新兵们无论收到谁的信,都会非常开心。

外界也特别想了解部队的生活,这让许多新兵收获了亲情、友情,以及爱情。

看着战友们的丰收成果,韩江也想给月芹写封信,但每次提笔时都胆怯地退却了。

一周、两周,每一个休息的日子,韩江都会和自己的思想作斗争。第四周,韩江终于战胜了自己的怯懦,拿起笔,没再放下,他要求自己必须写完整封信,告诉月芹真实的内心。

这是韩江人生当中写的第一封情书,是在与自我心理搏斗中完成的。待写完厚厚的 10 页纸,放下笔,韩江手心里全是汗。

暗恋是一种痛苦,是始终看得见却不敢迈出去的一段距离。而迈出之后,韩江犹如在等待一场漫长的审判。在强大而汹涌的爱情之河的冲击裹挟之下,韩江的心灵变得异常孱弱和无助。

等信的日子里,韩江慌乱不堪,打靶时接二连三地脱靶。倒是钟忠每次都能打出优秀的成绩。那阵子,钟忠特别地扬眉吐气。

看着韩江萎靡不振的样子,黄敬宜的目光像利箭一般,一支支地射向韩江,恨不得让韩江万箭穿心。他帮助韩江分析了各种脱靶的原因,据枪、呼吸、击发……所有环节都找遍了,韩江的成绩糟糕依旧,丝毫没有起色。

每天趴在地上瞄靶,韩江的嘴里虽然反反复复地重复着班长的动作要领,但心里想的全是月芹,想象月芹收到信后的各种心态,设想着各种结果。

月芹是他内心的秘密,是不能与人分享的痛苦,哪怕对许春林也不能说。在结局晦暗不明的时候,隐匿答案,是他唯一能做的事情。

日子一天天地流逝着,韩江变得沉默寡言。但他还在等。

每天,他都在心里数着日子,数着他和月芹在童年、少年走过的快乐时光。

每天看到通信员来排房分发信件,韩江都像一只惊恐的小鸟,时而紧握拳头,时而松开手掌。每次通信员迈出排房,韩江都是一身的紧张,一手的汗。

这样的日子不断地重复着。韩江一直期盼着月芹的来信,可每一次等来的只有失望。等待的每一个日子,失望困扰着韩江。

在韩江已经不抱任何希望的时候,有一天,通信员突然拿来月芹的信。

那一刻,韩江心脏狂跳,头昏目眩,拆信的时候,连呼吸都急促了起来;从信封里取信时,手不听使唤,一个劲地颤抖着。他不知道决定他爱情命运的,将是怎样的答案。

"韩江,你好。最近学习很忙,也不知该如何回应你的表白。自小,我们亲如兄妹,这份表白很令我诧异……"

看到这里,韩江的心里已经有了不祥的感觉。

"其实在你和商小伟挥拳相向的时候,我就知道你内心的想法了,但我不知该如何向你阐述我的想法。这段时间也是,所以耽搁并考虑了很久才回信。任何事情总需有个结果,尤其是爱情,这是一个慎重的话题。于我一个高中生,更须慎之又慎!"看到这里,韩江的额头上冒出了一层细密的汗水。

"当时,你和商小伟的打斗,直接将我拉入舆论的漩涡。很长一段时间,我不知道该如何面对,也不知道自己是如何跌跌撞撞走出来的。很长时间里,包括今后,我只知道一个学生该做什么,不该做什么。思量再三,今天也想利用这个机会,告诉你该如何面对自己莽撞的内心,以及漫长的一生……"

看到这里,韩江已经知道答案了,但还是坚持着看完整封信的内容。信的最后说:"你参军的那一天,我在一个安静的角落里为你送行,这也是为多年的同学情谊作最后的送别。今后不做同学做兄妹,真心祝愿你在军营里有所建树……"

读完信,世界在韩江眼里灰暗了下来。漫长的心灵鏖战,那些不为人知的精神煎熬,在韩江放下信的那一刻,一下子止息了。

韩江是一个自尊心极强的人,被人断然拒绝,对他来说,类似于一种耻辱。

那一晚,韩江像是一只被雁群抛弃的孤雁,失落、孤独、绝望……内心什么感受都有。他冲下山去,跑到海边,在沙滩上一遍又一遍地写下月芹的名字,直写到泪流满面。

海浪一波一波地涌来,一次一次地将字迹抹去。直到最后,韩江觉得再也没有写的必要时,才心境黯然地走回营区。

班长黄敬宜是个好人,他用手拍了拍韩江的肩膀说:"这世上从来没有过不去的坎。私跑出营门是要被处分的,以后出门一定要报告,真有事情也要告诉我,我帮你一起扛!"

时间是有刻度的,但之后的新兵连生活,韩江一直过着没有刻度的生活。他不要命地训练着,疲惫代替了一切感受和感知。对于韩江来说,这是发泄的渠道。也正是在这样一种释放里,韩江实现自我救赎,成就了崭新的自己。

新兵连结束那天,胡连长在大会宣布韩江的军事训练各科成绩全部为优秀的时候,韩江才突然间从疼痛中醒了过来。他发现,连同新兵连那些艰苦的岁月,所有疼痛的记忆都已经成为过去,成为身体上厚结的茧。

胡永波和钟忠也是全优的成绩,但没有受到表彰。功过相抵,连队免除了两个人的处分。当韩江上台领奖的时候,班里战友纷纷冲他竖起大拇指,表示祝贺,而钟忠则两眼复杂地看着韩江,一言不发,一脸的不甘心。

从胡连长手里接过嘉奖证书,韩江似乎在万物中找到了自己的人生定位。当一个人从绝望转向希望,从挣扎转向淡然,便是走出了伤痛,走出了浑茫,走向了人生光明的前路。

第十三章　新老兵之间的矛盾

为期 3 个月的新兵连训练结束后,新兵们会分到不同的连队,有的兵会被机关选中。

史可夫就是幸运者,先是被分到通信连,后来调到团总机班。

韩江和许春林分到被誉为"钢钉连"的战斗连队。一道过去的还是有广东兵钟忠。

说到广东兵,不得不谈一段趣事。和钟忠一道分到"钢钉连"的另有一个广东兵叫林国勇,和韩江同在五班。他的普通话始终说不标准。

班长洪涛领韩江和林国勇回班里,路上问林国勇:"多大了?"

林国勇答:"洗脚水。"

"什么?"

"洗脚水。"

韩江在新兵连听过林国勇讲话,知道他要表达的意思,忙补充解释道:"班长,林国勇 19 岁。"

从那以后,"洗脚水"成了林国勇的绰号。

到班排的第一天晚上,连队拉了紧急集合。

用连长岳山的话说,这是检验新兵的快速反应能力。

紧急集合,通常是部队在紧急情况下进行的集合,是应对突然情况的一种紧急行动。通常以警报和哨声等为信号,要求集合人员按规定着装,佩戴个人背装及相关武器装备,在极短的时间内集中到一起,并执行相关任务。

"嘟嘟嘟……嘟嘟嘟……"短促的紧急集合哨声,在寂静的夜里吹响。

在新兵连时,黄敬宜心软,每天看班里的兵又累又乏地入睡,不忍心折腾兵们。这也致使韩江下连后的第一天就出了洋相。

韩江和林国勇都是被班长洪涛推醒的。

"紧急集合了,快起来!"洪涛边推边低声喝道。

按要求,一切行动都在黑暗中进行。听到班长的话,韩江赶紧爬了起来,摸着黑找到衣服套到身上。手忙脚乱中,一不小心把枕边的背包绳扫到了地上。等从上铺跳下床,找到背包绳,很多老兵已经穿好衣服,打好背包跑了出去。情急之下,韩江也不管背包是三横压两竖还是两横压三竖了,把被子胡乱捆绑了一通,就往外跑。

这时,连队已经集合完毕。韩江枪也没去兵器室取,直接报告挤进了队伍。

"全连集合完毕是 8 分 53 秒,比规定时间整整超出 3 分 53 秒。"连长岳山掐下秒表说,"这超出的时间,就是你们训练养成、心理素质与应对突发事件发生时的差距,就是与合格军人的差距。这成绩不应该发生在'钢钉连'。"

随后,岳山下达作战命令:"在我岛西北角有小股敌人袭扰。上级命令我连迅速集结前往,消灭来敌。"

韩江知道作战情况是假设的,但连队官兵必须当作真的敌情来对待,这样在战事真正降临之时,才能拉得出、顶得上、打得赢。

韩江跟着队伍跑了起来,刚出营门背包带就散了。他只得将插在背包上的解放鞋捡起来,连同被子一同抱在怀里,继续跑。从阵地返回的路上,又有几名新兵的被子绑得不牢固,插在背包上的鞋子掉了,钟忠也在其中!

看着稀稀拉拉、乱象百出的队伍,岳山异常恼火。特别是在检查装备时，看到韩江抱着被子，枪也没带，破口大骂："最后一个拖后腿的是你，上阵不带枪的也是你。你新兵连军事训练全优的成绩是怎么拿到的？你现在这个样子上战场是去当炮灰吗？明天开始，各个排好好把新兵们练练，如果达不到我的要求，到时我连老兵一块操练。"

那晚，全连的兵杀韩江的心都有了。往后每天晚上，各个排的紧急集合哨声，此起彼伏。每天，韩江都生活在仇恨的目光当中。

许春林入伍时带了两瓶白酒，是准备到部队"活动"时用的，没想到分在鸟不拉屎的岛上发挥不了作用。许春林见韩江忧闷，拉上韩江，韩江又叫上林国勇，三个新兵偷偷地躲到 400 米障碍场，就着牙缸喝了起来。

三个人没敢多喝，只喝掉一瓶，但还是出事了。

一排、二排同睡在一个偌大的排房里。每天晚上，其他老兵都在睡觉，唯有一个外号叫"老鼠"的老兵天天晚上吹紧急集合哨，集中"修理"两个排的新兵。"老鼠"是福建人，因长得尖嘴猴腮而得名。

有时，"老鼠"稍不如意，一个晚上能吹七八次紧急集合哨。两个排的新兵对他恨之入骨。

喝酒那晚，"老鼠"第三次吹响紧急集合哨声后，对新兵的速度仍然不满意，扬言一会儿再来第四次时，林国勇酒后壮胆，第一个冲上去，将拳头招呼到"老鼠"的脸上，其他新兵也趁火打劫，纷纷用拳头和脚凑了份子。

韩江因为有愧于大家，见新兵们群殴一个人，便一屁股坐到操场边的石头上，发呆去了。

"老鼠"的呼救声惊动了全连。那晚，连长没经研究，直接在队伍前宣布："给予林国勇记过处分。韩江、许春林留待观察，在全连大会上作深刻检查。其他 12 名新兵递交书面检查。"

当晚，"老鼠"被送去医院，吹紧急集合哨的权力收归连长所有。

老兵与新兵间的矛盾也由此拉开了。

第十四章　矛盾激化

在部队,老乡之间特别抱团,同年度兵也容易结伙。特别是老兵被新兵"修理",对于老兵来说,是奇耻大辱。这仇肯定得报。

第一次报复发生在第二天午休。起床号吹响后,林国勇像往常一样,习惯性地赖了会床。"老鼠"的一个老乡,叫张奇兵,扬起军用皮带就抽了过来,边打边叫道:"起床哨听不到吗?"

皮带第二下抽过来的时候,韩江替林国勇挡了一次。随后江苏籍和广东籍的新兵也冲了过来,战斗一触即发。

这时,一排长喊了声:"想造反吗?"随即"呼"的一声,甩过来一只凳子,砸中一张铁架床。凳子当即散了架,也散了新老兵之间的战斗。

当天下午,连队停止训练,全连展开教育整顿。先是连长岳山宣读连队党支部《关于给林国勇同志记过处分的决定》,随后韩江、许春林上台作检查,最后指导员张振军开展政治教育。由于准备不够充分,教育并没有起到说服人、引导人的效果。

韩江在心里想,老兵和新兵之间的矛盾,还真不是一两场教育可以解决的!

连长岳山可能也意识到了这个问题,在会上宣布,今后再发生打架事件,谁动手就处分谁。

威胁根本起不到作用。往后的日子,老兵们变聪明了,开始用训练折磨新兵,训练科目一项接着一项,往狠里整,从不心慈手软。

400 米障碍,第二年度兵跑 1 趟,新兵们每人至少跑 3 趟。仰卧起坐、俯卧撑,第二年度兵完成 100 个,新兵至少要做 500 个。

那段日子,新兵们起床就开始训练。冲山、冲沙滩、单杠、双杠、400 米障碍、5 公里越野、战术动作……每天除了午休,新兵们几乎没有休息的时间。

每天泡在汗水里,新兵们穿在身上的衣服从未干过。

严酷的训练让新兵们苦不堪言,但没有一个人认尿,所有折磨全部照单收下。

连长岳山也乐见其成,只是偶尔调整一下训练科目,拉长射击训练的时间。这个科目对新兵来说,是最好的休息,所以投桃报李,训练起来格外认真。一、二、四射击练习也好,夜晚射击练习也罢,新兵们人人优秀。

因为所有事情都因韩江而起,韩江更是不要命地训练。别的新兵一个科目训练 5 次,他会练上 10 次。"拼命三郎"的称号就是从那时起叫出来的。

第十五章　韩江和钟忠的比拼

钟忠一直铆足劲儿，和韩江比拼。他俩从进岛前相识，新兵连同一个班，下连后同一个连队，一直在比拼。韩江一直觉得，他俩之间似乎有着千万条丝线，在无形之中反复纠缠着彼此。

韩江相信缘分。他相信与钟忠之间会有很多个巧合，很多个阴差阳错，很多个突然的、偶然的、必然的事情所组成的生活。

全军所有的基层连队都有这样一句话："谁英雄谁好汉，训练场上比比看。"高手之间必定存在千丝万缕的纠缠，也必须分出高下。

下连后的第一次比拼，是连长岳山给新兵们的军事训练成绩排名次。

韩江和钟忠的军事训练各有强项。韩江在 5 公里越野、400 米障碍等生猛的军事训练科目上一直遥遥领先于其他新兵，钟忠的器械、投弹等军事训练科目一直强于韩江，其他训练科目难分上下。

第一场进行的 5 公里武装越野考核，毫无悬念，韩江第一名，钟忠第二名。

第二场器械综合考核，钟忠第一名，韩江第二名。

第三场投弹考核，第一名被叫刘灿辉的另一个广东兵夺走了。在这个科目上，刘灿辉从未按部队的标准动作来，但他像是有特异功能似的，每次轻松一甩，都七八十米。这项成绩，钟忠排第二名，韩江排第三名。

第四场战术考核,韩江第一名,钟忠第二名。

第五场考的是射击。一、二、四练习,韩江和钟忠都是满分。难度大的是三练习射击比赛。射击三练习为夜间打靶,目标是半身靶,靶中心挂着小灯泡,闪3秒停3秒,模拟黑夜火力点。战士们按照规定,在100米距离处,卧姿,无依托,3分钟内打出5发子弹。

韩江的第三发子弹出膛后,灯泡灭了,韩江只能退弹出膛。报成绩的时候,岳山宣布韩江命中3发子弹,钟忠命中5发子弹。钟忠心中窃喜。

随即报靶员传来消息,韩江靶上的灯泡被子弹打碎了,这难度极大,按照规定,射击成绩为优秀。韩江和钟忠又打成了平手。这让钟忠内心已经升起的希望又黯淡了下去。

第六场比的是400米障碍。在连队,老兵常说,宁可长跑5000米,不跑障碍400米。因为障碍考核中,无论多牛的人,一会高墙一会深坑,全程跑下来肯定脸色苍白,口干舌燥,上气不接下气。想拿到优秀成绩并不容易。

这场比赛,两个人都发生了意外。

韩江前200米跑得非常顺利,但在第300米返回矮墙、穿越"狗洞"时,左脚的鞋子被刮掉了。这时如果返回矮墙穿鞋,势必拿不到名次。

韩江的身上,一直有着"勇、猛、拼、犟"的精神。穿过"狗洞"后,韩江果断地放弃了返回去穿鞋子,赤着脚向前跑去。看似一瞬间,韩江的心里却斗争了很久似的。脚下的障碍场全是细石子,他忍着被扎的疼痛,猛虎一样地扑过壕沟,踩过梅花桩,箭一般地冲向终点线。

"1分32秒,"岳山报出时间,"比之前的成绩慢了5秒。"看着韩江满是鲜血的左脚,岳山露出了敬佩的目光。

韩江的成绩给钟忠带来了希望。尽管一直以来,钟忠以"障碍虐我千百遍,我待障碍如初恋"的姿态苦练,但在这个训练科目上,他一直被韩江死死地压着一头。好胜心切的钟忠太想拿这个科目的第一了。

一开场钟忠就没节约体力，勇猛地冲了出去。跨三步桩、越过壕沟、飞跃矮墙、过高低跳台……前面所有的障碍，钟忠都一气呵成，没拖泥、没带水地过去了。但在返程过高墙时，可能是体力不支的缘故，一个重心不稳，有只脚未及时跟进，膝盖碰撞到高墙上，导致半月板侧副韧带受伤。钟忠也想坚持跑完全程，但剧烈的疼痛最终让他含着泪放弃了比赛。

韩江跑了过来，将趴在地上的钟忠扶了起来。尽管他俩都好胜，但在训练中，一直英雄惜英雄。

"要么等疼痛缓解后再跑一次？"韩江问道。

"不必了，这个科目我认输。"钟忠答。

"这次排名次考核不只是你我的较量，成绩也是为下一步老兵退伍后，选班长和副班长时提供参考用的。"

韩江说完，两人都沉默了。

宣布成绩时，韩江综合成绩在新兵中排名第一，在全连也位居前列。

第十六章　洪涛和韩江的友情

韩江的成绩给班长洪涛挣足了面子。

洪涛的军事素质在连队首屈一指，是一个"见第一就争，见红旗就扛"的汉子。在这一点上，韩江很对他路子。所以，尽管他是韩江的班长，有着地位之分，尽管"钢钉连"老兵和新兵之间的矛盾很难调和，但洪涛处处护着韩江，别的班长可以拿林国勇开刀，但绝对别想碰韩江一根毫毛。

这是一颗心对另一颗心不绝的欣赏。

"老鼠"和三班长张贵发关系极好。因为"老鼠"被打的事件，张贵发对韩江、许春林、林国勇等人一直耿耿于怀。许春林和林国勇在训练上极容易找到问题，都被其"修理"过了；韩江军事素质好，一直找不到机会"修理"，所以他一直挑韩江的刺。

有次体能训练，两个排的新兵集合在一起做俯卧撑。他让大家把脚撑在各个窗台上，脚上头下地做，这样做俯卧撑，极费体力。

韩江按照要求做完200个，脚放下来，站了起来。张贵发说韩江做完没向他报告，让重做。

韩江按照要求，将脚放在窗台上，手撑在地上。张贵发："这次我来数，我喊'一'的时候，你把身体沉下去，我喊'二'的时候，再撑起来。"

所有新兵都知道张贵发这次是铁了心要"修理"韩江，各自做完200个俯卧撑后，都围了过来，在心里暗暗地给韩江鼓劲。

韩江体能本身过硬,臂力不小,但张贵发喊的速度极慢,韩江身体沉下去半天,才喊出"二",让韩江撑起来。

韩江满脸满身都是汗,下雨似的往下滴,砖头铺的地板全湿了。他坚持着做到 160 个的时候,体能到了极限。张贵发半天没有喊出"二"来,韩江的肚皮挨到了地。

张贵发说:"第一次原谅你,肚子再挨着地,就得'腰带伺候'了。"

所谓"腰带伺候",就是用军用腰带抽的意思。之前许春林、林国勇都被他的腰带"伺候"过。

第 162 个的时候,韩江的肚子再一次挨到了地。韩江的屁股扎扎实实地被腰带抽了一下。

第 163 个俯卧撑,韩江又被抽了一腰带。

第 164 个俯卧撑,在张贵发的腰带再一次抽向韩江的时候,洪涛的飞脚踢了过来,丝毫没有防备的张贵发一下子被踹倒在地。

洪涛指着张贵发说:"干吗打骂、体罚新兵?你要有本事冲我来!"

在部队,打骂、体罚新兵是违反规定的行为,再说洪涛的军事素质在"钢钉连"的地位无人能够撼动。连队已经将洪涛列入提干对象,上报给了团里,不出意外,几个月后,洪涛就是连队的排长。

张贵发自认理亏,并且在很多科目上,军事素质确实不如洪涛,受了这一脚,也认了。从地上爬起来,拍拍灰尘说:"你牛,以后新兵的训练由你带好了。"

洪涛说:"以后韩江的训练你们谁也别插手,我一个人负责。"

自此,韩江脱离了无穷无尽的痛苦的体能训练的折磨。别的新兵晚上集中训练体能的时候,布置的任务韩江完成多少,洪涛完全不监督,韩江自己做完就可以自由活动。白天训练的时候,洪涛在韩江薄弱的器械、投弹等科目上猛下功夫,并在此基础上,开始单独传授教学法。

洪涛说:"你不能仅仅满足于做一个兵,今后你还要当班长,甚至当排长、连长，或者更大的官，你要在接受训练的时候学会用施教者的教学方法，跳出训练看训练，跳出生活看生活，将来你才有可能成为人上人。"

从队列教学法，到射击教学法，到战术教学法……洪涛对韩江倾尽其平生所学，一一相授。

所谓教学法，是部队干部或班长训练战士军事技能所采用的教学方法。这就像武功秘诀一样，每个人都有自己的独门绝技。教学方法好的人，再复杂的训练内容都能用极易掌握的方法，循循善诱，循序渐进，让战士很快掌握技能，练就过硬的军事本领。

20世纪60年代，某集团军一位叫郭兴福的副连长，曾经因为教学方法了得，得到国家和军委领导的接见。其训练方法向全军推广，被命名为"郭兴福教学法"，至今影响深远。每逢周年，郭兴福生前所在集团军都会开展相关庆祝活动，纪念这位"牛人"。

洪涛没郭兴福这么牛，但有自己的训练心得："未来战场瞬息万变，作为一名军人，一定要善用战术。这是作战的原则，也是制胜的法则。你要将各种训练方法和手段融会贯通，融为一体，这样你才能人枪合一，才不会畏惧战场上的各种复杂情况。"

其他战士在烈日下挥汗如雨地训练，洪涛给韩江单独"加餐"，每天带着韩江在凉快的地方传授训练方法，示范训练内容，在连队引起波澜。新兵们嫉妒，不可避免，但老兵们的心里同样不舒服，纷纷向连队干部反映情况。在任何一个群体，优秀的人通常都会被视为出头之鸟，会受到各种非议和攻击。

张贵发将这件事向指导员张振军作了反映。张贵发的军事素质仅次于洪涛，很得张振军喜欢，如果不是因为洪涛太过优秀，极有可能被列为提干对象。

张振军让排长刘强找洪涛谈谈。

刘强是地方高中毕业考进军事院校的本科生，毕业后分到鸟不拉屎的海岛上当排长，一直有怀才不遇、壮志难酬的感觉。他自认为文化人，对洪涛这样的武夫，常常不屑一顾。

接到指导员的指令，刘强犹如持着"尚方宝剑"，找到洪涛，当着韩江的面，命令洪涛停止私下教学的行为。

"排长，韩江的某些军事科目比连队老兵都强，在强项方面只需要巩固就可以了，相对较弱的科目，我单独加码训练，这样更有利于培养出优秀的战士。"洪涛想用理由说服刘强。

"不要讲过多的废话，你这是在搞特殊化，是不被允许的行为。我这是在命令你，不是和你商量。"刘强口气很硬地说道。

"我不觉得因材施教有什么不对。况且，韩江那些没去参加训练的科目本身遥遥领先于其他人，何必做无效的事情？"洪涛依旧想说服刘强，但口气明显也硬了起来。

"你想不服从命令吗？这是要提干的人做的事情吗？你还想不想提干了？"刘强手指着洪涛，威胁道。

"我就是不提干，也不想浪费一个好苗子。如果我的做法是错的，我愿意放弃提干的机会。"洪涛说。

一场争吵不可避免地展开了。韩江尴尬地看着洪涛班长为了他和排长闹翻脸。他不愿意在关键时刻影响班长的前途，弱弱地说："排长，是我要求班长给我单独授课的，我错了。"

洪涛说："这件事和你无关，你的任务是学好你该学的，做好你该做的！"

这场矛盾毫不意外地上交到了连队。刘强提议开党支部会议，由组织决定对此事的处理意见。

指导员张振军对洪涛不服从排长刘强管理，并当场顶撞的事件非常恼火。他想借机杀杀洪涛的锐气，树立自己的威信，立马张罗召开连队支部会议，研究处理意见。

连长岳山是个爱才如命、恨不得把军事训练尖子捧在手心里呵护的人。对洪涛单独教练韩江的事情，他早就看在眼里，没觉得有什么不对，所以兵们跑他这里来告状时，一概没理。

对召开连队党支部会议,岳山持反对意见,但连队支部书记是指导员张振军,他对这一决定不得不作出让步。

连队党支部会上,刘强汇报了事情经过后,提议道:"作为一名提干的苗子,公开违反部队的训练计划,公然顶撞连队干部,这样的素质,不适合当排长。建议向团首长汇报,撤回洪涛的提干报告。"

按照会议议程,指导员通常在会议最后总结发言,但这次张振军怕其他连队干部意见不一致,没按照往常规矩,直接接话道:"让刘强同志制止洪涛的行为,是我下达的命令。我没想到洪涛会公然顶撞干部。这样的行为极其恶劣,这说明洪涛还不具备当排长的素质。建议支部通过,撤销之前向团里上报的提干报告。"

"这样处理,重了点吧? 这事关一个人一生的前途,作出这样的决定,我们支部也太草率了吧?"岳山接过话说道。

"不整顿,会坏了一个连队的风气。为建设过硬的连队,支部作出什么样的决定都是值得的!"张振军说。

岳山索性挑明了:"洪涛的行为也是为了连队好,是想为连队多培养一个好苗子。况且,因材施教是值得推广的行为,我赞成他的做法。他顶撞刘强同志,开会前,我已经严肃地批评过他了。他表示虚心接受,承认了错误,表示会单独向刘强同志道歉。"

"这件事情是道歉就可以解决的吗? 这事情如果不处理,以后谁都可以顶撞干部,连队干部还怎么管理战士? 我坚持我的处理意见。"张振军说。

"反正我不同意!"岳山脸色铁青。

"那么举手表决好了,同意撤销洪涛提干的举手。"张振军冷着脸。

指导员张振军、副指导员沙小亮、一排长方鸣、二排长刘强举起手来。

连长岳山、副连长和其他两个排长都没动。平日里,他们对岳山抓训练的方式方法和坦荡的为人都很佩服,并且也觉得,为这么件事情，影响一个人一生的前途重了点。他们都一动不动地坐着，用沉默表示对岳山的支持。

4票赞成，4票反对。这对于指导员张振军来说，已经是最好的结果了，因为在开会之前，他一一找了除副连长江云之外的每个人沟通，希望能够得到支持，否则凭平时岳山在连队的威望，他不会有这么好的支持率。

"票数持平，为了慎重考虑，我会将这次的会议记录原原本本地呈报给团里，让团首长决策此事。"张振军说。

其实这是间接地向团里汇报此事。票数持平，岳山也没理由再提出反对意见了。

岳山只能在行动上支持洪涛和韩江。他说："你只管向团里汇报，但针对新兵个体情况差异性地教学，我是支持的，并且还将支持下去。请你把我这句话也写进会议记录，一并汇报上去。"

一场争议将矛盾上交到了团里，这在"钢钉连"的历史上是第一次。

第十七章　团常委集体来到钢钉连

在连长岳山的支持下，洪涛对韩江的单独训练仍在继续。韩江满心愧疚，只有拼了命地学，拼了命地练。他希望让连队的每一名官兵在他身上看到洪涛的付出，让战士和想处理洪涛的连队干部看到不一样自己。

所有人都在等团里的结果。其间，连长岳山、指导员张振军分别去了趟团里。

指导员张振军原先是团组织股的干事，是团政委蒋毅华一个县的老乡。蒋毅华当团政治处主任的时候，刚从某政治学院毕业的张振军就被其看中，调到了团组织股，受培养成团里有名的"笔杆子"。蒋毅华当政委后，让张振军到"钢钉连"当指导员，是镀金，也是重点培养。

张振军拿着会议记录，直接找到团政委蒋毅华。蒋毅华埋头看完会议记录，抬头看着自己的爱将，很长时间没讲话。

对张振军作出的处理决定，蒋毅华心里并不认同。蒋毅华当初把张振军放到连队锻炼，就是因为觉得张振军书生气太重，容易意气用事，处理事情和问题缺少方式方法，但张振军是自己欣赏的人，到"钢钉连"后一直没有威信，不给他站台，他也无法在连队立足。这是两难的选择。

半晌，蒋毅华说："这事我知道了，你回去吧。"

"政委……"

"我知道你的处境,也知道你想说什么,回去吧,一切等团党委会研究后再说。"蒋毅华说。

岳山找的是团长。在团里,岳山很得团长陈平赏识。岳山毕业于有"西点军校"之称的某指挥院校。这个军校毕业的干部,军事素养是出了名的好。尤其是岳山,在院校里是"全优生",按照规定,毕业时就提了一级,在团里是唯一一个享受副连待遇的排长。当了三年排长,因为极其优秀,团长陈平直接任命他为"钢钉连"连长。

"扯淡。"听了岳山的汇报,陈平骂了句粗话。

岳山不知道团长骂洪涛扯淡,还是骂指导员扯淡,便说:"韩江虽是第一年的新兵,但军事训练成绩比很多第三年兵的班长都要好。我认为洪涛针对个体因材施教的方法,是提升军事训练效果的好路子。在这一点上,我支持和赞同洪涛的做法。如果训练得好,我下一步计划按照新兵的训练成绩,分出三六九等来,固强补弱,有针对性地开展不同科目的训练。"

"一个新兵真的有你说的那么优秀吗?洪涛的方法真的有你说的那么管用吗?"陈平问道。

"团长,我拿连长的职务担保。"

"那好,给你一个月的时间。一个月后,我要看韩江各个科目的训练成绩和教学法。看不到我想要的,拿洪涛是问,也拿你是问。"

"遵令。"岳山心满意足地离开了,他对洪涛有信心,对韩江也有信心。

谁也不知道团党委会是怎么研究的,据说团长和团政委在党委会上"干了一架",最后一致的意见是把党委会开到"钢钉连"现场去,用事实来说话。

一个月的时间,韩江的每一个白天都是在汗水中度过的,晚上则打着电筒在被窝里研究大量训练教案,按照自己的训练心得,构思属于自己的教学方法。

洪涛也使上全部的心力帮助韩江。在他心里，这不仅仅是个人的前途之战，更是自尊与荣誉之战。

岳山虽然表面平静，但内心也很急。一个月的训练时间太短了，对韩江的军事科目他丝毫不担心，但让一个没经过骨干培训的新兵，对军事教学法做到融会贯通，确实需要出现奇迹才行。

跟团长约定的时间很快就到了。

这是风和日丽的一天，是"钢钉连"的大日子，团里所有常委全部来到了"钢钉连"——为韩江而来。

先考军事科目。韩江将最猛的 400 米障碍科目，放在第一个。尽管很耗体力，但韩江必须首战告捷，为班长而战，必须震撼到所有的人。16 道障碍，对于韩江来说，像是久已熟悉的朋友。跨桩、过沟、飞矮墙、越高墙……丝毫不拖泥带水，勇猛的身姿，抓住了现场每一名官兵的眼球。龙腾虎跃的场景，让团里的每一个常委都情不自禁地鼓起掌来。特别是最后 100 米，韩江依旧保持着勇猛的姿态，箭一般地冲刺到底，很震撼人心。

"1 分 19 秒，"团作训参谋惊喜地卡下秒表，"破了团里的训练纪录，超过 6 秒。"

懂军事训练的人都知道，400 米障碍，要想提高一秒的成绩都很难。一个新兵刷新了团里保持多年的成绩，这简直就是爆炸性的新闻。团常委班子集体起身为韩江鼓掌。

紧接着是轻武器射击。一练习成绩 5 发子弹 50 环，二练习成绩 12 发子弹在不同距离弹无虚发，最令团常委叫绝的是全在靶心位置。

团政委蒋毅华叫来指导员张振军，问："韩江军事训练的弱项是什么？"

"投弹在连队拿个到第一名，但也在 60 米以上。弱项应该是器械。"张振军答。

"那我们现在就看韩江的弱项。"团长陈平接过话来。

"报告团长,单双杠,我都需要一个保护的人。"韩江大声地报告道,"我要向首长们汇报六练习。"

全场都震惊了。对于一个新兵来说,器械训练,只需完成四练习以下的科目就可以。韩江直接跨越做六练习,不得不让大家惊叹。要知道,部队单双杠最高的练习也就八练习。

其实这是韩江讨巧的做法,一个月前,韩江只能做到四练习。这一个月来,每天晚上别人睡觉以后,他都和洪涛到器械场,直接跳过了五练习,铆足了劲,一直苦练六练习。这是他和洪涛之间的秘密。

这一个月来,韩江跳出训练,从施教者的角度研习教学方法,受益匪浅。因为想让别人掌握的军事技能,必须得自己先归纳出训练的技巧。

苦心琢磨加苦心练习,让韩江的军事技能突飞猛进。

韩江背负着连长的期望,背负着洪涛在他身上注入的心血,以必胜的信念跳上了器械。一连串梦幻般的翻滚,最后完美落地,再一次赢来团里全体常委和连队官兵的掌声和喝彩。

"其他军事科目成绩,我刚刚看了连队留存的纪录,都非常棒,这是很多班长都难以达到的成绩。时间有限,就不一一看了,下面我要看你的战术教学法。你去准备一下,给我们来演示一段对战场地形的利用吧!"团长陈平点题道。

在所有教学法中,战术教学法是最难的,也最能体现思想、最灵活机动的一种教学方法。团长陈平是一个认真的人,他不想为难洪涛和韩江,但他希望看到真实的东西。他在心里有着一个重大决定,他要对这个决定负责,对这个团负责。

经过数分钟的准备后,韩江带上来一队配合的新兵。这是韩江一个多月纸上谈兵以来,第一次以班长的身份面对实践考验。这对韩江来说,无疑是一次极大的挑战。

一双双眼睛注视着韩江的汇报表演。

"科目：战术训练。训练的内容是战场环境下，对地形的利用。我们训练这个科目的目的，是希望同志们能熟练地掌握对各种地形和地貌以及身边可用之物的利用。"韩江声音洪亮，并且全部口语化，完全脱离了以往教条式的教学方法，一下子吸引住了全场。

"地形是地物和地貌的总称，是敌我双方一切战争环境的依托。从大的方面看，它影响着作战行动的全过程；从小的方面看，也决定着各位的生死……"韩江从理论到实践，一下子将战士带到了身临其境的环境当中。

"近一年来，大家都学过行进间卧倒、各种匍匐前进的动作，以及滚进、跃进等单兵战术动作，这些都是未来战场环境下，消灭敌人、保存自己必备的求生技能。练得精不精？如何运用？我们今天实地检验一下。"韩江声音洪亮地教学道，"第一名，准备战斗。"

韩江没有走以往班长先示范再教学的套路，见第一名准备好后，直接命令道："前进。"

"前方发现敌人。"

执行战术命令的战士在行进间卧倒，然后出枪。在他的右前方 10 多米处有一个小土包，没有利用。

韩江没有像以往教学一样立马纠正，而是让其别动。继续宣布命令："第二名准备战斗。"

"前进！"

"前方发现敌人！"

第二名卧倒后，采用了侧身匍匐，迅速地利用了小土包。

韩江让两名同志暂停，然后问："刚才前两名同志分别执行了战斗任务，我想让大家说一下，谁对？"

经过比较，战士们一致地说：第二名同志。

韩江说："你们只说对了一半。第一名同志不知道利用地形，毫无疑问，丢掉了他毫不珍惜的生命。在战场上，一个坑、一个坎，都可以减弱敌人的火力杀伤。但第一名同志，连身边的一片草丛都不知道利用,完全没有利用地形的意识。"

"刚才看同志们满脸疑惑的神情,我知道大家的心里在想什么。"韩江停顿了一下,"庄子说:'物固有所然,物固有所可。无物不然,无物不可。'意思是说万物都有其存在的价值,一片草虽然不能抵挡敌人的子弹,但它可以抵挡住敌人的视线,让敌人看不到我们,不能精确射击。在战场上,大家哪怕只是为自己争取到一秒的时间,都可以借机消灭敌人。今后请大家积极开动脑筋,学会利用身边一切可以利用的物体。"

看到战士们不住地点头,韩江接着说:"第二名同志有很好的观察敌情和利用地形的观念,这是非常值得肯定的!但是,他面前的这个小土包只有30厘米左右的高度,他采取侧身匍匐的战术动作,在运动过程中,身体远远地高出了土包的高度。如果是实距,已经被敌人爆头了。这就是我为什么说大家只说对一半。"

战士们恍然大悟。

"战场上,我们在行进过程中,一定要眼观六路,耳听八方,充分地利用各种地形,并根据地形的高度,灵活巧妙地采用相应的姿势接近利用。"韩江说,"第二名同志采用的侧身匍匐动作虽然快,但暴露了自己。正确的应该用什么姿势呢,谁能告诉我?"

"低姿匍匐。"战士们异口同声地说。

"又说对了一半。"韩江道。

这一次全场的官兵都感到了诧异。

"行进间卧倒的时候,土包在第二名同志的右前方,这时如果直接低姿匍匐,身体仍然暴露在敌人的枪口之下。正确的做法,应该先向右滚进,将身体隐蔽到土包后面,再低姿匍匐前进。"

随后的教学中,韩江将启发式、诱导式、研讨式全部用了进来,把练技术、练战术、练思想、练作风紧密地结合在一起,通过言传身教、从简到繁、由分到合、正误对比等方法,逐步让战士们掌握了要领,增进了认识,练活了战术。

看罢,团长陈平直呼过瘾。他说:"请大家原地休息一下,我们团党委班子在现场开个党委会,一会儿我要给大家讲话!"

团党委班子就在练兵场上开起了党委会。这是团长、政委事先约定好的:如果现场考核砸了,将对私自改变训练计划并顶撞干部的洪涛作出处理,撤销向师里申报其提干的名额;如果考好了,全团推广经验做法。

10多分钟后,团常委们来到队伍前。团长陈平兴奋地说:"一个新兵能有这么好的战术素养,离不开一个优秀班长的指导。这说明,针对新兵个体差异,有针对性地开展因材施教的方法是可取的。合理利用时间,能极其有效地使我们的战士练出更加过硬的真本事,同时也将军事训练的方针、原则、方法进一步落到了实处。这样的训练方法应该在全团推广;这样的班长不仅不能处理,还得树为典型。经团党委研究决定,给洪涛同志记三等功一次。"

全场掌声雷动。指导员张振军脸色铁青,团政委蒋毅华满眼复杂地望向张振军,张振军头低了下去。

团长陈平继续说:"韩江同志,作为一名入伍还不到一年的新兵,400米障碍的成绩破了团里的纪录,很不容易,说明韩江付出了倍于常人的努力和汗水。按照团里的惯例,经团党委研究,对打破团军事训练单项纪录的韩江,记三等功一次。"

潮水般的掌声再次响起。这掌声充分说明,施行因人而异的军事教学得到了认同。这种教学方法有助于让不同个体的战士接受合理的训练,从而成人成才。

"韩江,给你点压力。明天,团里会将你们班长'分层次教学法'推广到各个连队,一个半月后,请你到团里来,和各个连队推荐出的种子选手比试比试。课题随机抽取,你做好应战的准备。"

一场现场考核,让洪涛成了典型,全团轰轰烈烈地开展了向洪涛学习的活动,"分层次训练法"在团里得到推广。而韩江也一战成名,迎接他的将是更为严峻的挑战。

第十八章　韩江的外公

韩江成了连长岳山身边的红人。

有很多训练教案，岳山都会征求韩江意见。

"感觉你挺有战术天赋的。那天的战术教学，你是怎么想到将身边的草丛用进去的？"连长岳山问。

"这得益于外公的战争经验。"韩江答，"我的外公曾经是一名军人。从小，我是听外公的战斗故事长大的。"

随后，韩江向连长讲述了外公烽火岁月里故事——

"我的外公叫李士炳，是 1940 年参的军。他所在部队是新四军华中军区的一支主力野战部队，是名副其实的苏北人民子弟兵。史上评说这支部队听指挥，肯吃苦，善于运动奔袭，不畏强敌，敢于亮剑，打了不少硬仗、恶仗，为苏北地区的解放做出了重要的贡献。

"我外公入伍前，已经与外婆结婚了。但铺天盖地的'打倒日本帝国主义'的宣传口号，让我的外公热血奔涌，于是他毅然放弃小家庭的温暖，投身革命。1941 年，外公所在部队归入新四军第 3 师建制。那个时候的外公聪明机灵，为人本分，这支部队的特务团团长吕江伟一眼看中了他，让他担任自己的通信员。

"为团长鞍前马后，是一件令人羡慕的差事。但外公不满足于此，一心想去打日本鬼子，数次请命要求到任务最重、战争最艰苦的战斗连队，但都未能如愿。

"直至吕江伟在一次进攻战斗中负了重伤，外公迎着呼啸而来的子弹,将生命垂危的团长拖回战地救护所。吕江伟出院后,才同意外公的请求,把他放到一线战斗班。

"外公一去就碰到了一场硬仗,是打击占据盐城东台的日伪军。凌晨,外公所在部队发起攻击,但日伪军凭借坚固的工事负隅顽抗,战斗一度处于胶着状态。那场战斗,外公充分利用地形,从烧焦的树墩子后面,从上下起伏的沙土斜坡后面,多个角度向敌人开火。

"外公说,那一场仗可谓惨烈。特务团先后发起 7 次攻击。不到 2 公里的战线,头顶频频飞来炸弹和炮弹,碎裂的残骸和凝固的血浆随处可见。到第 7 次进攻时,整个特务团只剩下一个连的兵力,吕江伟团长成了连长的角色,带着仅剩的百十号人,成立敢死队,借着地形的掩护,硬是冒着枪林弹雨,突入敌人阵地,与敌人展开肉搏,最终全歼守敌。那场仗,外公因为作战果敢勇猛,直接升为排长。

"外公参加过很多场战斗,先后参加了苏中战役、淮沭战役、李堡战役、盐南战役……最让外公引以为豪的是淮海战役,当时他们面对的是黄百韬兵团。黄兵团装备好,战斗力强,5 个军 11 个师在徐州以东至海州沿线严密布防。在硬仗恶仗面前,外公和他的兄弟们个个嗷嗷叫,最终全歼了黄百韬兵团。

"1949 年 1 月 6 日下午,解放军向杜聿明集团发动了总攻。外公的部队从夏岩西北投入战斗,配合攻打夏庄。敌人凭借着矮墙、土包等有利地形占据作战优势。外公急中生智,命令全连官兵将手榴弹拉着火后数到四五秒才扔向敌群,手榴弹在敌人的上方呈扇形飞散开来,炸得敌人鬼哭狼嚎,最终败下阵去。1 月 7 日凌晨战斗结束,外公手指被打残了。但外公依旧很开心,他说,能够胜利围歼杜聿明集团,丢一根手指,值! 那场仗下来,外公荣升为连长。

"刚上任不久,连队奉命为前沿阵地送弹药,行动是在夜色中进行的。谁知,那夜敌人的炮弹像长了眼睛似的,撵着外公和他的战友跑。外公一边躲着炮弹，一边指挥大家利用地形依次前进，那夜，全连战士安然无恙。返程时，吕江伟要求外公把前线的伤员运下来！当时，敌人正对我军阵地进行反扑。外公让一个排运送伤员，自己带着两个排的兵力加入了战斗。当时参战的一个排长受了伤，受外公精神鼓舞，坚持留下继续战斗。就在外公想让人扛他下去的时候，敌人的一阵炮弹'嗖嗖'地砸了过来。外公眼明手快，迅速抱着排长滚进弹坑里。炮弹在他们身旁剧烈地爆炸着，石子、泥土噼里啪啦地落在他们头上、身上。外公安慰排长说：'炮弹一般不会落在同一个坑里，忍着点痛，只要有我在，绝对不让你负第二次伤！炮火一停，我帮你收拾这帮兔崽子。'等敌人的炮火一停，外公抖抖身上的土，让一名战士背着排长就撤。那天在外公的支援下，部队既打了胜仗，又及时有效地抢救了阵地上的全部伤员，受到了已经荣升为师长的吕江伟的通报表扬。

"外公利用地形最辉煌的一次战斗是防守战。一次外公所在连夺取了敌人某高地主峰后，受到了敌人猛烈的反扑。在主峰阵地，因为敌我双方反复争夺，阵地上的工事基本被炮火摧毁了。在打退敌人13次进攻后，整个主峰只有一块突出的大青石可以藏身，全连也只剩下外公和3名战士。凌晨3点，敌人又一次发起进攻。当时，外公命令3名战士放弃大青石，借助夜色和一个个弹坑藏身，一会儿跳到这个弹坑，一会儿跳到那个弹坑，打一枪换一个地方，用手榴弹、手雷把敌人炸得血肉横飞。敌人根本摸不清阵地上还有多少兵力，那一次打退敌人进攻后，敌人彻底放弃了反扑。4名官兵守住了至关重要的阵地。

"1950年1月16日，外公的部队改建为防空部队，这时，没仗打了。已经是军官的外公，主要任务是接受文化学习，准备接受进一步的任用。这个时候的外公，军官职位对他根本没有诱惑力。打了近10年的仗，外公一直无暇顾及家乡的妻子和女儿，因思亲之切，外公提出转业。那时，转业没有工作安置，已经晋升为将军的吕江伟再三挽留。但外公仍然义无反顾地辞别了老团长，辞别了他心爱的部队，回到了家乡，开始了'日出而耕，日落而息'的日子。

"很多人都说外公傻。但我觉得这是一个男人的担当，我特别为外公的选择感到自豪！"

韩江陷入回忆。岁月流逝，生活中很多重要的片段，会在一遍又一遍的回想中，变得美好而崇高。

"很感谢外公给我讲了许许多多的战斗故事，让我在讲解战术教学法时，能够融会贯通，带着敌情讲战术、战法，想方设法利用一草一物。但外公的身体现在不怎么好了，战争给他的身体留下了很多后遗症。妈妈来信说，外公很有可能挨不过今年冬天。"

说着，韩江一脸的泪。他是想外公了。

岳山说："这次战术教学法大比拼，你不能轻视，各个连队都有高手，你好好准备。如果拿到冠军，特批你假，到时回去一趟。"

第十九章 "老班长"事件

就在韩江紧张备战的时候,"钢钉连"发生了一件震惊全团、全师的大事。

这事得从头说起。

在"钢钉连"边上,有一个海洋观测站,是地方的一个单位。

海洋观测站有个漂亮的姑娘,在食堂工作。每天一早,兵们起床出操的时候,总能见她一身白衣、一脸素净地从连队门前走过,去镇上买菜。每次,兵们的军姿没动,但眼睛都会齐刷刷地跟着移动。连长岳山开始还管,后来看治标不治本,也就听之任之了。

老兵们都叫姑娘"老班长"。这名字的由来,只是因为"老班长"在海洋观测站工作很久了,比连队任何一个班长的时间都久,所以战士们都叫她"老班长"。

"老班长"其实并不老,还是个情窦初开的姑娘。只是因为她爸是海洋观测站的领导,她大学没考上,她爸就安排她来海洋观测站工作了。

"老班长"喜欢部队,喜欢和部队的官兵打交道,所以也乐于接受战士对她的称谓。

"老班长"工作之余,在海洋观测站开了一个小卖部,晚上营业,主要卖一些牙膏、牙刷、毛巾之类的生活物品,也卖香烟、啤酒、花生之类的零食。价格不贵,完全是为了方便战士们的生活。

训练之余,连队战士都爱往小卖部跑。一是因为海岛上见不到几个姑娘,特别还是这么漂亮的姑娘;二是因为"老班长"还弹得一手的好吉他。

每当夜幕降临,就会从海洋观测站飘来动人悦耳的吉他声和歌声:"……我的老班长,你现在过得怎么样?我的老班长,你还会不会想起我?好久没有收到你的信,我时常还会想念你。你说你喜欢听我的吉他,唱着我们军营的歌……"

每晚,都是这首歌打头,轻轻柔柔地拉开夜的序幕。一首又一首好听的吉他曲,让单调枯燥的连队生活变得丰富多姿。就连晚上超高强度的体能训练,战士们因为动听的吉他声,也觉得不再难熬。

体能训练一结束,很多战士就爱往海洋观测站里的小卖部跑。韩江也会去,每次买完东西,"老班长"都会送韩江花生、瓜子之类的零食。这让其他战士非常嫉妒,韩江也常常莫名其妙,一头雾水。

战士们观察久了,没发现他俩有什么不对,也就没起哄,放过了这件事情。直到震惊全团的事情发生,韩江和战友们才恍然大悟。

事情是团里巡查组发现的。

有天夜晚,团保卫股股长带队来"钢钉连"例行巡查,连队的营区、弹药库两个哨位都很正常,哨兵警惕性很高,巡查组很满意。

出营区时,海边传来一阵轻柔悠扬的吉他声,这让保卫股股长有了雅性,说:"今晚就查到这,我们放松一下,去海边走走。"

走到海边,皎白的月光下,远远地见到一块礁石坐着两个人,一个穿着一身素白的姑娘依偎在一个魁梧的男人怀里,弹着吉他,很浪漫陶醉的样子。

团保卫股长内心意识到了什么。借着潮声的掩盖,他猫着腰悄悄地贴近礁石。果然不出所料,是部队战士和驻地姑娘在谈恋爱。按规定,战士服役期间不准在驻地找对象。这是不能触碰的高压线,通常抓到一个处理一个。

保卫股长将手电筒照了过去,当场拿下。经现场询问,男的是

"钢钉连"大名鼎鼎的洪涛班长,女的是海洋观测站的"老班长"。

经审问,洪涛当兵第二年的时候就和"老班长"交往了。

据洪涛交代,当兵第二年底的时候,他得到连队批准回乡探亲,乘坐电动三轮车去码头时,见"老班长"也坐在车上。他俩认识彼此,但突然在一个只有六七个人的狭小空间内,都害羞得没打招呼。

电动三轮车可能是考虑到平衡问题,在车子的两边各设一排长凳式的座位。"老班长"坐在洪涛对面,边上坐着个社会青年,手上文着"忍"字。见他俩的身体挨得很近,洪涛开始以为那是她男朋友。后来见那社会青年一只手偷偷地从腋窝下伸出,摸向"老班长"的身体,"老班长"没敢出声,一味地向边上躲闪,一脸惊吓的样子。这时,洪涛才觉得不对劲,拳头直接招呼了过去。

洪涛这样的猛人,要么不出手,一出手,对方肯定没有还手的机会。只两拳,洪涛就将文身的社会青年打倒,并将他从车内扔到路边。"老班长"一下子就崇拜上了洪涛。

"老班长"这次出岛去福州,和洪涛顺路。因为喜欢部队,她一路缠着洪涛讲军旅经历和连队的趣事。

听一个牛人的历史,还了得。一路听讲,直至二人到了福州,"老班长"直接喜欢上了洪涛。洪涛之前就喜欢"老班长"。在"钢钉连",没人不喜欢,也没人夜里不梦到"老班长"。

自此,洪涛和"老班长"谈起了恋爱。恋爱期间,洪涛常常会和"老班长"谈起爱将韩江。这就是"老班长"总给韩江零食吃的原因。

洪涛被带走的当夜,团里的保卫股股长没告诉连队干部,全连官兵无一人知晓。

这下事情闹大了。

第二天早操,连长岳山发现少了一个人。

连值班员是排长刘强。队伍面前,他让战士报数,反复报了三次。怎么报,都少一个人。

再报无益。刘强转身向连长岳山报告:"连长同志,'钢钉连'

早操集合完毕,应到 97 人,除 1 名给养员、1 人未出操外,其余全部到齐,请指示。值班员刘强。"

岳山问:"谁没出操?现在查!"

经查,是洪涛。

"去把洪涛叫来,不出操这样的事情不允许在'钢钉连'发生。"岳山命令道。

"报告:排房没有。"

"报告:厕所没有。"

"报告:营区没有。"

"报告:山上没有。"

"报告:海边没有。"

一个班的战士都没找到洪涛。

"全体人员出动,去找洪涛。"岳山火冒三丈。

派出去寻找的战士找遍连队所有地方都没找到洪涛。

早餐时,海洋观测站的站长来了。他是"老班长"的父亲,和连队主官都很熟。他焦急地把连长岳山叫到一边,告知了昨晚发生的事情。

对"老班长"和洪涛谈恋爱,"老班长"的父亲是支持的。他见过洪涛几次,觉得洪涛人品好,又上进,特别喜欢洪涛。本来计划等洪涛提干后操办婚事,现在出了这样的意外,是他没想到的。所以,"老班长"的父亲一早跑来连队,找岳山商量处理办法。

听完"老班长"父亲的讲述,连长岳山的魂都被惊到了天上。他知道,这次洪涛提干希望渺茫了,可能连队也会因为管理不力跟着受处理。

"我们只能先去找团长碰碰运气!"岳山说。

还没等岳山出发,团长陈平的电话到了。

岳山刚拿起电话,陈平的声音就在电话里炸开了:"真是扯淡!岳山,你知道你们连队少了个兵吗?"

"团长,我们已经知道了。洪涛因为谈恋爱的事情,昨夜被保卫股股长带到团里去了。"大冬天,岳山的脸上直冒冷汗。

"扯淡,这么大的事情,你岳山事先没掌握吗?"

"团长,我知道这事,并且女方的父亲也知道。她的父亲是连队隔壁海洋观测站的站长,本来想等洪涛提干后完婚的。这事是我的错,是我隐瞒不报,全是我一个人的错,你处分我吧。"连长岳山希望自己背个处分,能换来洪涛的前途。

"这事你扛得起吗? 你觉得洪涛还能提干吗? 刚刚我已经和蒋政委'干过一架'了。现在不处分洪涛,是我争取到的最好的结果。洪涛功过相抵,这个典型不树了,你过来把洪涛领回去!"陈平没给岳山说话的机会,电话直接挂了。

岳山知道,陈平的发火,是因为对一个人寄予期望之后又失望的心理落差。放下电话,岳山摇了摇头,对"老班长"的父亲说:"提干没戏了,你还愿意把女儿嫁给洪涛吗?"

"只要女儿愿意就嫁!"

"那你和我一起去团里把洪涛领回来,帮我一并做做洪涛的思想工作。"

接洪涛的时候,"老班长"也去了,考虑到影响问题,坐在父亲的车里没下车,但哭成了泪人,双眼肿得跟桃子似的。

洪涛上车,拍拍"老班长"的背说:"没事,别哭了,人不是回来了吗?"

"丫头,别哭了,我依旧会同意你俩的婚事,等洪涛退伍就办!""老班长"的父亲说,"就剩几个月了,洪涛你现在给我安安稳稳地当好'钢钉连'的兵。"

"是!"回答完这话,洪涛的泪一下子出来了。

那晚,吉他声依旧,只是没有了之前的清明欢快。全是悲伤的曲子,缠绵悱恻,倾诉声声,让人听得直想掉泪!

第二十章　教学法大比拼

得知事情的全部经过,韩江一下子崩溃了。

当天,教学法备课施教,韩江完全不在状态,连自己都不知所云。

洪涛依旧负责韩江的单独教学。见韩江这个样子,头一回冲韩江发起火来:"混蛋! 我都没消沉,你干吗半死不活的样子? 你必须给我振作起来。你不为我而战,也得为你自己而战。"

"况且,这也不仅仅是为你我而战,你也是为我们整个'钢钉连'而战。你要拿不到名次,你对得起我吗? 对得起连长吗? 对得起我们'钢钉连'的称号吗? 连队的这份荣誉,当年是军委首长授予我们的,你这是要砸连队的牌子吗?"洪涛气得满脸通红。

"这件事是班长我错了,错了就是错了,是男人就得认栽!"见韩江满脸是泪,洪涛语气缓和了下来,"团里不处分我,已经是最大的恩惠了。为了班长,你要报这份恩,让连长和团长知道,洪涛带的兵不孬,洪涛带的兵是全团最棒的!"

"你必须给我加油,等我退伍结婚了,请你喝酒,不醉不休!"

"是。"韩江举起右手,向洪涛敬上了最崇高的军礼。这是一份最庄重的承诺。

余下的日子,洪涛和韩江全身心地投入教学法备课当中。那份专注,好像全然忘记了"老班长"事件。

就在韩江紧张备战的时候,家里来了封电报:外公病危,速回。

连长岳山从通信员那里得知情况后,主动找到韩江:"要么就退出比武,回去一趟?"

"这事关乎连队的荣誉,还关系到班长的荣辱。外公是个老革命,说不定能撑到我比武之后。"韩江忍住悲痛说,"放心吧,连长!可惜我们家没电话,连队的这种手摇式的军线电话,又没法打出去。我这两天先抽空请假去镇上给村长家打个电话,问问情况。"

"好,你自己把握。如果你外公身体不行了,需要回去,随时告诉我。"岳山说。

韩江连续去了两次镇上,和家人约好时间后才通上电话。

刚接上电话,妈妈就在电话里哭上了:"韩江,外公下午已经走了! 你怎么还不回来?"

韩江的眼泪刷地掉了下来。他从小和外公的感情深,总爱跟外公睡觉,缠着外公讲战斗故事。许多个夜晚,韩江都是在外公的战斗故事中睡着的。如今,那些战斗故事已经烂熟于心,成为激励他矢志军营、献身国防的精神力量,但讲战斗故事的外公却已经离开了人世。

短短几秒钟,韩江思想斗争了千百回,最后还是抹去脸上的泪水说:"妈妈,我现在正备战团里的教学法大比武,各种因素决定我走不开。再说,外公已经走了,我回去也见不到了。等忙完大比武,我再回去给外公上坟!"

放下电话,韩江疯了似的跑到海边,面对家乡,双膝慢慢地跪了下去。他用外公无数回抚摸过的额头,长长久久地触向被海水浸泡过的礁石,如泪水般咸咸的滋味通过嘴唇渗进内心,浸透身体的每一个部位、每一处细胞,内心的苦涩在体内风起云涌。

当韩江抬起头,本来坚毅的脸上泪水纵横。一声恸哭惊天动地般在海边响起,随后情感打开闸门,铺天盖地的哭声接踵而来。这是一种感情的宣泄。

哭罢,韩江用海水洗去脸上的泪痕,将作训服里的电报揉成一团,扔进了茫茫的大海。对于军人来说,有的时候,人的脆弱和坚强会超出自己的想象。

营区门口，岳山正等着。见到韩江，岳山关切地问道："你外公的情况怎么样？"

"没事，妈妈说，外公今天精神又好点了，还能再撑一阵子。"韩江撒谎道。

"那就好。好好备战，比完武就让你回家。"连长岳山说。

"是！"

怆痛的风暴席卷过后，韩江内心有了更为坚定的目标：一定要夺得冠军，优秀的成绩是对外公最好的祭奠。

"分层次教学法"大比武的日子说来就来了。

一早，天阴着，海岛的雾气湿漉漉飘荡着，像是凝固在空气里的细雨。

班长洪涛说："这样好。"

韩江回应："这样好！"

连长岳山听得一头雾水："你俩的对话很哲学呀，什么意思？"

两人笑笑，没回答。

比武在一片完全陌生的区域进行。按照团里规定，参加比武的新兵，军事素质必须过硬。第一场比武，比的是 5 公里武装越野。这是各连队新兵硬实力的一场比拼。

装备全由团里准备：1 支冲锋枪，5 枚崭新的教练手榴弹，水壶里装满了水。

奔跑的场地，是 片高低起伏的山地，起点和终点都在比武场。

5 公里武装越野，从新兵连开始就是韩江的强项。所以一开始，韩江就没谦虚，一马当先冲在队伍的最前面。

开始后面还有战士试图超越韩江，过半路程后，再也没人做这样尝试了，因为路程进行到一半，通常是人体的极限时刻。韩江自在新兵连被班长单独教练后，在一次又一次 5 公里武装越野中，不断挑战自我，一次又一次突破身体的极限，是名副其实的猛人。

最后的冲刺阶段，成了韩江一个人的表演舞台。他冲过终点线时，还没看到第二名同志的影子。休息的时候，韩江看到团长陈平正俯在主席台中间一个两杠四星大校的耳边，指着韩江，说着什么。

待最后一名新兵冲过终点，一名少校军官走过来宣布成绩。

"今天的5公里武装越野，对你们来说是个挑战，因为全是高低起伏的山地，奔跑很耗体力，但你们每一个人都经受住了考验，成绩全部为优秀。具体待整个比赛结束时再讲评。"少校说，"接下来比试教学法，比赛规则与往日教学法不同，团里给比武设置了逼真的战场环境，作训参谋全程参与，会给教学增加不同的敌情。"

主席台位置，团长和政委中间坐着若干名军官，应该都是比团长还大的官。主席台后方位置，全团官兵坐在山坡上观摩，黑压压的一片，这无形中给比武增添了紧张的气氛。

比武通过抓阄进行。除通信连、特务连外，全团共12个连队参赛，"钢钉连"出场次序排在第9位。

前8名中，2个炮兵连展示的是技术兵器教学法，其余有抽到单兵战术动作教学法，有单兵基础动作教学法，有包扎与战场救护教学法，所有选手讲、做、教及讲评都各有所长，各有看点，评委们给出不少高分。

连长岳山明显坐不住了，他没有打扰韩江，只是一一交代配合的新兵要使上吃奶的劲完成配合任务。

韩江倒挺冷静，之前上学就这样，越是大考越冷静。以前有不少老师调侃韩江有大将风范。

轮到韩江上场，抽到的居然是战场包扎与救护教学法，这是一个极容易的教学法。连长岳山刚松下一口气，出战术情况的少校参谋在讲机里接到指令，改了教学内容。

"韩江同志，根据主席台的指令，给你出的战术内容是随机的，明白没有？"少校说。

"明白!"韩江大声回答道。

"现在的情况是这样的,距我1公里处,有小股敌人在某地集结,上级命令你们班迅速前往消灭。"

"是。"韩江向全班传达完任务后,开展了简短的临战动员:"上级把任务交给我们,是对我们高度信任,希望大家发扬英勇顽强和'两不怕'战斗精神,坚决完成上级交给的任务。同志们,有没有信心?"

"有!"新兵们杀声腾腾。

待韩江战斗动员后,少校下达第一组任务:"韩江同志,前方进入开阔地带,距敌多远尚不清楚。"

韩江立即命令:"1组,请迅速占领有利位置,掩护2组、3组通过。"

待1组占领位置,发出可以前进的指令后,韩江命令:"2组、3组,拉开距离,持枪大步迅速前进,随时准备战斗。待占领前方田埂后,掩护1组通过。"

待韩江带领2个组前进的时候,前方突然响起了零星的枪声。

有几名新兵条件反射性地卧倒。

"停,请大家围过来。"韩江展开教学,"刚才枪声较远,而且是零星的枪声,说明敌人并没发现我们班的行动,此时敌人即便发现了我们的行动,面对零星的敌人,开阔地带也不能卧倒,因为你们卧倒后就成了固定的靶子,会被敌人一一点射。下面的行动请听我的指令进行,明白没有?"

"明白!"

少校点了点头,说:"请继续你们的行动。"

"请大家迅速前进,占领前方田埂。"韩江命令道。

全班占领田埂后,少校宣布全班无一人伤亡。随后说道:"前方地形复杂,可能藏有敌人,请你们继续前进。"

韩江命令道:"1组,左前方植被茂密,端枪前进,仔细搜索。"

1组刚跑出去，便被韩江叫停了。

"2组、3组靠上来，请你们思考一下：为什么我暂停了，1组有什么不对的地方？"

"前进时，敌情观念不强，队形过于密集。"一名新兵回答。

"还有吗？"韩江问道。

"行进的姿势不够低。"

"还有吗？"韩江继续问道。

新兵们绞尽脑汁，再也想不出其他问题了。

"刚才你们讲的问题都对，说明你们开动了脑筋，下一步训练要防范类似的问题发生。"韩江说，"敌情不明的情况下，队伍行进应高度警惕，队形要散，防止被一窝端；姿势要低，要充分利用前方的植被隐藏自己，植被虽然不能抵挡敌人的子弹，但可以抵挡敌人的视线。还有一个问题，战场上行进，枪口与观察方向必须时刻保持一致，随时做好射击准备。"

韩江让战士开动脑筋思考，对教学起到了事半功倍的效果。灵活的教学方法，让出战术情况的少校都差点鼓起掌来。

韩江成功完成第二组情况后，少校说："敌人就在前方高地，请你们逐一消灭。"

韩江下达作战任务："1组，请你们占领右前方有利地形，展开佯攻，并掩护其余两个组行动。左侧地形易于隐藏，请2组、3组合理利用，交替掩护攻击。"

说罢，从挎包里掏出数个自制的发烟罐，分别发给3个小组。韩江说，"今天雾和发烟罐的烟较为相近，请把你们把有限的条件利用好。"

少校叫了暂停，说："除配发的武装装备外，不准利用额外的器材。"

韩江回答道："报告教员，对于你的命令，我持反对意见。'灵活机动、保存自己、消灭敌人'是无数革命前辈用鲜血积累出来的战术经验。我觉得因地制宜、因势而为没什么不对。请允许我们使用。"

少校被说得哑口无言。

全班的新兵很争气，利用发烟罐和各种地形的高度，灵活地采取各种匍匐姿势，成功地登上高地，消灭了敌人。

但少校并没有宣布战术结束，他指向一名新兵："韩江同志，现在1名战士头部和上肢分别出现创伤。请迅速处理。"

"1组、2组占据有利地形掩护，发现敌人集中火力消灭。3组留下2名同志抢救伤员，其余同志随1组、2组行动。"

战场救护，不是什么难事。包扎头部的新兵按照之前训练的方法，使用了加压包扎。包扎上肢的战士也按照韩江交代的不准用手和赃物触摸伤口、不准用消毒剂和消炎粉等涂抹伤口、不准用水冲洗伤口等要求，迅速完成了任务。少校检查了包扎的牢固度后，非常满意地下达了撤离任务。

此时，韩江没有掉以轻心，命令各组分别投掷烟幕弹、手榴弹，利用烟雾，迅速撤离阵地。

主席台位置响起了掌声。评委们一致地亮出了满分。

后面还有3名选手比赛，但第一名已经毫无悬念。

中午时分，整个比武结束，全团被带到主席台前。

陈平说："今天的比赛，赛出了各个连队的训练水平，也训出了'分层次教学法'的成功。尤其是'钢钉连'的韩江，5公里武装越野，山地的成绩破了团里平地越野的成绩纪录。我们给他的教学法也是最难的，都是随机出的战术情况。但是他始终带着敌情处置各类情况，非常完美，教学方法也非常灵活，充分体现了韩江一个半月的训练水平。为鼓励先进，经团党委现场研究决定，给今天的比武冠军韩江同志记三等功一次。下面请师长讲话。"

师长个子不高，肤色黝黑，眼神所到之处自有威严勇武之气。这是长年军旅所锤炼出来的属于军人的特有气魄。他讲起话来中气十足,声若洪钟:"一个月前,听陈团长说,'钢钉连'有个班长搞分层次教学很成功,开始我不是太相信,觉得饭得一口一口地吃,训练基础得一点一点地打。今天,我带来了副师长,司令部的参谋长、副参谋长,教导队的队长等人,现场看了你们的比武,觉得不错。我们一致认为训练完全可以针对战士的个体情况,开展分层次教学,实现跨越式发展。这是一个成功的经验,下一步将在全师推广。下面就不占用你们吃饭时间了,各连队带回,请'钢钉连'的连长带洪涛和韩江到主席台来。"

全场掌声。

各连队带回之际,连长岳山带着洪涛和韩江跑步来到主席台。

"'钢钉连'不愧是先进的连队,我代表师党委感谢你们培养出军事训练的典型,探索出军事训练的新路子。"师长冲着连长岳山说。

随即,师长望着洪涛说:"你就是洪涛?"

"是的,师长,我是洪涛!"洪涛大声回答道。

"我知道你,也知道你提干的风波。犯那样的低级错误很不应该,作为一名战士必须知道什么事该做,什么事不该做。我很替你惋惜,同时也感激你创新了军事训练的方法,我会记得你的!"说着,师长用手在洪涛的肩膀上使劲地拍了两下,"你培养的兵不错,很有战术素养,很有军事潜能,今天的比武堪称完美。"

"报告师长,韩江一方面是我的培养,更多的是他自己努力的结果。"洪涛知道自己在部队的前途已经走到了尽头,希望将韩江推出去。因为按照规定,战士荣立两次三等功,可以确立为提干对象。

"见功不揽,果然是个好班长!"师长肯定地说,"这次军区《人民前线》报社的记者也来了,你和韩江留下来配合采访,我们要向全军区推出'分层次教学法'经验。"

"韩江近期准备一下,下一步巡回各团作一次教学表演。"师长吩咐道。

"报告师长，韩江的外公已经病危，希望能准几天假让他回去一下。"连长岳山大声报告。

师长愣了一下，团长、政委的眉头全都皱了起来。谁也没想到一个小连长会在公众场合违抗师长的命令。

"好一个爱兵如子的连长！爱兵，才能把兵带好，才能把连队带好，我不怪罪你，还要表扬你。"师长随即笑了，然后将头转向韩江，"韩江，那你就回去几天，等你回来再巡回示范表演。"

韩江的泪刷地流了下来，大声报告道："报告师长，我外公他前些日子已经过世了，我隐瞒了情况。等巡回表演完，我再回去上坟。"

全场都怔住了。多好的兵啊，痛失亲人还能带着悲痛，将战术教学法演绎得如此完美，这得需要多大的忍耐力啊！

"不急。你下午配合完记者采访，明天就回去，回来后再说。这是我师长特批的假。"师长说。

"是！"韩江敬礼回答。

第二十一章　路上的邂逅

采访进行得很顺利,都是洪涛和韩江经历的事情,原原本本地叙述就行。

采访完,回连队的路上,洪涛说:"我们得庆祝一下,给你最烈的酒,敢不敢喝?"

"你让我喝我就喝,哪怕是毒药!"韩江答。

洪涛带着韩江直接去了海洋观测站的食堂,见到"老班长",当着韩江的面,直接在脸上亲了一口,说:"今晚小卖部别开了,多烧几个菜,晚上给韩江庆祝一下。这小子今天夺了冠,又立了一次三等功,他已经站到军官的门槛上,即将实现我没有实现的梦!"

"老班长"也很高兴:"行,我们到爸爸的办公室吃,那里清静。"

洪涛问:"你爸不在?"

"在,爸爸刚才还问你回来没有呢!""老班长"边说笑,边用手捅了下洪涛的腰,那是洪涛最怕痒的地方,"你们先去他的办公室坐会儿,顺便向你的岳父大人好好汇报一下比武情况,我亲自给你们炒几个菜。今晚可以喝点酒,但不准醉,我不想你退伍之前再出事,更不能影响韩江。"

"遵令,老婆大人。"洪涛敬了个礼,被"老班长"推了出去。

在"老班长"父亲的办公室,洪涛详详细细地描述了今天的比武情况,把师长讲的话原原本本地转述了一遍。学师长的话,洪涛一字不错,连语气都像。

"老班长"的父亲听了很高兴,但得知韩江的外公已经离世的消息时,情绪随即低沉了下来。他对韩江说:"明天一早用我的车送你去福州火车站,省得路上耽误时间。"

"老班长"很快将菜端了进来,还提了一瓶酒。

"老班长"的父亲说:"敢不敢把你们连长叫过来,一起庆祝?"

韩江吓得直摆手。

洪涛说:"有什么不敢的,叫!"

"老班长"的父亲拿起电话,通过团总机将电话接转到连队,找到岳山。

岳山接完电话,二话没说,放下电话,直奔海洋观测站。

"好啊,你们两个兵,跑这喝酒不叫我。"岳山推开门就嚷嚷开了,"我和指导员通过气了,说去镇上接你们,私人给你俩接风庆祝一下。今晚可以放开喝,哈哈。"

岳山坐下,拿起筷子吃了两口菜。随后端起酒杯对"老班长"的父亲说:"来,我们一起敬两位功臣。"

见韩江放不开,岳山喊道:"愣着干吗? 喝,今天主要是为你庆祝。"

喝是喝了,韩江还是放不开,毕竟身份太过悬殊。

洪涛很放得开,一会敬连长,一会敬准岳父,一会敬韩江,一会敬"老班长"。喝着喝着就醉了,喝着喝着就哭了。

大家都知道他心里苦。上次的风波出了这么久,他一心扑在韩江的教学上,没心思也没时间顾及自己的事情,现在"分层次教学法"比武结束,心里没了牵挂,一下子将一个多月苦闷的心情发泄了出来,哭得一塌糊涂。

韩江也哭了。他没醉,他内心同情班长,也十分想念过世的外公。

岳山和"老班长"的父亲面面相觑。

岳山说:"都哭吧,哭出来就没事了,明天醒来,太阳还是新的!"说完,端起一大杯酒,一饮而尽。

他又倒了一大杯,敬"老班长"父亲:"你是个好人,以后洪涛就交给你管了!"说完又一饮而尽。洪涛一直以来是岳山欣赏甚至是溺爱的兵,因为自己疏于管理而出了事,岳山的内心有愧。他一度认为,如果他之前盯紧一点,洪涛不至于在自己的手上毁了前程。

"不怪你,这都是命!""老班长"父亲将一大杯酒喝了下去,眼泪掉了下来,"孩子妈妈是高龄产妇,孩子生下来了,她却因为子宫大出血走了。我一个人把孩子拉扯大,只希望今后洪涛能像我一样疼她。"

"命!"岳山拍拍"老班长"父亲的肩,"不瞒你说,最近我也不顺。前段时间因为连队事情多,顾不上家,老婆对我怨言很深,正闹离婚呢!"岳山无奈地摇摇头,又喝下一大杯酒。

后来,岳山也醉了。满桌只有韩江和"老班长"是清醒的。

见大家都醉了,韩江对"老班长"说:"你照顾好你爸,我扶连长和班长回连队了。"

将岳山送回到房间,韩江见书桌上堆满了信,信封堆在一边,信纸装订得整整齐齐,看字迹和地址应该是他老婆寄来的。另一本空白的信纸上,有数张写满了"阿莲"。临出门时,韩江偷偷地撕下一张,并拿走了一封写着"岳山收"的信封。

翌日一早,"老班长"父亲的车在营区门口等着韩江,"老班长"拿来一堆面包和零食,说给韩江路上填肚子和消磨时间。

车子一路顺畅。到了火车站,韩江买到了去上海的火车票,是站票。

当时正值学生放寒假,是铁路运输的高峰期,能买到站票就不错了。候车室里,人山人海。按规定,韩江可以进"军人候车室",不需要在大候车室挤。

在军人候车室门口,有两个女孩子拉住韩江说:"我们是师范大学的,能不能和车站的工作人员说声,说我们是你的朋友,带我们一起进去呀？我们是站票，想早点上车占个好位置。"

韩江看两个娇小的女生楚楚可怜的样子，说："好吧！"

两个女生一路顺利地跟着韩江优先上了车，三个人找到一处宽松的地方，放下包，就坐在包上。

不一会，车厢内挤满了人，密不透风。

见到这种情况，两个女生更加感激韩江，其中一个女生对韩江说："如果不是你，估计我俩都挤不上车。"

车内的时光很无聊。三个人有一搭没一搭地聊了起来。

两个女生，分别自我介绍，一个叫陈小欣，另一个也姓韩，叫韩雪儿。

"韩姓不多，你说五百年前我们会不会是一家呀？"因为是同姓，韩雪儿特别兴奋，望着韩江，眸子里闪烁着纯净的光泽。

"不一定。据史料记载，韩姓，一支出自周成王的朝代，晋穆侯的孙子毕万受封陕西韩城后，其后人开始姓韩；一支出自战国时期，韩国被灭后，原韩国后人有人改姓韩；还有一支出自北魏时期；另外，民间还有传说认为韦和韩本是同族。说法都不一样，所以不一定是同一个祖宗。"韩江说。

韩雪儿问："那你的祖先是谁？"

"我家在江苏盐城的最北端，临近淮阴。家谱上说，我们是淮阴侯韩信的后人。"韩江答。

"哇，太牛了！"韩雪儿说，"我家在江苏镇江，听说祖先是从河南孟州举族搬迁过来的。你知道我的祖先是谁吗？"

"唐代著名诗人韩愈是河南孟州人。我觉得你的祖先应该是韩愈。"韩江说。

"嗯，怪不得老师和同学们都说我有写诗的天赋，肯定是遗传先祖的基因。"韩雪儿一脸兴奋。

"你会写诗？那你现场写首给我欣赏欣赏。"韩江想看看这姑娘到底有多少文采。

此刻已近黄昏,车窗外霞光柔情似水般洒在韩江身上。望着韩江,韩雪儿脱口而出:

> 当和平的鸽哨
>
> 穿过硝烟
>
> 黄昏时分
>
> 兵之韵
>
> 柔情似水
>
> 往事潺潺流淌
>
> 记忆游离如丝
>
> 熟稔的晚风
>
> 捎走远山的絮语
>
> 落日的霞光
>
> 勾勒出一个汉子的剪影
>
> 像一座伟岸的山

出口成诗,让韩江对韩雪儿刮目相看,"老班长"送的零食立马奉上。三个人一路吃着聊着到了上海。分别时,韩雪儿要了韩江部队的通信地址,说:"我俩都姓韩,是缘分,以后常联系。"

韩江乐于认识这位有才华且清纯可人的女子:"好,以后就以兄妹相称吧!"

随后三人各自转乘长途大巴,分道扬镳。

韩江是傍晚时分到的家,一进家门,妈妈便哭了起来,边哭边说道:"外公病重时,意识到自己这次扛不过去了,以抗拒饮食的方式拒绝任何医治。无论是他生前的战友,还是亲人,谁劝都没用。临终前,一直念叨着他团长的名字和你的名字,直到去世。"

尽管生与死的自然规律,不以人的意志而逆转,但韩江未能在外公临终前见最后一面,还是满心愧疚。

天色已晚,黑幕笼罩。韩江坚持当晚去外公的坟前祭奠,寄托内心的哀思。

家人拗不过韩江,按照风俗,买来纸钱,摸着黑去了外公的墓地。说是墓地,其实就是一个用土堆起来的坟。苏北那片,老人去世后,都这样下葬。

坟地很安静。坟头的荒草绵绵密密,寒风吹过,发出呼啦啦的声音,如同一场不绝于耳的绝望的哭泣。

找到外公的坟,韩江跪地恸哭。韩江的妈妈一边烧着纸钱,一边哭着:"你外公很早就预感到自己不行了。有一天向党组织上交了平时省吃俭用攒下来的8745.76元'特殊党费',之后就病倒了。临终前,一直叫着你的名字,好几次昏迷醒来也在找你。你为什么就不回来,为什么就不能满足你外公的心愿啊?"

韩江只有哭,他没有任何弥补的办法。泪眼蒙眬中,韩江仿佛见到儿时听外公讲战斗故事的场景,见到外公在枪林弹雨中英勇作战的身姿,见到外公孤独离去时满脸落寞的神情。从外公身上,韩江汲取到一种战斗的品质,也懂得了一个男人的担当与责任。外公虽走了,但他是活在韩江心中的永远的丰碑,永垂不朽!

第二十二章　韩江写给岳山家属的信

韩江到家第二天,照着连长家属寄出的信封地址,给岳山家属写了封信。

嫂子,您好!

我是连长岳山的兵,您不认识我,但我在训练场上见过您一面。记得有次您来我们连队,我们正在训练。见到您来,连长很开心,我们全连的兵也特别兴奋。那天投弹,全连的兵都使出上吃奶的劲,每一名战士都投出了高于平时的成绩。当时,连长开玩笑地说:"我老婆来了,你们这么兴奋干吗?"

那天,您穿着红色的衣服,远远地坐在一处山石上,就那样静静地坐着。因为距离远,我看不清您的脸,但我能感觉到,您很美!

后来再没见过您,听说您只待一天就走了。您走后,再没见连长开心过,只常见到他训练间隙叹息,叹息,再叹息,常见到他深夜一个人静静地坐在山顶上,长时间一动不动地望着远方。我想,那一刻,他肯定在思念着远方的你。

但他没办法,他走不开,我们连队 90 来号兵拴住了他的人,消耗着他的精力。连长每天最早起床,在训练场上等我们。晚上,我们全睡了,他会悄悄地来到排房给我们披被子,所有排房走一遍,才安心地回房间睡觉。连长深深地爱着这个连队，他可以将连队从"黄麻起义"战争开始的所有辉煌历史从头到尾、如数家珍般地讲给我们听。他记得所有战士的家庭情况、个人喜好和训练成绩。平时他对我们极为严格，那种威严的样子甚至有点至高无上，但有时也格外温柔、细腻，要是哪个战士生病了，他的关爱像慈母一样，暖人心窝。

我知道连长心里苦。前几天，我的教学法在团里拿了第一名，连长给我庆祝，酒喝着喝着，就哭了。我送他回房间，离开时，醉酒的他一个劲地喊："阿莲，别离开我！阿莲，别离开我！"

嫂子，别离开我们的连长好吗？近些日子，连长一直忙于我的"分层次教学法"比武，没有时间照顾您及家庭，以至于您以为他不爱您了。事实上，连长醉酒那天，我看到他的桌子上堆满了您的信。信全从信封里取了出来，连长用针线将它们装订在一起，厚厚的，像一本小说。我想，连长应该每天都像欣赏文学作品一样，反复地读您的文字，读您的心情，读您对他的爱！您肯定也深爱着连长，否则不会有那么厚厚的一摞信。

连长的桌子上，数张信纸写满了您的名字，那天，我才知道您有这么好听的名字。临走前，我偷了一张，也偷走了您写给连长的一个信封，随信一并寄给您。

嫂子，一个优秀的军人，一定是一个优秀的男人。知道吗？我们连队自从连长来了之后，年年被评为军事训练先进单位，连队已经连续两年荣立集体三等功，连长也多次被评为"优秀基层带兵干部""优秀共产党员"等。将来，您一定会为拥有这样的男人，感到骄傲！

嫂子，我代表全连的战士给您写信，希望您别离开我们连长！

第二十三章　韩江家来了特殊的客人

　　在韩江结束休假回连队的前一天，家里来了一位特殊的客人。

　　一位少将，在几位老人的陪伴下，走进韩江的家里。

　　韩江的妈妈认识这些老人，让韩江一一叫张爷爷、王爷爷、孙爷爷。

　　妈妈说："这些都是你外公生前出生入死的战友。你外公临终前，这些战友日夜守在家里，家人劝都劝不回去！"

　　"这是我们和你外公在战火中结下的战友情谊，外人不会懂得这份革命情谊的分量。"孙爷爷接过话。

　　至于那位身着军服的少将，妈妈不认识，韩江更莫名其妙。

　　"这位将军的父亲，是你外公曾经的团长。"张爷爷对韩江介绍道，"你外公临终前，意识时而清醒时而迷糊，一直喊着想见吕团长。我们知道吕团长早已仙逝，就试着给吕江伟曾经任职的军事科学院写了信，希望他的后人能来一趟。"

　　"我父亲曾经任职过的军事科学院，过了很久才把信转到我们家，没能在你外公生前赶到，我深表遗憾！"少将接过话说，"我父亲在世的时候，曾无数次跟我们提起过你外公，说你外公是他的救命恩人，说你外公作战很勇敢，说你外公放弃当官，是他的遗憾！所以，收到来信后，我知道可能不能在你外公临终前见上一面，但我还是赶来了，也算是替我父亲还个愿，感激当年你外公的救命之恩。"

　　见韩江穿着军装，少将问韩江的所在部队。韩江告知后，少将说:"还真是缘分,当年你外公是我爸的手下,现在你是我的手下。"

少将见韩江满脸迷茫,继续说:"我叫吕继伟!"

"司令员好!"韩江立马起身立正敬礼。

吕继伟少将说:"原来你知道我。你叫什么名字?"

"我叫韩江。"韩江答。

"更有缘分了,当年你外公是我爸手下的虎将,现在你是我手下的虎将。"吕继伟说,"我知道你,前几天军区的报纸上,刚刊登过你的事迹。"

听着吕继伟和韩江的对话,众人都如置身在一片迷雾当中。

吕继伟赶紧解释:"我们两家很有缘分,我是韩江所在部队的司令员。韩江不愧是英雄的后人,他在部队表现非常出色,刚入伍一年,军事素质已经非常了得,先后立了两次三等功。这非常不容易!这些成绩也算是对你外公最好的祭奠了!"说完,让韩江带着去坟上祭奠。

上坟的路上,韩江的妈妈一路哭,吕继伟一路搀扶着韩江的妈妈,没说话。

大家的心情都很沉重。

在韩江外公的坟前,吕继伟脱下军帽,低头默哀。戴上军帽离开之前,对着韩江外公的坟,献上了军人最崇高的军礼,很久很久才放下右手。

回到韩江家里,吕继伟掏出一万块钱递给韩江妈妈。当时这笔钱对农村人来说,是巨款。韩江妈妈吓得没敢要,几次推却之后,吕继伟还是将钱塞进韩江妈妈的口袋里。他说:"这钱是当年父亲留下的,我们用不到,替父亲给你们,也算是还了父亲的心愿。如果你不收下,我的心是难安的!"

离开韩江家之前,吕继伟给韩江留了联系电话和家庭住址,让韩江有空去家里坐坐,让韩江有任何事情直接打电话给他。

第二十四章　田慧萍来电话了

记下吕司令员的电话，韩江并没想过要打。他希望依靠自己的实力，证明人生的价值。

休完假刚回到连队，韩江就被战友们围了起来，说前几天军区的报纸整版刊登了有关团里分层次比武的稿件，其中有一篇韩江的专访《这个新兵不简单》和班长洪涛的专访《这个班长不简单》。

拿到报纸，韩江披红戴花的照片果然十分醒目。

连长岳山也非常高兴，说昨天师里还打来电话，了解洪涛的情况，估计留队提干有戏。

听到这消息，韩江更加开心。

傍晚，通信员来班排叫韩江去连部接电话，说有个女的找。

韩江心想，难道是韩雪儿？他带着疑惑跑步到连部拿起电话："喂，请问哪位？"

"喂，出了名就不认识人了？"电话那头格格地笑了起来，"我是田慧萍。看到你的光辉事迹，才知道你在'钢钉连'当兵。"

那天，韩江和田慧萍聊得格外投机。两颗原本陌生的心因为许多共同的话题渐渐熟悉起来。

临挂电话时，田慧萍说："现在联系上了，以后就不要断了联系了。你也可以给我写信。"

"好！"

虽然答应了田慧萍，但韩江并没时间写信。回到连队的第二天,在师作训科的组织下,韩江赴全师各团战术巡演去了。

巡演中,韩江拿出了自己的强项:400米障碍和战术教学法。意料之中的成功,所到之处,掌声一片,赞叹声一片。

战术教学法巡演结束那天,师长亲自设宴为韩江庆功。

在喝不喝酒的问题上,韩江很是犹豫。

"今天我特许你放开喝,不能喝酒将来还有什么气势出来打胜仗?"师长看韩江第一杯只喝一点点,操着一口浓郁的南方口音直接开骂。

"这么大的官了,怎么和连长一样暴脾气。再说,喝酒和战争好像没什么直接的关联吧!"韩江在心里嘀咕,但既然师长开口让喝,他不再犹豫了,端起酒杯,一口喝下。

师长见韩江喝下,端起酒杯,对韩江说:"你这个新兵不简单,我敬你。"

韩江又一口喝下,随后要了三个杯子,一一倒满,说:"强将手下无弱兵,我能有今天,全是班长洪涛教导有方。这三杯我敬师长,替班长要个将功补过的机会,希望师长今年能让洪涛班长留队,训练出更多我这样的兵来。"

胆子太大了,敢向师长提要求。一桌人都看向韩江,随后又看向师长。

师长也愣了一下,随即哈哈一笑说:"酒我先喝下,但你们班长是走是留不是酒能决定的,这得开会研究。我现在不能答应你,但可以答复你,我这一票没问题。"说完,一饮而尽。

见师长没生气,大家都放下心来。韩江端起三杯酒,一一喝下。

酒喝得差不多的时候,师长及时收场,端起酒杯说:"最后一杯大团圆。希望韩江回连队后再接再厉,创造更多的佳绩出来。"

"是!"韩江响亮地答道。最后一杯酒下去,眼泪呛了出来,韩江知道,这更多是感动。

晚上入住师部招待所,离师部医院只一街之隔。见只有八点多，离熄灯时间尚早，韩江散着步向师医院走去。

凭着感觉，韩江先走到食堂，看了看入岛前睡觉的地方。又踱步来到女兵宿舍楼下，宿舍同样黑灯瞎火。韩江问值日的战士，得知医院官兵在俱乐部排练节目。

按照指引，找到俱乐部，隔着窗户，韩江见到一个帅气的男兵拿着话筒，正满怀深情地唱着张学友的《你知不知道》。真是好听，很多女兵都陶醉在歌声当中。

接着是女兵小合唱，田慧萍也在其中，唱的是《无名小路》。在配合默契的声部合唱里，女兵们还融入了舞蹈动作。一张张娇俏的面容，配以甜美的声音，加上充满青春活力的舞蹈演绎，引得台下男兵们阵阵喝彩。歌唱和表演完毕，田慧萍宛然一笑，露出了特有的"梨涡"。

排练仍在继续，后面是男兵合唱表演。一个个长得又帅，唱得又好。韩江看看自己一身磨得发白，还带着汗臭味的冬作训服，没好意思叫田慧萍，悄悄地离开了师部医院。

第二十五章　一封信拯救了一场婚姻

回到连队当天，连长拉着韩江进了自己的房间。关门后，开了一瓶酒，拿出两个军用茶缸，一人倒了一茶缸，然后扔了一包榨菜给韩江，说："请你喝一杯，一是祝贺你'分层次教学法'巡演成功，二是表达个人的感激之情。"

"什么个人感激之情？"韩江一头雾水。

岳山甩给韩江一封信，说："你看看！"

韩江打开信封，掉出韩江写给嫂子阿莲的信和写满"阿莲"的信纸，一下子就明白是怎么一回事了。

"连长，信我就不看了。你就告诉我，嫂子原谅你没有？"

"当然原谅了，你嫂子还夸你文笔不错呢。"岳山说，"当然，你嫂子的文笔也不错。我念一段给你听听。"

岳山喝了口酒，放下茶缸，拿出信念道："韩江的信让我知道，你既像许多平常男人一样，需要温馨如梦的家和属于你的妻子，又要日夜履行军人的天职，守好国防。我知道在两者之间，你很难平衡，你很累！今后也不要平衡了，我支持你。

"韩江的信让我懂得，做军人的妻子，必须像军人一样甘于奉献。在孩子面前，既要当爸爸，又要当妈妈；在你面前，既是坚强的后盾，又是温柔的女人；在父母跟前，既是儿子，又是媳妇……我知道要做好这一切并不容易，但我会尽力做好。请你不要牵挂我和孩子，不要为家事分心走神……"

"说得真好!"韩江由衷地说道。

"来,走一个!"岳山端起茶缸,两人一饮而尽。

岳山还想和韩江再喝一茶缸,通信员来敲门,喊韩江接电话,于是作罢。

是田慧萍打来的。

"一直没接到你的信,也没接到你的电话,还好吗?"田慧萍问。

"还好,前些日子到全师各个团巡回表演战术教学法。"韩江说,"有一天晚上去医院看你,见你在排练节目,《无名小路》唱得不错。"

"那你怎么不叫我出来见一面?"田慧萍在电话里叫了起来。

"嘿嘿,没好意思打扰你。"

以后的日子,田慧萍隔三岔五地打来电话。韩江也会给田慧萍打,都是团总机班史可夫帮忙转接。

史可夫说:"冥冥之中,我分到团总机班好像是为你俩服务的。"

韩江也觉得,每一个出现在生命中的人,都不是无缘无故的,哪怕是擦肩而过,也是天注定的一种缘分。韩江唯独希望,他和田慧萍的缘分,可以穿越一世的光阴。

韩江和田慧萍都很感谢史可夫。因为转接军线电话,得经过营、团、师三个总机,如果没有熟悉的人从中帮忙,接线员会很不耐烦,时间久了还会催着挂机。

每次韩江和田慧萍对史可夫说谢谢时,史可夫就打趣:"以后你俩要成了,得请我坐头桌。我每次给你俩接转军线,也算是牵线的人。"

韩江和田慧萍每次哈哈一笑,算是回答了。

韩江不知道将来能不能娶到美丽的田慧萍。在田慧萍面前,韩江始终有自卑感,每次和田慧萍通话都如同做梦一般。

有一天,韩江在电话里问田慧萍:"你明年要是考上军校,就不会再给我打电话了吧?"

田慧萍沉默了一会，冷静地说："说实话，我们都是成年人了，我肯定不会找一个战士当自己的终身伴侣。以你现在的状态，提干肯定没问题。但你也要努力复习，考上军校，接受系统的军事技能和文化知识教育，这样将来会更有发展潜能。"

一语敲醒梦中人。这确实是韩江未曾想过的问题。从此，韩江一边训练，一边捧起了课本。

之后的电话，韩江和田慧萍谈论的话题缤纷万千：谈逸闻轶事趣味横生，谈人生未来满是憧憬，谈文学艺术虔诚谨慎，谈历史变换沧桑沉重……但二人始终没再触及爱情的区域，那晚所聊的军校的话题，已经给他俩的未来定了调。再说，部队铁一般的纪律，也不允许他们越雷池半步。

倒是连长岳山喜事临门。有一天，他悄悄地告诉韩江："再过几天，你嫂子要来看我了。"

这也让韩江非常期待。

自从给嫂子阿莲写过信，韩江好几次梦见嫂子来连队看望连长，还给连长生了个大胖小子。

没想到，嫂子真的要来了。

阿莲这次来队探亲，过程一波三折。岳山收到信没过多久，台风来临了，正是在阿莲约定来岛探亲的日子。

台风期间，风大浪急，会经历很长的周期。这期间，无论地方的船只，还是部队的登陆艇，都不敢轻易下海。

这让岳山格外焦急。阿莲已经在路上了，没法通知她别来。

果然，台风刚来的那天，阿莲将电话打到连队，说已经到码头了，受台风影响，没船进岛。

岳山让阿莲先到码头附近的部队船队，找同乡的战友安排住下米，等风小的时候再进岛。

台风好像要和岳山作对似的，连续数日，大风吹，巨浪涌。岳山打电话到船队安慰阿莲，阿莲倒心平气和地安慰岳山，说老天不帮忙,也没办法。

终于有一天,风似乎小了一点。这也到了阿莲假期快结束的日子。

船队老乡打电话给岳山,说他亲自驾登陆艇送阿莲进岛。

岳山很兴奋,带着韩江等一帮兵在码头上列队迎接。

不一会,浩瀚的海面上出现了一艘登陆艇,毫无疑问,是护送阿莲进岛的艇。

这时,海上的风又大了起来,登陆艇犹如一片落叶,在疯狂的浪涛里显得孤立无援。码头上官兵的心全悬到了半空。

登陆艇开近了,穿着红色衣服的阿莲在艇上特别醒目。

连长岳山喜出望外,热泪盈眶。双脚来回地在岸上踱着步,焦急万分地等待登陆艇靠岸。

登陆艇反复来回,几次靠岸,都因为风大浪高,没能成功抵岸。岳山的老乡通过艇上的喇叭告诉岳山,风太大了,如果登陆艇强行靠岸,肯定会被巨浪拍翻。

岳山急得直跺脚。

"阿莲!"岳山将手围成喇叭状,护着嘴深情地呼喊着。

风声盖过了岳山的呼喊声。

"阿莲!"岳山依旧不认输地呼喊着,那呼声使人柔肠寸断。

飓风,在岛的上空疯狂地呼啸着,发出尖锐的啸声。

"阿莲!"韩江跟着连长喊了起来,后来码头上的战士一起跟着连长喊了起来,歇斯底里的声音,让人听得心都快碎了。

阿莲听到了大家的呼喊声,满脸热泪。她将嘴紧贴艇上的喇叭,大声地喊:"岳山,我爱你。我的假期快结束了,我必须回去了。你一定要多保重身体,下次我再来看你。"话音带颤抖,带着哭泣的声音。

"阿莲,我爱你。等不忙了,我回去看你。"岳山哽咽了。

码头的官兵齐喊了起来:"嫂子,我们爱您。等连长不忙了,回

生命的家园

422

去看您。"

那呼声,天海动容。这是夫妻之间的承诺,是一生厮守的誓言。

就这样,登陆艇在数次无法靠岸的情况下返航了。

那天,码头上的官兵全哭了。没人会相信,阿莲从数千里外的家乡来探亲,和岳山近在咫尺,却不能相聚。当载着阿莲的登陆艇离开视线,岳山和他的兵们,很长时间都没动。

第二十六章　抗洪抢险

台风期过后，是连续数日的大雨，雨水引发多地洪水泛滥。"钢钉连"受命参加抗洪抢险任务，保护人民生命财产安全。

也正是这场众志成城的抗洪抢险，缓和了"钢钉连"新老兵之间的矛盾。

洪水发生在岛外，全师兵力都投进去了。

"钢钉连"官兵的任务是合拢某县决堤的水库。到了某县，已经是深夜。此时，天空电闪雷鸣，暴雨如注，县城的道路已经被水库决堤的洪水淹没，洪水正一分一秒地往上涨。

暴雨中，官兵们涉着水，极其艰难地走进危险的水库。此时，水库已经被扯开了一道10多米长的口子，滔滔洪水如发疯的猛兽，一刻不停地撕扯着大堤。

岳山迅速划分战斗编组，体力弱的战士负责挖土装袋，水性好的战士负责在决口处打桩，体力好的负责扛运麻袋。一场惊心动魄、生死攸关的恶战迅速拉开。

韩江主动要求加入最危险的打桩组，在水流湍急的决口处，和另一名战友配合，将一根根坚实的木桩夯进大堤的伤口。

这是一场争分夺秒、你死我活的战斗。洪流里，战士们满身泥浆，根本分不清谁是老兵谁是新兵，每一个人都是不畏艰难、不惧危险的勇士。

大堤上的战士们一刻不停地奔波着，如同一条涌动的长龙。

连续奋战18个小时，"钢钉连"官兵一粒米未进，一滴水没喝，没有一个人叫一声苦，叫一声累，叫一声困，叫一声乏。

决口没堵住，洪水在肆虐，没一名官兵休息；甚至，当群众将馒头、稀饭送上大堤时，没一个人主动去吃。直到岳山强行下达命令，大家才抓起一个馒头又跑回大堤上，边吃边与洪水鏖战。

大堤的缺口越缩越小，洪水的冲击力却越来越大。九班长赵世界疲惫不堪，在夯桩时一个踉跄，摔进水库，许春林、林国勇几乎同时箭步上前，合力抱住赵世界，他才没被洪水淹没。

堤口越缩越小，不甘屈服的洪水借堤两侧水位的落差，咆哮着冲击决口。洪涛拉着韩江跳进水流最急的地方，其他不少战士也纷纷跳了下去，一个抱着一个，用身体围成一道坚实的人墙，阻击着不断涌来的愤怒的洪水。其余战士争分夺秒地打桩，继续向决口装填麻袋。

决口在一点一点地合拢。此时，装土填袋的战士、扛运麻袋的战士、用肉身阻击洪水的战士、打桩的战士，个个又困又累。抡锤夯桩的林国勇，一个闪失将锤子砸到张奇兵的肩上，肩骨当场碎裂，痛得张奇兵直叫。

张奇兵是"老鼠"的老乡，之前因为"老鼠"事件，打过林国勇。

林国勇吓得扔下锤子，抱着张奇兵说："班长，我不是故意的，我真的是不小心。"

"我知道，我知道！别告诉别人，我们继续战斗。"张奇兵说。

"肩骨都碎了，还怎么战斗！"站在边上阻击洪水的韩江上前，扛起张奇兵就去找医生医治。

战斗持续了42小时，洪水终于被制服。望着大堤内安静的洪水，官兵们互相抱着、哭着，个个成了泪人。

此时，每一名官兵的身体都已经严重透支，当地群众将盒饭送上来时，很多人刚吃两口，就倒在大堤上睡着了。

战争并没有结束。高水位的大堤泡在洪水中，极有可能再次发生决堤。

"钢钉连"的官兵们就吃住在大堤上，守着水位下降，护着大堤安全。每天，县里的群众自发地来到大堤，给战士们送饭、送菜、送水、送水果。那阵子，"钢钉连"的战士每一天都氤氲感动当中。

让韩江特别感动并铭记一辈子的是一位姓宋的大娘。那阵子，韩江和战友们的鞋子每天被洪水浸湿，穿着极不舒服。大娘每晚都执着地将战士们的湿鞋子一双双地收回去，洗好烘干后又很快给战士们送回来。

有一天，巡堤任务不重，韩江见大娘这么辛苦，主动承担了这份任务，将战友们的鞋子收齐，用清水洗好，用大娘家的火炉烘烤。

韩江以为烘烤鞋子，是一件极其容易的事情。殊不知，那时部队给战士们配发的解放鞋的后跟处，布里包着的是海绵，稍不留神，包裹海绵的布和海绵就容易烫坏。韩江在烘烤时，接连烫坏好几双鞋。

韩江连忙向宋大娘求助。

"烘烤时，要把鞋子拿在手上，要不停地变化位置，这样海绵才不会被高温的火烫坏。"宋大娘说。

听了大娘的话，韩江心里一阵发热，泪水不知不觉地流了出来。每晚，宋大娘要把近 100 双的鞋子洗出来，再坐到火炉边，用手一双双一刻不停地变换位置烘烤，这得多大的工作量啊！这烘干的一双双鞋子，分明是人民群众对解放军深厚的爱啊！

又一场险情来临，战士们迅速转移阵地，宋大娘才没有机会继续帮助战士们烘烤湿漉漉的脏鞋子。

据巡堤人员报告，大堤某处发现渗水现象。岳山立马集合部队，火速赶到险情现场。

此时，源源不绝的水流正一刻不停地从大堤底部涌出。水流越来越大，情况越来越严重，随时有决堤的危险。

"钢钉连"再一次加入战斗。

　　为了摸清漏洞的位置,岳山将绳子一头系在腰上,一头交给几个壮实的战士,顺着大堤,潜入水中。

　　水下的岳山用身体感应着水流,摸清位置。摇动绳索上岸后,岳山大喘一口气,连忙抽调水性好的战士,腰上系上绳子,扛着装土的麻袋,跟他下水堵塞漏洞。

　　洪涛、"老鼠"、韩江、钟忠等人名列其中。

　　水下的漏洞越来越大,下水的战士就是和漏洞抢时间、赶速度。一袋又一袋麻袋填进去,很快被吸入洞中。塞填过程中,"老鼠"一不小心被漏洞吸中,根本来不及反应,就往洞里陷去。韩江正好在他的身边,眼疾手快,一把抓住"老鼠",死死拉住。钟忠也见到了,赶紧游过来,边抱住韩江,边同时摇动三个人的绳索。岸上的人赶紧将三人拉上岸。

　　三人喘了口气,根本顾不上自身安危,又一次扛上麻袋沉入水中。这是一场争分夺秒的战斗,大家觉得喘气都是在浪费时间。

　　战士们扛着麻袋一次又一次地潜入,每一个人都筋疲力尽,但大家都没有休息。"人在堤在,誓与大堤共存亡"的口号是刻在官兵们心中的誓言。在全连战士铁人般的意志的支撑和辛劳下,大家终于再一次保住了大堤的安全。

　　抗洪抢险的日日夜夜,岳山最苦最累。作为一连之长,他必须带头干,也必须对全连官兵的生命负责。责任是一个男人的脊梁,作为一连之长,岳山是全连官兵顶天立地的支柱。连续数十天战斗,哪里最危险,哪里最苦最累,岳山就冲向哪里。他带着官兵们一次又一次封堵险情,保住了人民群众的生命财产安全。当师长宣布抗洪抢险取得胜利的那天,岳山一头栽倒在大堤上,昏迷不醒,生命体征若有若无。

　　解放军总医院派出顶级医疗专家全力抢救。他的妻子阿莲也赶到了医院。

　　阿莲经过特许进了ICU病房。床前,阿莲轻抚着岳山的手,深情地呼唤:"岳山,你醒醒好吗？以后我再也不跟你赌气了,再也不说分开了。醒醒好吗？我爱你,岳山!"

爱是一种力量。昏迷 60 多个小时的岳山在阿莲深情的呼唤声中,缓缓苏醒过来。

夫妻俩紧紧地抱在一起,泪如雨下。

第二十七章 风雨中的考核

抗洪结束,到了海防团一年一度军事训练比武考核的大日子。比武成绩将直接决定年底哪个连队能夺得军事训练先进单位。

因为抗洪抢险的缘故,各个连队都没有时间备战。所以,陈平决定,考核程序简化,只考 5 公里武装越野,依据名次决定胜负。

岳山刚从医院出来,身体还极其虚弱。陈平特批岳山可以不用参加,被岳山拒绝了。岳山说:"主将不上场,连队还怎么打胜仗? 我必须上!"

考核前一天,岳山召开了全连官兵大会。

岳山说:"一年的成败在此一举。比完这一场也就到了老兵退伍的时候了,这也算是对老同志三年军旅生涯的总结,同时也是对其他所有同志一年来的训练的检验。成绩好坏,都将写入'钢钉连'的史册。本来团长特批我不用参加,但我是'钢钉连'的一员,必须和大家共战斗、共荣辱。"

岳山的一番话,让连队的每一名官兵都热血沸腾。自抗洪后,"钢钉连"新老兵之间空前团结。会后,连队即将退伍的第三年度兵私下里又开了一个会,是洪涛组织的。

"这三年来,我们同吃一锅饭,同举一杆旗,走过了一千多个日日夜夜,经历了无数次风风雨雨。这期间,我们哭过、笑过、打过、闹过,就是在这样的日子里,我们结下了深厚的战友情谊。"说着说着,洪涛眼睛红了,泪水夺眶而出,"大家都知道,我提干的事黄了,今年将和许多同志一起离开这片付出了我们三年青春、倾注了我们三年血汗的连队。但即便走,我也会不留遗憾,我会辉煌地走!"

其他老兵也纷纷围绕"这三年我给连队留下了什么? 我还能给连队留下点什么?"的主题作了发言。大家一致表示,跑好最后一程,站好最后一岗。

其实,刚刚抗洪结束,很多老兵身上都带着伤呢! 有的战士的脚底血泡化了脓,有的战士身上还青肿着。受伤特别严重的是张奇兵,他的肩骨在抗洪中碎裂,打着石膏,依旧要求上阵。"钢钉连"的官兵人人都想给连队增光添彩。

新战士也一样。连队开完会后,韩江找到钟忠说:"明天我们比比?"

"怎么比? 这是全团各连队之间的比武! 团里是以最后一名的成绩计算的,你跑第一名、我跑第二名又有什么意义?"钟忠说。

"比速度,你当然比不过我。我们就比比明天谁帮战友扛的枪多!"

"好!"不比速度,钟忠觉得自己不会输给韩江。

"钢钉连"这次下了血本,当晚给每名官兵发了一小盒西洋参含片。

第二天一早,天阴沉沉的,连队官兵刚吃过早饭,汽车连的解放"141"卡车就到了。

"大家把军用水壶里的水加满。别在装备上作弊,省得被团里查出来,丢人!"临上车前,岳山嘱咐官兵。

进入团训练场,每名官兵都感受到了一种无形的压力。

全团唯一可以和"钢钉连"抗衡的是"守岛爱岛模范连"。到了训练场,"守岛爱岛模范连"正在热身。

见到"钢钉连"的官兵,他们有组织喊了起来:"谁英雄,谁好汉,训练场上比比看!"

随后,"守岛爱岛模范连"连长问:"'钢钉连'行不行?"

"守岛爱岛模范连"的官兵齐声回答:"不行!"

"守岛爱岛模范连"连长又问："'钢钉连'行不行?"

连队官兵齐声回答："不行!"

"守岛爱岛模范连"连长："我们给'钢钉连'打打气。"

"喊!"大家嘴巴齐声发出的,却是轮胎放气的声音。

在这个节骨眼上,哪个连队都想争先进,这可以理解。但"守岛爱岛模范连"的举动,让"钢钉连"的官兵特别恼火,大家气得肺都快炸了!

岳山也恨得牙直咬："算了,我们就不要回击了。一会儿,我们用行动告诉他们,'钢钉连'是最强的!"

"守岛爱岛模范连"先跑,每20分钟放下一个连队跑。"钢钉连"全团最后一个跑。

临跑前,岳山让大家吃下西洋参含片。随后将连队官兵分出三组,军事训练素质差的排在最前面,中等的排在中间,成绩好的排在最后面。

"为了'钢钉连'的荣耀,冲啊!"岳山在发令枪响后,大声喊道。

开始迈出步子,全连官兵每个人都很轻松。跑到一半的时候,军事素质弱的同志开始往后掉队。

见有人身体不支,身体素质好的战士便会上前,扛过钢枪,帮助其减轻身上的负重。5公里武装越野,不仅检验一个连队的战斗力,同时还检验着一个连队的凝聚力。

韩江身上的枪多了一支,又多了一支。钟忠同样如此。

两个人互相看着彼此,在奔跑中互相不服气地增加着各自的负重。

当韩江左右开弓,双肩上扛上六支枪的时候,钟忠在五支枪的数量上停住了。

天空不知道什么时候飘来一大块乌云,黑沉沉地压过头顶。不一会儿暴雨倾盆,铺天盖地地浇了下来,全连官兵的衣服顷刻间湿透。这给"钢钉连"的考核增加了难度。

　　风雨中,每一名官兵的体能都到了极限。因为衣服和枪支的负重,韩江也变得艰难起来,但他一鼓作气,冲到队伍最前面,以自身的模范作用激励和带动着大家向前冲。

　　很多战士的脚步在满是泥泞的山路上,变得踉跄起来。老兵们纷纷拿出事先准备的背包绳,两名老兵分别抓着绳的两头,拖着体能弱的战士向前跑。

　　风雨中,战士们深一脚浅一脚地奔跑着。摔倒了,爬起来接着跑,没人会顾及疼痛。这是一群不畏风雨、不畏艰难的汉子。

　　雨越来越大,但丝毫没影响"钢钉连"的队形。风雨中,"钢钉连"就是一个整体。每一名官兵都调动着体内最原始的本能,义无反顾地向前冲刺着。场面,极其悲壮。

　　陈平的车跟着队伍后面,看着在风雨中奔跑的"钢钉连",眼前被泪水模糊了。

　　比武成绩,"钢钉连"和"守岛爱岛模范连"并列第一,成绩不差分毫。

　　就在风雨交加的训练场,陈平吹响了集合的哨声。所有正在躲雨的连队不敢怠慢,迅速集合,跑进风雨中,跑进训练场。

　　"今天的比武考核,'钢钉连'和'守岛爱岛模范连'并列第一,成绩都令人欣喜! 为什么冒雨集合大家? 肯定有很多人想不通。你们看看'钢钉连'官兵满身的泥泞,这就是答案!"陈平说,"之前,我一直没弄懂,'钢钉连'为什么这么优秀,为什么会有这么强的战斗力。今天他们连队的官兵在前面跑,我的车跟在后面观察。一路上,我感受到了士气,感受到了团结,感受到了铁质,感受到了刚强。风雨中,我突然想起《国语·齐语》中的一句话:'居同乐,行同和,死同哀,是故守则同固,战则同强。'这就是答案!"

　　"现在我宣布,今天的比武,'钢钉连'夺冠!"陈平憋足全身气力,大声宣布道。

　　风雨中的"钢钉连",全连官兵热泪盈眶。

第二十八章　洪涛的退伍命令

连队从团里领回"军事训练先进单位"奖牌不久,一年一度的退伍工作开始了。

洪涛一直没有接到师里让其留队的命令。那阵子,连长岳山、"老班长"和韩江每天都如热锅上的蚂蚁,每一个人都盼望着奇迹降临。

临近退伍,张贵发特别兴奋。

还有一个人也特别兴奋,那就是指导员张振军。自从那次充满火药味的连队支委会后,他一直看洪涛不顺眼,巴不得洪涛早点从眼前消失。最最重要的,他通过关系,将张贵发留了队。如果洪涛退伍,张贵发提干的希望就有了。

其间,岳山给团长陈平打电话,陈平说:"现在洪涛能不能留队,明年能不能提干,已经不是团里能决定的事情了,等师里通知。"

但直到退伍前一天,连队都没接到师里的任何通知。

那晚,韩江接听田慧萍电话,情绪特别低落。田慧萍以为韩江生病了。

韩江说了原因,并动情地讲了他与洪涛的感情及事情的始末。

田慧萍听完说:"或许你明天可以直接给师长打个电话。他在师里推行的'分层次教学法',是洪涛开创出来的。他应该惜才,会重新考虑洪涛的走留问题。"

"好!"关键时候,韩江很佩服田慧萍的冷静。

第二天上午,退伍工作展开,第一批就是洪涛这批福建兵。

"送战友,踏征程,默默无语两眼泪,耳边响起驼铃声……"一早,连队的高音喇叭反复地播放着《驼铃》,连队上空弥漫着浓浓的悲伤气氛。

上午8点,连长岳山用力吹响集合哨,哨声中带着一种凄凉的悲音。这一声悲音奏响,决定战友感情的生离,也决定着一批人的命运走向。

全连官兵集合在连队大操场上,悲壮的情绪在每一名官兵的心里升腾着。先是宣读退伍命令,举行告别军旗仪式。在卸军衔、领花的环节,老兵们个个哭成泪人,因为从这一刻起,他们正式告别三年军旅,离开军人的行列。在这一刻,战友间所有的恩怨都化作了尘烟,老兵和新兵们抱成一团,满脸离别的泪水。

"铁打的营盘,流水的兵。记住,你们曾经是一名光荣的解放军战士,到了地方以后,不要给咱军人丢脸,'钢钉连'的战士也丢不起这个脸。"岳山的话像是从喉咙里吼出来的。说完,泪水刷地流了下来,他没去擦,一动不动地看着大家,满脸泪水。

操场上,一群平时流血流汗不流泪的汉子,风度全无,全都成了泪人。

韩江哭着跑到连部给师长打电话。

电话接通后,韩江自报家门,哭着向师长汇报了洪涛班长在施训过程中的种种过人之处,哭着请求师长留下洪涛。

"对不起啊,韩江,这事早已经列入了党委会的议程,但年底师里事情太多,会议拖到今天上午开!"听完韩江满怀深情的讲述,师长说:"洪涛是个不错的兵,我一见到他就知道,希望有一个好的结果。你们就等常委们的研究结果吧!"

放下电话,韩江闭上双眼,双手十指并拢、合掌,举至眉间,在内心默默地为班长洪涛祈祷着,然后跑回操场。

这时,第一批福建兵已经集合准备登车了。洪涛也在队列里,按照规定,部队要将他安全地送到故乡。

"老班长"也赶来了,这时两人已经不再顾及影响,抱在一起哭成了泪人。

见韩江过来,两人又抱着韩江继续哭。虽然只有一年时间的相处,但他们在内心都把彼此当成了亲人。

韩江边哭边说道:"班长,你能不走吗?在姐这多住几天,多陪我几天。"在没得到最终结果前,韩江不能告诉洪涛,不能再点燃他心中的希望,有时怕希望越大失望越大。但韩江希望能拖延洪涛离队的时间。

"不能再违反规定了,我也得回家一趟,过段时间来陪你和你姐。"洪涛答。

韩江知道洪涛决心已下,决定找连长岳山。将连长拉到一边,韩江如实向连长岳山汇报了给师长打电话的事情。

连长岳山惊讶地看了韩江半天。

洪涛正登车,岳山冲到车前,一把将他拉下:"你晚点走,中午我们还要再喝一顿。"

指导员张振军见状想制止,想想洪涛的退伍命令都已经下达了,提反对意见也没什么意思,便作罢。

中午,岳山让炊事班炒了几个菜,端到房间,叫来洪涛、"老班长"和韩江,拿出一瓶好酒说:"下午还要送其他省份的老兵离队,我们总量控制,一瓶酒三人分掉,慢慢喝,就聊聊天,当单独给洪涛送行。"

洪涛站起身来:"现在我已经是老百姓了,但连长是我一生的连长,韩江是我一生的兵。你们对我所有的好,是今生今世的情谊,我洪涛永远记在心里。"说完分别碰了下连长和韩江的杯子,一饮而尽。

连长和韩江心思则不在喝酒上,两人都在焦急地等待师里的电话。

洪涛和"老班长"看出来了。洪涛问:"你们是不是有心事?"

连长回过神来说:"我在回忆和你相处的点点滴滴。"

韩江跟着说:"我也是。"

就在这时,团长电话来了。

连长跑到连部接完电话,跑回房间,兴奋得满脸通红:"洪涛,你不用退伍了,师里来电话让你继续留队。任命你为上士的通知,团长下午亲自送来。"

洪涛愣住了。

"不用发愣,赶快敬你的兵一杯,他给师长打了电话。这也是我留你下来喝酒的原因。"连长说,"现在是庆功酒,第一杯,我们一起敬韩江,他是功臣。"

"老班长"也倒了一杯,喝完就激动得哭了起来。

"第二杯,我们敬洪涛,明年好好干,绝对别出任何纰漏,争取来年提干。"岳山说。

大家喝完。

岳山举杯:"第三杯敬'老班长',从明天开始起,你就当洪涛是路人,等什么时候洪涛当军官了,什么时候再来往。能做到吗?"

"老班长"抹掉眼泪,坚定地说:"能!"

岳山望向洪涛,洪涛说:"我也能!"

韩江开心地说:"我负责监督。"

第二十九章　劲爆的军事科目表演

下午,团长陈平的车开进"钢钉连"。

"团长亲自送来洪涛上士的任命,历史上有没有?"见到岳山、张振军迎上来,陈平嚷嚷开来。

张振军在边上听傻了:洪涛的退伍命令明明已经下过了,怎么突然留队了呢? 这一道新的任命让张振军无可奈何!

"我替洪涛感谢团长!"岳山说,"一会儿我把洪涛叫来,让他给团长敬上最崇高的军礼。"

"军礼就免了。给你们一个任务,知道陈老将军不?"

"当然知道,从我们'钢钉连'走出来的将军,'钢钉连'的骄傲!"岳山答。

"是的。他从岗位上退下来之后,一直怀念曾经的连队,下周要带一批当年连队的老兵回来看看。"陈平说,"作为戎马一生的将军,他只对军事感兴趣,你们贴近实战设置一些科目,作一次汇报表演。必须要精彩!"

"第三年度训练骨干刚刚退伍了,完成这样的任务肯定有难度,有没有信心和把握完成?"陈平接着问。

"有!"岳山大声回答道。

无论有没有信心、有没有把握,岳山必须说有。凡有意义的事情都不会轻易达成,要想军事科目出彩,就要有信心和决心,然后再投入十二分的气力。再大的困难,岳山都有挑战的雄心。

送走团长,岳山立马召集全连训练骨干,开了动员部署会。

部署完任务后,岳山说:"这次汇报表演,是向连队老前辈展示新时期'钢钉连'精神的时候,表现情况直接影响下一步班长的任用。希望大家全身心投入,拿出最高的训练水平。"

只给"钢钉连"一周时间,这是一次极大的挑战。

为了体现实战性和观赏性,"钢钉连"将障碍场延伸到海边,利用悬崖陡壁增设了攀岩,一路添置了绳网、高空断桥、高空荡木、油筒、火障、麻袋、弹药箱等各类物体。

张振军看岳山带人搭设 20 多米的高空断桥和高空荡木,吓得心里发慌,问:"这样会不会太危险了?"

"未来战争更危险,仗还要不要打?"岳山问。

"万一有人跳不过去,从上面摔下来,非死即伤。先进连队的牌子都要断送了。"

"先进连队的牌子不是守出来的,是用实力闯出来的。"岳山说,"这次老首长来连队观摩,倒是开拓了我练兵的思路,借机也让'钢钉连'好好练练胆,检验一下体能、技能和智能到底过不过硬!"

说完,岳山将头转向一帮骨干,指着 20 多米高的高空断桥和荡木问:"兄弟们,谁第一个吃螃蟹,上去试试?"

"我来!"

"我来!"

"我来!"

洪涛、张贵发、韩江、钟忠等人全部举起手,争先恐后地要做第一人。

"看看,这就是我'钢钉连'的兵!"岳山说,"还是我先来吧,举手的跟在我后面跳。"

说完,岳山身手敏捷地爬上绳网,抓住荡木,身轻如燕地滑了出去,到了用木板搭建的平台时,一跃而上。随后他快速助跑,飞一般地跳过断木,动作干净利索,一气呵成。

在岳山的带动下，训练骨干一一上阵，全部通过绳网、高空断桥和高空荡木。

岳山组织训练，一直身先士卒，喜欢喊"跟我来！"在他的感召下，全连战士没一个孬种！

一周时间说到就到。

一早，依旧身着将军服的陈老将军，带着数名当年连队同批的战友，在团长陈平、政委蒋毅华等人的陪同下，走进他们曾经付诸青春和心血的老连队。

"营盘还是老样子，菜地也没变大，当年我们挖的堑壕还是老样子。"陈老将军满脸动情地边走边说，边说边用手摸着土墙，摸着堑壕，摸着坑道，仿佛在触摸历史，触摸连魂。很多回不到的过去，用手、用感觉去触碰，都可以找到内心想要的答案。凡是身经心历的生活，无论时间流逝得多么久远，只要现实世界出现一丁点的物证，都能让亲历的人内心跌宕。

"这坑道是我当连长时带着大家开挖的。那时防空力量没红外制导系统，武器装备远没有现在这么先进，我就带领全连官兵开挖了这条坑道，防止敌空中火力打击。"摸着通向大山深处的坑道，陈老将军热泪纵横，"那时开挖坑道，没有机器，全是炸药加手工作业，石头人扛肩挑，一条坑道挖了三年！整整三年啊！只有坑道知道当年我们流了多少汗、流过多少血、流出多少泪！"

接下来，是长长久久的沉默。所有的人都无声地跟着陈老将在坑道中缓慢地行走着。坑道极其安静，这样一种安静是另外一种叙述。数十年来，这条数百米长的坑道，安静地保护过每一位隐蔽在它体内的连队前辈，也安静地接纳着一茬又一茬的"钢钉连"官兵。在这份安静当中，感触当年的历史，在场的每一名官兵都受到了一种无言的震撼。

一个先进连队，不是在朝夕之间成就的，必须经过几代人的共同努力，才能形成一种无形的精神之魂。这犹如一场接力赛，每一茬官兵都必须竭尽全力地跑好自己这一程,然后将接力棒交给下一茬官兵。每一棒的交接,都是一份责任,必须环环相扣;掉一个链子,都要用无数的努力去弥补。没人有脸面给辉煌的历史抹黑。

一个先进的连队,有着强烈的感召力、凝聚力、战斗力,能影响一代又一代官兵为之付出、为之奉献。如果说人生有意义和价值,军人的意义和价值就是奉献,就是给军队增光添彩,就如"钢钉连"这一茬官兵的军事汇报表演。

随着岳山一声令下,新时代的"钢钉连"官兵一身战斗作装从海边的悬崖下手脚并用,攀岩而上。随即依托地形迅速展开战斗队形,向预定的目标展开冲击。

半身靶、全身靶、运动靶在高低起伏的堑壕内随时出现,完全破除靶场思维,根本没有 100 米、200 米、300 米的概念。官兵们必须依据实战经验自己判别距离,然后快速地定出表尺,并采取不同的姿势,捕捉目标射击,在规定时间内逐一消灭目标。

在无任何依托的情况下,一声声枪响过后,弹过靶落。观摩的人群情不自禁地鼓起掌来。

熊熊烈火在训练场上燃起,火圈、低桩网上全是火。韩江端枪从火圈内一跃而过,随后反手扣枪,采用低姿匍匐钻入低桩网。

这时,受风的影响,一个火苗串了过来,将韩江背部的军装点燃了。一阵炽烈的痛感,透过肌肉直刺韩江的内心。但韩江毫不慌张,依旧沉着冷静地穿过低桩网,随后向前连续两个滚进,扑灭了背部的火,速度丝毫没受到影响。到了绳网前,韩江羚羊般轻盈而上,通过荡木上了木板平台,箭一般地跃过断木,猛虎般地穿过一个又一个障碍。

全场观摩人员都被韩江的速度震撼到了。陈老将军看得直竖大拇指。

洪涛、张贵发、钟忠等一帮战士紧跟其后,每个人都展示出自己的过人之处。练兵场上战味十足,异常劲爆。

"太勇猛了！"

"太惊险了！"

"太过瘾了！"

"太刺激了！"

"这要上了战场，必定所向披靡，势不可挡！"

在"钢钉连"老前辈的赞叹声中，所有战士均在规定时间内穿过23道障碍物，抵达射击区域。每个人都按照狙击射击要求，快速判定远方目标距离，逐一按要求完成固定目标和运动目标射击。随后，战士们以整齐的动作，取出手榴弹，引弹，挥臂，一气呵成，将手榴弹齐齐地投进指定的区域。轰鸣的爆炸声，震撼了所有观摩的人。

最后，每4名战士一组，扛起数百公斤重的圆木，拼尽全力，怒吼着冲至主席台前的终点，随后放下圆木，齐齐向主席台前辈献上军礼。

陈老将军从坐着的椅子上站了起来，其他"钢钉连"的前辈也站了起来，纷纷还以军礼，这是对战士们的汇报表演最高的礼赞。

陈老将军懂得，每一茬官兵都有自己的苦难与辉煌，任何辉煌，都是倍于常人、无比艰辛的付出在铺垫、在累积，否则不会有演练的淡定与从容。任何一个生命，都是因为活出了足够的难度，才变得精彩。

"今天的汇报表演，让我看到了新时代官兵的英姿与英勇。可以感觉到，这一场集体能、技能、智能和心理素质的综合演练，不亚于实战！军队，就应该像打仗一样训练，像训练一样打仗。只有逼真的战场环境，才能练出真正能打胜仗的军队。"陈老将军习惯性地竖着大拇指，一个劲地称赞着，直到讲完才放下。

讲完这番话，陈老将军走向韩江，细心地察看了韩江背部的伤情。

"看，都烫出水泡来了。"陈老将军心疼地问，"疼不疼？"

"报告将军，如果说不痛，那是假话。但'钢钉连'的战士不怕痛!"韩江声音洪亮地回答道。

"这话说得好!'钢钉连'的战士就应该有这样的精神! 你叫什么名字?"陈老将军开心地问。

"我叫韩江。"

"他入伍才满一年,已经立过两次三等功了。"陈平在一边补充道。

"非常棒!"陈老将军说,"军队的未来,就指望你这样的兵了!"

第三十章　副班长老本

　　韩江的出色表现,让他毫无意外地在入伍第二年就当上了班长,在二排五班。综合战士们的素质和汇报表演的表现,洪涛任一排一班班长,张贵发任二排四班班长,钟忠任三排九班班长。

　　韩江和钟忠,没有经过骨干集训,直接破例担任班长,这在"钢钉连"的历史上是头一遭。

　　但战士们服气,因为韩江和钟忠的军事素质确实好。

　　五班副班长田一本,是连队老兵。因为人老实本分,战士们都叫他"老本"。

　　作为老兵,却屈居在韩江手下当副班长,老本在面子上十分挂不住。特别是一些没当上班长的老兵讥笑他:"'班副班副,生产内务。'以后你就好好配合韩江抓生产内务吧!"

　　听着战友们冷嘲热讽,老本内心十分不爽。

　　第一次开班务会,就和韩江"干"了起来。

　　因为新兵还没来,班长就三个兵:韩江、老本,还有林国勇。

　　韩江说:"根据连队干部意思,我和一批没经过师集训队集训的班长要去师里集训,班里的工作暂时由田副班长负责。"

　　田一本说:"班长责任重大,恐怕我一个副班长负责不了。"

　　韩江知道田一本心里有疙瘩,眼色凌厉地朝田一本看了过去,田一本也看着韩江。两人眼睛一动也不动地互相盯着,盯了一会儿,田一本败下阵来。

这时,韩江才说:"我说的是暂时,负不负得起责任都是对你的考验。"

"作为老兵,让你给我当副手,我知道你委屈。但部队的每个岗位都有每个岗位的责任,不管我们是班长还是副班长,首先我们都是一个兵。当兵,就要尽好兵的责任,尽好自己的本分。"见田一本没讲话,韩江接着说,"在一个团队,是缘分,处得好更是一生的情分。我希望我们五班是团结的五班,而不要因为别人的目光和话语影响自己要做的事情、要走的路,否则会影响自己的一生!"

一席话,说得老本无话可答。

会后,韩江又找老本谈心。待快熄灯回房时,大家见到老本服服帖帖地跟着韩江走进班排,知道今后无戏可看了。

那阵子,除了日常训练,不搞体能。连队的主要任务是搞好后勤生产。

为了安全稳定,师里派来庞大的工作组到团里的各个连队蹲点。来"钢钉连"蹲点的是师里的政治部主任,也姓田,大家私下里都打趣他是田一本家的亲戚。

小岛风大,树苗和蔬菜很难种活。田主任头一天带连队官兵种下的树,第二天就被风连根拔起,吹进了海里。看着满地狼藉,田主任沉默半天后说:"看来这小岛只配军人生活!"

随后的日子,政治部田主任亲自带领大家垒防风墙,他说等防风墙垒好了,树苗、菜苗就不怕被风吹走了。

连队官兵被田主任的话,鼓动得嗷嗷叫。

岛上石头随处都是。没过几天,猛虎一样的兵们用石头垒出一片"田"字形阵地。阵地四周种树,中间种菜。再种下去的树和小菜苗,还真没被风吹走,慢慢地就成活了。

田主任很高兴:"等你们的菜长大了,给我打电话,我来岛上尝尝。"

岳山敬了个军礼说:"保证完成任务,到时请首长进岛剪彩。"

随后,连队给各班分配了菜地,落实了责任。张振军说:"各班要种好自己的责任田,这是政治任务!"

老本在河南老家时种过地,分地那天,拍着胸脯对韩江说:"班长,等你集训回来,就等着看一片绿油油的蔬菜吧!"

往后的日子,一有空闲,老本便拿着小铁锹、背包绳,带着林国勇在菜地上拉拉瞄瞄、拍拍打打,边弄边教林国勇:"你以后也要当副班长的,一定要记住,豆角要深翻埂浅下种,西红柿要多施肥勤打杈……"

偌大的一个菜地被他俩侍弄得有模有样的。到了晚上,老本就会打开自己的笔记本,写上自己的种菜心得。

政治部田主任很欣赏老本的做事风格,有一天找韩江谈心时说:"老本这人本分,有这样的人当你的副班长,是你的福气。"

田主任是在韩江去师教导队集训前找他谈的心。田主任说:"我早就知道你,这次来'钢钉连'蹲点,主要是看看你是不是像传说中的那么优秀。通过这段时间的观察,确实不错。希望你继续努力,争取更大的辉煌!"

第三十一章　再次见到田慧萍

师教导队骨干集训,管理极其严格,学员们不准迈出教导队半步,就连电话,韩江都没法和田慧萍通。

用教导队长的话说:"严师才能出高徒,严律方能塑好型。集训期间,将一严到底。"

教导队每天的训练排得很满——理论学习、队列教学、基础体能、装备操作、多种武器射击、军事地形学、战术标图、战斗体能等等,并且每一项科目都要考核。

考核完全打破常规。比如,障碍和射击是结合起来的,在钻低桩网、过独木桥等障碍物过程中,随机出靶,以"用时最短、用弹最少、消灭目标最多"作为标准来考核。战场上最有可能出现的情况,都是考核的内容。

钟忠就是在这样的情况下出事的。在他过障碍物三步桩的时候,射击目标出现。为了节约时间,钟忠在跳跃的过程中端枪射击,靶子是打中了,但左脚却没踩到桩上,一个跟跄摔倒了,整个脚踝部位肿得老高。

教导队长让人找来冰块,敷在钟忠的脚踝上。因为韩江和钟忠是一个连队的,教导队长便让韩江陪同护送钟忠到师部医院治疗。

进门诊大楼,韩江意外地碰见田慧萍正往外走。时隔近一年,田慧萍再次见到韩江时愣了一下,没敢认;韩江因为身边有教导队领导和钟忠,也没敢认。两人擦肩而过。

军医经过一番诊断,说:"还好没骨折,跟腱也没断裂。但需要住院,等急性期过后,接受中频电和超声治疗,过几天就可以出院了。"

教导队领导让韩江留下陪护,自己回去了。

韩江去办住院手续的时候,见田慧萍正站在窗口,像是专门在等他似的。

"刚才你怎么没跟我打招呼?"田慧萍一见面就发难。

"有领导在,没敢打招呼。"韩江说,"你不也没跟我打招呼吗?"

"你现在这么黑,还穿着一身脏衣服,我差点认不出来了。"田慧萍笑呵呵地说,"不过还好,更有兵味了。至于脏衣服,今晚脱下来,我帮你洗一下。"

韩江连连摆手,说:"算了算了,别人看到不好。而且我战友只是脚踝扭伤,住不了几天院。"

"没什么不好的,我的地盘我做主。今晚见。"田慧萍边说边走,头也没回,朝后挥了挥手,根本没给韩江回答的机会。

韩江办完住院手续回去,见钟忠正跟医院讨论快速消肿的办法。

医生说:"最快的是放血,但是非常疼。"

"那就放血!"钟忠说,"只要能早点出院就行!"

医生问:"你坚持得住不?"

"能! 只要能早点回教导队就行。"钟忠斩钉截铁地说。

放血的过程中,钟忠紧咬牙关,满头汗水,一声没吭。那一刻,韩江开始佩服起钟忠。

放血的效果果然好,当晚就消肿了。两人在病房内聊了一天教学法,晚饭后,聊到无话可聊,韩江说他出去散会步。

韩江到了女兵宿舍楼下,见田慧萍抱着一包东西,早就在等着了。

见韩江走来,田慧萍没讲话,朝着小树林方向走去。韩江默默地跟在后面。到了一个僻静处,田慧萍转过身来说:"我这是第一次和别人约会,你呢?"

韩江说:"我恋爱都没谈过,当然也是第一次。"

田慧萍说:"你把衣服脱了。"

黑暗里,韩江脸红到了脖子根,说话语无伦次起来:"干吗?发展不用这么神速吧?"

"你想哪儿去了!"田慧萍在韩江的胸上轻轻地捶了一拳,"我跟医院的战友借了套冬作训服,还给你买了套内衣,你一会换上,脏衣服我给你洗掉。"

韩江说了声"遵令",抱着衣服跑进边上的树林。

再见到韩江,田慧萍说:"现在香多了,刚才一身汗臭味,如果上战场,敌人闻着味就能找到你。"

见韩江尴尬到没话说,田慧萍又说:"不过我喜欢,这是兵味,阳刚的味道。我们医院全是奶油小生,追我的还不少。你紧不紧张?"

"有点。"韩江老实回答道,"上次见你们排练节目,我就自惭形秽,没好意思叫你!"

"那你可要追紧点了。我发现你一封信都没给我写过,每次我收到信,都以为是你写的,结果全是乱七八糟的情书。"田慧萍埋怨道。

"很多吗?"

"嗯,不过我确实不喜欢那些甜言蜜语,不上进的人我一个也不喜欢。"田慧萍说,"你不给我写情书也可以,只要够努力、够上进就行!"

"好!"韩江答。

美好的时光总是过得很快,两人不着边际地聊着,医院里预备熄灯的军号奏响了。

"我先走,你过会再走。晚上得把你的脏衣服洗掉,晾晒衣场上去,白天人多嘴杂。明天晚上八点还在这见。"田慧萍说完急匆匆地向宿舍跑去。

韩江回去病房,钟忠眼睛都睁大了,说:"怎么出去一趟衣服变新的了?"

"衣服太脏了,送你来医院时没来得及换。刚找医院的老乡借了一套。"

韩江这么说,钟忠想想也有道理,就没再问什么。

第二天,田慧萍到钟忠住院的病房来了一趟。她露着特有的梨涡,笑盈盈地在病房内转了一圈。

病房内一共住着 3 名战士,见到漂亮的女兵进来,非常惊讶。韩江没敢打招呼。

倒是田慧萍说了句"我走错病房了",离开病房时,多看了一眼韩江,走了出去。

钟忠问:"刚才那女兵进来后一直盯着你看,你们不会认识吧?"

"怎么可能,我觉得还盯着你看呢!"韩江矢口否认。

"如果对你有意,我成全你,在这多住几天。你可要想清楚了。"钟忠不相信,进一步试探韩江。

"那你还是赶紧出院吧,我们已经落下一天多的课了。"韩江说。

一说到集训,钟忠就没心思在这个话题上纠缠了。他也是一个上进心特别强的人。

"我得找军医商量一下,争取明天出院,拿些药回去自己涂抹,否则有些课补都补不回来。"钟忠说。

军医来巡诊时,钟忠提出这个要求。军医说:"很多战士都是没病找病想住进医院休息一阵子,我第一次见到昨天住院,明天就想出院的战士。你这个兵有前途,我明天多开些药给你,特许你出院。"

钟忠开心地说:"谢谢军医!"

"我去把衣服还掉。"晚上近八点的时候,韩江和钟忠打了个招呼,走出病房。

到了小树林，见田慧萍已经在了。

"你白天来病房干吗？弄得我很紧张。"韩江见面就问。

田慧萍呵呵一笑，说："晚上太黑，看不清你的样子，白天我去认真地看看你。"

韩江说："那看清了吗，我长什么样？"

"看清了，但还没看够。我喜欢你身上的虎气，有一种生猛的劲儿。"田慧萍说。

"呵呵，在这么黑的地方，你就不怕我这只虎吃了你呀？"

"你就是一只傻虎，到现在手都不敢牵一下。"田慧萍说着把手递过去，"给你牵，你敢不敢牵？"

"敢！"韩江大大方方地接过田慧萍的手。这是他成年后，第一次牵女孩子的手，在握住的瞬间，有一种眩晕的感觉，仿佛沉溺到了渊薮，身体也变得灼热起来。

两个人都没再讲话，韩江能感觉到田慧萍身体在颤抖。

半晌，韩江叹了口气说："原来这就是恋爱！"

"才有恋爱的感觉吗？"田慧萍问。

"恋爱的形式一直存在，但这一刻肌肤接触，给了身体和内心最直观的感受。"

"是什么样感受，描述一下？"田慧萍继续问。

"头部眩晕、内心颤抖、幸福荡漾……什么感觉都有。"

田慧萍喃喃地说："嗯，我好像也是这种感觉。"边说边将头靠在韩江的肩上。

又是长久的沉默。

田慧萍问："你怎么不说话？"

韩江答："突然不知道说什么好了。或许此刻无声胜有声，用心体味相依相偎的感觉更好。"

后来，谁都没讲话。一直到熄灯的军号响起，韩江才慌慌张张把衣服换了。

两人匆忙跑回各自的住处。

第二天办好出院手续，韩江跑去田慧萍的科室，见她在忙，悄悄地扬了扬手中的出院单，算是道别。

不过没过多久，韩江再一次见到了田慧萍。原因是田一本出事了。

连队干部觉得给菜地垒防风墙的模式可以复制，想改变连队后勤靠供给的历史，在连队周边大肆垦田种菜。

垒防风墙的石块不够，就炸山取石。

那阵子，全连官兵很辛苦。每天，官兵们走 1 里多的山路，将炸开的大大小小的石头背回菜地。

连长岳山带头炸山，带头背石头。全连官兵在岳山的带领下，士气高昂，没有一人叫苦叫累。

事故就是在这样的情况下出的。有次炸山，引信点燃后半天没响。

田一本说以前他在老家炸过山，懂得怎么排哑雷，自告奋勇地爬着上前排除。

就在他快接近炸药点的时候，炸药毫无征兆地炸开了，大大小小的石块排山倒海般向四周纷飞。

所幸，田一本有经验，是爬着前进的。石头呈 45 度角开炸的时候，他迅速向后滚退，但还是被无数的碎石击中，满脸满身是血。其中一块大石头结结实实地砸中了他的左腿，造成粉碎性骨折。

骨干集训结束，韩江请了假，直奔师部医院看望田一本。

病房内，田一本的脸上缠着纱布，臂上、腿上打着绷带，正艰难地用受伤的右手整理着他的日记本。

"班长，我可能要很长时间地脱岗了。"见到韩江，田一本艰难地一笑，说，"菜地的事情我已经交代林国勇怎么弄了。最近我在整理种菜的经验，等整理好，林国勇照葫芦画瓢，我们班一样能在后勤生产上拿第一。"

韩江说:"没事,先把伤养好。你的腿,医生怎么说?"

"粉碎的程度还算好的,医生说能够治好,但可能会留下后遗症,以后保不准阴雨天会疼痛。"田一本说。

韩江说:"先听医生的,安心养病。过段时间,等新兵下连后我再来看你。"

看完田一本,韩江和田慧萍见了个面。

田慧萍说:"中午吃过饭再回去吧?"

韩江说:"不了,来不及,我得赶回教导大队,跟团里的车子进岛。"

"那你等我一会,正好有车子去教导队办事情,我送送你。"田慧萍说。

"不好吧?"韩江直挠头。

"要很长时间见不到你,我只想和你多待一会。"田慧萍眼睛都红了。

见田慧萍执意要送,韩江只好随她。

田慧萍打了个电话,不一会来了一辆桑塔纳,车牌尾号"007",应该还是师里首长的车。

韩江疑惑地看了看田慧萍,田慧萍说,她和开车的小郑班长很熟,请他帮忙送下。

在车后排,田慧悄悄地将手递过来,韩江握着大气都没敢喘一下。

有外人在,从上车到教导队,两人彼此看着对方,一路上没说什么话。

快到教导队时,田慧萍主动说:"车就不进大院了,省得别人以为师首长来了。"

田慧萍考虑事情总是相当周全。韩江下了车,两人一副依依不舍的表情。

小郑班长吃醋似的将车开得飞快,一晃功夫,韩江视线里只剩下一片扬起的烟尘。

第三十二章　韩雪儿来信

回到"钢钉连",韩江先向洪涛报到。虽然自己已经是班长了,但在他的潜意识里,洪涛仍是他的头、他的主心骨。之后,韩江又匆忙要去找连长报到。

洪涛说:"先站住,连长和指导员正在闹矛盾,报到时见机行事。"

"他俩又怎么了?"

"田一本出事后,指导员怕影响连队评先进,主张此事在连队消化,不往团里报;连长要给田一本评残,坚持上报,说田一本评了残,退伍后可以享受相关优惠政策。结果,节骨眼上,先进鸡飞蛋打。"洪涛绘声绘色地描述了当时的情景。

"先进虽然没了,但连长在我心中的形象更崇高了!"说完,韩江跑向连部。

经过连部时,通信员喊:"韩江班长,你这有一堆的信,好像都是姑娘写的。"

"我一会来拿。"韩江没作停留,先来到连长岳山那儿。

"都还好吧?有什么收获?"岳山见到韩江一脸兴奋,丝毫见不到洪涛描述的不开心。

"挺好的,这次集训,既提高了自身的军政素质,更掌握到了提升战士素质的方式方法。"韩江用简短的话作了回答,"集训结束,我去看了田一本,他的状态很好,也请连长放心。"

"状态好就行。我已经找过团长,准备给他评残,这样退伍回去有个基本的保障。"连长岳山说,"一会儿你去指导员那儿,别提这事。"

"明白!我替田一本谢谢连长!"韩江说。

到指导员张振军那儿,韩江说:"指导员,我集训回来了。"

"回来好。好好带兵,别再出任何事情。"张振军说,"去吧!"

"是!"

到连部,果然见到一堆的信,除了两封家人写的,其余全是某师范大学寄来的,娟秀的笔迹一看就是女孩写的。

是韩雪儿寄来的,韩江在列车上认识的姑娘。

韩江按照时间顺序一一拆开。

第一封大致说:在老家时,不方便写信,但一直记挂着海防线上守卫着祖国领土的哥哥,希望不要见怪;开学第一天,匆忙写信,希望能续好兄妹情谊……

第二封,信折叠成了一只鸽子,里面是一首诗:

用信笺折一只鸽子寄给你

用洁白的信笺

折一只鸽子寄给你

你可以想象,蓝天下

它凌空飞翔的样子

这是带着某种使命的姿态

正如月下,你荷枪站哨的身影

洁白的信笺

是一份圣洁的祝福

我可以想象声声鸽哨

那些和平的讯息,在海防线上

声声传递

在伴随你的日子里

多么美好

第三封信写的是开学后学校里的趣事,同样附了首诗:

海的思念

自小,我便喜欢海

喜欢博大的胸怀

喜欢生生不息的潮涌

喜欢气势恢宏的姿态

那片令我向往的海域是神奇的梦幻

那片平静的海底沉寂着我想要知道的故事

我想知道海有多远

我还想知道海有多深

海,给了我很多遐想

我的梦里全是海

第四封信是对韩江不回信的疑问和内心的苦恼。

第五封信是一篇文章:

暗恋,原来是这般的苦涩

寒假里,一个女生认识了一名军人。因为父亲生前是一名军人,所以女生见到军装有着天然的亲近感。

这名军人带着女生挤上了人满为患的列车,那一刻,冬日里军人一脸的汗水和坚毅的表情,令她着迷。

这种遇见,如同溪流遇见了江河,高山遇见了大海。一路上,这名女生既兴奋,又忐忑不安,但还是鼓起勇气,旁敲侧击地打听到很多关于他的故事。美好的时光总是短暂。分别后,这些故事经过一遍又一遍的回味,已经在女生的心里扎了根。

寒假里,思念一直占据着女生的心、女生的梦、女生的生活。这名女生的内心里,有着太多的话想要对这名军人诉说,怕回信寄到老家太费周折,只好把想说的话写进日记。一个寒假,写了满满一大本日记。

开学第一天,女生迫不及待地给军人写信、写诗、写心情。这是她第一次给异性写信,她试着想象这名军人收信后的各种表情、各种回复。但如今,只有日复一日的等待。

这个女生觉得含蓄的表白,打破了她一直以来的骄傲,也搞砸了所有的事情。她现在担心,这名军人再也不会出现在她的生活里了。但她仍然固执地写信,固执地写诗,有些寄给他了,有些写进了日记。

女生一直不知道,一个人的梦,会不会被另外一个人感应到。如果能,每一夜情感的传递,都到哪儿去了呢?女生怀疑它们被吸进了黑洞,去了外太空。就如同一场梦一样,梦醒即散。

度日如年的日子里,时光不会给生活留下任何痕迹,但思念却将女生的心扎得千疮百孔。

这应该是女生青春里一个的标志吧? 无疾而终,滋味是这般的苦涩? 无药可解。

……

第六封信先是介绍了韩雪儿的家庭。雪儿说,她的父亲是名老军人,1984 年上了老山前线再没回来。雪儿对父亲的印象,只有挂在家里四个兜的老军装。所以,她特别渴望了解部队的人和事,那样她能感受到父亲的存在,并能从中想象父亲当年激情燃烧的岁月。韩雪儿在信的结尾说,今生如果做不成恋人,她可以退而求其次,只做妹妹,希望韩江多给她讲些部队的事情。

第三十三章　韩江的回信上了报纸

韩江决定回信,告诉她一直没有回信是因为参加骨干集训,没在连队,告诉她自己已经心有所爱。

信中,韩江还谈起了一段惊心动魄的野外生存的经历。这是骨干集训快结束时发生的事情。

演练,是在一个完全陌生的岛屿上完成的。

"嘀——"一声紧急集合哨音划破夜空。此时才凌晨两点,韩江等队员迅速从床上跃了起来,打背包、取枪支,在规定时间内集合完毕。

"上级命令我们全部指战员迅速徒步武装奔袭,赴某码头,搭乘登陆艇,对某岛进行攻击,拿下该岛,并由攻换守,全歼来敌,掩护其他部队顺利通过该海域。"教导队长宣布作战命令。

韩江等人按照上级要求,徒步武装奔袭,跑了几十公里,然后乘登陆艇向某海域驶去。

舱内,大家背靠背席地而坐,谁也不知道登陆艇会将他们拉到哪里。

东方泛白的时候,登陆艇抵达一处岛屿。登陆艇还没完全靠岛,教导队长下达命令,令全体队员迅速抢占岛屿制高点。

海水冰寒刺骨。从齐腰深的海里冲到沙滩上,湿漉漉的衣服贴在身上,韩江觉得像贴身的冰块。

军令如山,没有讨价还价的余地。战士们按照命令及各种战术要求,一口气攻上山头,气都没喘一口。教导队长再次下达战斗命令:"得到上级指令,有一个营的敌人逼近小岛,请各班迅速构筑战斗工事和掩体。"

山头上,战士们因地制宜,利用已有的山石,迅速构筑出机枪和步枪掩体,挖了简单的堑壕和防空洞,随后按照战斗编组,完成了各种假想敌侵犯的战斗演练。

直到教导队长露出满意的笑容,才宣布开始早餐时间。

战士们面面相觑,根本没有早餐吃,大家水壶里只有冷水。

教导队长看出了大家的疑惑:"大家就别大眼瞪小眼的了,现在我们远离大部队,正处于孤立无援的荒岛,野外生存是战士的必备技能。只给你们半小时时间,以班为单位解决温饱问题。"

命令下达后,各班立马散开,各显神通。

骨干集训时,有讲过野外生存的科目内容。韩江迅速在脑中搜索出可以食用的植物,随即轻声地唤来全班同志,耳语一番后,进入了丛林。

韩江决定带全班食用的是野芭蕉,又叫仙人蕉。这种植物南方的岛屿上很多,在断粮和时间紧迫的情况下,它既可充饥,又能解渴。

韩江带着大家很快找到一株,用刀将其从底部迅速砍断,将液体保留,随后剥皮,取出嫩芯,一一分给大家食用。三株野芭蕉下去,全班吃饱。随后,大家将残渣全部掩埋,没留丝毫痕迹。

走出丛林深处,见很多班还在忙活,其中有个班利用野外灶事掩体在烧水,烧起来丝毫不见炊烟。揭开锅一看,一锅沙滩上挖出的小螃蟹等海鲜。但还没烧熟,时间就快倒了,见他们半生不熟地吃得精光。

按照规定时间,教导队长吹响了集合哨,各班汇报了早餐过程。除了韩江的班受到了表扬,其余各班全部受到了批评。

"有的班在野炊时,烟火暴露了目标;有的班餐后没消除痕迹。这些在战场上是绝对不允许发生的事情。"教导队长讲评时,满腔怒火，将大家的火柴、火机全部扔进了大海。

接下来的任务是穿越丛林。各班凭一张地图、一个指北针，需要在丛林中，根据标示的地形、方位，找到提前标志的 3 个点，取回事先放置的物件，然后在规定的 2 小时内，抵达指定地域。

海岛上，迷雾笼罩，悬崖耸立，沟壑纵横。地形完全陌生，地貌十分复杂。

开始还跃跃欲试的战士们见了这幅景象，都沉默不语起来。

教导队长一声令下，各班迅速进入丛林。丛林内情况复杂，每个人都不敢懈怠，眼神如鹰般犀利，警戒地观察着四周。

韩江班里的第一个物件在一处山沟内，边上标示是一处高山、一处矮山。根据山的走势，很容易找山沟，但丛林内荒草荆棘丛生，完全没有路。

韩江说，大家按照方位角行进，轮流开路，说完带头取下腰间的砍刀，一马当先，左右劈砍。砍累了，换上另一个人。

过一处沼泽时，韩上突然间发现战友的腿肚上沾着一只蚂蟥，忙让大家互相检查，发现所有人的腿上都有蚂蟥在吸血，拔都拔不动。韩江说，用手拍。遇到拍不掉的，韩江取出食用的盐巴撒了上去，蚂蟥一接触到盐巴，立马痛苦地扭动着身躯，掉在地上。

经历重重困难，见到第一个点的标志物——一条红绸，很明显地系在山沟的一处峭壁上。见此，韩江取出绳索，系在一棵大树上，双手紧抓绳索，慢慢向下爬去，很快将其解下，爬了上来。

第一个点同样在一处险象丛生的山坡上找到了。

在找第三个点的时候，险情不断，先是遇上一群毒蜂，大家绕了过去；接着又碰了一头大野猪。在岛上，这是一种攻击性很强的动物。它是韩江一行人上山的时候正面遇上的，想躲都躲不过。

硕大的野猪直接就冲了过来，冲击力很强。韩江喊了声："不能正面击杀，注意闪让，上刺刀。"

野猪冲到跟前的时候，战士们迅速让开，韩江在闪让的同时，手中砍刀在野猪身上补了一刀。

这一刀对野猪没有造成太大的伤害，反而激怒了野猪，野猪反过身再次扑来，这时战士们枪上的刺刀已经上好了。

从山下向上坡冲很吃力，但野猪的冲击力依旧凶猛。

战士们在敏捷闪避的同时，手中的枪刺毫不犹豫地刺了过去。韩江的刺刀正中野猪脖颈，喷血如注。

但野猪的战斗力丝毫未减，将其中一名战士扑倒在地。

全班战士将刺刀扎进猪身，合力将猪掀翻在地，死死地抵住，韩江将刺刀拔出，在野猪的脖颈处再补数刀，鲜血瞬间将野猪染成了红色。野猪一刻不停地挣扎着，过了许久才毙命。

班里同志一致要求把野猪带走，中午改善伙食。

韩江只取了野猪心、肝等易于煮熟的部位，说第三个点的东西还未取到，带着笨重的野猪行动，会影响速度。

战士们击杀野猪时消耗了大量的体力，没再坚持。

第三个点找得异常惊险。按照地图行进，一路乱石嶙峋。不久，一处绝壁横亘在大家面前，这是一处高50多米的山崖，极为陡峭，需要手脚并用才能通过。别无他法，只能前进。快接近山顶时，海防某连班长曾海，脚踩到一块松动的石头，失去重心，向山下摔去。韩江眼疾手快，一把抓住曾海的手，也被拖了下去，所幸有棵小树被韩江抓在手里，二人才停止下滑。爬上山顶，曾海拥抱韩江说："今天你救了我一命。"

在山顶找到第三个点后，全班返程。俯视山下，千沟万壑，一览无余。因为击杀野猪耽误了时间，必须找出最近的路线才能在规定时间到达规定地点。

最后全班形成一致意见，抄近路走，穿越沟壑及峭壁。

一路抛开各类毒虫不说，惊险无数。快接近终点时，一条湍急的河流挡住了去路。

韩江取出绳子，系在每个人的腰上，然后顺手操起地上的一根棍子探水前行。其余战士手挽着手抱团跟进。尽管形成了整体，但水的冲击力还是将大家冲得东歪西倒。所幸水只有齐腰深，最后大家有惊无险地到达了终点。

每个班都在规定时间内完成了任务。

教导队长对各个班的成绩都非常满意，奖励大家中午可以生火做饭。

此时，每名战士都已经饥肠辘辘，体力消耗殆尽。听说可以生火做饭，烧顿熟的东西吃，大家都很兴奋。但火柴、火机早上全被队长扔进了大海，钻木取火效率又太低，巧妇难为无"火"之炊，怎么办？

大家都知道，教导队长明显又是出了一道考核题。

于是大家各显神通，有的班用火石打火，有的班用放大镜取火。

韩江则不紧不慢地取出战术手电中的电池，用香烟的锡纸将正负极短路，瞬间放电点燃了准备好的棉花。

很快，韩江班里的肉香吸引了所有官兵，连教导队长都经不住诱惑，跑来分了一杯羹。

当然，其他班的伙食也不差。各班就地取材，蛇、野菜、藻类、植物根茎等等，都成了大家野外生存的口粮。

下午的任务是重装岩壁攀登，并进入指定区域隐蔽潜伏，执行狙击猎杀行动。

攀崖不是什么难事，难的是到达指定区域后，战士们必须按照要求，在不影响班建制的情况下，利用各种地形，构工伪装，完成隐蔽任务。考核的标准是：纹丝不动。

从下午三点趴下，数小时潜伏，严峻地考验着战士们的意志力和心理承受能力。那天，趴在荒草丛中的学员们，一个个身上覆盖着草，就好像一个个固定的草人，纹丝不动，除了人与人之间的气流的波动，连呼吸都被海风吞噬了。韩江趴在草丛里，全身骨头、肌肉，没一处是舒服的，但这是实战的考验，没人愿意掉分。

直到天漆黑一片，教导队长才下达结束战斗的命令。

晚上不准生火野炊。所有人都学着韩江,食用了野芭蕉。

饭后,教导队长下令转入夜间侦察渗透科目。先是山路武装奔袭,随后搭乘登陆艇到了另一个完全陌生的小岛。

快接近岛屿时,教导队长宣布,码头附近设有"敌"潜伏哨。登陆艇再往前开,很容易被发现。各班当机立断,纷纷下海,以武装泅渡的方式,悄无声息地上岛,干掉了"敌"军潜伏哨,并对"敌"指挥所实施突袭。

"呼、呼……"战士们悄无声息地摸到指挥所前,在敌情不明的情况下,战士们伏地据枪,根本不给"敌"以喘息和生存的机会,纷纷射出枪中的子弹。焰火在夜色中交织出密集的火网,战士们全歼守"敌",完满地完成了任务。

凌晨,返程的紧急集合号吹响……

韩江的回信寄出后,过了一段时间,韩雪儿回信了,还附了一张省报,刊登了韩江写的野外生存的经历。

韩雪儿在信中说:"你的文字特别精彩,特别是野外生存的经历,完完全全就是一篇文章,于是帮你加了标题《血性军人的野外生存记》,投给了省报,没想到刊登出来了。"

"你可以多写写精彩的军营生活,我帮你润色润色。"韩雪儿在信中鼓励韩江。

能在省报上发表文章,令韩江特别兴奋,这也勾起了他写作的冲动。韩江给韩雪儿回信时,尝试着写了首表达思乡之情的诗。

家乡

想起家乡

想起那片浸满父辈们汗水的土地

在一茬又一茬精心侍候的庄稼里

我是成熟后脱离母体的籽粒

想起炊烟

那是母亲伸长的脖颈

在日复一日的眺望中

母亲把思念演绎成袅袅流淌的河流

随风飘动的白丝

深情呼唤的手臂

月亮也是妈妈期待的目光

此刻正炙热地烘烤着寂寞的哨所

直到泪变热,心变暖

韩雪儿回信时,在结尾处加了三句:于是我攥紧钢枪/以村口树的姿势/虔诚地守卫着永远的家园。

按照韩雪儿改的,韩江投给了军区的报纸,没多久发表在副刊版面上。此后,韩江隔三岔五地在纸上倾吐对远方亲人的思念、对童年往事的追忆,记录海岛连队发生的趣事,抒发训练中产生的激情。在韩雪儿的指导下,韩江一发而不可收,经常在报纸上发表散文、小说、诗歌。

韩江在师里又一次火了起来,大家都叫他"文武状元"。团政治处想调他去宣传股当专职新闻报道员,被团长拦了回去。

"厉害了,我的哥。一下子又多个'文状元'的头衔。这一别也没多长时间呀,怎么一下子变得这么厉害了?"电话里,田慧萍觉得非常好奇。

于是,韩江一五一十地说了韩雪儿的事情。

"没想到咱们家的韩江还挺吃香的嘛! 看来这次换我有危机感,以后得追紧点了。"田慧萍说,"以后你和韩雪儿可以通信,但必须如实汇报。"

"遵命!"

尽管韩江回答得干脆利索,但感情上的事情往往身不由己,在新一年度的新兵下连后不久,还是引发了一些事情。

第三十四章　三个新兵一台戏

一茬新兵的到来,让连队有了新的气息。韩江对新分来的兵说:"你们是新的生长力量,往后的日子,会因'钢钉连'的磨砺而变得更加强大,给生命带来一种创造的力量。"

事实也正是如此。

韩江的班里分了三个新兵,分别是福建的张志平、四川的罗军、江苏的李兵。看着几名新兵处处谨慎的样子,韩江仿佛见到了去年的自己。

韩江待他们很好,训练从来不把他们交给排里集体"下锅",都是自己亲自带,用的是"分层次教学法"。韩江希望将他们培养得像自己一样素质过硬,让他们有力量走向更漫长的道路。

过程艰难。张志平当兵之前,在地方是个小老板,能说会道,擅长拉关系;罗军训练刻苦,但反应慢,别人练一遍就会的科目,他得练上四五遍才行;李兵脑子灵活,领悟能力快,但训练不愿多下功夫。

韩江现在才知道要当好一名班长是多么地难!

这不,有一天打完靶,韩江让三个新兵擦枪。张志平在擦枪时,用枪瞄着海边的一群渔民,边瞄边说,如果有子弹,这一枪可以同时干倒好几个。

韩江在边上吓一跳,连忙问:"张志平,你们擦枪时验过枪了吗?"

"打完靶,枪里怎么还可能有子弹。"张志平说,"打靶的时候,我们恨不得枪里有六发子弹,有谁会愿意大方地在枪里留下一发呢!"

"擦枪前验枪这是规矩。"韩江说,"全体起立,枪口朝上,拉。"

三个新兵按照韩江的口令,拉动枪栓,张志平手里的枪"啪"地拉出一发子弹。

那一刻,张志平脸色惨白。

"你刚才差点弄出人命,进军事法庭,知道吗?"韩江恨不得上前踹张志平一脚,但忍住了。他相信,以平等的姿态对待新战士,训练上严格要求,生活上嘘寒问暖,有时候更能达到效果。"以后做任何事情都要按照规程来,明白了没有!"

"明白!"张志平跟着大家回答,随后态度深刻地补充道:"班长,我错了。谢谢你今天救了我一命!"

"以后要小心。"韩江说,"擦枪走火的事件,曾经有部队发生过。有名战士打完靶没验枪,在擦枪膛时,枪口对着自己的脑袋,扣动扳机把自己给打死了。"

虽然避免了一场事故,但三个新兵就没让韩江省过心,三人闹出来的事情常常令人啼笑皆非。

俯卧撑训练,李兵的肚皮总挨地偷懒,罗军很认真地在他的肚子下点了一盘蚊香,解决了这个问题。

有一阵子,罗军的五公里武装越野总落在连队的后面,这让李兵和张志平很有优越感。有一天罗军从腿上解下两个沙袋,自此两腿生风,大家才知道罗军自我加压的秘密。

罗军苦练军事本领的事情对李兵触动很大。李兵智商高,力气小,有次抓绳攀岩,没攀多高,就扑通一声掉了下来,引得全连官兵哄堂大笑,于是暗暗发力。睡觉时,他学少林武僧将背包带固定在铁架床上,系住两个手臂,半身斜吊,锻炼臂力。有次韩江半夜起床给新战士盖被了,发现李兵吊在空中一动不动,还以为出了意外。后来再次攀岩,20多米的绳索,李兵没用几秒钟就爬了上去。

韩江偏爱罗军,一是因为罗军训练刻苦,二是缘于一次实爆手榴弹的经历。那次是新兵第一次投手榴弹，没见任何新兵紧张，每个人都顺利地完成了实爆投掷任务。韩江想试试班里几个新兵胆量，说："我们班的同志们留一下。上午几名新战士投掷实弹虽然很安全，但动作要领还存在一些问题。我留了一枚手榴弹，给大家示范一下。"说完，从口袋里掏出手榴弹，引体投掷，当弹体离手的时候，竟然没飞出去，落在了韩江的脚下。

班里其他战士全吓得跳进了事先挖好的深坑，只有罗军冲了上来，将韩江扑倒在地，紧紧地掩护在身下。时间足足过去一分钟，没有听到预想中的爆炸声。韩江推开罗军说："起来吧，这是教练弹，我是练练大家的胆量。"那天，其他两名新兵面露愧色，只有罗军特别骄傲。

几名新兵趣事特别多。有次组织夜间战术对抗训练，韩江的班执行偷袭任务。夜间能见度低，张志平说他小眼聚光，视力好，主动走在最前面。从一座山到另一座山要经过一片田地，张志平从一块石头跃下后，一动不动。随后，李兵跳下后也一动不动。

罗军跳下去，轻声叫道："一片泥泞地，全是水。班长别跳，他们两个太坏了。"

李兵说："是张志平太坏了。"

张志平咯咯地笑了起来，边笑边说："我得拉两个垫背的。"

还有一次夜间行军训练结束回营后，韩江见他们没回排房，在营区边上的山坳里找到三人，见他们生着火在烤鸡吃，边吃边喝着小酒。见到韩江，张志平递过一只鸡腿，韩江毫不客气地接过来，边吃边喝边审讯。

原来鸡是李兵偷来的，酒是张志平去"老班长"小卖部里买的，打了对折。

吃完后，韩江抹了下嘴说："李兵，你把'三大纪律八项注意'背一遍我听听。"

李兵说："班长，我背有点吃力，唱行不行？"

"行!"

"革命军人个个要牢记,三大纪律八项注意。第一一切行动听指挥,步调一致才能得胜利。第二不拿群众一针线,群众对我拥护又喜欢……"李兵唱道。

"停,第二怎么唱的,你们三个人一起唱一遍。"韩江说。

"第二不拿群众一针线,群众对我拥护又喜欢。"三名新兵齐声唱了一遍。

"你们怎么做的?"韩江问。

"班长,我们错了!"三个齐声道。

"'三大纪律八项注意'是人民解放军的优良传统和行动准则。如果我们做不好,那就是穿着军装的土匪。"韩江说,"现在大家每人掏30块钱出来。"

收齐大家的钱,韩江从身上掏出10元,补齐100元,说:"现在请李兵写个纸条,就说夜间训练太饿,不忍打扰买鸡,然后把钱和纸条找个石头,压到老乡鸡舍上。你们三个人一起去办吧。"

三人离开后,韩江见没到熄灯时间,跑去找"老班长"算账。

"姐,你今天犯错误了。"韩江见到"老班长"责怪道。

"现在洪涛不来看我,你也不怎么来看我了。见到你们的兵,就像见到你俩一样。""老班长"笑眯眯地说。

"以后不准卖烟和酒给我的兵,否则不认你这个姐姐了。"韩江认真地说。

"好好好,知道了。你现在这个样子就像是要把我吃掉似的!"

"以后再发生这样的事情,我告诉班长,让他把你吃了。"韩江边说边往外走。

第三十五章　两个女人的战争

韩江把班里新兵发生的故事,写了出来,经韩雪儿修改后,也在军区的报纸上发表了。

随稿子寄来的,还有一封韩雪儿的信:"今年就快毕业了,准备到你所在的海岛当老师。前些日,我主动给岛上的学校写了信,发了简历,学校同意接收……"

韩江收信后吓了一跳,电话里把这件事情告诉了田慧萍。

"明显她不死心,是冲着你去的!"田慧萍酸溜溜地说,"但你知道吗? 如果你俩没有结果,会害了她一辈子!"

韩江回信给韩雪儿,用各种理由阻止她进岛任教。韩雪儿回信时,只有四个字:"我意已决!"

田慧萍知道后,忧心忡忡,说:"到时我考上军校,跟你天各一方。你俩天天在一个岛上,不会真走到一起吧?"

韩江对天发誓,说:"绝对不会,我真的只当她是妹妹!"

后来,谁都没谈论这个话题。接着,田慧萍进了师教导队复习文化功课,备战军校考试。怕影响她学习,韩江和她约定不打电话、不写信。

但韩江和韩雪儿时有联系。

"岛上去不了了。先是岛上的学校打电话,说今年没有接收老师的指标,接着我们学校领导点名让我留校任教。"韩雪儿在毕业前,通过总机转来电话,不开心地说,"真奇怪,比我优秀的学生多得去了，只有一个名额，馅饼怎么就砸到我的头上了呢？"

"这是好事呀，能留在省城，并且还在自己喜欢的学校工作。"韩江替韩雪儿高兴。

"可是不能和你在一个岛上了！"韩雪儿幽幽地说。

"'天涯若比邻'，兄妹就是离得再远，也是兄妹。"

韩雪儿没说什么，挂了电话。

经过一段时间的复习，田慧萍终于走完了考军校的所有流程。一考完试，她就火急火燎地打来电话，泣泣声声："万一我考上军校了，我们以后怎么办？我不希望你走提干的路子。你得努力复习，明年一定要考上，考不上我们就不可能在一起！"

"我已经在好好复习了。"韩江说。

电话里，田慧萍语无伦次地说着，韩江第一次感受到她的慌乱与忧郁。

在田慧萍等待通知书的日子里，田一本出院了。一到营房，他直奔连队的菜园子，看他付出鲜血的代价垒起来的防风墙，看他倾注了心血的菜地。

田一本住院期间，韩江带班里的同志去看过他一次，那时他交给林国勇一本笔记，说："怎么种菜，什么时候施肥，什么时候浇水，都写得很清楚了，待我出院后验收。"

林国勇当时双脚一并，敬了个军礼说："保证高质量完成副班长交给的任务。"

回连后，林国勇一有时间就翻笔记本，一有时间就往菜地跑，他不想看到田一本回连后失望的表情。在林国勇精心的侍弄下，韩江班里的菜地，地肥菜壮，瓜果飘香。

田一本看着班里绿油油的菜地，扶着防风墙大哭了一场。

见田一本可以正常地行走了，韩江很开心，带着他去连部找连长、指导员报到。

连长见到田一本，递过一本《军人残疾证》说："用一个'先进连队'换这本证,值！但还是对不起你。现在腿怎么样？"

"感谢连长关心,已经痊愈了,但估计以后阴天会疼痛。"田一本说,"请连长放心,当过兵的人不怕任何后遗症！"

到指导员那里,张振军说:"你出院就好,现在连队的菜地成规模了,实现了自给自足。连队准备兑现诺言,请师政治部田主任进岛尝尝蔬菜。"

当天,电话打给政治部田主任,田主任非常高兴,说:"来连队吃菜是私人活动,过些天我带全家来,欢迎吗？"

张振军非常开心地说:"欢迎欢迎,热烈欢迎！"

过了些日子,田主任主动打来电话:"明天是星期六,我带全家上岛来你们连队吃菜。"

当天晚上,田慧萍也打来电话,兴高采烈地说:"我考上军校了,是福州医高专,离韩雪儿的学校不远。以后你俩要有什么小动作,逃不出我的手掌心,哼哼！"

"那太好了,开学的时候我请假去送你。"韩江也很开心。

"送就不必了,我明天来岛上看你。"田慧萍依旧很兴奋。

"千万别来,明天师政治部主任也要来连队,我没法请假陪你。"韩江慌乱了起来。

"好吧。"说完,田慧萍挂了电话。

田慧萍和韩雪儿都有了好事情,让韩江非常开心,同时他也担心田慧萍真的会进岛。

第三十六章 田慧萍进岛了

师政治部田主任进岛品尝"钢钉连"的蔬菜,是件大喜事。一早,全连官兵开始打扫卫生,特意将连队打扮了一番。随后,连长、指导员便带着洪涛、韩江等数名骨干到码头上迎接。

韩江的心一直悬着,他知道田慧萍是说一不二的性格,担心她会不请自来。

真是怕什么来什么。在登陆艇进入视线的时候,韩江既看到了田主任,也看到了田慧萍的身影。都穿着军装,太醒目了。

田主任身边还带着另一位漂亮的女士。上岸的时候,田主任回过头,和田慧萍说笑着。

韩江心想,田慧萍胆子太大了,竟然和田主任说说笑笑。她和田主任同时进岛,岂不是要露馅? 田慧萍不至于已经把他俩的恋情告诉田主任了吧?

正想着,田主任已经走了过来,边和大家握手,边向连队官兵介绍说:"今天我把夫人、小孩带来了。"说完指了指身边漂亮的女士和田慧萍。

韩江心里一惊,细细一想,他俩都姓田,这时才醒悟过来。

田主任在握韩江的手时,特地向夫人介绍道:"这就是著名的'文武状元'——韩江。"

夫人认真地看了看韩江,笑着说:"真黑!"

田慧萍接过话:"是黑!"

一家人哈哈大笑。

田慧萍也和韩江握了握手,顺便将一张纸条塞进韩江的手心。

趁人不注意,韩江打开一看,有两行字:第一行写"我就是想来看看你",第二行写"别露馅了"。

进了连队,田主任带着家人直奔菜地。在防风墙的保护下,原本荒寂的土地上焕发新生,变得生机勃发。田主任非常开心。他兴奋地带着家人边帮助战士们摘菜,边说:"中午就吃我们摘的菜。"

连长、指导员带着韩江等几个兵,端着菜盆子在一边保障。

"我爸是农村出生的,当兵前跟着爷爷、奶奶种地,对土地有感情。"田慧萍边摘菜边说,"我家门前就有一小块地,我爸种满了辣椒、小葱、大蒜、青菜之类的蔬菜。"

"这丫头,把你爹的底全透露出去了。"田主任笑着说。

中午吃的菜都是连队种的。吃饭的时候,田主任把洪涛和韩江也叫到连队干部这一桌,边吃边问他们学习、工作等情况。

田慧萍见韩江精神高度集中地回答田主任各类问题,很不满地说:"爸,吃饭时间就让人家好好吃饭,你看他脸上都出汗了。"

韩江不好意思地笑着说:"太紧张了。"

"这两个小伙子不错的。"田主任对他家人介绍说,"韩江能文能武,经常发表文学作品;洪涛是师里的提干对象。"

随后,田主任对连队干部说:"过一阵子就要下达提干名额了,洪涛没问题的。"

岳山听了,很激动,直接端起一大碗菜汤,拉起洪涛说:"谢谢首长,以汤代酒,我们敬首长。"说完,一口气干了下去。

洪涛也喝得精光。

张振军见状,也端起汤碗说:"我敬阿姨,祝阿姨越来越美丽。"也喝了下去。

田主任指指韩江对田慧萍说:"你俩要互相学习。韩江的文字和人一样朴实；诗也是如此，不浮躁，能将抽象的内心和具体的生活恰如其分地表达出来，有功底。以后韩江也要好好复习，争取像我女儿一样，考上军校。"

韩江说："从去年开始，我一直在复习高中课本，虽然有些吃力，但向首长保证，一定完成任务。"

中午吃过饭，田主任带着家人离岛，田慧萍忍住没哭，一脸恋恋不舍的表情。

送走田主任一家，钟忠跑来问韩江："田主任的女儿好像在哪里见过？"

韩江说："不记得了。"

晚上，田慧萍打来电话，说："回来的路上，我爸还夸你了。"

"你是田主任的女儿，为什么之前不告诉我？"韩江问。

"对不起哦！"田慧萍说，"不过话说回来，你也没问过呀！"

"韩雪儿留校的事情，跟你有关吧？"韩江问。

"是的，我爸正好认识她学校的领导。我就以朋友的名义，请爸爸帮了忙。"

"谢谢你！"

"干吗要你来谢我呀？再说我也是为了我自己，否则你俩在一个岛上，久了准出事。"田慧萍说，"其实，爸爸本来让我考第二军医大学的，我超出很多分呢！为了你，我选择了福州医高专。"

第三十七章　田慧萍出事了

所谓乐极生悲,有一定的道理。

田慧萍收到军校通知书不久,去给医院战友买喜糖,在公交车上,遇到一名持刀抢劫的歹徒。

当时一车人都没吭声,只有田慧萍毫不犹豫地冲上去阻止歹徒的不法行为。

气急败坏的歹徒挥刀向田慧萍刺来,田慧萍边搏斗边让大家快跑。

很多乘客惊恐万分,纷纷向后车门涌去。

这时田慧萍身上已经被刺中了一刀,鲜血直流。田慧萍顾不上疼痛,两手抓住车厢的行李架,跃起身朝歹徒的胸部狠踹了一脚,将其踹倒在地。

起身后的歹徒万分狰狞,第二刀划在田慧萍头上,温热的液体顺着眼角流了下来。

这时,司机第一个上前帮忙,随后有几名胆大的乘客也冲上来帮忙,最终众人合力制服了歹徒。

将歹徒交给警察之后,田慧萍因失血过多昏迷在地。经过医院专家 3 个多小时的奋力救治,田慧萍才成功脱离危险。

田慧萍出事的消息没有告诉韩江。韩江在连队看到上级下发的《关于向田慧萍同志学习的决定》时,才知道事情的原委。

文件里,韩江看到了田慧萍正义英勇的一面,知道歹徒受到了应有的惩罚,知道田慧萍荣立了三等功。

得知消息后,韩江心急如焚,匆忙请了两天事假,赶往师部医院。

病房内,田慧萍头上缠着纱布,虚弱地躺在床上。

见韩江走进来,边上一名陪护的女兵站起身来,轻轻一笑,什么话也没说,离开了病房。

田慧萍轻声地说:"你知道了?"

韩江责备道:"全师官兵都知道了,我才知道。"。

"怕你担心,再说我也不想让你看到我受伤后的样子。"田慧萍说,"我头上被划了一刀,额头上肯定会留下难看的疤痕。如果毁容了,你还要不要我?"

"当然要,以后我要遇上歹徒,还指望你护驾呢。"韩江开玩笑道。

"不许笑我!"

"你真傻,一个女孩子干吗要逞能呀!"韩江说,"没听说过战争让女人走开吗?"

"我不仅仅是女人,更是一名军人!"田慧萍说。

"当时你又没穿军装。"

"身为一名军人,即使不穿军装,也该挺身而出!"田慧萍坚定地说。

"好吧,我的女英雄!"韩江说,"学习决定下发到我们连队了,以后我要向你学习。"

"不想你有学习的机会,不想你有危险!"田慧萍说。

"好吧,我今天就要赶回连队。等你伤好了,我请假送你去军校报到!"

伤养好,正好到了军校报到的时间。那时正值台风期,每天风高浪急,登陆艇停止出海。田慧萍非常坚决地没让韩江送她。

电话里,田慧萍幽幽地说,我脸上的疤痕还很明显,不想让你看到我毁容后的样子。

第三十八章　台风来了

超强台风"桑叶"登陆前，海岛部队如临大敌。

团长陈平下达任务：倾全团官兵之力，全力帮助岛上群众抗台抢险，确保不死不伤一名群众。

"钢钉连"接到命令：24 小时内，将驻地小镇危房里的群众，全部转移到建筑物牢固的学校集中居住。

岳山带着全连官兵挨家挨户排查，逐一动员转移危房内的群众。

许多群众根本不相信台风的破坏力，大多不愿意离开，都说台风每年都来很多次，每年都去学校居住，现在也没见台风的破坏力有多大！

孙菊香老太太的儿子在岛外打工，她平日里自己一个人生活在岛内。无论谁去动员，她都不离开自己的屋子。孙菊香说，每年台风期都这样折腾，她的身体折腾不起了，要死就死在老屋得了。

见动员无果，洪涛二话不说，将孙老太太背上就走。一路上，孙菊香边哭边骂官兵，骂得极其难听。看热闹的村民也嫌"钢钉连"连官兵多事，借机纷纷指责。

"钢钉连"的官兵在一片骂声中，用了一天的时间，转移了 68 户危房内的群众。

官兵们晚上给集中居住的群众送饭，很多村民边吃边骂。韩江说，从来没执行过这么窝囊的任务。

洪涛听到后,接话说:"这么多村民集中居住,生活很不方便,骂骂也是正常。台风期间不出事才是最主要的。男子汉大丈夫不光要顶天立地,还要受得起委屈。"

听了这话,韩江愈加崇敬洪涛。

到了半夜,窗外下起阵雨,仍不见台风的影子。学校教室内因为居住的人过多,极其燥热。很多群众都想回家,被执勤的官兵拦着。

岳山苦口婆心地劝说,群众根本听不进去。他们一次次地冲击着手挽着手结成人墙的官兵。冲击中,官兵们有些衣服被撕烂了,有些军帽被打飞了,有些脸被抓破了。但没有一名官兵松手,这是任务,更是性命攸关的大事。

冲突中,孙菊香老太太捂着胸口喊疼,说要回家拿药。

洪涛说,我背你来回。

孙菊香不同意,说大半夜的,我一个人去就行了。洪涛知道和她讲道理没用,直接将孙菊香背了起来,走进漆黑的夜。

事情就是在这段时间出的。洪涛离开学校不一会,风雨大起来了,很多树枝都被刮断了。

风越来越大。耳畔内全是风声、雨声和巨浪拍击岩石的声音。飓风嘶吼着,室外飞沙走石,校园内很多大树都被连根拔起。

学校内一下子安静了下来。韩江喊了一声:"洪涛班长还没回来。"

一下子,连队官兵和群众的心都提到了嗓子眼。

"我去找洪涛班长。"韩江向连长主动请缨。

"这时候不行,台风太大,太危险了。再说,说不定洪涛和孙老太太已经到安全的人家避风了。"岳山没批准,但满脸焦急。

一分钟,两分钟,三分钟……等待中,满屋子的人,不再有一个人讲话。时间格外漫长,令人异常煎熬。

终于,台风小了起来。

学校集中居住的群众见状纷纷要求回家。

"台风的危险还没解除,请大家原地等待上级的通知。韩江,你带几个人跟我去找洪涛。"岳山说道。

这一次,群众没再大声喧哗和无理取闹。

韩江跟着岳山向村庄走去。

岳山和韩江等人远远地听到了哭声。是孙菊香老太太。

孙菊香家里的屋顶已经被台风掀跑了,屋内一片狼藉。

洪涛被几根木头屋梁压着,身上血肉模糊,意识不清。洪涛身下的孙菊香老太太倒无大碍,见到连队官兵边哭边说起经过。

洪涛背着孙菊香刚进屋,无情的台风就来了。屋顶一下子被掀了起来,木头屋梁直接砸了下来,洪涛眼疾手快,抱起孙老太太便往前扑,但屋梁还是压住了洪涛的腿,砖瓦四处横飞。当时还清醒着的洪涛连忙将孙菊香护在身下,不一会便被砖瓦砸得失去了意识。

"都是我的错啊! 我其实并没有心脏疼,只是担心老屋,就是想回来看看。"孙菊香边哭边说。

"你知道吗? 救你的人刚被确定为提干对象,即便抢救过来,如果身体受伤严重,也很难如愿当干部了!"正在搬屋梁的韩江吼了出来。

"先别急,赶紧送医院抢救,我联系县医院来人。"随后,岳山恨恨地骂了一句,"该死的台风!"

今年洪涛再次被确定为提干对象,不出意外,不日将参加提干集训,穿上军官服。但依照洪涛现在的伤情,恐怕很难参加军官集训。

经过数小时抢救,洪涛脱离了生命危险,清醒了过来,见到岳山在病床前,连忙问:"孙菊香老人没事吧?"

望着全身缠满纱布的洪涛,岳山说:"她没事,你还是先关心关心自己吧。还好砸下来的屋梁重叠住,留下空隙,否则,你这两条腿骨肯定粉碎。其他的伤，需要出岛做进一步的检查。希望无碍，希望你的腿伤能在参加提干集训前恢复。"

"如果错过提干机会，能救人一条性命，我也认了。或许这就是命吧！"洪涛说。

"今天风不大，送你出岛做全面的检查治疗。如果无大碍就赶快回来，省得提干的事再出意外。"岳山交代道，"我让韩江陪你去。"

当抬着洪涛的担架走出病房的时候，救护车前站着数百名群众。孙菊香老太太哭着就要下跪，被岳山拉住了。

岳山说："这是我们解放军应该做的事情，咱部队也不兴下跪这一套。"

"解放军万岁！"百姓们齐声喊了起来，"'钢钉连'万岁！"

呼喊声、掌声，此起彼伏。那呼喊和掌声满溢着感激之心，饱含着浓浓的军民鱼水之情。

这一刻，"钢钉连"在场的官兵都流下了泪，他们觉得这两天以来所受的罪，值了！

第三十九章　提干风波

　　韩江陪护洪涛出岛检查治疗,岛内却悄然地掀起一场风波。

　　台风过后,岛上一片狼藉。地势低的地方积满了水,到处漂浮着纸屑、破布、玻璃瓶和各色各样的鞋子。不少大树被连根拔起,部分危房也被刮倒了。

　　连续数日,"钢钉连"的官兵忙着帮助群众清理垃圾,协助安置受灾群众,帮助抢修供电、供水和电信网络等出现的各种问题。每天,官兵们忙得筋疲力尽。

　　在这当口,指导员张振军悄悄地找到团政委蒋毅华。

　　"政委,听说团里提干的名单还没报给师里。现在洪涛受伤严重,即使批准提干,身体恐怕也很难在短时间内恢复,这样的状况根本不可能完成高强度的提干集训任务。有没有可能,连队换一个素质同样不错的同志顶上?"张振军说。

　　"这不妥吧? 你们连队党支部研究过了吗?"

　　"还没有。如果有这种可能,我回去召集连队支委开会研究。"张振军说,"这样不会浪费名额,也让连队其他同志有了提干的希望。"

　　"你和连长先统一意见再说。"

　　"是!"那一瞬间,张振军觉得张贵发有希望了。

　　到了连队,张振军找到岳山说:"洪涛受伤严重,团里的意思是,重新报一名提干的同志,这样省得浪费掉一个名额。"

　　岳山直接拍了桌子:"是团里的意思吗? 是谁的意思? 团党委

会研究的吗？"

"那倒不是，是领导的意思。"

"是哪个领导的意思？"

"你就甭管是哪个领导的意思。"张振军振振有词地说，"这也是为连队好，省得指标浪费，分给其他连队。"

"如果不是团党委的意思，这样的意见我不能接受！再说洪涛的伤还没最终认定，也不一定参加不了提干集训。"说完，岳山摔门而出。

当天夜里，张贵发提着两条香烟，来到岳山房间。

岳山说："你这是干什么？贿赂我吗？"

张贵发扑通一声跪了下去："如果洪涛不受伤，我也就不指望提干的事了。现在洪涛受伤，请连长帮帮我，我不想再回农村种田了。"

"就冲你这样的行为，你就不配提干当干部。"岳山说，"现在请你起来把东西拿走，立马给我滚出去。这个忙我帮不了！"

第二天，指导员张振军提议召开连队支部会议，专题研究提干名额重新申报的问题。

连长岳山不同意，说："当前帮助受灾群众重建家园是大事，你知道什么事大什么事小不？"

张振军说："连队战士进步问题也是大事。救灾这事耽误不了，我们到受灾现场，休息的间隙开支委会。"

岳山不好再反对，带着全连的官兵去了受灾现场，帮助群众重建家园。

救灾的间隙，团长陈平来视察群众受灾和灾后恢复情况。老百姓看到两杠三星，知道是大官，一下子围了上来，纷纷要求给"钢钉连"记功，给洪涛记功。

听了群众的诉说，陈平很是称赞"钢钉连"官兵衣服撕破了、脸被抓破了，仍然坚持执行任务的举措，更对洪涛不顾个人安危，勇救孙菊香老人的行为给予了高度的肯定。陈平当场表示,回团里后开会研究给"钢钉连"记功,给洪涛记功。

见到陈平来,岳山说:"正好我们连队要召开支委会,请团长列席一下,评评理。"

张振军见岳山这么说,只好现场召集支委,召开支委会。一场争论不可避免地展开。

指导员张振军可能事先做了相关支委委员的工作,一开场,二排长、三排长全部发声,要求换报张贵发为今年的提干对象。

洪涛的排长第一个发火,说:"洪涛为了人民的生命安全,将自己的生命置之度外,你们这样做对得起他吗?"

"洪涛的事迹我们会向团里申报,要求给他立功授奖。但他现在的身体明显不符合提干要求了,我们如果仍然执迷不悟,不是浪费一个提干名额吗?"张振军说,"如果错过这样的机会,就耽误了另一个提干苗子的发展。"

"好吧,我来说说。张贵发昨天晚上提着礼品跪在我面前,让我帮忙。你们说,有这样行为的人能作为提干苗子吗?"岳山拍着桌子说道,"我不同意!"

副连长江云说:"我们这样做对洪涛不公平,做法也不妥。我也不同意。"

四排长说:"我也不同意。"

副指导员说:"我同意换报。"

又一次四票对四票。

团长陈平见状说:"我作为列席人员,本不应该插手你们连队的事情。但既然让我列席了,我就讲两句。提干的事本来就不是由你们决定的,当初拨给你们名额也是冲着洪涛给的,但现在洪涛同志负伤了,受伤情况不明,能不能继续提干,还没法最终确定。"

"见你们支委争论激烈,说明你们连队也确实很想保住这个名额,多培养一个提干的苗子,这不是坏事,我也不反对,但必须等洪涛伤情报告出来再说。"陈平喝了口水继续说，"刚才群众一致要求给洪涛记功，说明洪涛同志的行为确实感动到了他们，我会把意见连同你们支委会的情况一并带回团里去。建议你们当前迅速帮助群众，做好灾后家园重建工作。"

"是！"大家异口同声答道。

待抗台及重建家园任务全部结束，"抗台抢险表彰大会"在团训练场召开，全团官兵参加。

大会表彰"钢钉连"等8个连队为"抗台抢险先进单位"，表彰洪涛等30名官兵为"抗台抢险先进个人"。接着，团长陈平宣读了《关于向洪涛同志学习的决定》，并给洪涛记三等功一次。

"钢钉连"收获满满。更大的收获是，官兵们回到连队不久，连队毫无征兆地收到一纸调令，提拔连长岳山为团作训股股长，令其即日赴团里报到。

收到任职任命，岳山丝毫找不到兴奋感。他的心里隐隐地觉得，这背后隐藏着一场阴谋。应该是有关洪涛提干的事情。

想到此，岳山行李也不收拾了，操起电话就给团长打了过去。

"怎么，收到提拔的任命还不开心？"陈平感觉到了岳山情绪低落。

"是的，团长。我觉得是有人为了连队提干的事情，想支开我。"岳山如实答道。

"我就喜欢你这个连长，心里始终装着兵。任命你为作训股股长，是我提议的。"陈平说，"团里原来的作训股股长突然被师里调走了，除了你，我还真找不出合适的人选。这个位置不可能空着，所以就选了你，团党委会一致同意通过。"

"那洪涛的事情怎么办？"岳山问。

"那要看洪涛的恢复情况，你赶紧来团里报到。"

"是！"

在"钢钉连"的任职的日子，岳山与连队官兵、与连队一草一木都有了深厚的感情。为了连队,他付出了全部的心血,连妻子都差点跟他离婚。

离开连队那天,连队要设宴欢送,岳山没同意。洪涛不在,韩江也不在,他找不到可以喝酒的人。在连队,虽然洪涛和韩江只是他的兵,但他的心里早已视他俩为兄弟。团里提拔他为作训股股长,是好事,但他总有弃兄弟而去的感觉。他很担心张振军会在今后的日子为难洪涛和韩江。

上任的早晨,岳山把连队的菜地、猪圈、厨房、班排宿舍都跑了个遍,摸了个遍。这是一种道别!

岳山的调离,让张振军和张贵发再一次看到了希望。

第四十章 洪涛的伤

先让话题回到洪涛身上来。

洪涛被送到师部医院,医院出动了最强的医疗力量。

经拍片、CT 等一系列检查,医生确定洪涛最严重的伤是腿部骨裂,其余均为外伤。这让韩江松下了一口气:"好人有好报,吉人有天助,连掉下的几根屋梁都在帮你。如果不造成间隙,你的腿骨必定粉碎性骨折。"

"你好像还挺开心的样子?"洪涛说,"骨裂也很麻烦,这样打着石膏,还怎么去参加提干集训? 估计这事又得黄。"

"不要紧的,我问过医生了,两周就可以把石膏拆了。"韩江说,"只要后面不剧烈运动,慢慢地就能恢复得跟正常人一样。"

"提干集训期间要参加军事训练,还是会受到影响的!"洪涛悲观地说。

"别那么悲观,'老班长'明天过来陪你。"韩江说。

"你怎么把这事告诉她了? 添乱!"

"放心好了,我和姐商量好了,她白天过来陪你,晚上去外面宾馆住,待两天就走。这里不会有人告密的。"韩江说。

"那也不行。我看你不会是想借机溜去福州看田慧萍吧?"洪涛扣趣道。

"她上军校后,没来过信呢! 连续几天抗击台风,也不知道她有没有打过电话。现在首要的任务是先护理好你,其他的以后再说!"

提到田慧萍,韩江的内心特别低落。以前两人三天两头打电话,现在田慧萍去军校报到有一阵子了,却杳无音讯。

见韩江不讲话,洪涛也沉默了下来。他们都各自思考着自己的前路和命运。直到入夜,病房内的气氛也没好转。

医生给全身疼痛的洪涛吃了安眠药,洪涛很快睡着了。见洪涛睡得安详,韩江拿出高中书本开始复习,他答应过田慧萍,要好好复习,争取考上军校。

临近凌晨,病房响了几声轻微的敲门声。韩江开门一看,见是一身白衣的"老班长",吓了一跳。

"接到你电话,我一分钟也待不住,爸爸找了艘渔政的船将我送出岛,我就连夜赶来了。""老班长"轻声地说,"进了医院,见所有的房间灯都灭了,只有你这个房间灯亮着,没想到果真是你们。"

走进病房,见着满身缠着纱布的洪涛还在熟睡,"老班长"泪水直流。

韩江不想吵醒洪涛,默默地看着"老班长"流泪,心里只默默地祈求洪涛赶紧好起来,只希望世间灾劫不要落在这样一个清澈美好的女孩身上。

见"老班长"一直流泪,韩江走过去悄悄地说:"再哭就不美丽了。我送你去宾馆休息吧?"

"我怕我去宾馆也睡不着,还不如在这里待着。"

"那不行,明天早上医生查房,突然见病房内多了个漂亮的女孩子,肯定会说的。再说你一路劳累,也应该去睡一觉,不然明天哪有精神陪班长。"

"老班长"想想也是,说:"那你送我吧。"

走出医院,"老班长"说:"我明天在医院陪洪涛,你去福州医高专找田慧萍吧?"

"找不了,田慧萍上军校后都没联系过我,我哪知道她在哪个学员队呀!"韩江说,"洪涛班长现在走路都成问题,你也弄不动他,只能我来。再说了，你长时间待在医院也不好。为了不影响班长提干，你待两天就回去吧!"

"也只能如此!"

两人情绪都很低落，没再聊什么，并排向前走着。深夜，部队的医院极其安静，只有风徐徐地吹着，"老班长"身上淡淡的清香不时袭来。

"老班长"身上，总有着一种清新、淡雅、超凡脱俗、不食人间烟火的气息，是那种一见便能打动人心的女子。但韩江不可能有非分之想，这是一种珍藏在内心深处的欣赏。

回到病房，韩江没睡几个小时天就亮了。

洪涛说:"做了个梦，梦见你姐来了。"

"是来了，昨夜在床前哭了半天。"韩江答。

"那怎么不叫醒我?"

"你好不容易睡着，怎么可能叫醒你。再说今天你俩又可以见到了。"韩江说，"姐在这里可能待不久，不然影响不好。"

洪涛"嗯"了一声，没再讲话。

上午洪涛正在吊水时，"老班长"笑眯眯地走了进来。

洪涛说:"昨晚不是哭的吗，怎么现在笑了?"

"老班长"指着韩江说:"你告密!"随后转向洪涛，调皮地说:"哭的时候很丑的，不想让你看到。"

其间，换药的女兵见到"老班长"，一脸疑惑的神情。韩江连忙说:"这是我朋友，来看看我的班长。"

"得了吧，你的朋友是田慧萍，哪来的新女朋友?"女兵护士说。

"你怎么知道?"

"田慧萍当过我班长，我们情同姐妹，你说我知道不知道?"护士说，"她上次受伤你来探望时，我见过你。你要是花心，小心我告密。"

这时，韩江想起田慧萍受伤时，病房内微微一笑离开的女兵。

"你知道怎么联系田慧萍吗?"

"当然知道,她没联系你吗?"

"没。"韩江答。

"她在福州医高专一大队三队。"

"难得出一次岛,要不你今天去看看她。"洪涛在一旁说。

"算了,她刚开学,不去打扰她了。我还是留下照看你吧。"韩江说。

洪涛和"老班长"一再劝说,但韩江仍决定留下来陪护洪涛。

考虑到影响问题,第三天,"老班长"回岛上去了。

洪涛的伤一天天地好了起来,两周后,外伤痊愈,腿上的石膏也拆了。经申请,医院准许出院,但让洪涛不要做剧烈运动。

正办出院手续,田慧萍赶回了师部医院。见到韩江,田慧萍脸上以往甜蜜的梨涡没有出现,冲着韩江的胸脯就是一记小粉拳,打完就哭了,说:"给你打几次电话都不通,写信也不回,要不是陈雯来信说你在医院,我都以为你在台风中英勇牺牲了!听陈雯说,她告诉你地址,你都不来找我,还真有你的!"

"台风期间,通信线路出了问题。抗完台风我就陪洪涛班长来医院治疗了。"接着,韩江嗫嚅着说,"我还以为你考上军校就看不上我这个战士了呢!"

"怎么可能,你看我额头上留下的疤痕,我还怕你看不上我呢!前几天收到陈雯的信,我上课的心思都没有了,好不容易盼到周末,请假赶了过来,晚饭前必须回去。"田慧萍说,"中午我请你们吃饭,祝贺洪涛班长出院。"

"原来那女兵叫陈雯呀。她好像不怎么爱讲话,总一副纤柔清冷的样子,一点不像这个年龄段的女孩!"韩江说。

"她跟你又不熟悉,能讲什么话呀!再说,她本来就是一个安静的人!"田慧萍说。

"嗯,是一个安静的人。看上去很有遗世独立的味道!"韩江说。

"喂,你可别打什么坏主意呀!"田慧萍说。

"我哪敢呀!"韩江说。

三个人说笑着,走出医院大门。"007"号军车正等着。还是小郑班长,见韩江上车,也没打招呼,眼神明显不友善。

韩江能感觉得到一个男人的妒忌,特别是同为战士,韩江还没小郑班长帅。

田慧萍感觉不到小郑班长的妒火,她的眼里只有韩江。上车时,田慧萍让洪涛坐前面,她和韩江坐后排。她在车上拉韩江的手时被小郑班长看到了,后视镜里,小郑班长看过来的眼神能喷出火来。

到吃饭的地方,下车时,洪涛对小郑班长说谢谢,小郑班长理也没理,哼都没哼一声把车开跑了。

饭后,洪涛和韩江没让田慧萍送去车站,坚持让她回家去看看父母,就各自散了。

第四十一章　出大事了

等韩江和洪涛回到"钢钉连"，天已经黑了下来。一进连队，官兵们看他俩的眼神异于平常。

进了排房，两人迎面碰到四班长张贵发。张贵发招呼也没打一声，扭着头走开了。

林国勇想说什么，见边上全是人，一脸犹豫的神情，后来也没说。

放下行李，韩江被许春林拉出排房。

许春林说："你的靠山没了，连长岳山调到团里当作训股股长了。这段时间你要谨慎点，千万别被指导员抓住什么把柄，估计他肯定想修理你和洪涛。"

"我不关心这个，我想知道洪涛班长提干的事情怎么样了。"

"这么大的事，我一个小兵怎么可能知道呀！"

韩江知道从许春林嘴里问不出什么来，放过许春林，闷着头去找指导员销假。

张振军说："洪涛刚走。我问你，他的腿骨真的痊愈了？没事了？"

"是的，腿上只是轻微的骨裂，已经没事了。军医说后期只要稍稍注意休息，个把月就能跟正常人一样。"韩江答道。

张振军一脸疑问的表情看了韩江一会，见套不出什么话来，说："前段时间，我看到连部有几封给你的信，看地址是军校寄来的，笔迹是女孩子的。是怎么回事？在部队不能和女兵谈恋爱知道不知道？"

"知道，只是好朋友而已。"韩江答。

"有你说得这么简单吗？要不要我拆开验证一下？"

"指导员，私拆别人信件的行为是犯法的吧？"韩江毫不畏惧，但心里还是慌慌的。

"目前我还没拆开，你坦诚交代，我就不拆了。如果不把这件事情讲清楚，我会请连队其他支委一道来验证。"

"指导员，那只是一个老乡，是普通朋友，如果你执意如此的话，我肯定会去团里反映情况。"韩江以同样的方式威胁张振军。

可能韩江的话起到了一定的作用，张振军气得满脸通红，半天没说出话来。毕竟韩江是师里小有名气的红人，他要告状，说不定还会引起师领导的重视。

"这信先放我这里。你也累了，先回去吧，明天再说。"张振军说。

回去的路上，经过连部，韩江想了想还是走了进去。他准备给岳山打个电话，同时也期盼着能接到田慧萍的电话，也好商量一下应对之策。

也巧，刚进连部，电话就响了。韩江预感是田慧萍，通信员接起电话，果然是。

"出大事了！"韩江刚"喂"一声，田慧萍便在电话里哭了起来。

韩江在电话里了解到了事情经过。

下午田慧萍刚进家门，脸色铁青的田主任正坐在客厅等她。

田主任说："小郑班长把事情都告诉我了，你前后一共两次用我的车接送'钢钉连'的战士韩江，你们还牵了手。我想知道你们从什么时候开始谈的恋爱？"

田慧萍矢口否认恋爱的事情。田主任气得从沙发上站了起来。

田慧萍的妈妈说："我们是你的父母，这么的大事，你理应告诉我们。"

田慧萍知道爸妈一个唱红脸一个唱黑脸，依旧不承认。

"那好，你不说，我可以打电话让韩江来师里当面问他，也可以让他提前退伍。这件事情很好处理!"田主任满脸怒气。

"你不能毁了别人的前途。"田慧萍知道她爸有这个权力,一下子吓哭了,"我承认,我很喜欢韩江。他朴实、上进,如你一样。再说他是一个有前途的军人,喜欢他有什么错?"

"我承认韩江文武双全,有前途。但谈恋爱是违反部队纪律的行为,你不怕影响自己的前途,也要考虑韩江的前途,以及你爸爸的面子。"看到田慧萍哭了,田主任情绪才缓和了下来,"既然你承认了,之前的行为我不追究了。从现在开始,你必须和韩江断绝恋爱关系,否则别怪我出手干预!"

"萍萍,韩江黑乎乎的,有什么好? 我们让你和他断绝关系,也是为你好。我和你爸就你一个女儿,只是希望你有更好的归宿。"田慧萍妈说。

看着父母黑脸红脸地唱和着,后来他们说的话,田慧萍一句也没听进去。田慧萍只有哭,一直哭一直哭,直至哭得全身无力。

田慧萍知道,如果不听父亲的话,后果肯定会很严重,肯定会影响到韩江一生的前途,这是她不愿意看到的。这个下午,她的内心一片迷茫无力。

田慧萍只能使用缓兵之计,只能先答应父母的要求,只期待着等韩江考上军校了,父母亲能改变主意。在得到父亲不会影响韩江前途的承诺后,田慧萍答应父母,今晚会把话和韩江说清楚,并保证今后不再和韩江联系。

听着田慧萍哭着说着,韩江的心都碎了。在她强大的父母面前,韩江觉得自己就如一只弱小的羊羔,只能任其宰割,没有丝毫的能力反抗。

"韩江,你在听吗?"田慧萍边哭边说,"你以后要好好复习,争取考个好军校,我相信总有一天我爸妈会接受你的。你一定要努力,答应我!"

韩江流着泪,一个劲地点头:"我答应你。你也要好好的。等着我，我一定会考上军校，将来同样会用足够优秀的成绩，向你父母证明我行，证明我能给你幸福。"

韩江抹了把泪，继续说："你写的信，被我们指导员扣住了。他要拆信，被我制止了。明天他可能会当着连队其他支委的面拆信。我还不知道该如何处理这事！"

"这事我来处理，你别管了。你只需要答应我好好复习，必须考上军校。"

"我答应你！"放下电话，走出连部，在无人的障碍场，韩江仰面向天，泪流满面。

远处涛声阵阵，不轻不重，不急不慢，一声盖过一声，像是要将韩江淹没似的。

韩江知道，今后很长一段时间，他将无法再联系田慧萍。他不知道该怎样度过这段割心的思念岁月。一直以来，虽然他和田慧萍相隔于海，但珍藏在内心的感情一直温暖着他，一直是他海岛岁月里生生不息的精神力量。然而，从今天起，他和田慧萍之间，横亘起一座山，一座难以攀越的巨山。

涛声仍在翻涌着，像是一个人缓慢而又坚定的诉说，又像是绵绵不绝的哭泣。

熄灯号吹响了。韩江抹去满脸的泪水，向排房走去。韩江知道，从这一刻起，他必须将这份隐秘痴缠的爱置于生活和情绪之外，置于心底，然后把所有的精力和时间放到课本上，用实力赢取未来，赢得田慧萍父母的同意。

排房前，张振军手里拿着信在门口站着，见韩江走了过来说："我等你半天了，陪我走走。"

到了僻静之处，指导员把信递给韩江，说："我想拆信的行为，是不对的，你提醒得对，信还给你。以后好好训练，不要再有类似的信出现，我会监督的。"

"谢谢指导员。"韩江接过信说。

往回走的路上，张振军好奇地问："你和田主任很熟悉吗？"

韩江不知道田主任电话里是怎么说的，沉默着，没回答。他想，或许张振军摸不着底，不敢轻举妄动，这样更好！

原来，韩江放下电话，田慧萍就给田主任打了电话，告诉她爸，已经和韩江讲清楚了，以后不会再有联系了。她还说，她写给韩江的信在指导员手里，明天可能会当众拆开，让田主任解决一下这事。

这还了得，如果信拆开了，田主任的面子往哪儿搁，放下电话，田主任就给张振军打来电话，说："私拆战士的信是违法的。信还给韩江，让他以后不要和女兵往来就行了。你指导员负责监督好！"

放下电话，张振军吓得一身汗。田主任这么快就打电话来，说明韩江和田主任的关系不一般。今后，还真不能对韩江怎么样了！

韩江回到宿舍，躺下后久久睡不着。在排房内一片呼噜声、梦话声、磨牙声响起的时候，一个黑影过来推了下韩江。韩江睁眼一看，是洪涛，知道他有话说，便悄悄起身，随他走出排房。

"连长去团里当作训股股长了，我给他打了电话。"洪涛开门见山。

韩江知道他会继续说下去，没吭声。

"我们不在连队的这段时间，围绕我提干这事，发生了很多事情。指导员想重新报张贵发，被连长顶住了。随后团里把连长调走了。前天，指导员又一次召开支委会，决议通过报张贵发为今年的提干对象，名单已经报到团里去了。"

听到这里，韩江吓了一跳，连忙问："那怎么办？现在情况怎么样？"

"听说报到团里，团长和政委意见不同，团长坚持报我，政委坚持报张贵发，他们在党委会上吵了起来，没形成决议。直到师里催着团里报名单，团政治处折中了一下，请示团长、政委后，将我和张贵发都报了上去，并注明我腿骨受伤，视恢复情况，由师党委最终决定。"洪涛说，"现在前途未卜！"

"你在师里名气大，相信师领导最终肯定会选择你。"韩江分析道，"现在你要做的，就是别做剧烈运动，抓紧时间休养。现在赶快睡觉去吧！"

韩江没有和洪涛说田慧萍的事情，不想在这个时候给他添堵。

第四十二章　岳山和张振军的战争

　　"钢钉连"连长空缺,张振军大权在握,既履行连长的职责,又履行指导员的职责。

　　洪涛出院的第二天是周日。这天早操上突然宣布,从下周一开始,要对全连战士进行一次军事素质考评,排出名次。

　　韩江听出来了,这是冲着洪涛来的。张振军明显是要把洪涛的腿整残,让他提干的梦破灭。

　　洪涛也听出来了,当场举手说医院让他这段时间休息,不宜参加过于激烈的军事训练。

　　张振军说,既然出院了,就是意味着身体康复了,只要是"钢钉连"的兵,就不能搞特殊化!

　　洪涛还想说什么,被一排长制止住了。

　　早操后,全天休息。

　　韩江找到洪涛,说可以给老连长打个电话,看有没有什么办法。

　　电话接通后,岳山电话里直接骂开了,骂了一会说:"我想想办法。你们先服从连队决定,真要参加考核比武,也悠着点,不要拼命。"

　　也只能如此。

　　第二天上午,全连集合,指导员张振军宣布依次考核的科目。

　　张振军说:"考虑到洪涛的意见和实际情况,我们人性化一点:今天上午先进行轻武器射击考核,下午投弹、器械考核,晚上考轻武器三练习射击；周二上午考各类战术动作、战场包扎，下午考班长教学法；周三上午考 400 米障碍，下午考 5 公里武装越野。这样洪涛前两天可以稍作休整。"

洪涛口袋里揣着医院开来的骨折挫伤散，每天都超量地用。他希望能快快见效，让腿骨恢复如常。

上午的轻武器射击分别考了一、二、四练习。韩江因为有心事，完全不在状态，洪涛也是如此。前 5 名都没有他俩。

下午的投弹、器械考核，韩江和洪涛依旧榜上无名。

晚上讲评的时候，张振军说："有些人不是一直以来很牛的吗？怎么一比武就尿了？这样的成绩还怎么有脸提干？还怎么有脸说自己是'武状元'？"

这些话明显是含沙射影地批评洪涛和韩江，明显是激将洪涛。

韩江对洪涛说："你可不能上当，没名次也不能影响你提干，我陪你垫底。"

洪涛点点头。

晚上，钟忠走在韩江面前，一脸骄傲的表情。好像在说，我终于超过你了。

第二天上午考核战术动作、战场包扎。比武正如火如荼开展的时候，团里的一辆越野车开进连队训练场。

岳山手里拿着文件夹，从车上跳了下来。

按照常理，凡是上级来人，连队训练场上职务或军衔最高的军官，应该暂停正在开展的训练，向上级干部报告。张振军见是岳山，没有叫停连队比武，理都没理岳山，埋头继续组织连队战士比武。

岳山当场发飙，大喊了声："停！"

"张振军，你懂不懂规矩？我现在已经不是连队的连长，我来这里也不仅仅是作训股的股长，我代表的是团司令部。你不应该向我报告训练情况吗？还有没有规矩？"岳山声音洪亮，当着全连官兵,毫不客气地批评张振军,"现在再给你一次机会,向我报告,否则我会将你目无上级的做法向团领导汇报。"

张振军的脸一下子红到了脖子。他能想到后果,如果岳山真将此事捅到团领导那里,虽然不至于处分,但会影响到个人的前途。于是,张振军无可奈何地命令全连立正,向岳山报告:"股长同志,'钢钉连'正在进行战术考核,请您指示,指导员张振军。"

"稍息。"岳山说,"根据团司令部门意见,现抽调洪涛同志到团作训股帮助工作,时间为一个月。"

张振军一下子愣在那里,没回答。

"还要我将命令再重复一遍吗?"岳山问。

"不用了!"张振军一下子泄了气。他精心策划比武,本想让洪涛腿上的骨伤复发,由此参加不了提干集训。这下子计划全泡汤了。

"你们继续比武吧。洪涛跟我上车,收拾行李去作训股报到。"说完,岳山和全连官兵打了个招呼,就带着洪涛走了。

看着车屁股扬起灰尘,韩江心里特别解气。当天,韩江体内那种悍然不顾、非常强劲的力量又回来了。当天比武项目全部夺冠,成绩无人能及。

一个血性男人必须执剑战斗,为被轻视的人格,为自身的荣誉。

第三天上午的 400 米障碍和 5 公里武装越野考核,韩江更是将全连的战士甩开一大截。

韩江喜欢这些生猛的军事科目。在跨越一个又一个障碍时,在虎虎生威奔跑时,韩江常常心生豪情,如若君临天下。

韩江是一个容易受心情影响的人,洪涛安然,他没有不崛起的理由。这些令人仰望的成绩,令全连的官兵折服。钟忠见到韩江,很尴尬地竖了竖大拇指。

第四十三章　在提干日子里煎熬的人

韩江不得不佩服岳山的招法。这样把洪涛保护起来，相当于让他进了"金钟罩"，张振军想伤都伤不到。而有了田主任的电话，张振军也不敢随意"修理"韩江。

现在，张振军只能寄希望于奇迹诞生，在提干命令正式下达的时候，洪涛的骨伤没能痊愈。

田慧萍之前的电话，让韩江犹如掉进了冰谷深渊。但他顾不上关心自己的事情，他觉得田慧萍并没有走远，只要自己考上军校，没有身份上的悬殊，她家人应该会同意他俩在一起。此刻，他只关心洪涛的事情，他希望早日见到想要的结果。他所能做的，就是隔三岔五地打电话给洪涛，陪洪涛聊聊天、谈谈心。洪涛倒挺乐观，他说，自己住在岳山的宿舍里，每天除了吃骨折挫伤散、维生素 D_3 等药，每顿还吃能到促进骨裂愈合的牛奶、鸡蛋、黑米饭、老鸭、老鸡等。只吃不训练，胖了许多。

任何一种等待，都犹如在烧红的铁板上行走。

张贵发每天都是一副焦虑的神情，吃饭没胃口，训练常走神，连睡觉都会半夜突然从床上坐起来，谁也不知道他做了什么梦。

张贵发一直是张振军欣赏的人，这样的状态，让张振军尤其心痛。但他无能为力，提干是师以上领导机关研究的事情，他这么一个连队小干部根本没有决定权。他只能等待。

有一天，省军区和师机关来了几名同志，分别到团里和连队调查洪涛和张贵发的情况。

张振军把洪涛与"老班长"之间的陈芝麻烂谷子的旧事，一一反映给了上级机关同志，同时说了张贵发很多好话。他觉得，他这样说总能起到点作用。

上级机关同志带走调查结果，很长时间没有消息。只听说历史上一个名额报两名同志的情况第一次发生，为此省军区领导还专门批评了师、团领导，后来听说洪涛是在抗击台风英勇救人时负的伤，为了对英雄负责，也为了对部队发展负责，高度重视此事，专门派人来团里和连队调查情况。

张振军打电话向团政委蒋毅华了解情况。蒋毅华说这已经是省军区司令和政委决定的事情了，他掌握不到情况。但上级来团里调查时，他替张贵发讲了好话，应该也有胜算。

同时，蒋毅华叮嘱张振军，在连长没到位的情况下，一定要管好连队，别出任何差错，争取再干一年，把他调回团机关。

蒋毅华现在愈加觉得，张振军只适合在机关写写材料，不适合到基层工作。他隐隐预感到，张振军在基层工作待久了，准出事。不久的将来，事实验证了他的预感是对的。

等待的日子，让岳山很焦急。他爱惜人才，他觉得部队需要千千万万个像洪涛这样的猛兵。但他也帮不上什么忙，在军、师两级调查组来团里找他了解洪涛的情况时，他汇报了洪涛的训练成绩，并拿出军队报纸，重点讲了洪涛分层次教学等带兵优点，讲他培养出来的韩江是如何的优秀。他没有提张贵发给他送礼下跪的事情，没有讲张贵发的缺点。毕竟都是他带过的兵，这些不光彩的一面，他觉得应该内部消化。他相信机关的同志有足够的辨别能力，会分出一个兵的好差。

岳山将洪涛叫到军师机关同志的面前，他相信高级机关的同志是伯乐，能看出虎虎生威的洪涛是多么优秀的千里马。

事实上，洪涛在岳山这里恢复得很好，身手矫健的他一出现在军师机关的同志面前，就赢得了大家的好评。对于上级机关同志提出的问题，洪涛客观地作了回答。他坦率地承认了过往的错误，汇报了自己对带兵的认识和对军队的感情。洪涛是一个内心坦荡的人，一切都是最真实的呈现。

洪涛说，身手敏捷的他当时完全可以躲开掉下来的屋梁，但他不能因为在提干的节骨眼上就不去救人了，那不是军人所为，那样即使他提干了，良心上也过不去。如果再回过头，他仍然会扑开老人，并将老人护在身下。况且，现在的伤对他影响并不大，提干集训前，肯定能完全康复。

看着行走自如的洪涛，省军区和师机关的调查组一脸欣慰。他们也相信，届时洪涛可以参加提干集训。但他们不能当场表态，所能做的，是带上洪涛的全部病历，回去复命。

等待的日子，"老班长"同样度日如年，但无能为力。她帮不到洪涛任何忙，在关键的时刻，甚至都不能去见洪涛，不能给他任何的慰藉，否则又会给人留下口舌。她所能做的，就是每天熬黑米粥、煮黑米饭、炖老鸡、煲老鸭，然后送到团部大门口，让岳山取回去给洪涛吃。她甚至都不让岳山告诉洪涛，是她做的食物，她不想让洪涛分心走神。

终于，提干名单在漫长的等待中下来了。

岳山是第一个知道的，他和干部股股长是老乡，现在两人又同在机关当股长，关系甚密。之前，他交代过干部股股长，名单一下来就告诉他。

"你的兵顺利提干了。"干部股长说。

"哪个兵？是不是洪涛？"岳山知道他说的是洪涛，但仍然希望干部股股长再明确地说一遍。

"不是——"说完干部股长停顿了一下。

"什么？"岳山一下子急了，整个人差点没晕过去。

"不是——那能是谁？必须是他！"这时，干部股股长才把话完整地说完。

"你呀你,差点没吓死我!"

"吓吓你的,我现在去找团长、政委,汇报团里的提干名单。"

过了一会,团长陈平也给岳山打来电话说:"如你所愿,洪涛顺利提干了。"

"这也是团长关心的结果,谢谢团座。"岳山说。

事实上,洪涛提干,陈平暗地里帮了不少忙。省军区和师机关两级调查组征求陈平意见时,陈平说:"如果洪涛都提不了干,全团这批提干的,没一个有资格提干。请你们将我的原话带给首长,这就是我陈平的意见。"

提干名单当天通报给了连队。张振军接完电话以后,握着话筒半天没放下来,任话筒"嘟嘟嘟"地响着。这次他输给岳山,以后再也没有机会赢回来了,这让他特别窝火。

张振军让通信员把张贵发叫到房间,告诉他提干的事情没有成功,上级选择了洪涛。

听到这一消息,张贵发一下子语无伦次起来:"怎么会这样?怎么会这样?洪涛明明腿骨裂了,这么短的时间不可能恢复,我昨天还梦到他比以前严重了。"

"梦到有个屁用!你也屁用没有!给我滚出去!"张振军在气头上,把张贵发劈头盖脸地骂了一顿。

"这不公平,这不公平!上级怎么可能选一个瘸子当干部?这里面一定有猫腻。这不公平,这不公平!"张贵发精神恍惚地从张振军房间走了出去。

"真是烂泥扶不上墙!"看到张贵发这个样子,张振军更加恼火,骂了一句。

也不知道张贵发听到没有,他头也没回,边走路边念叨:"一定是团里搞错了,一定是团里搞错了。"

第四十四章　张贵发疯了

傍晚时分,指导员张振军被叫到连部接电话,是团长陈平打来的。

"张振军,限你半小时内到我办公室,迟到一分钟,我处分你。"张振军刚接起电话,就被陈平的怒火喷傻了。

没轮到张振军回话,陈平直接挂了电话。

张振军一头雾水,内心极其不安地放下电话,赶紧找车赶往团部。

原来,张贵发被骂出门之后,直接走着去了团部。一路走,一路念叨,一路哭喊。一直以来,他都想提干,借以跳出农门。特别是在洪涛发生"老班长"事件和骨裂事件之后,他似乎看到了希望。团里将提干名单报上去后,他每天都提心吊胆地等着提干的喜讯,结果却是竹篮打水一场空!

很多个夜晚,他都梦到洪涛的腿瘸了,梦到自己提干了,梦到乡亲们都跑到他的家里祝贺了。久而久之,他自己都觉得梦已经成了现实。很多个日子,他甚至无数次地想以排长的身份对班里的战士发号施令。

但指导员张振军突如其来的消息,打碎了他的梦,他不相信这是真的,他要到团里讨个说法。

一路上,张贵发车也没搭,走了二十多公里的路来到团部。

团部大门口,威严的哨兵见到张贵发军帽没戴,衣冠不整,直接拦住，要将他带去团禁闭室关押起来。

所谓禁闭室，其实就是一间小房子，是关犯错误的士兵用的。主要是让犯错误的同志在里面自我反省，并且抄写《中国人民解放军纪律条令》。态度好的当天可以放走，情节严重并且不思改过的，经团领导批准可以延长关押时间。

张贵发根本不理会哨兵，一个劲地往里走。

哨兵拦住他，他用力地推开了。

"哨兵神圣不可侵犯，你必须进禁闭室学习。"哨兵严正警告道。

"我来找团长，我要见团长。"张贵发疯了似的吼叫。

张贵发边吼边冲向团机关大楼。

两个哨兵上前制止，根本无效，无奈之下，只得合力将张贵发按在地下。张贵发发疯似的挣扎着，挣扎得越凶，哨兵按得越紧。脸上的皮都磴破了，张贵发依旧没放弃反抗。

张贵发疯了似的喊道："你们狗眼看人低，你们知道我是谁吗？你们敢随便关押一个干部吗？你们听清楚了，我是张贵发，是今年新提干的排长。"

"无论你是谁，衣冠不整，必须进禁闭室学习。"哨兵说。

张贵发依旧没放弃挣扎。那股疯劲，两个哨兵都差点按不住他。

直到门口负责登记的战士喊来警卫连一个班的战士，才将张贵发制服，扭送进了禁闭室。

关在禁闭室里的张贵发气疯了，抓起凳子狂砸禁闭室的门，边砸边叫喊："我要见团长，你们去把团长给我叫来。"

警卫连将情况向团长陈平报告后，陈平气不打一处来："这样的人怎么能够提干？幸好没提成。好，我团长去见他，看他到底想干什么！"

陈平叫上作训股股长岳山去了禁闭室，打开门一看，张贵发脸上的皮掉了一大块，军装上的扣子掉了三颗，膝盖也磨掉了皮。

张贵发见到团长和岳山走进来，没立正也没报告，眼睛直勾勾地盯着进来的两人，好像不认识似的。

陈平说："我是团长陈平，你找我有什么事情？"

"报告团长，我是排长张贵发。"张贵发像模像样地立正报告。

"什么排长？哪里的排长？"陈平怒火冲天。

岳山拉拉团长的衣服，走上前去问："张贵发，你知道我是谁吗？"

"你是谁？你不说自己是谁，我怎么知道？"张贵发说。

这时陈平似乎明白是怎么回事了，说："你先坐会，想想他是谁，想好了再叫我们。"

张贵发陷入了沉思，他感觉认识岳山，但怎么也想不起来是谁了。

陈平和岳山走出禁闭室说："怎么会这样？一个好好的兵怎么就疯了？"

岳山说："可能是太想提干，美梦落空，落差太大所致。之前他曾经给我送过礼，甚至都下跪了。现在没提上，可能承受不住打击，疯了！"

"这个张振军是怎么回事？叫他到团里来。"陈平说，"算了，我亲自打电话。你将此事向政委报告一下，并去请政委到我办公室来一下。"

张振军倒是准时准点地到达陈平办公室，进门见蒋毅华、岳山都在。每个人表情都很严肃，张振军一下子丈二和尚摸不着头脑了。

这次陈平没骂他，问张振军："你知道为什么把你叫到团里来吗？"

"不知道，团长。"张振军答。

"连队的兵都还好吗？"陈平继续问。

"都还好，一切平稳。"张振军答。

蒋毅华眉头皱了起来，插话道："张贵发提干没成的事情，你跟张贵发说了吗？张贵发有什么反应？"

"说了，张贵发没什么反应，但好像有点想不通。"张振军答。

"然后呢?"陈平问。

"然后就离开我房间了。"张振军说。

"想不通,你指导员是干什么吃的?不知道做思想工作吗?不知道疏导吗?指导员的职责是什么?"陈平发火了。

"我回去后就做他思想工作。"这时,张振军才知道事情出在张贵发身上,但他仍然不知道具体发生了什么事情。

"回去做张贵发的思想工作?你的兵不在连队你都不知道吗?张贵发在团禁闭室呢,你现在就去做思想工作,做好了一起回去,做不好,你陪他在禁闭室待着。"陈平狠狠地拍了一下桌子站了起来,"赶紧去!"

待张振军走出办公室,蒋毅华说:"如果张振军解决不了问题,让张振军待在禁闭室里不合适,连队不能没有主官。"

"张振军和张贵发的关系一直不错,说不定可以解决问题。"岳山说。

"走,我们去看看。"陈平说。

到了禁闭室,张贵发果然认识张振军,抱着张振军痛哭流涕。

见团长一干人走进禁闭室,张振军和张贵发都站了起来。张振军说:"张贵发不知道之前发生了什么事情,请团领导给他一次改过自新的机会,准许我把他带走。"

"带走吧!"蒋毅华说。

陈平没反对。带回熟悉的环境,或许还有助于张贵发恢复。

第二天一上班,蒋毅华找到陈平说:"还是将张贵发送到专业医院治疗吧!"

原来这天一早,张振军向蒋毅华汇报了张贵发回到连里的情况。

昨天,张振军带张贵发回到连队后,到了班里,班里的兵说:"班长,你回来了,我们找了你半天了。"

"什么班长?叫排长。"张贵发说。

送张贵发进班里的张振军一听就愣住了,问:"什么排长?"

"我不是已经提干了吗?我是排长张贵发。难道不是吗?"张贵发说。

张振军心里直叫苦:"完了,又犯了。"但他生怕张贵发出事,连忙说,"对对对,你提干了,现在是排长了。"

"你们听到了没有,指导员代表团里来宣布命令,你们全体起立,叫我排长。"张贵发大声嚷嚷道。

全排的兵看着反常的张贵发,一脸疑惑,愣住了。

"赶紧叫呀!"张贵发见没人响应,很生气,大吼大叫起来。

张振军怕出事情,连忙命令:"赶紧叫!"

"排长好!"排房里的战士都很配合。

"稍息。"张贵发很满意,接着说,"洪涛呢?谁去把洪涛给我叫过来?"

张贵发班里的兵说:"洪涛去团作训股帮助工作了,还没回来。"

"你去,把洪涛给我叫回来!"张贵发的情绪完全失控了。

"张排长,你先到我房间,我们商量一下你们排里的工作。"张振军说。

"哦。"张贵发望向张振军,"指导员,我真的提干了吗?"

"提干了呀!"张振军答。

"那你下午怎么说我没提成呢?怎么说是洪涛提干了呢?"张贵发又清醒了。

"我那是逗你玩的,没想到你经不起逗,还牛气地走了。"张振军眼泪都笑出来了。

事实上,张振军心里苦呀。他知道张贵发是真的因为提干的事疯了,清醒只是间歇性的。他后悔当初不该为了和岳山争一口气,让张贵发超期服役,试图用张贵发的提干来打击洪涛。苦果是他自己种下的,他害了一个兵。

张振军担心影响排里战士休息,将张贵发骗到他房间。

"你就快去参加提干集训了,今晚你就住我这吧,我们聊聊天。等你去集训,咱俩想聊天都没时间聊。我去连部给你倒杯牛奶。"张振军说完,走了出去。他让卫生员在牛奶里加了安眠药,哄骗着让张贵发喝了下去。

一早醒来,张贵发的精神病又发作了几次。无奈之下,张振军只得给蒋毅华打电话,求助将其送到军区精神病医院,做专业治疗。

张振军在电话里说:"政委,昨夜我一夜没睡,深刻地反省了自己的过错。我真的是错了,我意气用事,害了一个兵,我请求团里处分我。"

"这件事能让你成熟起来,也算是一件好事。你要吸取教训。你上午把张贵发送团里来吧。"蒋毅华能感觉到张振军是真正反省了。现在他只希望,张贵发能通过专业治疗恢复健康。

放下电话,蒋毅华当即协调张贵发出岛治疗的事情,这不仅关系到一个战士的身体健康,也关系到张振军今后的发展,同样也关乎到一个政委的面子。

第四十五章　闻名全军的间谍案

蒋毅华还要为张振军做一件事情:赶紧给"钢钉连"配上最强的连长。因为发生这样的事情,短期内张振军很难提升!

配上能力强的连长,才有可能让"钢钉连"打翻身仗;打了翻身仗,才有可能提拔张振军回机关任股长,蒋毅华也才能挽回丢失的面子。

洪涛赴省军区参加提干集训了已经一个多月了,蒋毅华也没能为"钢钉连"找到完全理想的连长。

作训股股长岳山强烈推荐副连长江云接任连长。江云虽然能力不如岳山,但对连队每一名战士的情况都了如指掌。这样一种过渡,不容易出事情。

蒋毅华私下征求张振军的意见。张振军知道江云虽然是岳山的人,但江云不如岳山强势,他俩之间从未闹出过矛盾。江云上任,易于被自己掌控,于是张振军也建议江云接任连长。

蒋毅华想想也对,真要派个能力极强的人去"钢钉连",张振军个性强,很有可能再次闹出矛盾。无奈之下,蒋毅华同意江云担任"钢钉连"连长一职。

此事基本没有悬念。不久前,团长陈平赴军区中等指挥学院学习深造三个月,等他回来后,经团党委会研究即可任命。

在这期间,张振军精神高度紧张。连队再也不能出事了,再出事,他这个指导员也就当到头了。

这世上,往往越是怕什么,越是来什么。

一天晚上,连队文书悄悄向张振军报告,说团里下发的训练计划下午刚发到连队,晚上他在制定连队训练计划时,仅仅去个厕所的时间,训练计划不翼而飞。

团里下发的训练计划属于"秘密"级别,这要是丢了,当事人会被处理,还会被追究领导责任。

"会不会是你窗子没关,被风吹到外面去了?"张振军问。

海岛风比较大,也不是没这种可能。于是张振军亲自带着文书和通信员,打着手电筒在营区里找来找去,直至熄灯号吹响也没找到。

"这事对外不要声张,明天你俩在营区周边继续找找。"张振军觉得连队官兵不会拿团里下发的训练计划,而营区有哨兵把守着,外人更不可能有机会接触。所以,只能寄希望是海风吹到哪个角落或刮进大海了。

第二天寻找依旧无果。

张振军再次嘱咐文书和通信员,这事对外不要声张。反正团里不会回收训练计划,更不会来连队检查。通常情况下,自己人不说,肯定没人知道。

这事悄无声息地过了一个月。第二个月,团里下发的训练计划又一次丢了。

这时,张振军才预感到这是人为的情况。因为之前已经丢过一份,没有及时上报,这一次同样不能上报,只能在内部查找。

周末,他搞了一次点验。

所谓点验,是根据《中国人民解放军内务条令》规定,对部队编制、实力、战备和安全状况进行全面检查,内容通常包括:执行编制的情况;装备和物资的数量、质量、保管、维修、保养情况;人员的健康和卫生状况;装备、物资"三分四定"落实情况和携行能力;个人物品等。

点验时,张振军亲自上阵,将连队里里外外的每一个角落、每一个柜子、每一个抽屉都进行了细致的检查,最终一无所获。

张振军想,之前连队有不少人忠心追随岳山,现在岳山调走了,他军事政工一把抓,出任何事情得他一个人扛着。难道是有人想害自己?团里下发的训练计划被悄悄地处理掉了?

会是谁呢?张振军安排自己一手培养的几个战士盯着全连官兵的一举一动,有情况随时报告。

一切内紧外松,悄悄地进行。

一天晚上,刘强排里的兵跑来报告:"二排长刘强抱了一团信件及稿纸之类的,在营区后面的堑壕内焚烧。不知道这算不算是情况?"

张振军觉得刘强不会和自己及连队作对。一直以来,刘强都坚定地站在他的阵营里,并且训练计划早就丢了,即便是刘强拿的,也不应该在这个时候烧。

但张振军还是决定去看看。于是,他叫上文书朝着刘强焚烧的方向快步走去。

快接近刘强时,刘强已经烧好了。听到有脚步声,刘强连忙通过堑壕的另外一个岔口向营区跑去,在堑壕的出口处,是连队的垃圾池,文书之前使用过的办公桌上的大玻璃破了,怕捡垃圾的人将手划破,没敢将大玻璃扔进垃圾池,而把它倚放在堑壕的出口处。天黑,刘强没看到,直接撞了上去,玻璃的破损处直接扎进了刘强的大腿,正中动脉。

刘强大叫一声,倒在地上,幸好指导员跟在后面,连忙脱下衣服堵住伤口,但根本不管用,鲜血像喷泉似的喷射着。

"赶紧去卫生室拿急救包,顺便叫人到隔壁海洋观测站找车送刘排长去医院。"

文书比较机灵,根本没叫卫生员开卫生室的门,在奔跑的当中,见到一个兵,立马拉上,边跑边吩咐其去海洋观测站找车,自己跑到卫生室,一脚将门踹开,抱着一堆急救包就跑了回去。

张振军撕开急救包后,直接按进伤口,随后紧紧地包扎,并绑住大腿根部。就这样,血仍然没止住。

这时,战士借来"老班长"父亲的车,直接抬上车,飞一般送往医院。

上车前,张振军吩咐文书去查一下刘强的血型,让连队同血型的战士集合起来,跑步去医院,以防岛上医院的血液不够用。

不得不说,张振军处置紧急情况非常正确。和刘强同血型的战士有30余人,跑到县医院时,岛上医院的血液果然不够,30多名战士直接献血救人。

此时刘强已经进入昏迷状态,战士们的血一袋又一袋输进他的体内,及时地挽救了他的性命。

等刘强脱离危险,医生说,按刘强输入的血量计算,相当于给身体换了一次血。

医生让刘强住院治疗。张振军留下2个兵护理,带着其他献血的战士连夜赶回了连队。

早上出操,张振军说,这样的事情不光彩,让全连官兵不要外传。

张振军想了一夜,刘强已经转危为安,他决定不向团里汇报此事,否则团领导知道了,自己又得挨批。连队再也没有出事的机会了。

张振军让文书帮刘强写休假条。

文书说:"今年刘强排长因为母亲患病,已经请过假了。"

"仍以母亲患病,按事假的名义请。先把这一个月对付过去再说。等刘强出院了,也就没事了。"

直系亲属生病,团里通常不会卡假。刘强住院期间,张振军安排一名战士24小时全程保障护理。一个月后,刘强出院,身体依旧虚弱,张振军依旧让一名战士不离身地保障,生怕出事。

又过了一个月，刘强找到指导员，说自己的身体已经恢复了，可以正常工作了，张振军才撤销专人护理。

这期间，团里下发的训练计划再也没有丢过。这让张振军对刘强产生了怀疑，觉得这事可能真和刘强有关，便悄悄派人盯着刘强的一举一动。

有一天，盯梢的战士报告，刘强去了镇上，和一位30多岁的大姐在饭店里吃饭。

随后的日子，盯梢的人反映，刘强每次去镇上都是见这位大姐，还听到他俩在吃饭的包厢吵过几次。

刘强还未结婚，难道他喜欢30多岁的大姐？这让张振军觉得不可思议！随后，张振军排除了这种想法，因为之前张振军给刘强介绍过对象，是一个素质挺好、形象颇佳的人民教师。刘强当时说，他的志向不在海岛，以后他想要找个大都市的知识女性。

想到这里，张振军吓了一跳，隐隐地觉得，刘强身上隐藏着秘密，于是不敢怠慢，让盯梢的战士24小时盯着刘强。

张振军派人盯梢的事情被刘强发现了。一天下午，刘强去镇上，金蝉脱壳似的从跟踪的战士视线里消失，随后出现在四处寻找他战士面前，当场审问，说他已经好几次发现被跟踪了。

战士矢口否认盯梢的事情，说医生交代指导员，怕刘强手术后有排异反应，让人跟踪保障。

这样的话还是不能说服刘强。但刘强知道是指导员交代的任务，也无可奈何："你回去跟指导员说一声，我身体已经康复了，以后不需要这么细致的保障。回去吧！"

战士嘴上答应，假装往回走，脱离刘强视线后，再次悄悄地折回，隐蔽在刘强和大姐常接头的饭店附近，目光不离地盯着。

果然，一小时后，刘强和大姐共同走出饭店，到了一个渔民家里，接着来到海边。刘强和渔民上了一艘渔船，和大姐挥手告别，像是要远行。

盯梢的战士连忙跑回连队,及时向张振军反映了情况。张振军吓了一跳,那一刻,他隐约地觉得刘强应该被特务策反了。

张振军一面召集韩江、钟忠等连队骨干开会,一面让文书联系边防部队,借用他们的船只追击刘强。

韩江说,听说镇上时常有人私搭渔船去 T 岛,还需要找一名熟悉海上路线的渔民。

张振军连忙安排副指导员去镇上落实渔民的事情。

过了一会儿,文书回话,边防部队同意调用快艇追击。

落实好快艇,张振军让副连长江云带渔民、韩江、钟忠等人赶紧追。

在渔民的引导下,快艇快速地向公海驶去。

天色越来越暗,快艇驶出很久,也未见到载着刘强的渔船。这让江云、韩江和钟忠焦虑了起来。

夜色降临,快艇义无反顾地驶向黑暗,驶进险情重重的海域。艇上,谁都没有说话,任凭凌厉的海风在耳边呼啸。

"不好,前方有涡流。"经验丰富的渔民一把将驾驶的战士推开,随后将方向盘快速地向右方打去。

借着探照灯的余光,大家见到一个巨大的涡流与快艇擦身而过,艇身受到了激烈的颠簸。

官兵们是第一次遇到这种险情,吓得直拍胸脯。见多识广的渔民倒很淡定,他没再把方向盘交给战士,自己沉着地驾驶着快艇向深海外疾驶。

接近公海的时候,大家从呼啸而来的海风中依稀听到渔船马达的"突突"声,随后在满海翻滚的波浪里,发现了在风浪中飘摇的渔船。

驶近,发现果然刘强在船上。刘强也看到了快艇上的江云、韩江、钟忠等人,他静静地看着,眼神里满是绝望。

江云喊道:"刘强,你想去哪里?赶紧跟我们回去。"

"副连长，我回不去了，也没脸回去了！请你们看在一场战友的份上，放我一马吧！"刘强试图说服江云。

"我们是战友，是兄弟，让你跟我们回去，才是真正地对你好。"江云喊道。

"排长，跟我们回去吧，你不能一错再错了！"韩江也喊道。

"我没脸回去了！我对不起'钢钉连'，希望全连官兵原谅我。再见了，战友们！"刘强一脸决绝地跳进大海。

见此，韩江犹豫都没犹豫一下，跟着跳了下去，一猛子扎向刘强落海的方向。

一秒、两秒、三秒……一分钟、两分钟、三分钟……

艇上的人都急了起来，都牵挂着韩江和刘强的安危。

突然，渔民叫了一声："在那里！"

随着渔民手指的方向，大家看到在很远的地方，波涛起伏的巨浪里露出两个小脑袋。

驶近，见韩江一手奋力地游着，一手从背面拽着刘强的后衣领。

艇上的人合力将两人救上快艇。上艇后，韩江筋疲力尽，累瘫在艇里，刘强已经不省人事，生命体征微弱。

江云立即跪下，双手交叠为刘强进行胸外按压，每按压胸骨 30 次，就人工呼吸 2 次。做到第三个循环时，刘强的嘴唇稍稍动了两下。江云见此，又继续按压了两个循环，并嘴对嘴进行人工呼吸，刘强的心肺才恢复如初。

江云解下自己和大家的鞋带，将刘强的双手双腿反绑。

这时，韩江恢复了元气。江云拍拍韩江的肩，没说话，但他的心里暗暗地佩服韩江的勇气。

快艇驶回码头，团长、政委、指导员全部在码头上候着呢！

江云带着韩江、钟忠出发后，张振军觉得刘强的事情再也隐瞒不下去了，壮着胆给蒋毅华打电话汇报了事情的前因后果。

电话里，从来不骂人的蒋毅华把张振军骂得狗血喷头。不得不骂。这样的事情出来,不管追不追得回刘强,团里从上到下都会受到处理。况且,黑漆漆的夜里,还有几名同志在凶险万分的大海里,万一有个闪失,团里担不起这个责任。

码头上,团长陈平见到张振军,上前狠狠扇了几记耳光,边扇边说:"我刚学习回来,你就送给我这么一份大礼。"

陈平肯定发火。此次陈平参加军区统一组织的培训,是准备提拔重用,出了这样的事情,相当于到嘴的鸭子飞走了,提拔的事情肯定得黄。直到见到江云一伙押着刘强上岸,陈平的情绪才平复下来。

见到全身湿漉漉的韩江和刘强,岸上的人大致猜出了事情的经过。

陈平没说话,脱下自己的衣服,给韩江穿上。

蒋毅华拍拍韩江,对着大家说:"辛苦了!"这是蒋毅华第一次对韩江产生好感。

团禁闭室内,团长陈平从在江云的口袋里搜到一封被海水泡得已经字迹模糊的介绍信,一张已经填好的制式的某党党员表格。一切成了秃子头上的虱子,不用审了。团里连夜将案情上报到师里,师里上报到省军区,省军区上报到军区。第二天,从军区到师里,一大批领导来到了团里。

当天,团里紧急召开党委会,任命江云为"钢钉连"连长,全面负责连队工作,暂停张振军指导员职务,等候处理。

第四十六章 刘强堕落的过程

经过军区专业人员审讯，大家基本弄清了案件的来龙去脉。

刘强因母亲患胃癌，回家探亲的途中，认识了刚 30 岁出头、风姿绰约的刘晓妍。

在车站，刘晓妍见到身着军装的刘强，别有用心地跟着刘强买了同程的大巴卧铺票。上车后，刘晓妍和刘强的铺紧挨着。放下行李，刘晓妍跟刘强搭讪，问他怎么满脸忧伤的表情。

刘强说了母亲的胃癌，说了母亲省吃俭用，卖牛、卖粮食供他上学的往事。现在刘强当上了排长，日子刚刚转好，母亲却患上了胃癌。说着说着，刘强满脸的泪。

刘晓妍抓着刘强的手，不停地安慰说："现在医学发达了，胃癌是可以治好的。"接着讲了很多胃癌治好的病例，刘强的情绪才好了起来。

在后来的聊天中，刘晓妍得知刘强的名字后说："我也姓刘，叫刘晓妍，说不定五百年前是一家呢。我来岛上看望姑妈，回程能遇上是缘分。既然这么投缘，你的事情也就是我的事情。姐和你一起去医院，看有什么事姐能帮上忙的。"

刘晓妍的一番话，听得刘强非常感动。夜里，当刘晓妍将两床被子合在一起，手伸进刘强的被子时，从未处过女友的刘强难以自制，紧紧地搂住了刘晓妍。

当夜，两人在满是乘客的大巴车内，悄悄地做了苟合之事。

事后,刘晓妍说,她的丈夫在一起交通事故中丧失了男性功能,她已经好多年没有这么甜蜜过了。说着,刘晓妍将头埋进了被窝。

刘强醉生梦死,享受到了有生以来从未有过的极致快乐。

到了医院,刘晓妍将刘强的母亲当作自己的母亲似的,跑前跑后。得知刘强母亲的胃癌有治愈的希望,而刘强家里根本负担不起数十万的手术费用后,毫不犹豫地四处筹钱,帮助刘强垫付了10多万元医药费。

刘强的母亲恢复得很好,家里决定将老人接回家里治疗。刘晓妍跟了过去,在刘强的房间内,刘晓妍对刘强说,钱是她通过高利贷的方式借来的,要利滚利地还。

刘晓妍的一番话,让刘强吓傻了,一筹莫展。

刘晓妍又说:"也不是没有办法,我有个亲戚,对部队的情况比较感兴趣,如果刘强愿意帮忙的话,钱的事情几个月就可以还清了。"

"怎么帮?"刘强警惕地问。

"把部队的文件拿出来交给他就行了。"

"这是特务行为,是犯罪,我不能做。"刘强说。

"不做这样的事情,你同样完蛋。你和我发生了关系,精液全在我内裤上,我到法院告你强暴我。就算最后不判刑,捅到部队,得让你脱掉军装,滚回家种地。"这时,刘晓妍拉下脸皮,"况且,短时间内你根本就还不上这10万元钱。我让人天天来家里要债,家破人亡好,还是帮我的亲戚做事好,你自己看着办吧。"

这时,刘强才知道自己彻底掉进了陷阱:"我在基层连队,没有太多的机会接触部队机密文件,想帮恐怕也很难帮得上。"

"你帮得上的。你们军区内部的报纸,上级下发的文件,以及你们的训练计划,我亲戚全感兴趣。综合分析,就会知道一些你们部队的一些情况。"刘晓妍说,"通常情况下,一份报纸50元,一份连队训练计划 500 元,一份团里的训练计划 1000 元,一份秘密文件 5000 元。等你欠的钱还清,我们也就两清了。况且,这样你犯的错误也不大。"

刘晓妍的话似乎打动了刘强。他心里打定主意,只给刘晓妍提供部队的报纸和连队的训练计划。

晚上,刘强恶狠狠地将刘晓妍压在身下。

刘晓妍满不在乎的样子,让刘强再也没有了报复的欲望,翻下身来,碰都不想再碰刘晓妍。

回到连队,刘强开始只提供报纸和连队的训练计划。过了一阵子,刘晓妍就不满意了:如果还只是提供这样货色的材料,就不要刘强提供了,她亲戚准备把所有的事情捅到部队去,让刘强坐牢!

自此,刘强知道自己彻底拔不出来了。

和刘晓妍大吵了一架后,刘强回到连队,思索再三,知道必须交出有质量的文件,刘晓妍才有可能放过自己。于是他常借打电话的名义,有事没事往连部跑。一天,刘强刚到连部,见桌上放着团里下发的训练计划,内心窃喜,顺手就折叠放进口袋,快速地离开连部。

刘强的行为,让刘晓妍大为满意。

连队类似团训练计划的文件,每个月才收到一次。第二次拿走团里下发的训练计划后,连队大动干戈地进行点验,让刘强大为紧张。

为了满足刘晓妍的欲望,后来刘强自作主张,自己动手拟制了几份密级材料。毕竟是军事院校的本科生,刘强拟制出来的密级文件,还真骗住了刘晓妍。

一天晚上,刘强在堑壕内焚烧拟制后留下的草稿,警觉的他听到似有若无的脚步声,赶紧溜走,慌张中撞到破碎的玻璃,割破大动脉,大量出血。战友们用自己的鲜血挽救了他的生命,让他极度愧疚,出院后再次找到刘晓妍要求退出。

"要退出只有两种可能：要么坐牢，要么死。"刘晓妍冷笑着说。

刘晓妍见刘强愣在那里不讲话，又安慰道："好好干吧，我们组织已经将盖了章的党表带过来了，你填写后，就是我们组织中的一员了。放心好了，我们会保护你的安全，你妈治病的钱今后也不用还了。只要你足够努力，今后保证让你过上荣华富贵的生活。真要出事，我会想办法送你出去。"

"好吧，我考虑一下。"

考虑的日子里，是刘强内心极其矛盾的日子。他的生命是连队的战友给的，他真的不愿意再做对不起"钢钉连"的事情了，况且，这是影响自己一生、影响"钢钉连"声誉的大事。但他想不出退出的办法。后来他伪造大量密级文件交给刘晓妍，几次交货都感觉有人跟踪。等揪出跟踪的战士，刘强才知道，他已经被连队怀疑了。

当天，他向刘晓妍说明了情况。数月的交往中，刘晓妍的内心悄悄地对刘强产生了感情，她也不希望刘强真的出事，并且她觉得将刘强送出去，为自己的组织做事，在一定程度上也是对人民解放军的打击。于是，刘晓妍当场出具她的亲笔介绍信，并拿出刘强数次拒绝填写的某党党表，让刘强填好，说当天就找船送他出去。

刘晓妍找到一户经验丰富的渔民，出重金说服渔民送刘强偷偷离开。当天，刘晓妍也离开海岛，不知踪影。

后来军队情报人员带着刘强通过公安网拉网式搜查，根本找不到符合刘晓妍的档案资料。

直到看完公安网最后一名叫刘晓妍的身份资料，仍未揪出真人后，刘强彻底绝望了。或许，她根本就不叫刘晓妍。

审讯刘强，是在团禁闭室内完成的。考虑到刘强对军队并没有造成危害和损失，伪造的密级文件在一定程度上还扰乱了敌对势力的思路，军区很快下达了处理意见：刘强作为义务兵处理，当年随老兵一起退伍；张振军由正连职降为副连职，当年转业；陈平暂停提拔任用;在张振军的任用问题上,蒋毅华负有一定的责任,记党内严重警告处分。同时,军区还奖励了几个人:给江云、韩江、钟忠等人分别记三等功一次。

退伍那天,刘强在连队门前,整整跪了一天一夜,没人去拉他。其间,韩江给他送过一次饭。刘强离开的时候,吃了那碗饭,然后冲着连队大声地喊道:"饭,我吃了,这是我吃的连队的最后一碗饭。今后我一定好好做人,再也不给'钢钉连'抹黑了! 韩江,谢谢你救了我的命,这份情我记下了!"说完,他摇摇晃晃地站起身来,哭着离开了"钢钉连"。

张振军转业,没和"钢钉连"官兵告别,悄无声息地回到了生他、养他、育他的安徽老家。

张贵发在军区医院精神科恢复得很好,当年直接从医院退伍回乡,再也没踏进"钢钉连"半步。

更大的新闻是,洪涛回来了!

第四十七章　吃饭打架的兵受了表扬

　　回到"钢钉连"的洪涛,肩上扛着一杠一星,少尉军衔。团里任命他为"钢钉连"二排长,管韩江。

　　与他一同得到任命的指导员雷听慧,原先是师保卫科的干事。通常,师政治部的干部都会被重用,很少有人来海岛任职。雷听慧的到来,据说是师政治部田主任亲自安排的,说是要让"钢钉连"在短期之内打翻身仗。

　　副连长马可是团作训股的主力干将,军事素质很强,是岳山向团长陈平力荐来任副连长一职的。陈平和岳山都希望"钢钉连"尽快走出谷底。

　　老兵一退伍,韩江这批兵,有一批人去师里参加骨干集训。韩江班里的罗军也去了,集训回来就可以和韩江平起平坐,担任班长。

　　韩江5名手下,仅剩2名。田一本退伍了,张志平调连队任通信员,只剩下林国勇和李兵。

　　林国勇军事训练成绩考核不过关,骨干集训没去成,他唯一的要求就是跟着韩江,继续当韩江班里的兵。好在林国勇在老本的调教下,后勤工作是一把好手。凭韩江和连长江云的关系,他当个副班长应该不成问题。

　　李兵的军事素质在韩江的调教下非常好,但整天嘻嘻哈哈,江云说不适合第二年就让他当班长,先磨炼磨炼再说。

　　罗军和张志平走后,李兵再也没笑过,他的内心非常失落。明年开始,罗军成了班长,张志平调到连部跟着连长、指导员等连队干部,出路也不会差。

韩江安慰过李兵,李兵表面说没事,但内心想不通。他的军事素质和罗军不分上下,凭什么老实巴交、连话都讲不清楚的罗军可以提前当班长,而他不行? 李兵觉得韩江太过偏爱罗军。

韩江是偏爱罗军,这一点他自己都不否认。罗军天资不如李兵和张志平,但他憨厚实在,训练肯下苦功夫,有时半夜三更都会起床苦练薄弱的军事项目。韩江觉得全军战士如果都像罗军这样,肯定天下无敌。

张志平为人机灵,但军事训练能偷懒时绝对不会勤快,训练水平不上不下,处于中不溜的水平。他如果在班里待着,以后肯定没有出路。于是韩江求江云,将他调到连部当了通信员。

这期间,连队军事训练任务不重,韩江主要的精力都放在了复习功课上。他知道只有考上军校,才能有资格踏进田家大门,说服田主任夫妇同意他和田慧萍的婚事。

平静的日子,极容易埋藏隐患。就在韩江心无旁骛复习功课的时候,李兵惹出了事情。

许春林和李兵因为是江苏老乡,平时经常混在一起。许春林是韩江的同学,是韩江信任的人,李兵平时跟着许春林,韩江很放心。

不得志的李兵找许春林诉说苦闷的心情,许春林不会做思想工作,不会安慰人,他能做的就是陪伴。所以,周六李兵说请许春林去镇上喝酒,许春林就陪着去了。

到了酒店,李兵点菜时说:"今天请你吃点好的。"见玻璃缸里游着各种各样的名贵海鲜,说:"从未吃过石斑鱼,来一条。再来半斤虾、2只生蚝、2个扇贝。"

柜台里有个流里流气的文身青年说:"当兵的,你们不都是吃'解放军鱼'的吗?"

所谓"解放军鱼",就是马鲛鱼,因为价格便宜,岛上只有解放军吃,所以老百姓都叫它"解放军鱼"。

"我们吃什么怪你屁事!"李兵直接用话顶了回去。

当时,双方都很恼火,但克制住了,没打起来。

饭桌上,极其苦闷的李兵要喝酒,许春林没让喝,说:"我要替韩江看着你。万一韩江知道我让你喝酒,肯定会被他骂死。"

"你就知道韩江韩江,这鱼吃得都没味道了!"接着,李兵边吃边数落韩江的各种不是,说韩江一点老乡情面也不讲,说韩江是冷血动物……说着说着,哭了。

"你好好训练就行,军事素质好第三年一样当班长。"许春林安慰他,"像我这样,没去参加骨干培训,现在不也挺好吗?"

"算了算了,知道你会帮韩江说话。老板娘买单。"

"一共是 1480 元。"

"多少?没算错吧?账单我看看。"

李兵拿过账单一看,发现明显宰人:一条石斑鱼 600 多,一盘虾 400 多……

"这账不对吧?"

老板娘还没回话,柜台里那个文身青年接话了:"吃不起就别吃,你们就吃吃'解放军鱼'好了!"

"你滚远点。"李兵很恼火,"老板娘,账重新算一下,不合理的钱我一分也不会给。"

"你让谁滚远点?这顿饭就这么多钱,你们给得给,不给也得给。"文身青年走出柜台,用手指着李兵的头。

"不合理的钱,我们不给。许班长,你去找工商、税务、物价的同志过来,我在这里等着。"

文身青年骂了句脏话,一拳打在李兵右脸上。

毫不迟疑,李兵拳脚并用,招呼了回去。文身青年哪里是李兵的对手,几下子被打趴在地上。

这时,老板娘叫来了6个壮实的社会青年。

许春林一看,拉起李兵就跑。一帮人跟着后面追,一直追到了"钢钉连"。看着许春林和李兵跑进了营区,几个人想冲进去。持枪的哨兵拉了下枪栓,把他们几个吓住了。

"当兵的吃饭不给钱,还打人,还有天理吗?"几个人在外面叫嚷着。

后来,老板娘拉着文身青年也来到了"钢钉连"门口,哭喊着要见连队干部,说当兵的吃饭没给钱,还打了她弟弟。

哭喊声惊动了连长江云和指导员雷听慧。两人来到营区门口询问怎么回事。

老板娘边哭边说:"你们连队有两个兵吃了饭没给钱,还把我弟弟打了。这跟过去的小日本鬼子有什么区别?"

"是谁?有多少钱?"指导员雷听慧问。

"当兵的名字我不知道,但欠餐费1480元,打架时碰碎了6只碗、3个盘子,按600元算。"

"你什么菜值1480元,什么盘子值600元?"江云问。

正说着,韩江拉着李兵,边上跟着许春林,走了过来。

"报告连长、指导员,是李兵打的架。许春林已经告诉我怎么回事了。"接着,韩江说了事情的来龙去脉。

江云和雷听慧一听就知道是怎么一回事了。

"你弟弟侮辱我们子弟兵,我们就不跟你们计较了。至于饭菜钱,你说了不算,我说了也不算,我们去找物价部门来定,找工商、税务的同志共同处理此事。至于盘子和碗钱,这架是你弟弟主动挑起来的,这个钱我们不负责。"江云说,"至于打架的战士我们决不护短,会进行严肃的批评教育。你们看怎么样?"

"不行,绝对不行。打架的战士你们也不用处理了,让我们打一顿,这事情就算过去了。至于菜钱和打碎的盘子钱,我们不要都可以。"边上的几个壮实的社会青年说。

江云问老板娘:"这样行吗?"

老板娘知道一旦惊动物价、工商、税务等部门,她的店就开不下去了。能将李兵打一顿,报弟弟被打之仇,也算解了气,老板娘点头说:"行!"

"那好,公平起见,你们几个一个一个和他打。"说着,江云指指李兵。

雷听慧本来想制止江云这一荒唐的做法,但见江云把话说出去了,也不想因此闹出什么不愉快的事情。再说李兵也有错,让李兵受点教训也应该。有他们在边上,事情在可控范围内。

几名社会青年心想,一起上,连队官兵肯定会帮。看看其貌不扬的李兵,他们心想就是一个一个上,用车轮战术,也能把李兵打残了。他们连忙说好。

江云对李兵有信心,韩江对李兵也有信心。

李兵是什么人?是韩江精心调教出来的兵,军事素质比很多老兵都强。如果不是因为他整天一副不正经的样子,都让他参加骨干培训,回来当班长了。

不出江云所料,没用多长时间,李兵没费吹灰之力,将6名社会青年一一打倒在地,其中两个人是被架着离开"钢钉连"的。

江云和雷听慧没处理李兵。晚点名的时候,江云在全连官兵面前,说了李兵吃饭打架的事情后,狠狠地表扬了李兵。

"李兵在外面吃饭,被'宰'、被侮辱,虽然愤怒可以理解,但打架是不对的。"江云说,"本来,我和指导员决定处理李兵,为什么没处理?一是李兵外出吃饭请了假;二是李兵没喝酒,没违反连队的规定;最最重要的,李兵的拳头打出了我们'钢钉连'的精神。'钢钉连'的战士就是要以一当十,就是要做虎虎生威的小老虎。"

李兵一战成名。后来新兵下连之前,虽然他没参加骨干集训,但在任命连队骨干时,还是破例让他当了副班长,仍然归韩江管。

能当韩江的副班长,李兵非常开心。他一扫之前所有的不快,韩江让做什么就做什么。韩江因为要复习功课，班里的事等于全权委托给李兵管了。

罗军参加骨干集训回来后，直接当了班长。

林国勇调去连队养猪，这是一件很轻松的活。

许春林因为没有参加骨干集训，在韩江数次找江云求情后，调到食堂，当了炊事班长。

第四十八章　罗军和他的小黑

罗军集训回来时，从岛外带来了一只小狗，据他说，是回岛时捡到的。这只狗，让他和李兵的关系雪上加霜，后来又让他和李兵和好如初。

这只狗全身乌黑，全连官兵都叫他小黑，只有李兵叫他小土狗。

罗军知道自己第二年直接当上班长，李兵心里不爽。他几次放下身段，主动找李兵求和，都讨了没趣。

自此，罗军和李兵的关系变得很微妙。罗军也不再理会李兵，他相信，这疙瘩迟早会解开。

后来，罗军除了每天带新兵训练，还抽出时间训练小黑。罗军先是磨炼小黑鼻子的灵敏度，把各种动物的肉给它闻，然后让人将肉藏起来，指挥小黑去找。每次小黑找到后，奖励是赏给它吃了。小黑对这样的游戏乐此不疲。

再后来，罗军开始训练小黑的服从意识，从坐下、起立开始训。为了树立小黑的奖惩意识，罗军让刚下连的新兵王立群扮狗，引得全连每天哄笑，但这招驯狗还真的管用。

罗军让王立群和小黑并排站在面前，罗军将手往下压的时候，王立群立马坐下，罗军随即将一截火腿肠塞进王立群的口中。他再一次将手往下压的时候，小黑也立马坐下，也得到了奖励。以此类推，后来罗军做出相应的手势，小黑立马能够领会，并不折不扣地执行。

在罗军精心调教下，小黑不仅学会了追踪、巡逻、警戒、潜伏、搜救，还学会了跑障碍，学会了一些战术动作。

狗是很通人性的，它能感觉到罗军和李兵的关系不好，见到李兵要么爱理不理，要么躲得远远的。相反，它见到韩江，就像罗军见到韩江一样，格外尊重，服服帖帖。韩江指东，小黑就往东跑，韩江指西，小黑就往西跑。韩江洗头，它会耐心地用嘴巴咬着水管帮韩江冲去头上的泡沫。甚至有次韩江内急，没来得及拿纸巾，也是小黑帮着解围，跑去宿舍叼来一卷卫生纸。

李兵见了格外羡慕。有次他想讨好小黑，扔去一根火腿肠，小黑理都没理跑开了。这让李兵更加生气，他认为是罗军教的。

他没办法在罗军身上撒气，决定整整小黑。一次吃饭，他在馒头里灌满辣椒，让身边的新兵抛在空中，让小黑叼着吃。

这是小黑喜欢玩的游戏。每次有战士将食物抛到空中，它都会跃得老高，叼进嘴里吃掉。

这次小黑吃苦头了。在朝夕相处的日子里，小黑与战士们处出了深厚的感情，树立了绝对的信任。所以，小黑跃起来叼馒头，根本没想太多。这次馒头叼进嘴里后，一口咬下，辣得小黑苦不堪言，痛苦得嗷嗷叫。

李兵笑得差点岔气。小黑像是知道是李兵使的坏，回过头追着李兵咬，李兵跑到哪，小黑追到哪。最后李兵没办法，跳到桌子上，罗军及时过来制止小黑，才避免了一场血案。

这件事情，让罗军和李兵的关系雪上加霜。很长一段时间，两人没说过一句话。

直到有次，连队官兵在海边组织攀崖训练，李兵攀爬快接近崖顶的时候，手抓到的石头松动脱落，他从20多米高的悬崖摔进大海。一边的小黑见状，不计前嫌，丝毫没有犹豫，跟着跳了下去营救，但因落水点偏差，撞到一个岩石上，惨叫了一声，当场毙命。

李兵浮上海面，见此情景，哭着游了过去，抱起小黑痛哭。

罗军闻讯赶到,心痛地将小黑从李兵怀里夺了过来,默默地流着泪,将小黑已经僵硬的尸体抱回连队,埋在它常站哨的位置,让它的灵魂继续守护营区的安全。

事后,罗军好几天吃不下饭,韩江、李兵日夜陪着他、安慰他。过了些日子,罗军的情绪才慢慢地恢复如初。后来,他和李兵的关系也好转了起来。

第四十九章　休假引发的风波

当兵第三年,按照规定可以休假回去探望父母。

新兵下连后,许春林一次又一次地找韩江,想结伴休假回老家。

韩江想想也好,不会的题目,正好回家找曾海明补习补习。两人去找江云和雷听慧请假,顺利获批。

批假时,洪涛对韩江说:"从老家回来时准备好大礼,我和你姐的婚期定了,3月20日结婚。"

"好,这是一个令人开心的消息!"听到这消息,韩江开心极了。

假期批准后,许春林打电话给福州的王加坤,让其一同回去探亲。王加坤满口答应,说当天就请假,让他们俩赶紧来。

王加坤在省军区警卫连当兵,负责警卫省军区大门的哨位,极易找到。韩江和许春林到省军区大门口说找王加坤,门口哨兵是王加坤班里的兵,非常客气,连忙打电话让王加坤出来。

等待王加坤的间隙,哨兵说,王加坤是他的班长,和省军区吕司令员的小孩关系极好,今年很有可能会保送卜军校。

正说着,王加坤跑来了。三人自福州火车站分别后,两年多时间,一直没见过面,此时见面,分外高兴。

许春林说:"听说你攀上权贵,现在都不想认我们了。"

"说的什么话,哪有攀上什么权贵?"听了许春林的话,王加坤脸都红到了脖子。

"许春林开玩笑的,你别当真。"韩江见王加坤极其尴尬,打了个圆场。

这时,王加坤才恢复之前的轻松自如,说:"我的假已经请好了,但有个朋友想让我带些东西回去,让我在门口等。你们没来过福州,要不你们先去市里逛逛。"

"不用逛,我来过福州。只是时间紧张,没来看你。"韩江如实说。

"我也不想逛,太累了!"许春林说。

王加坤见支不开两人,只好作罢。拿起电话,不知给谁拨了过去。对方接起电话后,王加坤说找吕小伟。

韩江隐约地听到话筒里说:"吕小伟已经开车出去了,说是送东西到省军区大门口。"

不一会儿,一辆高档越野军车停在省军区大门口,车上下来一个小胖子:"王加坤,赶紧过来提东西。"

韩江见此人极其面熟,一下子想起刚穿上新军装乘火车来福州时,座位对面一胖一瘦的两名新兵,想起争执的往事,想起被分配到海岛那个夜晚。一瞬间,往事全部涌上心头。

小胖子见到韩江和许春林,一下子也愣住了,过了一会儿说:"看你俩精神面貌挺好的嘛,都挂上中士、当上班长了。"说着用手指指韩江和许春林。

韩江没讲话。

"托你的福,我们在海岛很好。韩江到岛上不仅第二年当上了班长,还立了3次三等功,就等着提干了!"许春林调侃小胖子。

"哦,混得这么好,出乎我的意料。"小胖子说,"你们团里蒋政委我正好熟悉,要不要我打个电话给他,让他'关照关照'你,让韩江年底随你一起退伍?"

"可以呀!"韩江一脸桀骜。

"不打不相识,不打不相识。事情都过去两年多了,就不要再争执了。"王加坤见场面尴尬,打起圆场。

"如果他向我道歉,我给你个面子,这事就算过去了;如果不道歉,我现在就打电话。"

"韩江,这是吕司令员的公子,叫吕小伟,也是我的兄弟,为人特仗义。你给我个面子,向他道个歉。"王加坤急得满头是汗,"再说,等你提干,吕小伟也考上军校,将来说不定还在一起工作呢!"

"我就是提干,也不和他一起工作!"韩江不甘示弱,"再说,我又没做错什么事情,道歉就不必了,你让他打电话好了!"

"就是,凭什么道歉?! 省军区又不是吕司令员家的,他儿子说让退伍就退伍了?"许春林在边上说。

"你懂什么? 吕小伟能量挺大的。"王加坤很生气地说,"韩江,你赶紧向吕小伟道个歉,这事就算过去了!"

"你去打电话吧!"韩江指着吕小伟,又指指省军区大门口传达室的电话。

吕小伟气呼呼地跑去传达室打电话。

王加坤急得直跺脚:"你俩就是犟牛,什么脾气!"

吕小伟从传达室打完电话出来,冲着韩江笑笑说:"帮你搞定了,等着年底退伍吧!"说完,扬长而去。

"你认识的这是什么鸟人!"许春林埋怨王加坤。

"唉,说来话长。"王加坤无力地说。

原来,王加坤分到省军区后,和吕小伟在一个新兵连。得知小胖子是吕司令员的小孩,王加坤一直想方设法拍吕小伟的马屁,可新兵连结束都没拍上。

直到有一次吕小伟在福州开车,前面有辆车慢慢腾腾,挡住了吕小伟的路,吕小伟狂按喇叭也不管用。后来,吕小伟想超车,车想从左边超,对方的车往左打方向,车想从右边超,对方的车就向右阻拦。

吕小伟从未受过这样的气。后来好不容易逮到一次机会,任凭对方打方向盘阻拦,吕小伟还是擦着对方的车超了过去,自己车子左边的后视镜撞掉了,对方车右边的后视镜也撞掉了。超过对方的车后,吕小伟仗着越野车结实,又来了一个急刹车,将对方豪车的前脸撞得惨不忍睹。随后吕小伟一路狂飙,开向省军区。对方的车紧追不放,吕小伟的车开进大门后,对方的车也跟着开了进来。

两辆车开进省军区大门后,吕小伟吩咐哨兵关门。那天正好是王加坤值班,按照吕小伟吩咐,王加坤关了门,并在吕小伟的指挥下,用军用腰带将对方抽得满地打滚。

对方的家长是福州市有名的富商,本来要告吕小伟和王加坤,但得知吕小伟是吕司令员的儿子,加上儿子闯省军区大门也是犯罪,便按下怒火,此事不了了之。自此,王加坤攀上了吕小伟,成了跟班的朋友。

听王加坤说起往事和一个劲地解释,韩江没理王加坤,他觉得是时候找找吕继伟司令了。自吕司令员到韩江家里,留下联系方式后,韩江一直没有攀过这门关系。

韩江走进传达室,拿起电话,按下一直记在心里的几个数字。不一会儿,一辆挂着"00001"车牌的奥迪车开到省军区大门,接走了韩江。

"你俩在传达室等我!"上车前,韩江说。

王加坤和许春林都看傻了!

车子直接开进吕司令员家。吕继伟亲自打开院门,迎了出来。

"稀客,稀客。电话留了快两年了,今天才等到我们尊贵的'文武状元'。"吕继伟笑着说。

"司令勿怪,主要是怕打扰首长工作!"韩江说。

"好吧!我理解你的真实想法,也一直关注着你的成长。你的努力让我知道,你是希望凭自己的能力在部队有所建树。"吕继伟说,"说说,那你这次是来看望我呢,还是有什么事情需要我帮忙?"

"当然是来看望您,也顺便向您反映些情况,希望您听了以后不要生气。"韩江尴尬地说。

于是,韩江说了列车上的事情,说了省军区门前打架的事情,说了刚才所起的争执。

"司令,我觉得,这样的行为,有辱将门声誉,也不利于吕小伟今后的成长,所以才斗胆登门,希望司令在百忙之中管教管教!"

"韩江,对不起! 我对小伟给你造成的伤害,向你道歉。我平时工作太忙了,对小伟疏于管教,没想到他背着我做了这么多见不得人的事情!"吕继伟满脸诚恳,"我现在就管教!"

"小伟,给我下来!"吕继伟冲楼上大声喊道,声音里满是怒气。

"爸,我在复习功课呢!"楼上有个声音传来。

"别复习了,赶紧给我滚下来!"吕继伟吼道。

脚步声从楼上传来,越来越清晰。当吕小伟在一楼客厅见到韩江时,整个人惊呆了。

"跪下!"

吕小伟犹豫了一下,还是扑通一声跪在了地上。从速度上看,吕小伟极其怕他的爸爸。

"你背着我在省军区大门口打人?"吕继伟火气没减。

"爸,那都是很久以前的事了,错不在我!"

"啪!"吕继伟一巴掌狠狠地抽在吕小伟的脸上,"背着我指挥团政委让韩江退伍,是现在的事情吧? 错在不在你?"

"爸,我错了!"

"你这样的素质还复习考什么军校,你就是当干部也是部队的败类。我现在当着韩江的面告诉你,今年退伍的不是韩江,而是你!"吕继伟说,"你现在就给蒋毅华打电话,收回你不该说的话。"

吕小伟连忙起身给蒋毅华打电话。打完电话,没用吕继伟吩咐,吕小伟又回到原处跪下。

"跪到院子里去,别跪我面前,影响我会客!"吕继伟吼道。

吕小伟乖乖地跪到院子里。

"我这个孩子不成器,让你见笑了。"吕继伟一脸恨铁不成钢的样子。

"司令员,是我让您的心情变坏了,对不起!"韩江道歉道。

"不,我应该谢谢你!小伟在我面前一直表现得很乖。如果不是你告诉我,我根本不知道这畜生背着我干了这些事情!"吕继伟说,"你难得来一趟,我让你阿姨烧几个菜,算是向你赔个罪。"

"司令,吃饭就不用了,我买了火车票休假回家,一会儿还得赶去车站。"

"这样呀。那我让车送你去车站,你下次有时间再来家里吃饭。"吕继伟说,"到家替我向你家人问好,再替我去祭奠下你的外公。"

"是!"

临走前,吕继伟司令给韩江拿了很多水果和营养品:"水果带在路上吃,这些营养品替我给你妈妈。"

"谢谢司令!"韩江郑重地敬了个军礼。就冲着对儿子的管教,韩江在内心敬佩吕司令员。

见韩江坐着吕司令员的专车,提着吕司令员送的水果和营养品,王加坤和许春林都很奇怪。一路,王加坤问缘由,韩江没搭理王加坤。他觉得自己与王加坤有了隔阂。

王加坤知道韩江生他的气,不停地解释,说他也没办法,说他是农民的孩子,只有走捷径才能脱离农村,他不想当兵三年后再过面朝黄土背朝天的日子。

韩江能够理解王加坤。农村的孩子当兵本身是为了寻找出路,但他看不惯王加坤身上的媚骨,这造成了他们友情最致命的裂痕。

第五十章　再见月芹

三人回到家,正好原先高中的班长曾海明组织同学聚会,得知韩江、王加坤、许春林回来了,连忙上门邀请,让他们穿军装参加,在同学们面前威风威风。

韩江怕见到月芹,说不想去。

曾海明说:"都什么时候的事了,一个大男人有什么放不下的!"

从曾海明嘴里,韩江得知,月芹也没看上商小伟。高中毕业后,月芹考上了南京大学。商小伟名落孙山,复读后好不容易考上一所师范大学,听说后来给月芹写过许多信,月芹一封都没回。

许春林和王加坤也来劝韩江,说同学们难得组织一次聚会,去叙叙旧,说不定还能因此结下姻缘。王加坤和许春林充满了期待。

韩江不想扫兴,带上书本,跟着去了。

聚会地点在原先学校的班级。那是韩江的伤心之地,到了学校,韩江就想起和商小伟从教室打到操场上的往事。想一想,那时还真是冲动!

到了原先的教室里,韩江一眼就看到了早已落座的月芹。月芹见到韩江,莞尔一笑,但脸还是刷地红了。

韩江微微一笑,心想,还是以前那个容易害羞的月芹。

座位环型摆设,围成一圈,同学们先是各自介绍自己的现状。

"这些年,刊登韩江事迹的报纸、韩江发表的作品,我都收齐了,本来想带给韩江爸妈的,先让你们一睹为快吧!"轮到韩江介绍时，许春林抢过话筒，并拿出一沓报纸给大家传阅，"虽然当年韩江高中没毕业，但他给班里争了脸，当兵两年多时间，立了 3 次三等功。所有条件都符合提干的标准，想提干是分分钟的事情。但他仍然孜孜不倦，坚持复习，希望用自己的实力考取军校。韩江是班里的骄傲。我们应该为有这样的同学感到自豪。"

"如果不是爷爷当年被抓了'壮丁'，我可能也是部队的班长了。"曾海明接过话："我建议增加一个议程，请韩江同学为我们朗诵一首作品，大家说好不好？"

同学们一片叫好声和掌声。

韩江见拒绝不掉，说："最近我一心复习功课，没写文章和诗歌，不扫同学们的面子，朗诵一首之前写的诗吧。"

> 一个人行走在他乡
>
> 风雨兼程
>
> 我不知道要用多久的时间
>
> 才能走出思念的边界
>
> 对你的执念
>
> 从未放下
>
> 风千重，雪千重
>
> 我不知道要经历多少的磨难
>
> 才能走出有你的视野
>
> 仰望天际
>
> 风雨迷离
>
> 这一世，这一辈
>
> 我不知道要用多久的等待
>
> 才能盼得你的回眸一笑
>
> 夜风吹，看不清苍天所向
>
> 将对你的思念揣在怀里

营养尚未流失的土地,野草疯长

我不知道还要用多久的努力

才能让余生的日子不再绝望

把思念摁进从未愈合的伤口

留一部分给风

然后,在充满荆棘的路上

走向有你的远方

这一首诗是田慧萍和韩江暂时分手后,韩江在一次极度思念的情况下写的。从军之后,经历诸多是是非非,韩江已经学会了自我调节,学会用诗意的心态直面生活。心情好的时候,心情差的时候,韩江都习惯于用文字和心灵的对话,在字里行间释放心情。这首诗写好后,韩江怕触痛田慧萍的内心,没拿出来发表。

但在这样的场合朗诵,同学们都以为是写给月芹的,朗诵完毕,就有同学起哄了。韩江没解释,因为和田慧萍的事情悬而未决,也没必要说给同学们听。

许春林又有话题了,说:"这张报纸上还有韩江发表的一首长诗,我一并念给同学们听听。题目叫《为你写诗》。"许春林声情并茂地念起来。

这些诗都是韩江对田慧萍的思念及情感。一段过往,在一首诗的韵律里,从岁月流逝的方向潮水般涌来,让韩江格外伤感。但同学们不知情,以为如此深情的爱情长诗,依旧是写给月芹的。月芹也这么认为,所以在同学们经久不息的掌声里,她将头埋进双臂,趴在桌上。这一刻,这首长诗确实感动到了月芹。

这些年来,月芹一直未谈恋爱,她把所有的心思和精力都用在了学习上。学习是她跳出农门唯一的途径,她不愿意让虚无缥缈的爱情束缚自己前行的脚步。所以,这些年,有许许多多的人追求她,都被她婉言拒绝了。

对韩江,月芹自小跟屁虫似的跟着他,一直到高中。多少年的相处,不可能没有感情,但她一直压抑在心里。她是一个农民的孩子,她没有时间和资本去谈情说爱,她不想自毁前程。但当她听到许春林介绍韩江是如此的优秀,一颗封闭已久的心还是受到了触动。

轮到月芹介绍时,月芹依旧如当初一般羞涩,但她还是希望引起韩江的重视:"我现在是南京大学的一名学生,如果有一点值得自豪的地方,就是每年都能拿到学校的奖学金。"

"学习好也不一定就会有好前途、好工作。"当年的校花陈敏还像以前一样,见不得别人比她好,在底下轻轻地嘀咕了一声。

校花陈敏当年没考上大学,没再复读,自己在县城里开了家美容院,听说生意不错。

王加坤一直喜欢陈敏,当年追求过她。但城里的姑娘哪看得上农村的小伙子,把收到的情书当着王加坤的面撕掉了。

轮到王加坤介绍自己时,刚开始班花仍然不屑一顾,但当王加坤说,自己不仅在大都市的省军区机关当了班长,今年还被列为保送军校的对象,半只腿已经迈入军官的队伍时,陈敏才主动和王加坤交谈起来。

韩江觉得王加坤自我介绍有些过了,毕竟保送军校的事情八字没一撇,影子都还没见到。

商小伟最后一个介绍自己,说大学毕业后,还准备回母校任教,这样能时刻感受到当年同学相处时的情景。

班长曾海明接话说:"混得好,说不定能接他爸的班,当这所中学的校长。"

全班大笑,商小伟也尴尬地跟着笑了笑。

随后大家在教室里吃着水果,自由交谈。

韩江见缝插针地拿出一堆题目,找曾海明求助。曾海明说:"今天这事能不能先放一放,只叙同学情谊。明天我到你家,帮你解答。"

"好吧。"韩江尴尬地收起题目。

韩江环视了一下四周：王加坤和班花聊得火热；月芹双手托腮，陷入深思，不知道在想什么；一群人围在许春林身边，入迷地听着他讲部队里的事情；商小伟已经没有了当年在校时的优越感和狂妄，极其失落地站在许春林的圈子里。

韩江不知道该找谁聊天。当年他被学校开除，幸好许春林和王加坤陪着去参军，才避免了许多尴尬。

月芹安安静静地坐着，一如当年的沉静。这是当年韩江迷恋的女神，如今感情不复，韩江的内心早已没有了最初的慌乱感。

"你还好吗?"还是月芹先走了过来，虽然是大大方方的模样，但脸还是红了。

"还好，还好。"韩江在聚会前，曾无数次斟酌他和月芹碰面时该讲的话，内心演绎了很多场景，都觉得尴尬不可避免。一如当下。

"很多年不见了，晚上回去可以一起走，顺便聊聊天。"

"好的。"韩江答。如果当年能听到月芹这样说，韩江肯定会有腾云驾雾般的幸福感。现如今，月芹早已走出他的精神世界，当年留在韩江心灵上的痛楚也早已经消散。

时间的伟大之处，就是可以改变一切，包括爱情。无论你有多少伤痛，多么不堪，随着时间的流逝，最后都会归于平静，甚至是被淡忘。

座谈会以及后面的聚餐过程，韩江静静地回忆了过往及伤痛。如今，这份感情，尽管还残留在韩江内心的角落里，但在时间雨水的不断冲刷下，平淡得早已经如同别人的故事。

聚餐时，韩江安宁平静地应付着前来敬酒的同学，一直以来供奉于心的情感，在觥筹交错间悄然释怀了。

聚餐后，不少同学仍然意犹未尽，纷纷提议去唱歌。月芹说要回去，当众邀韩江一起，说有军人护送安全。

韩江欣然接受任务，硬拉了许春林一起回。他不愿意再和月芹有感情上的纠葛，叫上许春林，路上会避免很多尴尬。

许春林同意和韩江一起回的时候，明显感觉到了月芹内心的不快。

一路上，三个人有一句没一句地聊着。韩江能感觉到月芹的欲言又止，一如韩江当年没有归处的爱情。

或许月芹想道歉，或许月芹想继续。月芹内心的情感，韩江无从猜测，也不愿意去猜测。人生，是一个不断接纳和舍弃的过程，自从当初求爱遭拒，自从遇上田慧萍，月芹早已走出了韩江的内心。

回程的路，终点是韩江和月芹感情的结束。

告别时，韩江大大方方地伸手和月芹握别。这样一种平静，连韩江自己都吃惊。

月芹的手抖得厉害。

第五十一章 老兵魂归故里

休假的日子,韩江每天都在家里复习功课。

曾海明是学霸级人物,每天都来帮助韩江补习。这让韩江非常感动。

假期快结束的时候,曾海明带着爸爸曾思君来到韩江家,向韩江讲起了爷爷曾志鹏的事情。

1947 年,曾海明的爷爷曾志鹏结婚不久,被某党抓了"壮丁",送去前线,后来兵败,被迫去了 T 岛,数十年未与家人联系。

曾志鹏被抓"壮丁"不久,妻子发现肚子里怀了孩子。生下曾海明的爸爸后,她就一直没再结婚。

1987 年,曾志鹏跨越海峡,回到故乡,找到曾海明一家。进了家门,曾志鹏抱着年迈的妻子声泪俱下,一边痛哭一边倾诉。

曾志鹏刚被抓"壮丁"时,逃跑过一次,被抓回去,打得半死,但他并没有放下逃跑的念头。直到有一次,见到一名逃跑的"壮丁"被当场击毙,曾志鹏才彻底打消了逃跑的念头。

后来,某党军队节节败退,撤军 T 岛。

到 T 岛后,曾志鹏开始还盼望着能反攻回来,后来彻底破灭了回乡的幻想。无奈之下,他再次结婚生子,建立另外的家庭。但他无时无刻不思念远在故乡的父母和妻子。很多个月圆之夜,曾志鹏只能隔海相望,泪流满面。

很多个日子,曾志鹏和一帮老兵坚持不懈地上街游行、请愿,要求 T 岛当局开放回乡探亲。面对强大的压力,T 岛不得不开放老兵回乡探亲的口子。

阔别家乡数十载,曾志鹏回到家,见到的却是父母的坟墓。那天,在父母的坟前,曾志鹏痛哭流涕。

那天,曾志鹏对儿孙们说,希望他老去的那一天,家人能去 T 岛把曾志鹏的骨灰接回来,和妻子一道,埋到父母的坟前。生前不能尽孝,愿死后追随父母;生前不能陪伴妻子,愿死后永远陪伴。

"去年至今,再也没有收到爷爷的信,家人觉得爷爷应该去世了。奶奶希望爸爸或我能去趟 T 岛,将爷爷的骨灰带回来。"曾海明说,"但政策不允许我们去 T 岛捧回爷爷的骨灰。同学聚会那天,许春林说你曾经追击私搭渔船潜逃 T 岛的间谍,我和家人琢磨着去一趟,以完成爷爷的遗志。"

"海上情况很复杂,存在很多危险,你们确定要这么做吗?"

"确定。奶奶的身体现在一天不如一天,我们全家希望在奶奶的有生之年,把爷爷的骨灰带回来。"曾海明说,"我们商量好了,我爸爸去,你只要帮他在岛上找条船就行了。"

"这事不难,我所在的海岛距 T 岛本岛最近,岛上有渔民曾驾船去探过亲!"韩江希望能完成老兵魂归故里的遗愿,哪怕犯错误,也在所不惜。

休假结束,回到海岛当天,韩江带着曾思君去找曾一同追击刘强的渔民。

听了韩江的诉说,老渔民将此事一口应承下来,并制定了详细的往返计划。

1 天、2 天、3 天……送走曾思君,韩江一直处于焦急的等待当中。到了第 8 天,曾思君顺利归岛,韩江悬着的心才放了下来。

据曾思君讲,他们到 T 岛后,按照之前通信的地址,找到了曾志鹏在 T 岛的家。曾志鹏在 T 岛的妻子也已经过世,留有一儿一女,生活条件并不如想象中的好,住的是平房,较为陈旧。他们对曾思君非常友好，说起父亲曾志鹏，他们也是热泪纵横。

曾志鹏到 T 岛后，开始总认为某党会反攻，所以一直未婚，参与修筑公路、机场、港口、造船厂……把自己最好的青春都奉献给了 T 岛建设。1962 年，某党军队反攻无望，曾志鹏才娶妻生子。当局补助的退休金极其微薄，他开垦了田地补贴家用，才能勉强度日。但曾志鹏人穷志坚，从未因自己的经济问题找过当局。他唯一的愿望，就是将骨灰葬到家乡父母身边。临终前，曾志鹏一再嘱咐儿女将他的骨灰送回故乡。但因为 T 岛当局领导人一心搞分裂，致使骨灰根本没法送回故乡，所以一直放在家里没有下葬。

接回父亲的骨灰，曾思君按照之前的接头方式找到老渔民，顺利返程回到故乡。

第五十二章　演习场上的婚礼

曾思君接回父亲骨灰不久，T岛当局不顾民意，执意搞分裂图谋活动。中国人民解放军宣布，在福建东南沿海举行三军联合军事演习。

"钢钉连"所在部队进入一级战备。此时距离洪涛结婚的日子已经很近了。

洪涛和"老班长"的全家心急如焚。因为按照岛上民俗，婚期一旦定下是不能更改的。况且，"老班长"家里的嫁妆全部准备好了，就等着3月20日大婚了。

此时，解放军数十万大军已经进驻福建沿海一线。"钢钉连"也已经接到明确的任务：一旦T岛当局领导人宣布独立，演习立即进入战争状态，一举解放T岛。

洪涛是作战连队的排长，是重要的骨干力量，在这个关节眼上，他不可能请假结婚。即便他请假，这时候战云密布，战争一触即发，部队也不可能批准。

后来，洪涛家人和"老班长"父亲商量，婚礼就定在岛上举行。如果洪涛能抽出空来最好，请不到假也如期举办婚礼。

实现祖国统一是每一名部队官兵的心愿。此时，洪涛根本无暇顾及婚礼的筹办事宜。

婚期一天天地临近，演习气氛一天比一天紧张。训练场上，"钢钉连"的官兵每天嗷嗷叫，恨不得立马打过去，一举收复T岛。

连队受领的任务是：搭乘登陆艇接近 T 岛，实施抢滩登陆任务。洪涛全身心地扑在演习上，不敢走半点神，分半点心。因为，所有演习任务都是在最恶劣的情况下展开的，官兵们每天泡在凶险万分的大海里，手里全是真枪实弹，稍有不慎，会危及战士们的身家性命。

团作训股股长岳山也非常焦急。团里所有演习的组织都由作训股牵头，那阵子，任务压得岳山气都喘不过来，但凭他的能力素质，他能够高质量完成。他急的是洪涛的婚礼，"老班长"父亲数次找他，他也没办法让洪涛放下演习回家结婚。但如果婚礼缺失新郎，这不仅仅是洪涛和"老班长"家人的遗憾，也是他岳山的遗憾。

为了尽可能地减少遗憾，也为了给洪涛一个惊喜，岳山找江云商量，决定 20 日当晚在演习场上为洪涛办一个简单的婚礼。洪涛家人和"老班长"家人也一致同意。

这一切没告诉洪涛。

3 月的沿海，春寒料峭。每一天，洪涛和他的兄弟们都泡在寒冷的海水里。

3 月 20 日，"钢钉连"搭乘的登陆艇被炮火"击沉"，演习指挥部命令全连官兵泅渡登岛。军令如山，"钢钉连"官兵义无反顾地扑进刺骨的海水。大家都知道，只有把自己锻炼成铁，锻炼成钢，锻炼出军人的血性，才无愧于做"钢钉连"的兵。

官兵们上岸后，湿湿的军装裹着身体，在海风的劲吹下，尖锐的寒冷砭人肌骨。这是对官兵们意志力的考验，却更激发了官兵们无畏的军魂。大家喊着震山响的口号冲锋着，厮杀着，在规定时间内完成了抢滩登陆演习任务。

回到营地，已是天黑。官兵们换好衣服走进食堂，就见彩灯闪烁，气球飘舞。岳山站在食堂里宣布："一场特殊的婚礼，现在开始。"

这时大家才知道，为了给洪涛惊喜，连队把婚礼放到演习场了。

"先请新郎上台迎娶新娘。"岳山说。

台上，"老班长"挽着父亲正等着洪涛。"老班长"满脸娇羞。

洪涛精神抖擞地走上台，从"老班长"父亲的手里，牵过"老班长"的手。

"下面，请新郎给新娘戴结婚钻戒。"

"我没准备呀！"洪涛说。

这时，洪涛父母走上台，将钻戒递给洪涛。

戴上钻戒后，和洪涛并肩站着的"老班长"歪着头，仰望着洪涛，满脸幸福。那是一种心有所归的美好，满满的幸福与温馨渗进每一名官兵的心中。

台下，掌声雷动。

"一拜天地！"

"二拜高堂！"

"夫妻对拜！"

……

每一个婚礼环节都引发雷鸣般的掌声。

婚礼的最后一个环节，是奏《中国人民解放军军歌》。岳山说："在演习场上举行婚姻，就要有演习场的风格。在军歌的见证下，希望洪涛婚姻幸福，希望参加婚礼的'钢钉连'官兵能圆满完成演习任务。"

在雄壮的军歌声中完成的婚礼，既惊艳了时光，又温柔了岁月，这是一种无上的荣耀。

婚礼的洞房，也在演习场上的帐篷内，是临时搭建的双人帐篷。第二天一早，"老班长"回海洋观测站上班，帐篷就拆了。演习场上，又恢复了以往紧张庄严的气氛。

第五十三章　悲壮的三军联合军演

3月25日，是接受军委首长检验的日子。三军将士按照联合作战指挥部的导调，井然有序地实施了多层次火力打击、多批次立体渡海登岛作战任务。

这一天，天空阴云密布，风大浪高。

江云和雷听慧的脸比天空还阴沉。这样的天气给指挥员的压力是巨大的，因为在他们的肩上，承担着一个连队官兵的生命。

情况在预料之中，在接近海岸线3海里处，登陆艇被"敌方"炮火击中，全连官兵实施武装泅渡，排成纵队向预定的海岸游去。

江云带着洪涛在前面开浪，雷听慧带着韩江、钟忠等一批骨干在队伍的后方压阵。

海水一浪高过一浪，展示出骇人的气势。全连官兵义无反顾地一个跟着一个借着浪头向前方游去。这是真正检验军人综合素质的时刻。前游的队伍中，张志平慢慢掉出队伍，直至掉到最后。韩江朝他瞪了一眼，喊了声："坚持住！"

"班长，我不行了！"说话间，一个浪打了过来。被海水呛住的张志平更是慌了神，随即向下沉去。

韩江眼疾手快，一把拽过张志平的枪，拉起张志平，随即将他的枪摘下，背在自己身上。钟忠也游了过来，把自己架着机枪的漂浮物甩给张志平。抱住钟忠甩过来的机枪漂浮物，张志平才平稳了下来。三个人继续向前游去。

背着两支枪,韩江像背着两座山一样。钟忠同样不好受,机枪较重,失去了配备的漂浮物,背在身上游,他总有一种力不从心的感觉。好在两人军事素质都非常过硬,能够坚持。

看着同样艰难的钟忠,韩江突然有一种想拥抱他的感觉。两人都是好胜之人,都渴望在一场又一场的竞争中战胜彼此。这一刻,没有了竞争,只有患难与共、共度时艰,只有经实践检验后显现的真情。

解除生命危险的张志平,身下垫着漂浮物并不好游,浪头打过来时,因为不善于借力,好几次还被浪冲了回去。指导员雷听慧见状,也游了过来,一手推着张志平,一手向前划水。

一行人游上岸,已经到了筋疲力尽的地步。

战场上,每个人的生命都是平等的。在极其艰难的状态下,战士要想求得生存,必须依靠其自身强大的精神、毅力和高超的战术技能。

韩江将枪甩给张志平,向前冲去,钟忠紧跟其后,配合着韩江,向着既定的高地冲杀过去。

一线滩涂,千军万马勇往直前,枪炮声、厮杀声震彻寰宇,气吞山河。

最后,"钢钉连"在三军联合军演中,一人未伤一人未亡,高标准地完成了规定的演习任务,受到了通报表扬。这算是真正打了一回翻身仗。

接到通报那天,全连官兵抱头痛哭。江云、雷听慧抱在一起,泪水涟涟,哭得像个孩子。演习危险系数极大,稍有不慎,就会危及官兵的性命,没人知道他俩承受了多少压力。这样一种哭,是一种精神的释放,是一种情感的宣泄,更是一种战胜自然、战胜自我的力量迸发。

听说演习中有人员伤亡:一只冲锋舟上6名医护人员,牺牲了5名同志,全是女性。

据活着的冲锋舟驾驶员讲，演习那天，风急浪高，驾驶冲锋舟很危险。但部队医疗力量不够，军委演习导调指挥部紧急调用后方某军医学校的医疗救护力量，补充到一线医院，执行战场医疗救护任务。冲锋舟在海上行驶过程中，舟上的医护人员发现一名泅渡的战士体力不支，抱着救生衣，在风浪中飘摇。女兵们坚持让驾驶员靠过去，想把战士拉上冲锋舟。减缓了速度的冲锋舟，在汹涌的海浪中犹如落叶般随浪漂浮。女兵们最终没拉上战士，冲锋舟却被一个巨浪掀翻。穿着救生衣的女兵们全部卡在冲锋舟里面，只有一名女兵和冲锋舟驾驶员生还。

考虑到国际影响，演习部队没开追悼会，牺牲同志的姓名也没对外公布。

第五十四章　科技大练兵热潮

　　三军联合军演过后没多久，全军掀起了轰轰烈烈的科技大练兵热潮。缘由是军委总部首长观摩三军联合军演后，认为解放军战士斗志高昂，但一些部队的装备科技含量不高。在先进武器没法全面列装之前，首长们决定先通过自身的力量，弥补科技上的短板。

　　部队该如何应对新技术发展给军事革命带来的巨大挑战？从司令员到普通战士，每个人都在思考。作为作训股股长的岳山，在团长陈平的施压下，更是发量锐减。他召集各个连队训练骨干，召开了"诸葛亮会"。

　　"'三个臭皮匠顶个诸葛亮。'请大家集思广益，出谋划策，看怎样借用科技的力量，提高作战训练水平。"岳山说。

　　"我认为，首先应该广泛发动全团官兵开动脑筋，在科技上做文章，哪怕只是小发明、小创造，只要能为练兵、为未来作战作出贡献的，就是最好的发明创造。"韩江的献策，让岳山很是欣赏。

　　"兵要在高技术条件下练，仗要在高技术背景下打。团里可以立足于现在的装备，着眼未来的战争，来一次实兵实战演习，届时可以将部队的发明成果全部投入演习中。在实战下练兵就是最好的科技练兵。"洪涛建议。

　　其他连队的训练骨干也纷纷建言献策，打开了岳山的思路。

　　"好，综合大家的提议，我们明天开始干起来。"岳山兴奋地说。

在团里的"诸葛亮会"上，韩江敏锐地嗅出了时代的气味，他觉得自己应该做点什么，哪怕是微不足道的贡献。回到连队后，韩江苦思冥想，从风向、气温、弹重等影响射击的因素考虑，用最笨拙也最准确的方法，制作出各类情况下瞄准景况，让战士们按照标准"套"目标，后来，培养出一大批神枪手。

开动思路成果颇丰。全团官兵人人想科技、练科技，还真研发出了不少科技练兵成果，摸索出了不少科技练兵方法。团"守岛爱岛模范连"排长王勇研究出利用激光模拟器训练战士射击技能的方法，通过模拟训练解决战士瞄准偏差，让难以掌握的动作要领变得简单容易。

团里官兵的小发明、小创造不断涌现，将科技大练兵推向一个又一个高潮。

压轴大戏当属科技练兵大演习，师长带各团军事主官观摩了演习活动。与此前现场观摩不同的是，领导们这次通过训练演播大厅，可以无死角地看到红蓝双方"交战"。

训练演播大厅正面两个屏幕，分别显示着红蓝两军的现实景况。

"钢钉连"所在二营扮演红军角色，在营长指挥下，采取电子佯动和伪装欺骗等措施，对敌电子战系统先后实施了软打击、硬摧毁。同时，江云带着连队在炮营火力掩护下，先行顺利登陆。

蓝军角色由一营扮演，"守岛爱岛模范连"是该营的主力，实力与"钢钉连"相当，可谓棋逢对手。

演练一开始，"守岛爱岛模范连"先后对红军通信、网络、雷达实施多批次电子攻击，并对登陆的"钢钉连"官兵实施了强有力的火力压制。

"钢钉连"毫不相让。"嗞、嗞"，他们将自行研制的烟雾弹通过迫击炮发射到"守岛爱岛模范连"前沿阵地，顿时浓烟滚滚，让"守岛爱岛模范连"笼罩在一片烟雾当中。

"钢钉连"官兵利用烟雾掩护,很快夺占了整个前沿阵地,"守岛爱岛模范连"全部成了俘虏。

这时,配合"钢钉连"攻击的通信分队,适时抢占有利阵位,向蓝军指挥控制系统集中发射大功率的干扰频率,致使蓝军通信联络也完全瘫痪。

红军有效的协同作战,致使蓝军的指挥控制系统和作战官兵完全成了"聋子""瞎子"和"哑巴"。在这种状态下,蓝军不得已迅速收缩兵力,全力保护指挥部安全。

承担先头攻击任务的"钢钉连"官兵,根本不给蓝军喘息的机会,采取分割穿插等各种手段,果断阻止敌人撤退和增援后路。此时,蓝军指挥部成了一支"孤军"。

战斗中,洪涛向韩江打了个手势,韩江立马心领神会。在洪涛集中火力,用曳光弹引导炮兵摧毁蓝军坚固据点和通信枢纽的同时,迅速带领班里的战士直插要害,第一个攻进蓝军指挥部,活捉了全部成员。

师长和其他领导通过大屏幕观摩整场演习,交口称赞,直呼过瘾。见韩江押着蓝军指挥部领导从镜头前走过,师长用手指了指问:"这是韩江吧?"

"是的!"团长陈平答。

"这样的兵应该提干了! 今年报上来。"师长说。

讲评会上,师长狠狠地表扬了此次演习:"这次战斗,我看到团里的指挥谋略、协同战法和革新成果都得到了普遍的应用。科技练兵是在高科技装备还没有广泛装备的情况下开展的,这样练一样能够打赢未来战争! 但也有缺憾,不是官兵军事素质的问题,而是阵地的问题!"

第五十五章　男儿有泪

科技大练兵阶段性表彰名单上，"钢钉连"名列其中。

这是一支骁勇善战的连队。演习也好，抗台也罢，凡是有大任务、硬骨头，海防团首先想到的肯定是"钢钉连"。

"钢钉连"官兵不觉得苦，觉得这是荣誉。科技练兵演习结束后，师长觉得海防团演练场不尽如人意，遂从上级要来图纸，让团里完全模拟 T 岛阵地，构筑堑壕、射击掩体、坚固火力工事，以便贴近实战、实地练兵。师长还留下话，一个月后，邀请省军区首长来观摩演练。

师长想在海防团演练场上直接复制 T 岛阵地，完全可以理解。团里的演练场坐落在海边，层峦叠嶂，怪石嶙峋，和 T 岛的地形地貌极为相似。将这块阵地打造好，极利于官兵们在逼真的地形上，有针对性地练出实战的硬功。

这是一块硬骨头。山石坚硬，要想在一个月的时间内挖掘出纵横交错的堑壕和射击工事，不是一件容易的事情。

陈平将全团的兵力都投进去了，要求半个月内必须完工，这样才能留出时间练兵，才能拿出真功夫在省军区首长面前亮相。

"钢钉连"受领到的任务是啃最难挖的堑壕。那个地段基本都是山石。

江云将连队划分出两组，一组白天施工，一组夜间施工。轮流调换，连轴转地开挖堑壕。采取的方法是炸药爆破和锤镐并用。

爆破是技术活,岳山有经验。"钢钉连"刚受领任务时,岳山天天往"钢钉连"负责的阵地上跑,手把手地教连队干部打炮眼和定向爆破。

韩江、罗军等人围过来要学,被江云赶跑了。"最危险的活,必须连队干部上。你的活也不轻松,赶紧搬石头去。"

韩江等人见靠不上来,扫兴地离开了。

为了赶进度,江云每次都要打几百个炮眼,然后将长长的引信集中到一起,一次性点火。这样施工进度快,缺点是怕留下哑炮,危险。雷听慧知道江云急着完工,但实在太危险了。

"你一定要按规程爆破,绝对不能蛮干,否则太危险了!"

"你每次都这么几句话,能不能换句台词,我都会背了!"江云笑着调侃道。

见总是劝不住江云,雷听慧使出绝招。每次爆破后,他第一个冲上去检查炮眼,几次之后,才把江云粗暴的操作方法扭转过来,开始按照操作规程爆破。

尽管没出事故,但战士们受伤是普遍现象。因为石头都要锤打镐刨、肩扛手抱,很多战士手上都起泡了,伸出手来,血肉模糊。

钟忠在夜间作业的时候,因为精神恍惚,抱起一块石头时,另一块紧挨着的石头滚动,砸中右脚。整个脚面砸得乌青,他仍然坚持施工。

那阵子,就没见钟忠笑过,每天不停地抢着大铁锤敲石头,拿着小镐刨硬土,不停地抱运最大最重的石头。所有人都觉察到钟忠有心事,问他,他就轻松一笑,说没事没事。

直到施工结束,钟忠的母亲找到连队,当着全连官兵的面号啕大哭,骂钟忠不孝,全连官兵才知道事情的原委。

原来,科技大练兵演习之前,钟忠的姐姐给钟忠写信,说父亲胰腺癌晚期,每天后背痛得在床上打滚,吃什么吐什么,恐怕活不久了,让他赶紧请假回去一趟。

当时正逢连队演习,钟忠收起信,什么话也没说。他本想等演习结束就请假,结果科技大练兵演习结束后,连队接到更艰难的施工任务——挖堑壕。难活重活面前,全连官兵都咬着牙、忍着痛干活,钟忠更没好意思请假。

后来,钟忠家里电报一封接着一封发来。

"父病重,盼归!"

"父病危,速回!"

"父病故,速回!"

电报一封封地发来,一封封地被钟忠塞进口袋。

看着连长、指导员在最危险的地方战斗,看着战友们手被砸伤,肩被磨破,仍吃睡在山上,轮番干活,想着十多天后又将迎来更大的演习任务,钟忠觉得自己实在没脸找连长、指导员请假,每天强忍着悲痛,奋战在工地上。

收到一封电报,钟忠交代一次连队通信员保密;收到一封电报,钟忠请求一次连队通信员保密。每一次,通信员都流着眼泪给钟忠送电报,然后流着眼泪离开。

钟忠的父亲殡葬后,全家人因为没有钟忠一丝一毫的消息,打电话通过总机七转八转也找不到钟忠,都以为钟忠遇到了什么不测。一家人一方面生气,一方面担心。后来,母亲在女儿的陪同下,找到连队,见钟忠正一身泥一身汗地备战半个月后的演习,当场大哭,要与钟忠断绝母子关系。

那天,钟忠跪在母亲面前,任母亲哭闹打骂,泪水直流。

那天,"钢钉连"官兵都哭了。指导员雷听慧下达命令,令钟忠立刻陪母亲回家,去父亲坟上祭奠。钟忠跪在地上拒不离开。

后来,钟忠的母亲收住眼泪,对雷听慧说:"是我不好,我没想到连队先是演习,后是施工。国家的事比家庭的事更重要。让我儿安心在连队,演习完再回去吧! 如果他能在演习中做出成绩,也是对他父亲灵魂的告慰。"说完,钟忠的母亲饭也没在连队吃一口,让女儿搀扶着离开了"钢钉连"。

演习如期举行,省军区来了三位将军观摩演习。

那一天,炮声轰鸣,枪火密布。"钢钉连"在正面进攻的基础上,抽调洪涛、韩江、钟忠等十多名精干力量,组建特战分队,以小股力量从海面抵近,随后冒险攀上数百米高的悬崖,出其不意地从侧面穿插进敌人的阵地,以小击大,打乱了敌人的部署,打得敌人措手不及,在较短时间里,控制了敌指挥部,取得了演习的胜利。

演习中,钟忠只是一个普通的兵,尽管不显眼,但他勇往直前,在自己的任务里写出了属于自己的荣光。这就是一名军人无怨无悔的一份奉献,这就是一名军人忠贞如一的情怀。

"这次演习,是完全按照敌情设置出来的各种假想情况。演习中,各个连队都体现了较好的战术素养,体现了顽强的战斗作风,体现了敢于直面挑战的血性胆气。特别是'钢钉连',敢于冒险,奋勇拼杀,用贴近实战的行动,向我们展示了出人意料的训练成效。"省军区吕司令员在演习讲评中肯定了"钢钉连"的战术,"练为战,一定要为战而练。平时官兵们练泅渡、练攀崖、练各种战术是干吗的?就是为了应用。'钢钉连'今天就给全省军区部队带了个好头!"

省军区司令的肯定,再一次将"钢钉连"推向荣誉的顶峰。

演习结束后,吕司令员专门慰问了"钢钉连"的官兵,和战士们一一握手。握到韩江的手时,吕司令员说:"刚才演习时,我在演播大厅的大屏上看到你了,表现很勇敢。家里人都还好吧?"

"一切都好,谢谢司令员关心!"韩江立正回答。

"这样的兵,你们要多培养。省军区如果都是韩江这样的兵,那我们就是虎狼之师,百战不殆!"吕继伟回过头来对大家说。

吕司令员的肯定,让韩江热泪盈眶。

省军区吕司令员认识韩江,令在场的所有官兵都非常惊讶。后面的对话,更让团长陈平和政委蒋毅华感觉到吕司令员和韩江的关系不一般,明显感觉到吕司令员接见"钢钉连"是专门为了韩江,明显感觉到吕司令员在释放要关心韩江成长的信号。

当天,团里给"钢钉连"拨了两个三等功的名额。岳山分别给江云、雷听慧打电话通报此事,作了暗示:"团首长很关心韩江,特地多给你们一个三等功的名额。届时演习总结表彰大会,你们报一名干部、一名战士。"

江云和雷听慧都心领神会地回答:"明白!"

当他俩找韩江告知此事的时候,韩江当场拒绝,说:"三等功的名额应该给钟忠,我拒绝接受。"

至于干部立功的名额,江云也态度坚决地要求报雷听慧。

当晚,雷听慧专门向团长、政委汇报了"钢钉连"官兵让功的故事。陈平和蒋毅华深为感慨,说"钢钉连"不愧是先进的连队。

钟忠知道了韩江让功的事情,休假前,抱着韩江热泪盈眶。

第五十六章 极其为难的任务

钟忠休假回去祭奠父亲。其间,韩江接受了一个极其为难的任务。

陈平从全团抽调20名战士,到师里去当考官。"钢钉连"派出了韩江。

等韩江到了师里才发现,这次任务相当于在火上烤,极其棘手。

这次考核是师里首次对师领导和机关干部进行的一次集中考核,考官全部由基层连队战士担任。韩江负责的组正是师党委班子成员。

毫不意外地,韩江见到了政治部田主任。和之前在连队相见时比较,田主任明显苍老了许多,满头白发,韩江差点都没敢认。

看着田主任走进考场,韩江的内心百感交集。在心里,他始终觉得满脸慈祥的主任如自己亲人,但此刻,韩江不知道自己该爱戴他,还是该憎恨他。

田主任见到韩江,同样也愣了一下,随即哈哈一笑,开玩笑道:"原来是韩江当考官,老朋友了,要手下留情哦!"

师长也认识韩江,接过话,对韩江说:"我之前说过,从今天开始,一直到考核结束,无论是大校还是少校,在考官面前统统无效,必须一个标准考到底。韩江,对我,你也不能讲情面。"

韩江立正敬礼:"是!"

"看看,还没转变角色,你现在是考官,不是战士。"师长说。

这次考核,既考体能又考技能,既考战术又考战法,是对师首长指挥素质的综合检验。

先考指挥信息化系统应用。

指挥室内,师常委们分别坐在各自的指挥信息化平台前。随着韩江一声令下,常委们立即按照各自分工,对平台上随机出现的情况进行相应的处置。

只见常委们手指翻飞,通过指挥终端,迅速拟制出各自的作战命令,完成了网上标图作业。韩江按照接收的指令和标图,对照标准逐一打分,分别扣了后勤部部长8分、装备部部长5分、政治部田主任3分、师副政委3分、师政治委员2分。

向常委们通报完分数后,韩江宣布休息10分钟,接下来考核体能。

休息时,田主任又开起韩江玩笑:"你个韩江,一点情面不给,扣了这么多师常委的分,小心以后小鞋穿不完。"

"老田,你就别开玩笑吓战士了!放心,韩江,你大胆地监考,以后有人给你穿小鞋,我政委给你撑腰。"政委虽然被韩江扣了分,但内心十分欣赏韩江坚持原则的做法。

后面10×5米折返跑、俯卧撑、仰卧起坐,常委们个个撸起袖子,用上全身力气投入考核当中。韩江一丝不苟,严格卡表,认真记录下常委们各自完成的时间或数量,然后当众宣布成绩。常委们人人服气,个个向韩江竖起大拇指。

在手枪速射考核中,后勤部部长5发子弹只射中1发。韩江当众通报后,后勤部部长说:"回去告诉陈平,从今天起,你们岛上停止供米供油一个月。"然后哈哈一笑,接着说,"你这个韩江,害得我这个月得天天泡在靶场上补课,但我还不能拿你怎么样!"

其余常委听了哈哈大笑。

师长说:"我准备让他提干,提干后,你把他调到后勤部去,就可以拿他怎么样了!哈哈!"

"好，就这么说定了。提干后，师长你把他交给我。"

参谋长接过话："轮不到你。韩江要是真提干了，我第一个调。这次韩江一分也没扣我的，我要好好地奖励他，哈哈。"

在既严肃认真又开心轻松的氛围里，韩江完成了对师常委班子的全部考核。考核结束时，师长说："韩江，这次你是考官，考核情况我和政委都不讲评了，这个任务也交给你。"

"是！"韩江向师常委们集体敬了一个礼，"讲评。"

师常委们按照规定，集体立正。

"这次师常委能够坚持向自己开刀，向机关干部开刀，用严格的尺子量自己，量机关干部，让我深为敬佩。我以'钢钉连'的荣誉保证，这是一次公平、公正、公开的考核，是一次查找自身'短板'的考核。考核中发现的'短板'，是首长们自身战斗力的'短板'，也是全师战斗力的'短板'，因为将来作战，全师各个口子上的决策，都将由你们作出。希望首长们尽快补齐'短板'，从深层次撬动全师革新求变，将战斗力不断推向新的高度。"

韩江的讲评，让师常委们深为认同，大加赞赏。

第五十七章　韩江放弃了提干

韩江回到连队后,钟忠也结束休假回连队了。

见到韩江,钟忠非常好奇地问起韩江考核师首长的情况。韩江绘声绘色地描述了一番。

钟忠听后,说:"以后你提干到他们手上,日子要不好过了!"

韩江说:"连队真要有提干的名额,也是你的! 你现在已经立了两次三等功,够标准了!"

钟忠说:"你就别逗我玩了。"说完,招呼也没和韩江打一声,神情黯然地离开了!

提干指标很快下来了。"钢钉连"果然分到一个名额,听上级隐约表达的意思是给韩江的。

江云找韩江说这事的时候,韩江一口拒绝,说自己想考军校,想接受系统的军事和文化学习。他坚持将提干名额让给了钟忠。

前一次让功给钟忠,全连官兵不奇怪。这次韩江将提干的名额拱手相让给钟忠,让江云意外,也让全连官兵意外。

岳山打电话过来问:"真的这么决定了? 万一考不上军校怎么办?"

韩江说:"决定了,考不上军校我也认命!"

洪涛气得几大没理韩江。

许春林打趣说:"我跟你老乡加同学,你还不如把名额转让给我呢!"

"哈哈,我倒想让给你,你得符合标准呀!再说还得连队支委会同意呀!"韩江说道,"你就别想这个美事了,跟我一起复习考军校吧。你在学校时成绩不差,以你的成绩考后勤学院肯定没问题。"

"肯定考不上!"

"你不试哪会知道! 一个人梦想是要有的,万一真的实现了呢?"韩江说。

"还真是,明天开始我跟你一起复习。"许春林说。

"钢钉连"支委会将提干名额上报那天,钟忠抱着韩江说:"谢谢你,兄弟! 一直以来,我都在你的阴影下生活,以为永无出头之日了,没想到你会把立功和提干的名额让给我!"

"付出终归会有回报。每一个人都有自己的舞台和机遇,这名额要让给别人,别人也没有条件领受。这说明该是你得到的!"

"大恩不言谢! 这份情,我记下了。以后如果有机会,我会还的!"钟忠说。

韩江用力拍拍钟忠的后背,说:"别别别,今后我们还是对手。等我考上军校,毕业后回来,我们还会有各种竞争。"

"我开心有你这样的对手! 让我们在竞争中共同进步吧。"抱着韩江,钟忠说。

看着钟忠激动地跑开,韩江想:一生中,每一个人都需要对手,没有对手,就会丧失前进的动力和创造的能力,遇强则强是生命的规律。韩江庆幸有钟忠这样的战友,在无数次竞争中,韩江内在的潜能得到无限激发。

第五十八章　过关斩将的军校考试

韩江的行为,赢得很多人的赞赏。

钟忠的排长陈永银是军队院校毕业的本科生,文化高,为人好。他每晚都主动帮助韩江补习功课,每次都补到深夜。

每晚,韩江拉着许春林一起补习功课。时间久了,两人看着陈永银极深的永不消退的黑眼圈,都很过意不去,每天都要求陈永银早点休息。

"你别管我,我会尽全力把你们没学过的功课全部教会。"陈永银屡屡拒绝,"再说,如果你和许春林顺利考上军校,我也算是给自己积了功德。"

见陈永银执意如此,韩江和许春林唯有加倍努力。

王加坤听说韩江和许春林复习考军校的事,打来电话:"我保送军校的事情已经有眉目了。但今年保送军校的政策有了新变化,仍然要参加考试,到时只是成绩加 100 分。如果考试的分数不够,也上不了。你成绩不错,到时帮帮我。"

"那也比我一分不加强。"韩江说,"考试怎么帮?"

"我视力好,到时考试我会让吕小伟找人帮忙把我俩的座位排在一起。"王加坤说。

"又是吕小伟!"韩江气得把电话直接挂了。

刚挂了,电话又响了起来。韩江拿起电话。

"你听我解释。吕小伟其实挺讲义气的。他父亲不让他考军校了,他仍然帮我,私下里到处求人,帮我弄到了保送军校的名额。"

"好吧,吕小伟能量大。那你让他把许春林排到我边上,否则,你视力再好也没有用!"韩江真心想帮许春林。

许春林对自己考军校没抱太大的希望,他说自己参加军校考试,就像当年当兵一样,纯粹是怕韩江孤独,陪陪韩江。

韩江不这么认为。他觉得部队的后勤院校分数线相对较低,以许春林的成绩,复习复习应该能够考得上。

近三个月时间,陈永银开足马力,倾其所能,全力以赴地帮助韩江和许春林复习功课。

团里预选考生时,是陈永银陪着两人去的。数月的朝夕相处,他和韩江、许春林虽有官兵之分、师徒之名,却完全是以兄弟相待。

团干部股股长亲自监考。临考前,平日里从不抽烟的陈永银,特地买了一包名贵香烟,打开后递给干部股股长一支,帮忙点上火:"我们连队两个兵,表现非常不错,到时请您高抬贵手,看他们有没有福气被师里选中。"

"那也要成绩过得去,我绝对会做到公平公正,别人找关系肯定挤不掉他俩!"干部股股长说。

"那我就放心了,他俩是我辅导的,我对他俩有信心。"陈永银说完,放下整包烟就走。

"喂,把这包烟拿走,你这可是贿赂考官呀?"干部股股长笑着喊道。

"要贿赂你就买一条了。我不抽烟,你当帮我忙,省得影响我身体健康。"陈永银说笑着离开了。

没过几天,韩江和许春林接到了师里的预选通知。

临走前,陈永银说:"凭你俩现在的实力,肯定能通过师里的层层筛选。加油,我在'钢钉连'等你俩的好消息!"

每年军校考试,各师级单位都很在意升学率,会用一个月的时间,找地方高校的老师帮助战士们复习功课。同时,每周考试,淘汰后几名，最后剩下来的战士考生基本都能考进军校。

进师教导队的第一天，韩江和许春林就感受到了一种无形的压力。当天，放下背包，刚整理好床铺，教导队长便集合队伍。

先是点名，按照名单将战士考生划分为4个区队。韩江和许春林在一个区队一个班，班里还有从团里一起出来的程小海、聂永强、黄升业、杨昌明，韩江为班长。区队长是一名年轻的军官，姓陈，是海防某团的排长。

一同参加师里复习和预选的还有几名女兵。点名时，银铃般的声音引来男兵们注视的目光。

"陈雯！"

"到！"顺着声音，韩江看到了一张熟悉的面孔，正是田慧萍的小姐妹。那张秀丽清冷的脸，是旧时光里美好的部分，勾起韩江对往事的回想。韩江在师医院护理洪涛时，陈雯每天给洪涛换药，还告诉过自己联系田慧萍的方式。

之前点韩江的名字，陈雯也注意到了韩江。所以陈雯在应答完"到"后，朝韩江的方向看了过来，看到韩江的目光后，随即躲闪，又望向队伍前方。

生命是一场邂逅，真正有缘分的人，总会在不期然的拐角遇上。有些相遇，是人生无法回避的宿命。

"你们的区队长都是军校毕业的本科生，既负责你们平时的管理，也管你们学习上的难题。"教导队长说，"丑话说在前头，不服从区队长管理的战士，淘汰。每周考试不及格的战士，也会淘汰！"

一种紧张的气氛随即在队伍中蔓延开来。

"今天就开始入门测试，能不能拿到入场券，就看你们的文化功底了。"教导队长顿了顿说，"下面，请各区队长将队伍带到教室。"

偌大的教室，一人一张桌子。还好，班里的编制没有打乱，韩江的两边分别坐着许春林和程小海。

"考的是综合试卷，语文、数学、英语、政治……所有学科集中在三张试卷上,时间为 2 小时。考完自行离开,听哨声开饭。"

韩江考试有先浏览试卷的习惯。他粗略地看了一下,内容不是太深奥,基本都会,于是心无旁骛地开始答题。只用了一个半小时,韩江就完成了全部试题。韩江交卷时见许春林在冥思苦想,程小海则咬着笔杆,满脸愁容。

吃晚饭时,韩江在食堂里见到了许春林和程小海。程小海主动将韩江的饭打好了,满脸堆笑地说:"我们都是一个团出来的,以后要互相关照。"

"互相关照,互相关照!"韩江说。

"其实,我是有所求的。"程小海直白地说,"我文化底子不是太好,以后复习和考试时,请多多关照。"

"我的文化也不好,以后我们互相学习。"韩江谦虚地说。

随后,韩江转过身问许春林:"你今天考得怎么样?"

"今天所考的内容,我基本都会。我觉得肯定没问题!"许春林说。

听了许春林的话,韩江非常感慨。韩江能感觉到,许春林的这番话是出于他一直以来复习所积累出来的自信和力量。一个人如果总是依赖别人的力量,只能获得一些非本质的东西。只有依靠自己,才会拥有不竭的力量和强大的自信。

出了食堂,正是黄昏时分,夕阳用蓄积了一天的力量,在天边营造出一场动人心魄的晚霞风暴。

陈雯在不远处的树下站着。柔美的霞光中,陈雯宁静而清秀,有着无以言表的动人之处。

韩江感觉陈雯在等他,借故让许春林和程小海先走。过了一会儿,韩江朝着陈雯走去。

见到韩江,陈雯眼睛一红,眼泪刷地流了出来。

"怎么哭了?"韩江问,"你和田慧萍还有联系吗?"

陈雯满脸诧异地看着韩江,半天才回过神来,幽幽地说:"你们一直没有联系过吗?"

"没有,她爸知道了我们的事情,不同意!"韩江情绪一下子低落了下来,"我想等考上军校再联系她。我想,那时她爸应该会同意我们在一起!"

"哦!"陈雯应了一声。

在韩江还想问什么的时候,有个声音在身后响起:"你们俩认识?"

韩江回头一看,正是他的区队长,连忙立正说:"陈区队长好,我们不认识,饭后正好遇上,聊了几句。"

陈区队长持怀疑的目光看了看韩江说:"认不认识没关系,复习期间,少和女兵掺和。这是最起码的规定,知道没有?"

"明白!"随后几人各自走开。陈雯的行走有着难言的轻盈感,冷寒清绝的背影,让韩江还是忍不住多看了一眼。

后来复习的日子里,韩江和陈雯没有太多的言语交流,有时遇上,就相视一笑。只是在陈雯清水般的眼神里,总有着一种与年龄不相称的哀愁。

当晚,教导队连夜将战士们的试卷批改了出来。

黎明,是世界的希冀,但进教导队第二天的早晨,却是很多战士黑暗一天的开始。

早操后,教导队长出现在队伍面前说:"昨天考试的分数已经出来了,我说过,你们从进教导队的第一天起,就进入一个不断面临淘汰的状态。下面,我念一下名单,以下同学,今天的课不用听了,上午收拾下行李,会有车来接你们回各自的部队。"

当天淘汰了 10 名同学,韩江班里的杨昌明名列其中,没听到陈雯的名字。

第五十九章　再遇韩雪儿

早饭后,教导队的战士们进入紧张的复习阶段。为了提高考生的录取率,教导队专程请了地方老师来授课。

出乎韩江意料的是,韩雪儿也来了,负责语文教学。

韩雪儿留校后,给韩江写过一封长信,告诉韩江,校长的儿子同时留校,在追她,她觉得学校或许就是因为这个才让她留校的。她很纠结,不知道该怎么处理这样的关系,因为她的心里,只喜欢韩江……

收信后,韩江明白韩雪儿想要表达的意思,但他有没回信,因为他不知道该不该告诉韩雪儿她留校是田慧萍帮的忙,不知道该不该劝她接受这段感情!

韩雪儿因为没有再收到韩江的回信,自此没再联系。

讲台上的韩雪儿,落落大方,身姿摇曳,浑身洋溢着朝气蓬勃的气息。她的课讲得也特别精彩,一篇平淡无味的课文,韩雪儿能讲得引人入胜,连陈区队长都听得不愿离开教室。

韩雪儿讲课的方式很特别,只抓课文的重点部分讲。临下课时,她留了点时间,引导战士们自己分析难以理解的部分,然后她再给予评价。用韩雪儿的话讲,教导队只给她二十几节课,不可能把高中的课文统统讲一遍,她能做的,就是梳理出重点的部分,培养大家举一反三的思考能力。

听韩雪儿讲课,让韩江对韩雪儿有了不一样的认识。

下课时，韩雪儿用目光环视着教室里的每一位战士，最后把视线停在韩江的脸上。那目光有期望，也有着一种说不出的忧伤。她说："从小我就崇拜军人，我曾经的梦想是做名军人，但未能如愿。后来的愿望是做名军嫂，也遭遇了打击。虽然我的愿望未能实现，但我希望尽己所能，助你们每一个人实现愿望，将来考取军校，飞得更高。"

韩江知道，这话是说给他听的。

全教室没人知道韩江和韩雪儿的过往。下课后，战士们纷纷讨论韩雪儿所说的与课文无关的话，一致认为，韩雪儿依旧想嫁给军人。很多战士说，等将来考取军校，一定回来迎娶美丽聪慧的韩雪儿。

陈区队长听了大家的讨论，说："你们就省省心吧，等你们军校毕业，说不定我已经追到韩雪儿，她已经成你们的嫂子了！"

陈区队长的玩笑中有认真的成分。听课中，韩雪儿外在和内在的气质都打动了陈区队长。以后凡是有韩雪儿的课，他都安安静静地坐在教室里，用一种爱慕的眼光追随着韩雪儿。

以后的日子，韩雪儿每天一节课，每节课两小时。从第三节课开始，韩雪儿讲一小时，留一小时给战士们自学，遇到不懂的问题单独辅导。

第一次自学，韩雪儿就主动走到韩江边上，若无其事地问："你有不懂的地方吗？"

在人家的目光注视下，韩江很不自在。但他真有不懂的地方，机会难得，拿出难题来——请教韩雪儿。

毕竟是专业培养老师的讲师，韩雪儿讲课有自己的一套方法，再难的问题到她嘴里，总能用通俗易懂的办法把问题解决掉。

第二天、第三天……凡是语文课自习时间，韩雪儿总是第一个找韩江，在韩江身边待的时间总是特别地长。每一次，陈区队长的眼睛都能喷出火来。

韩江能感觉到,第一个周末组织淘汰考试,陈区队长一双眼睛监控一样盯着韩江,这让韩江做不得任何小动作。一次程小海回头,立马被陈区队长揪了出来,给予警告,说如果再有类似的情况,考试将作零分处理。

许春林自上次表明态度后,完全依靠自身,他坚信自己不会被淘汰。程小海不一样,他一直不自信,总怕被淘汰。

所幸,第一次周末的淘汰考试,韩江取得了全教导队第一名的好成绩,许春林的成绩中等,程小海也没被淘汰。这让陈区队长无可奈何。

第二周,陈区队长给韩雪儿写了封信,表达爱慕之心。韩雪儿不动声色地收下,没表态,也没回信。在给韩江辅导的时候,将这事告诉了韩江,貌似征求韩江意见,实质是逼韩江表态。

韩江沉默着,什么也没说。他的心里,只有田慧萍。

韩雪儿也住在教导队里,教导队给老师们准备了房间。每天陈区队长都去老师的房间送水果、送饮料。其他老师跟着韩雪儿一块沾光,都帮着陈区队长说话,说陈区队长年轻帅气,又是军官,嫁了多好。

韩雪儿说:"我的心早已经被另外一名军人占领了,容不下别人!"

数学老师问:"不会真是韩江吧?听传闻说,你跟韩江走得很近。"

韩雪儿没回答,这个时候,她不想给韩江添麻烦,也不想让韩江分心走神。和韩江近在咫尺,她每一天都强忍着与日俱增的思念的煎熬,没去找韩江。

在教导队教学的日子,她能感觉到陈区队长的真诚与爱慕。但一直以来,她的心里只有韩江,甚至连校长出面给他儿子牵线,都被她拒绝了。

凭女人的直觉,在上百个战士学员当中,她甚至能感受到一双仇视的眼光。后来她侧面打听到,一直仇视她、拒绝她辅导的女兵叫陈雯。

韩雪儿觉得这里面肯定有原因，但平日里也没见韩江和陈雯走得近，更感觉不到他们彼此之间有爱恋的情愫存在。她相信自己的直觉，更相信定有缘由。

韩雪儿一直想找陈雯谈一谈，始终没有机会。第二周的淘汰赛，陈雯语文考得不好，给总体成绩拉了分，面临可淘汰可不淘汰的行列。本着对学员负责的态度，教导队长来征求韩雪儿的意见，韩雪儿说陈雯语文功底不差，可能是发挥得不好。

韩雪儿决定帮助陈雯。她将自己精心备课的教案，复印了两份。在教导队长谈话后的第二天，她采取直面的态度，找到陈雯，告知教导队长谈话的事情，然后将教案放在陈雯面前。

韩雪儿说："来教导队有些日子了，凭一个女人的直觉，我一直感觉你对我有抵触情绪。我不知道是因为什么，但我不忍心看你被淘汰。如果你想跟我说点什么，我很乐意和你交流。如果不想说，我希望你把教案收下，认真复习，将来想说的时候再找我。"

陈雯拿过教案，默默地离开了。她接受了韩雪儿这份真诚的情意，但她无法对韩雪儿说些什么，因为她知道，属于她内心的秘密现在还不能说。

韩雪儿将另外一本教案给了韩江。一次饭后，见韩江一个人走在路上，韩雪儿赶上前，将教案塞给韩江。

过程被聂永强看个正着。聂永强本想听听他俩聊什么内容，待他悄悄靠近的时候，韩雪儿看到，跑开了。

教室里，聂永强的座位离韩江不远，他知道韩雪儿喜欢韩江。他很想知道韩雪儿塞给韩江什么，凭感觉应该是情书，否则可以在教室里给了。

聂永强知道区队长不喜欢韩江，进了排房，立马讨好区队长："韩江和韩老师应该有书信来往。"

"真的？"

"千真万确！"接着，聂永强将晚上看到的情况，添油加醋地向陈区队长作了汇报。

陈区队长听了很兴奋。一直以来他很想淘汰韩江,苦于韩江成绩太好,管理方面也没出什么差错,一直找不到机会。

听了聂永强的报告,陈区队长立马向教导队长反映情况。

"你确定吗?有证据吗?"教导队长其实对韩雪儿喜欢韩江的事早有耳闻,只是他太喜欢文武双全的韩江了,他觉得将来部队需要像韩江这样的干部,所以一直以来睁一只眼闭一只眼。

"他们班里的学员亲眼所见。如果你要证据,我马上去搜!"

"这是犯法的!"

"但如果纵容这样的行为,会影响整个教导队的风气!"

教导队长似乎找不到更好的理由反驳,没再说什么。

陈区队长回到宿舍后,见韩江不在,没等韩江回来,对韩江的物品进行了翻箱倒柜式的搜查。

正为一无所获苦恼时,韩江抱着韩雪儿送的教案复印件进来了。

韩江见陈区长队满身是汗地在他的个人物品里倒腾,非常吃惊。

"区队长,你这是干什么?"韩江问。

"有人举报你和韩雪儿有书信来往,作为区队长,我觉得有权利验证一下事情的真伪。"陈区队长说。

"谁说的?我们根本就没有通过信,这简直是诬蔑!"

"今天晚上,韩雪儿给了你什么?"陈区队长继续盘问。

"我向她要了备课的教案复习,她帮我复印了一份,在这里。"说着,韩江将教案递了过去。

此事就此罢休。复习期间,韩江也不想将此事闹大。但事情还是传遍了教导队。

自此,韩雪儿不再理会陈区队长。教导队长也将陈区队长狠狠地骂了一顿。

第六十章　田主任释放的信号

进入教导队第三周,已经有 30 多名战士陆续地被淘汰了。

气氛越来越紧张。有一天,教导队长把韩江和许春林也叫去办公室。据说也和淘汰有关。

"师干部科来电话,说查阅你俩档案,发现高中没毕业,是真的吗?"教导队长问。

"是真的。我们在学校读书时,看到应征宣传标语,就积极响应号召,报名参军了!"许春林抢先回答道。

"好的,我知道了。你俩要有被淘汰的心理准备!"教导队长沉重地说。

晚上,教导队长召集各区队长开会,将师干部科的电话内容向大家作了通报。他说:"本来师干部科来电话让直接淘汰韩江和许春林。但韩江的学习成绩一直名列第一,是个难得的好苗子,淘汰太可惜了,许春林的成绩也不在淘汰之列。具体大家议议,该怎么解决!"

陈区队长率先发言:"肯定得按部队的规矩来,按上级的通知要求来。该淘汰就得淘汰!"

教导队长白了陈区队长一眼说:"如果不是因为韩江太优秀,何苦叫你们来研究?"

"韩江虽然和我不在一个团,但他的大名,我早有耳闻。我觉得应该给师政治部首长打个情况报告,将韩江的成绩反映上去,保住韩江。至于许春林,不上不下的成绩,可以淘汰,这样也算给师干部科一个交代。"一区队长说。

"只要没在淘汰的行列,要保就应该一起保。我们要对每一名战士学员负责,否则会影响到他们的一生。"四区队长说。

"好,就这么定了!报告就由四区队长起草。"教导队长最后拍板道。

事情悬而不决是最折磨人的。第二天起床,许春林眼圈黑得吓人。

"没睡好?"韩江问。

"肯定呀!我和你不一样,你有关系有能力,就是不能考军校,明年也能提干!我只有一条路,退伍回家。"许春林说,"当初好不容易被你激起考军校的兴趣,现在认真投入了,没想到面临这样的局面!"

韩江拍了拍许春林的肩膀,没说话。命运由不得自己掌控,他能拿什么话去安慰别人呢!

那几天,陈区队长异常兴奋,他觉得,在纪律严明的部队,师政治部首长肯定会依据规矩行事,将韩江淘汰。这是他渴望看到的结果。

但这样的消息一直没收到,师政治部收到报告后,也没有任何回复。

倒是有一天,师政治部田主任来教导队看望学员了。

田主任先慰问了教导队的干部。田主任说:"这段时间大家辛苦了。临来教导队前,我特地看了战士们的成绩单,比较理想。特别是韩江,学习成绩一直以接近满分的状态名列第一,这很不容易。这一方面说明自己很努力,一方面说明你们培养得好。希望今年的考学'状元'能出在咱们师!"

教导队的干部们心里都明白,师政治部首长给这件事定了调,韩江和许春林脱离淘汰的危险了。

接着,田主任到教室看望全体战士学员。

见两杠四星的干部走进教室,全体战士学员立马全体起立。

教导队长说:"师政治部田主任百忙之中来看望大家,大家欢迎!"

随即,教室里掌声如雷,经久不息。望着满头白发的田主任,韩江的内心百感交集。自考核师党委班子时见到田主任,韩江在田主任的脸上看到了一种岁月的沧桑,这令韩江百思不得其解。

田主任满脸慈祥地和大家一一握手,到韩江面前时,望着举手敬礼的韩江,眼神里流露出对孩子一样爱怜的眼神。

握着韩江的手,田主任说:"好像白了许多!"

"最近在教室里复习的时间多,没怎么晒太阳。"韩江回答。

"好好复习,我给你的任务是夺得这次考试的'状元'。有没有信心?"

"有!"韩江大声地答道。韩江觉得这应该是一个信号,或许当了"状元"了,将来田主任就会同意他与田慧萍的婚事了。

田主任走后,韩江一下子成了教导队的"头号明星"。谁也没想到,韩江和田主任是熟悉的!

陈区队长对待韩江的态度明显不一样了。要知道师政治部主任决定着每一名干部的命运,陈区队长非常担心韩江会在田主任面前说他的坏话,那样他的政治前途就全完了。

他问过韩江几次和田主任是怎么认识的,韩江没告诉他。

教导队长和韩雪儿也觉得很奇怪,问韩江,韩江也没说。这说不清道不明的关系,韩江没法跟任何人说。

越是神秘,官兵们越是觉得韩江和田主任是非一般的关系。自此,韩江在教导队的处境不一样了。

第六十一章　韩雪儿泪别韩江

　　离军校统一考试的日子越来越近了,每一名战士考生都很焦虑。

　　韩江尽管成绩一直名列第一,但也焦虑。他的任务是拿下军校统一考试的"状元"。只有完成田主任交给的任务,让田主任看到自己非常优秀的一面,才可能和田慧萍有戏。那阵子,别人都睡着了,他仍然打着手电筒在被窝里复习功课。

　　许春林在韩江的感染下,也投入了十二分的精力,学习成绩每次都有提升,但他觉得还不够好。他很在意和韩江的友情,他希望有十成的把握考上军校,将来继续在部队陪伴韩江。

　　远在省军区的王加坤同样焦虑,虽然他获得了为数不多的保送军校的名额,但他的成绩在学校时就不好,临近考试怎么也静不下心复习。他把希望寄托在韩江身上,有事没事总打电话到教导队找韩江,韩江开始还接他的电话,后来觉得浪费时间,就不再去接王加坤的电话了。

　　迫于无奈,临考试前,王加坤冒充省军区干部处的干部打电话来,让通信员通知韩江接电话。

　　接起电话,韩江一听是王加坤声音,很恼火:"过两天就考试了,你不用复习的?"

　　"我这水平再怎么复习也提高不了多少分,考试的时候指望你关照一下。"王加坤说,"吕小伟托人把你和许春林考试的座位排在一起了,到时你俩如果有机会就给我瞄几眼。"

"这不太好吧?"韩江也没说同不同意,"到时候再说。"

最后两天时间,是冲刺阶段。所有人都把头埋在书里。

韩雪儿等几名老师也全力以赴,熬着夜帮助大家解答难题。

赴省军区考试,是韩雪儿和大家分别的时刻。临上大巴前,韩雪儿拉着陈雯,本来想问些什么,看到陈雯一脸憔悴,没开得了口。

陈雯倒是主动留了韩雪儿的地址。

韩雪儿和上车的战士一一握手,唯独到韩江的时候,拥抱了韩江。在和韩江朝夕相处的一个月时间,韩雪儿能感觉到自己是一厢情愿地爱恋,她觉得自己奢求不了更多,能抱抱韩江就已经很满足了。

韩雪儿的拥抱,引得满车的战士起哄。

唯独韩雪儿满脸是泪,她觉得和韩江的缘分只能到此了,这样的拥抱是一次道别,也是给她的爱情画上不完美的句号!没有人知道她真实的爱恋,没人懂得她内心的情感。她也没法用简单的语言告诉大家,韩江早已占据了她内心的全部,是她一生都无法放下的爱人。

韩雪儿一直很好地保存着韩江的所有信件,有时总忍不住会翻出韩江的信,一封一封地看过去,边看边哭,边哭边看。这是韩江唯一留给她的东西,她狠不下心去烧掉它们。这样一种留在她生活中的痛,自始至终伴随着她。这些,她没跟韩江说过,更没法跟其他任何人倾诉。

关门的那一刻,韩雪儿失声痛哭。战士们见此,全部安静了下来。那一刻,大家似乎知道韩雪儿第一节课为什么会讲与课文无关的话题了。她是在用最后的努力,助韩江考取军校,飞得更高。

韩江也看傻了。他一直知道韩雪儿喜欢他,但他却不能够接受这份爱,所以只能铁石心肠,狠下心来拒绝韩雪儿。只是他没想到韩雪儿会当众失控!

车子以缓慢的速度与韩雪儿告别,缓慢地、缓慢地向前行进着,距离慢慢拉远,慢慢拉远,直至见不到韩雪儿,见不到教导队,见不到朝夕相处的时光。

车内,很长时间静默着、静默着。每一个人似乎都能感觉到韩雪儿内心的痛苦和难以接受的分别,但无能为力!

韩江也无能为力。这个世界,爱与不爱,是一件很分明的事情。该爱的人,哪怕远隔千山万山,也可以用心感知到疼痛与喜悦;不该爱的人,就算近在咫尺,纵然用上百倍努力,也难靠近半步。

第六十二章　大战前夜

车进省军区教导大队大门,大家才从一种悲伤的气氛中解脱出来。

明天,迎接他们的将是一场决定一生命运的考试。从这一刻起,容不得他们思考爱情。进入省军区教导大队的每一个人,都必须放下杂念,放下过往,以全部的精力迎接明天的挑战。

放下背包行李,整理好床铺后,带队的师教导队长先是带着大家熟悉考场。王加坤果然安排好了一切,王加坤的座位在教室最后一排,前面是韩江;韩江左手边是许春林,右手边竟然是陈雯;韩江前面坐的聂永强,再往前是程小海。

在教导队复习的日子里,陈雯虽然没被淘汰,但成绩忽上忽下,很让韩江担心。

夜晚,省军区教导大队没安排大家复习,而是在操场上给战士们放了一场露天电影。是郭达、潘长江联袂主演的战争喜剧片《举起手来》,影片包袱巨多,用各种搞笑的情节,讲述了一群日本兵进入一个小山村寻找无价之宝,最后被消灭的故事。

在那个夜晚,所有考生都放下了紧张的情绪,一个个捧腹大笑。

第六十三章　考场风波

第二天,进入考场。主考官是两杠两星的中校,还有一个女中尉和一个男上尉。

中校在宣布考场纪律的同时,女中尉和男上尉分别给每个人发了一瓶菊花茶,让大家觉得特别温馨。

上午考语文,所考内容,韩雪儿备课的教案里基本涵盖了。

这样考下来,韩江、许春林、陈雯很轻松。但王加坤不轻松,临近交卷,几次用脚踢韩江的凳子,韩江看着一丝不苟的考官们,双肩向上耸了耸,表示无能为力。

下午考数学,是每名考生都很紧张的科目。特别是程小海,考前找到韩江,一再地让关照,韩江只能无奈地苦笑了一下,算是回答了程小海。

当女军官将试卷交到韩江手上的时候,韩江快速地浏览了一遍,所考的内容平时都复习过,考起来特别轻松。

考好第一张试卷的时候,韩江知道这门课王加坤肯定会蒙圈,故意将试卷放在他可以瞄到的地方,然后迅速做第二份试卷。但王加坤仍然一个劲地踢韩江的凳子。

考试接近尾声时,考场内有了些动静,很多答不出题的同志,开始东张西望起来,这引起了考官们的警觉,监考明显严了起来,3名考官一刻不停地在考场里巡视着。这时,韩江将试卷交了上去。接到试卷,女中尉和男上尉投去欣赏的眼光。

　　陈雯走出考场时，见韩江和其他考生正在树荫下聊天说笑，走了过去，安安静静地站在边上听着。

　　人与人之间的感情最是莫名其妙。有些人交往并不多，但灵魂相契的感觉，就是内心可以感触到熨帖与温情。韩江对陈雯就有这样一种亲近感，陈雯亦然。

　　日复一日地交往，韩江和陈雯交谈并不多。但有时彼此的对视，也胜过一场叙谈，总让彼此觉得这是一种隐形流动的讯息，是灵魂的秘密接近，是不受打扰的交往方式。

　　不久，考试结束的铃声响了。王加坤一脸沮丧地走出考场，见到韩江说："你不给我递答案，试卷放在边上，我根本看不到答案！"

　　"你是军校保送生，考试加100分，用不着这么紧张的。"韩江说。

　　"那也有点提心吊胆！"王加坤一脸紧张。

　　饭后，回到宿舍，韩江见程小海和聂永强正在吵架。程小海质问聂永强："为什么不把答案递给我？"

　　聂永强说："我这是在保护你呀，万一被考官抓到，你就死定了！"

　　韩江一问得知，程小海的一个老乡将试卷答案写在纸条上，因为中间隔着聂永强，就让聂永强转递给程小海，谁知聂永强看了下答案，直接将纸条塞进嘴里吃掉了。

　　"你是因为我们都考同一所军校，但有名额限制，我们之间存在竞争，才这样做的吧？"程小海问。

　　"是又怎样？"聂永强怒气冲冲地答道。

　　程小海再也忍不住心中的怒火，拳头冲着聂永强就打了过去。

　　怒火中烧的程小海像一头愤怒的狮子，韩江等人拉也拉不开，两人从地上打到床上。最后程小海将聂永强按在床上，狠狠地揍了一顿，事情才算了结。

　　第二天，带队的教导队长见到满脸淤青的聂永强，问怎么回事？

　　聂永强没敢说作弊的事，撒谎道："夜里上厕所摔的。"

　　这时，考试集合的哨声吹响了。教导队长没再问下去，其实他知道聂永强在撒谎，但深挖下去，肯定会把事情弄大，影响到其他战士的前途，还不如装傻。

后面的考试科目全在韩江的复习范围内，考起来得心应手。每次韩江都早早考完，王加坤作不了弊，但有军校保送生名额，也没再为难韩江。

第六十四章　吕司令员的家宴

最后一场考试结束，王加坤说要请客，叫了韩江、许春林、陈雯。

四个人刚走到门口，一辆军车开过来，堵住四个人的去路。

吕小伟从车上走下来，和王加坤打了声招呼，然后对韩江说："正找你呢，晚上去我们家吃饭。"语气中，没有了之前的傲气。

"我不去！"韩江觉得他和吕小伟不是一路人，在一起是一件非常别扭的事情。

"我之前伤害过你，我在这里向你道歉。但今天是我爸让我来接你，如果你不去，我今晚的日子不好过！"吕小伟一脸苦相，"王加坤，帮我劝劝你同学。"

"好吧，那我过去。"韩江知道是吕司令员让他去吃饭，不能不去。

"那我们回食堂吃饭，晚上等你回来后再去宵夜。"王加坤说。

"好！"韩江边上车边说。

"考得怎么样？因为你，我连军校都没得考，白复习很长时间！"吕小伟边开车边说，车子开得很平稳。"不过也不怪你，我不合适在部队发展！"

"考得还行。那你以后打算怎么办？"从吕小伟的话里，韩江感受到吕司令员严厉的家风和对军队建设负责任的态度。

"我妈在公安厅工作，让我去考公安，我也不想去。在优越的环境里工作,很容易助长我身上不好的风气。我有可能会选择做生意。一切等退伍以后再说吧!"吕小伟说。

车上,韩江和吕小伟有一句没一句地聊着。从吕小伟的言谈举止中,韩江感觉到他确确实实改变了许多。待下车,他俩之前所有的不快涣然冰释。

吕继伟司令一家人见到韩江很高兴。

"韩江,我发现,只要我不请,你是不会主动到我们家的呀!"吕继伟笑着说。

"也想来,主要怕打扰到首长。"韩江说。

"以后不能见外了。这次考得怎么样?"吕继伟问。

"我觉得挺好的,考题都在复习范围内。"韩江说。

"来来来,边吃边聊。"吕继伟夫人叫道。

"我们给韩江庆祝一下,祝愿他能顺利考上军校。"吕继伟说。

吕小伟开了瓶红酒,吃饭的氛围很愉快。

席间,吕继伟深情回忆了父亲光辉的战斗历史,讲到抗日战争中,韩江外公的救命之恩。

"据父亲说,那场仗可谓惨烈。父亲的部队和日军部队在盐城某地突然相遇,这样的战争往往是勇者胜、智者败,因为双方都来不及部署兵力和思虑战术。

"那是个平静的晌午时分,有着多年战争经验的父亲在行军过程中,突然感觉到草木不安,俯地细听,远处果然有行军的声音。根据经验,他立马辨别出这是日军的部队。于是,父亲毫不犹豫地传令部队占据有利地形,准备战斗。

"过了不久,果然发现日军在伪军的开道下,向我方走了过来。1000 米、800 米、600 米、500 米、400 米、300 米……那时,我军的装备远不如敌军,父亲希望在最近的距离打得日军措手不及。

"日军越走越近,越走越近。父亲说一直到可以看见日本鬼子的眉毛,他才下令开火。

"'打!'随着父亲一声令下,部队的长枪短炮一股脑地向敌人招呼过去,近处的日伪军像割稻子一样,纷纷被撂倒。但不得不承认,日军是一支训练有素的部队,在遭受突然袭击的情况下,很快稳住阵脚,迅速组织部队展开反击。

"日军炮火真是猛啊! 我军装备的劣势很快就显现出来了。但父亲毫不畏惧,因为距敌较近,手榴弹可以发挥很大用场。他命令部队将手榴弹拉去引信环,延时几秒后,再向敌人阵地甩去。

"手榴弹在空中成扇形开炸,杀伤力巨大,敌人被炸得'哇哇'直叫。

"很快,敌人感觉到父亲的指挥位置,集中火力向父亲所在的方向开火。父亲在甩手榴弹时,手臂被子弹打穿了,鲜血直流。你外公要给父亲包扎,被父亲甩开了,他左手端起手枪,继续向敌开火。"

吕继伟满脸悲痛,继续对着韩江说:"在父亲的战斗方向,大家被敌火压制得头都抬不起来。子弹太密集了,部队伤亡惨重。不得不说,你外公适合战争。当敌人迫击炮弹向父亲飞过来的时候,你外公明显感觉到了弹着点,抱着父亲迅速滚动,将父亲死死地压在一处小水沟内。爆炸之后,父亲原来指挥的位置,被炸出一个大坑。

"父亲急红了眼,钻出小水沟又向敌开火,锁骨位置又中一枪,鲜血直流。这时你外公也顾不上挨骂了,一个弱小的身子背起父亲,顺着水沟就往二营方向转移,刚离开,父亲原来战斗的位置,'噼里啪啦'落下密集的炮弹。那片阵地全被炮火覆盖,所处位置无一人生还。

"那就是一场拼胆魄和勇气的战争,谁先示弱谁就败。父亲到了团二营的战斗点,命令二营留下一个连队正面迎敌,其余两个连队分别加入一营和三营,从敌两翼发起全面进攻。

"那场仗,父亲完完全全杀红了眼。一营和三营部署到位,发起全面进攻后，父亲扬起手枪，带着二营仅剩的一个连队就向敌人扑了过去。在战争上，日军极有经验，火力先挑拿手枪的打。父亲刚冲出阵地没多久，就被一颗子弹撂倒在地，幸好父亲倒下的位置有土埂掩护。后来，敌人的子弹根本不给父亲抬头的机会，父亲被敌火线死死地压在田埂下。这时，你外公不顾生死，匍匐着接近父亲。这时父亲身上因为连中数枪，失血过多，已经昏迷了。你外公一手抱着我父亲，一手在地上匍匐，将父亲拖了回来，并及时给父亲止血、送医。要不然，那场仗父亲必定牺牲！

"父亲被抢救过来后，一睁眼就把你外公骂得狗血喷头，说怎么能将指挥员拖离岗位，这样还不如直接给他一枪，也比捡条命回来光荣。"

"你外公说，日军被全歼了，父亲才止住骂！"吕继伟笑着说，"我父亲后来一直说，你外公是打仗的料，出院后就把你父亲放到了一线战斗连队。"

"江山都是先辈们用鲜血换来的。到了你们这一辈，在和平年代，可不能麻痹大意，要好好练武，确保祖国神圣领土不被侵犯，确保人民群众安居乐业。"吕继伟感慨地说。

"是！"韩江应和着。

"韩江不错的！"随后，吕继伟向夫人和孩子介绍了韩江的事迹，"我们小伟要有你一半出色就好了！"

"司令，我对不起小伟。因为我，他连军校也没得考了！"韩江说。

"这不是什么坏事！相反，我们要感谢你，自从他爸上次教训过小伟之后，现在他真的懂事了！"吕继伟夫人说，"我敬你一杯！"

"谢谢阿姨！"韩江说。

"我也敬韩江一杯，经过上次的事件，我是真的清醒了。我应该离开爸妈的庇护，像韩江一样依靠自己赢得未来！"吕小伟说，"今后我再也不会依靠爸爸的权力做事了，当然，做好事除外。"说完，朝着韩江笑笑。

韩江也笑笑,端起酒杯和吕小伟碰了下,一饮而尽。

吕继伟说:"今后你俩要团结,要互相帮助,要亲如兄弟。"

韩江端起酒杯说:"一定!"吕小伟也说:"一定!"两人共同敬了吕继伟一杯。

"以后常来家里玩,有什么困难就打电话过来。"吕继伟一家送韩江出门时,吕继伟握着韩江的手说。

"是!"韩江能感觉到吕司令员一家是真心地欢迎他和接纳他。

第六十五章　陈雯哭了!

　　韩江从吕司令员家吃饭回来,许春林、王加坤、陈雯都等着他呢。

　　见天色尚早,王加坤一定要尽地主之谊,请大家去吃宵夜,庆祝考试顺利结束。

　　去吃宵夜的路上,许春林、王加坤、陈雯都很好奇吕司令员和韩江的关系。这之前,许春林、王加坤无数次问过韩江,韩江都没说。韩江不觉得自己在部队有什么特殊的关系,再者,他也不需要借助任何关系实现自己的飞黄腾达。

　　见推脱不开,韩江说起了外公和吕司令员父亲的往事,说起了外公的战争。

　　"外公和吕江伟这一辈人的感情,是在枪林弹雨中结下的革命情谊,是不带任何功利色彩的感情。我也不能、更不应该心安理得地受此恩惠。所以,我以前不会为我个人的事找吕司令员,以后也不会!"韩江说,"见到吕继伟司令,我总会想到外公,这令我特别伤感,这也是我一直以来不去吕司令员家拜访的原因。"

　　三个人本来都想问吕司令员家晚宴的事情,见韩江情绪低落,都没问。

　　走进一条步行街,大家的情绪也很快适应了喧嚣的氛围。

　　步行街热闹非凡,各种货品琳琅满目。进了步行街,韩江真正见识到了陈雯的英语水平。

当韩江一行经过一个特产店时，见一群人围着两个老外，老外用手不停地比画着，呈现出一脸焦急的表情。

"Can I help you, sir?（我能帮助你吗?）"陈雯一扫之前的安静，大大方方地走了上去，面带微笑地帮助老外买到了想要的物品。

"Thank you, you are a very beautiful girl.（谢谢你，你真是一个美丽的姑娘。）"

陈雯的言行，使一切变得美丽，也让韩江感受到一种无以言表的美好。

大家找到一家很有特色的小饭店，每个人要了一瓶啤酒。

韩江没给陈雯开酒，陈雯出人意料地拿过韩江开好的那瓶说："我也喝点，解解暑!"

"明天我们就要回各自单位，开始各自的人生。"王加坤说，"第一杯酒，我们一起喝了，愿我们都能考上军校，有一个美好的未来!"

"干!"大家齐声道。

"第二杯酒，愿我们的友情不散!"陈雯端杯说。

"干!"大家仰头喝下。

"第三杯酒，愿我们都能和所爱的人走到一起，走完终生。"韩江端杯说。

陈雯一口气喝下，眼泪直流。

谁也不知道缘由，每个人的酒瓶快见底，大家以为陈雯喝多了。

"第四杯酒，我们说说各自的愿望吧，说完喝下去，就一定能够实现。"许春林提议说。

"我的愿望是能拿到这次考试的'状元'，将来娶到心爱的姑娘。"韩江说完，一口喝下。

"我的愿望是跟韩江考上同一所军校，然后和现在的女友顺利分手。"王加坤说完，慢慢悠悠地喝着。

"你谈恋爱了?"许春林问。

王加坤笑笑没回答。

"神秘兮兮的!"许春林说,"我的愿望是顺利考上后勤学院,将来韩江当司令了,我给他当后勤部长。"说完碰了一下韩江的杯子,喝了下去。

陈雯擦了一把眼泪说:"我的愿望是顺利考上福州医高专,然后……"说到这里时,陈雯望着韩江,没再说下去。过了一会,她接着说:"我在心里许完剩下的愿望了。"说完,喝掉瓶中的酒,号啕大哭,哭得大家丈二和尚摸不着头脑。特别是韩江,完全被陈雯的愿望和言行给弄傻了。

大家都感觉到不擅饮酒的陈雯喝醉了,一场饭只好草草收场。王加坤和许春林要架着陈雯走,陈雯说自己没喝多,站起身却趴到了韩江的背上。韩江以为陈雯喝多了,只得背起陈雯,往省军区教导大队走。

一路上,韩江强迫自己不去多想,但一种难以言表的感觉,还是随着夜色弥漫,如雾般氤氲着他的内心。

到了省军区教导大队的女兵宿舍,韩江放下陈雯,发现她是清醒的。

陈雯拉着韩江说:"等收到军校录取通知书那天,你来找我,我们一起去看田慧萍!"

"好,就这么说定了!"韩江说。

第六十六章　出人命了！

　　韩江、许春林、程小海、聂永强、黄升业在一个团,回部队同路。

　　团里正好有辆车子在福州办事,是一辆非常高档的进口日本车。车子开进省军区教导大队时,官兵们都围过来欣赏,连教导队长都坐上驾驶位置,看车子的配置。要知道在那个年代,桑塔纳就算非常高档的车子了。

　　看到中校凑上来,驾驶员很不好意思地解释道:"车子是岛上边防支队抓到的走私货,边防支队长和团长关系好,就送给团里了。团长、政委觉得车太高档,都不肯坐,现在是接待用车。"

　　看着空调、音响等高端配置,教导队长直说:"真奢侈！真奢侈！"

　　"别看车子这么光鲜,走私货,方向盘在右边,不好开。"驾驶员说,"再说了,小日本的车子铁皮薄,不安全。"

　　上车返回团里时,大家都让韩江坐副驾驶位。后排,程小海和聂永强挤在一起,场面特别尴尬。

　　见此,韩江说:"我坐车特别怕坐前面。聂永强,你个子大,你坐前面！"

　　大家都知道韩江的意思。聂永强也顺着台阶说:"好吧,那我舍命救君子！"

　　一语成谶,路上出事了。

　　前方一辆大卡车开得很慢,一直不让道。驾驶员一直按喇叭,前方的卡车依旧如故,毫不理会。

驾驶员气得火冒三丈高，踩着油门就要超车。因为走私车的方向盘在右边，驾驶员看不全左边的路况，车头刚打过来，就和迎面而来的大卡车撞个正着。

车子的前面部分完全撞扁了。受惯性影响，坐在左边的聂永强由于没系安全带，身子撞穿挡风玻璃，头撞在对面的卡车上，血肉模糊，当场毙命。

驾驶员系着安全带，加上人在右边，倒无大碍，但满脸是血，坐在车上，整个人都傻了。

坐在后排的4名同事也不同程度地受伤，但没有大碍。

韩江等人赶紧下车，将驾驶员拉出车子，迅速分工，让程小海保护现场，黄升业找交警部门。韩江和许春林路上拦住一辆车，送驾驶员去医院检查治疗。

到医院安顿好驾驶员后，韩江给团长打电话，报告了事故情况。团长陈平亲自带人出岛处理事故。

韩江等4名战士按照要求，乘车返回团里。车子开上登陆艇后，4人下车，到甲板上看海。

发生这样的事情，每个人的心情都很沉重。"如果不换位置，发生车祸的就是你了。"黄升业对韩江说。

"这就是命！"程小海说。

四个人正聊着，突然听到有人叫"有人跳海了"。顺着声音看过去，果然见一名女子在大海里沉浮。

千钧一发之际，韩江丝毫没有犹豫，连忙甩掉鞋子，踏上护栏，纵身一跃，就跳进海里。

因为韩江在车祸中脖子有扭伤，许春林担心他的安全，随后也跳了下去，两人快速游到女人的沉海位置，屏住呼吸，一头潜入海中，摸索中终于找到了女子。

此时，女人还在挣扎。为了防止被她抱住，韩江一手扶住她的腋窝，一手用力向海面划去。此时许春林也潜了过来，从女子的背部托着,共同将女子托出海面。

到了海面,两人发现自己已经被暗流冲得很远了,便奋力地向登陆艇游去。

登陆艇也发现了韩江等人的位置,开了过来,快接近时,扔下绳索。韩江和许春林用它绑好女子,一一上了登陆艇。

上艇后的韩江和许春林已经筋疲力尽,被救女子脸色发白,口唇青紫,已经失去了意识。

人心的善意,可以激发、塑造、感召到更多的人。本来还在看热闹的程小海赶紧靠上前来,用急救科目中学到的"伏膝倒水法"排出女子呼吸道中的水,然后双手按压她的双胸部位,进行人工心脏复苏。黄升业也上前帮助女子人工呼吸。很快,女子有了呼吸,体征逐渐恢复正常。

女子清醒后,情绪仍然不稳定。经了解,女子已经怀有身孕。她老公一直有暴力倾向,当天她和老公争吵时,老公不顾其怀孕的现状,依旧使用了暴力。她乘登陆艇回娘家时,越想越觉得人生没意思,所以才选择轻生。

路上,韩江、许春林、程小海、黄升业轮流对女子进行心理疏导。上岛后,大家仍然不放心,一直将女子送到娘家。

女子父母拉着韩江等人的手,一个劲地感谢,让留联系方式,大家都没留。

韩江说:"我们是解放军,这是应该做的。"

第二天,女子家人还是将锦旗送到团部,寻找救人的4名战士。

团政委蒋毅华一寻思,就知道是昨天进岛的4名战士考生,于是赶紧让政治处的同志调查,果然是韩江和许春林跳海救的人,其余两名同志也参与了救治。

蒋毅华是个非常有想法的人。之前车祸死了一名战士考生,师里和省军区首长非常恼火,团里极其被动,他觉得这是一件可以扭转被动局面的事情。于是,他赶紧让团宣传股的新闻干事联系军队的报社,大张旗鼓地宣传 4 名战士考生在大海深处救女子后不留名的事迹。

先是军区的报纸宣传,接着是《解放军报》宣传,引起了新华社、《人民日报》、《光明日报》等全国各大媒体的兴趣。各类报纸轰炸式地报道,在社会上引发了一场"军中骄子与轻生女子,谁的命更值钱?""做好事不留名,找救命恩人耗时耗力该不该?"等大讨论。

喜事不仅淡化了事故带来的不良影响,还让韩江再一次走进公众视野。很多媒体在宣传过程中,发现韩江不仅军事训练成绩多次打破纪录,还是一个会写文章的秀才。于是,经过深度挖掘,又一波《新时代需要这样的战士》的报道涌现在大众面前。

军区司令员、政委分别批示,号召全战区的同志向韩江学习。

那阵子,韩江走到哪儿都有人叫他英雄,这让韩江感到很不自然。他觉得,一个人只要心中有爱,肩负责任,无论他多么平凡,都是一个真正的英雄,他的生活环境就是诠释英雄主义的舞台。

第六十七章　原来如此

救人事件经公开报道后,韩江每天都能收到大量来自全国各地的信件,唯独没有田慧萍的,倒是陈雯的信接二连三地来了好几封。

和其他信件不同,陈雯在信中没有表达任何爱慕,只是简单地谈人生、谈理想、谈心情。文字中含着纯真的意境,也有淡淡的忧伤。陈雯的字迹如人一样清秀,看陈雯的信,如见安静、纤巧的陈雯。

韩江给陈雯一一回信。在师教导队和省军区教导大队相处的日子里,陈雯给韩江留下了极其深刻的印象,在她的身上,韩江既能看到田慧萍的可爱,又能看到月芹的羞涩和"老班长"身上所具有的文静。

等待录取通知书的日子里,表面平静的韩江,内心却焦虑万分。他希望夺得今年的"状元",这样他就可以勇敢地找田主任,争取他与田慧萍的爱情。在这样的日子里,陈雯的信能让韩江备受煎熬的心平静下来,让他感受到贴心的慰藉与温暖。每一种动物,尤其是人,需要在意志和理智间达到某种一致和平衡,只有这样,才能以正常的情绪面对跌宕起伏的生活。

军校考试的成绩很快张榜了。军区的报纸上,除了密密麻麻的录取名单,韩江的照片又一次登上了军区报纸。

如韩江所愿,韩江夺得了今年的"状元",考进了指挥学院。在报纸上,韩江在某后勤学院录取名单里看到了许春林的名字,在福州医高专的录取名单里看到了陈雯的名字。王加坤、程小海、黄升业也考进了指挥学院。

公布成绩那天,祝福接踵而至,但韩江在等待田慧萍的电话。

每接一个电话,韩江都特别紧张,他总希望话筒内传来的是田慧萍的声音。他渴望听到她的声音,哪怕只是一声平常的祝福也好。

当陈雯打来电话时,焦虑的韩江误以为是田慧萍。直到陈雯自报家门,韩江才连说对不起。

"我们看去田慧萍吧? 我在单位等你,我带你去!"陈雯说。

"好!"放下电话,韩江兴奋得手心直冒汗。

韩江请了假,拿着报纸急匆匆地出岛,找到陈雯,见她毫无收到录取通知书后的喜悦,依旧是一副不受外界所扰、清汤挂面式平静的表情。

陈雯带着韩江,没去乘车,而是向一处僻静的地方走去。

韩江满心诧异,但没问什么,安静地跟着陈雯走着。他认为田慧萍一定在前方某个安静的地方等着他俩。

用脚丈量的小路特别漫长,陈雯一直没说话。韩江已经习惯了陈雯的安静,也习惯了近一年来独自行走的寂寞。

跟在陈雯的后面,韩江极其安静地走着。这样一种行走,于韩江而言,是不见血肉的折磨。但韩江必须走下去,因为答案就在前方。

直到进了一处陵园,韩江才觉察到情况异常。他没问陈雯,他相信陈雯会告诉他一切。走在陵园深处,他只感到后背在坍塌,像是夏日里即将融化的雪人。

韩江用内心寒到极点的冰冷,努力地制止着这样一种坍塌。他用尽最后的力量,支撑着自己向前走,直到看到一块冰冷的墓碑。

墓碑上有田慧萍的照片,写着醒目刺眼的九个大字:"田慧萍烈士永垂不朽"。

韩江的心理防线终于坍塌了,怆痛的风暴席卷他的心脏,以血液奔流的速度打通全身感官。泪如雨下的瞬间，韩江周身战栗，疼痛在心间汹涌翻滚。

"老天啊，把田慧萍还给我！"韩江的一声呼唤，魂惊魄动。韩江涕泪横流。这是一种深入骨髓的伤痛，是用尽所有坚强都无法承受的悲伤。韩江怎么也没想到，日复一日的思念，日复一日的等待，换来的却是一块冰冷的墓碑。这是韩江无法面对、无力抵抗的结局。

这是时间给韩江最残酷的一种裁判。

陈雯跟着落泪，用一种很遥远的声音，沿时间河流而上，缓缓地说起岁月深处已经无法修改的历史。

"1996年，师医院参加三军联合军事演习，因为人员严重缺编，借调福州医高专学员补充救护力量。医高专的学员们很勇敢，争着参加百年难遇的演习。田慧萍的态度尤其坚定，向组织写了血书，说自己本来就是师医院的人员，情况熟悉，易于配合……她以充足的理由赢得了演习的机会，也迎来了数不尽的艰难，直至迎来死亡！

"我和田班长编在一个组。平时演练都非常顺利，唯独演习那天，海上风大浪高。我们接到任务，从后方战地救护所紧急搭乘冲锋舟到一线阵地抢救伤员。

"海面上，我们见到一名泅渡的战士，筋疲力尽在海浪中漂浮，他随时都有被海浪吞噬的危险。田班长执意要去抢救。但那天风浪太大了，快接近战士的时候，冲锋舟由于减缓了速度，一个浪盖过来，当场就翻了。看着冲锋舟从我们头顶盖过来，田班长推了我一把，自己却被盖进了冲锋舟，没再出来。当时，我也不想活了，冲锋舟驾驶员哭着求着救了我，我才放弃了轻生的念头。

"我的父亲是一个成功的商人，妈妈是个知识分子，他俩就我一个女儿。本来我没想过考军校，更没想过考福州医高专。但我觉得我应该继承田班长的愿望，为部队贡献自己的青春。

"田班长在世的时候,无数次地对我说起过你们的事情。她很爱你,她说等你军校毕业,无论有多少阻挠,她都会嫁给你。她怕影响到你的前途,强忍着痛苦的思念,日复一日地煎熬着,盼望着你早日考上军校,盼望着你军校毕业,盼望着自己的嫁期。只是没想到天不遂人愿,她没能等到这一天就走了!

"田班长出殡那天,我没见你来,曾经恨过你,以为你惧怕她父亲的压力,不敢出现。我没想到你竟然丝毫不知情。也对,那么大的演习,是不会让这么悲壮甚至悲惨的事件以轰轰烈烈的面目出现的!

"后来怕你复习分心走神,我索性瞒着你。我知道田班长是不会怪我的。她盼望着你考上军校。这一天,是她想要的结果!

"韩雪儿的出现,让我嫉妒甚至仇视。你怎么可以、怎么可能属于别人呢?我是班长的生命在世上的延续,我的生命是班长情感的一种交接。我要替代班长,给她已经不能给你的温暖与幸福。这样,也是田班长的幸福,也是我的幸福。否则,我怎么能对得起她?我没对你说过这一切,这些只是我内心的想法,我知道这也一定是田班长想要的结果。"

在陈雯遥远而清晰的讲述里,韩江满心悲怆,肝胆欲裂,泪止不住地流着、淌着……那是一种无法涌尽的悲伤,是山河岁月里爱心不死的思念!

作于 2018 年 8 月 18 日凌晨,西藏那曲

《海岛之恋》后记　精神力量的集聚与绵延

21年军旅生涯,我工作过的部队不少,唯对兵之初的海岛军营感情最深,深为怀念那个叫梦山的海岛连队。

这些年,我一直有书写那座海岛连队的愿望,因为工作的缘故,很难有时间达成心愿。时间越久,那些战友的形象和个性就越鲜明、生动。直到赴西藏那曲市执行对口支援任务,受恶劣的雪域高原自然环境影响,三年时间里,每晚都有大把的时间睡不着,于是动手写了《海岛之恋》。写作的过程,是重返军旅、与战友再次相逢的过程,也是梳理军旅人生的过程。因为都是亲历的人和事,写作很顺畅,只用了3个月左右的时间就写好了。顺应长期以来养成的写作习惯,待放了很长一段时间才修改,竟然没改几个字。不是因为写得有多好,而是我放不下记忆中每一段栩栩如生的往事。我认为,所有经历的人和事,能留在记忆里的,都有值得记录的价值和意义,将他们从人生历史中删除是一件残忍的事情,尽管有些人并不完美,但符合人性,各有光芒。高于生活的部分,我希望他们以文学的方式活在人世间。

也由不得我接受谁或者舍弃谁,在《海岛之恋》里,所有记录的人和事,都是我军旅生活中的经历与见闻,只是将有些经历糅合进了兵之初的岁月而已。我一直以为,我们一生所经历的人与事都是注定要经历的,经历的磨难与辉煌也是,由不得选择和取舍,类似好玉不琢的道理一样,否则看似完美,实则是残缺的。尤其对于军营来说,在这样一个正能量满满的群体当中,那些青春热血男儿,在整齐划一、规范有序的大环境下,在不影响整个战斗体系的情况下,依旧有着张扬的个性和无法改变的品性;我不能因为军营的特殊性,而把每个人都塑造成为英雄。但以主人公成长经历为叙述主线,我相信能激励到一些人、触动到一些人、启迪到一些人。在无法选择的人生轨迹里,人们需要将一些外在的激励变为内在的精神,并化为一种能量,以让自己拥有扼住命运咽喉的勇气和战胜命运乖蹇的魄力,让人生拥有不一样的质量和重量。

其实,我本不用纠结写作素材的取舍问题,军营特殊的性质和神秘的气息,对于文学创作来说,有讨巧之处,顺着时间的脉络,将精彩而有意义的故事呈现出来,便会是许多读者感兴趣的内容。所以在写《海岛之恋》时,我没有过多考虑写作技艺,只是将本有的情状,按照剧情需要重新排列组合,以白描之力书写军营的真实景况和军人的精神世界,木刻式地呈现基层官兵的个性特征和情感纠葛,倾情分享军人的英雄情怀、精神高度以及迷茫困顿。

2018 年 8 月,待写完整部小说,我长吁了一口气,那一瞬间像是还完了一笔相欠良久的巨债。这是我第一次写长篇小说,我希望我的人生能够有一本完整的书,而不仅仅是散文或诗歌的合集。这就好像军营里所有的训练——射击、器械、战术、武装越野等科目,最后都会形成完整的战备体系。我的这样一种书写,就如同从初涉军营的摸爬滚打到后来融入各类战术动作,再到贴近实战的演练,最终延伸出整体的体系结构。平心而论,我对长篇小说的驾驭能力有欠缺,但我有明晰的主旨,有体系的架构,有真诚的表达。这本书是书写我所经历的军旅人生,是呈现我的思考轨迹和成长过程,是我在离开军营多年后,通过时间和空间的通道,在历史的坐标系里,给自己搭建的精神家园。如果有值得批判的地方,我坦然接受。

陈行甲说,"很多东西,如果不写,就会慢慢忘记。"我们不应该忘记自己所经历的、有着特殊意义的历史。以文学的方式保存历史的记忆,不只是对记忆的遥望或凭吊。一个作家,应该有自己的思考,知道自己从哪里来,到哪里去,应该将行走和思考的过程呈现给更多的人,影响到更多的人,给自己的生命增加重量。

我是一个富有理想主义精神的人,以文学的笔触描摹军人的生活体状,摹写军人的快乐、痛苦、精神结构,书写属于军人的奉献、牺牲、使命荣光,实则是复活我内心深处的人和事,以使激情燃烧的岁月和丰富饱满的往事不被流逝的时光所吞噬。我希望军人群体在物欲横流的社会洪流里,能够成为更多人的精神坐标。书写《海岛之恋》是给我的心愿和意念赋形,是用生机勃发的语言复苏和圈画我的理想和精神的世界。

这些,是我创作《海岛之恋》的初衷,也是写作的意义所在。

跋

生命的路是进步的

浙江省科技宣传教育中心办公室主任 李祖平

　　若有人问我,读费必胜的作品是什么感受,我会借用鲁迅先生发表在《新青年》杂志的文章中的一句话相告:"生命的路是进步的,总是沿着无限的精神三角形的斜面向上走……"特别是费必胜第三本书《生命的家园》,在出版之前,我有幸阅读了书稿的电子版,一如既往地被他富有生命力和表现力的语言所感染、所感动、所感伤、所感怀。费必胜的文字,是他人生经历、心路历程的复述和精神力量、情怀家园的呈现。

　　我和费必胜相识于2015年初,那时他在浙江省科技厅办公室,分管科技宣传信息及科普等工作,而我时任《今日科技》杂志主编,所以工作上常有交集。我深深地认同浙江省政协副主席周国辉在《生命的姿态》序言中对他的评价:"他负责科技信息宣传等工作较为出色,有人说他是个'拼命三郎',这也是他给我的印象……2016年7月,他响应组织号召,主动报名援藏,在茫茫雪域高原,进行自我历练与塑造。这很好,我欣赏必胜身上这样一种敢想、敢做、敢于拼搏、勇于奉献的精神。"

　　2019年底,费必胜援藏任务结束后,我们有幸在同一个单位工作,每天近距离接触,不仅感同身受于他身上所具有的"拼命三郎"

精神，更让我备受激励的是他先人一步的思路决策、冲锋在前的战斗状态、光明磊落的工作作风、精益求精的工作态度，以及至真、至善、至美的理想情怀。文如其人，《生命的家园》如同费必胜的为人品质，不虚美，不伪饰，具有一贯的真挚、激情和感染力，几乎找不出刻意为之的成分，全是活生生的、火热热的、赤诚诚的题材和内容，蕴含着一股直击人心的力量，仿佛大地涌出的汩汩泉流，汇入奔腾不息的江河大海。阅读的过程，犹如穿越梦想的森林、情怀的海洋、生命的大地。正如文化和旅游部中国书画院副院长雷鸣东对他的评价：“在一篇篇真诚而动人的文章里，可以看到他的精神光芒、情感特质和心路历程，这是一本能激励人、鼓舞人的好书。”

余华在《活着》自序里说：“一位真正的作家永远只为内心写作，他寻找的是真理，作家的使命不是发泄，不是控诉和揭露，他应该向人们展示高尚。”费必胜的每一篇文章，都是满满的正能量。在《爱的传播》里，他写道：“天地苍茫，在无垠的时空和无常的命运面前，尽管我渺若尘埃，但从未懈怠，这也是我为什么援藏，为什么书写援藏时光、为什么将所得稿酬捐献出来。生命，不是我们活着的样子，而是性命在时光里沉淀过后，展现给世人的精神分量。”令人欣慰的是，费必胜用稿酬结对资助的 6 名小学生，有 2 人考上了拉萨市北京实验中学，2 人考上了双湖县中学，极其不易。人世之上，苍穹之下，费必胜将自己活成了一束光，温暖了自己，也温暖了他人。

费必胜是用自己的行为写作，写他的记忆，写他的情感，写他的初心，写他的责任，写他的操守。从时而安静而忧伤、时而笃定而充满力量的文字里，可以看到赤子情怀，可以看到人性美好，可以看到人生境界，可以看到生命意义。字里行间，闪烁着爱的光芒，呈现着精神核质，照亮着岁月一角。

在这个世界上，我们留不住任何东西，以文字定格不断流失的生命点滴和珍贵记忆无疑是最好的方式，对他人也有着无限的裨益。如果您想要了解真实的援藏和军旅生活,《生命的家园》或许能给您答案,以及相关借鉴和启迪的意义。如果您曾经援过藏或参过军,从中或许可以找到自己的影子。特别是《生命的家园》下册,据费必胜讲,这是根据他自身的军旅经历,糅合战友真实事例创作而成,讲述了热血青年韩江从参军入伍到考取军校期间,经历的军事训练、军事演习、抗洪抢险、抗台救灾等一系列火热的军营生活,以及通过个人及身边战友曲折的感情经历,诠释了军人特有的亲情、友情、爱情的情感属性。读罢,我的耳畔、眼前、脑海涌出的是一连串荡人肺腑的词句:"男儿有泪不轻弹""男儿何不带吴钩,收取关山五十州""石可破也,而不可夺坚;丹可磨也,而不可夺赤"……特殊的经历,无论对作家还是对阅读者,都是一种精神滋养和力量支撑。

费必胜的作品,总和是他的精神世界。每一篇文章、每一首诗歌,都是在描述他所经历过的生活以及感受,承载着他的情感和思想,就像一面镜子,从中可以窥见他的思想碎片、人生情怀和内心世界,读他的作品就是一个向灵魂深处行走的过程,也是"沿着无限的精神三角形的斜面向上走"的过程。这样的一个过程,仿佛植被的光合作用,内心所起的感应,是抚慰心灵的人性救赎,是油然兴起的情感呼应,是提升生命的力量源泉。

费必胜的作品,完成的是自我世界的构建,影响的会是更多更多的人。

作于 2022 年 6 月 6 日,浙江杭州